金學叢書
第二輯 20

吳　敢
胡衍南　霍現俊
主編

陳東有《金瓶梅》研究精選集

陳東有　著

臺灣學生書局 印行

金學叢書第二輯序

　　2013 年 5 月第九屆（五蓮）國際《金瓶梅》學術討論會期間，胡衍南、霍現俊忙裏偷閒，時而小聚，漢書下酒，就中便有本叢書編輯出版一事。當時即擬與吳敢商談，以期盡快成議。只是吳敢當時會務繁多，此議終未提及。2013 年 7 月 3 日，胡衍南到徐州公幹，當晚至吳敢舍下小酌，此事即進入操作程序。此後電郵往來，徐州、臺北、石家莊三方輾轉，叢書編撰框架日漸明朗。2013 年 11 月 23 日，胡衍南再度到徐州公幹，代表臺灣學生書局與吳敢詳盡商談編輯出版事宜，本叢書遂成定案。

　　此「金學叢書」之由來也。

　　中國古代小說研究，重大課題眾多。近代以降，紅學捷足先登。20 世紀 80 年代，金學亦成顯學。明代長篇白話小說《金瓶梅》是中國文學史上一部里程碑式的重要作品，其橫空出世，破天荒打破以帝王將相、英雄豪傑、妖魔神怪為主體的敘事內容，以家庭為社會單元，以百姓為描摹對象，極盡渲染之能事，從平常中見真奇，被譽為明代社會的眾生相、世情圖與百科全書。幾乎在其出現同時，即被馮夢龍連同《三國演義》《水滸傳》《西遊記》一起稱為「四大奇書」。不久，又被張竹坡譽為「第一奇書」。《紅樓夢》庚辰本第十三回脂評：「深得《金瓶》壼奧」。魯迅《中國小說史略》認為「同時說部，無以上之」。

　　自有《金瓶梅》小說，便有《金瓶梅》研究。明清兩代的筆記叢談，便已帶有研究《金瓶梅》的意味。如明代關於《金瓶梅》抄本的記載，雖然大多是隻言片語的傳聞、實錄或點評，但已經涉及到《金瓶梅》研究課題的思想、藝術、成書、版本、作者、傳播等諸多方向，並頗有真知灼見。在《金瓶梅》古代評點史上，繡像本評點者、張竹坡、文龍，前後紹繼，彼此觀照，相互依連，貫穿有清一朝，形成筆架式三座高峰。繡像本評點拈出世情，規理路數，為《金瓶梅》評點高格立標；文龍評點引申發揚，撥亂反正，為《金瓶梅》評點補訂收結；而尤其是張竹坡評點，踵武金聖歎、毛宗崗，承前啟後，成為中國古代小說評點最具成效的代表，開啟了近代小說理論的先聲。明清時期的《金瓶梅》研究，具有發凡起例、啟導引進之功。

　　20 世紀是人類歷史上可足稱道的一個百年。對中國人來說，世紀伊始，產生了驚天動地的兩件大事：1911 年封建王朝的終結，1919 年「五四」新文化運動的興起。中國人

心裏承接有豐富的傳統，中國人肩上也負荷著厚重的擔當。揚棄傳統文化，呼喚當代文明，這一除舊佈新的文化使命，在中國用了大半個世紀的時間。觀念形態的更新、研究方法的轉變、思維體式的超越、科學格局的營設一旦萌發生成，便產生無量的影響，具有劃時代的意義。《金瓶梅》研究即為其中一例。

以 1924 年魯迅《中國小說史略》出版，標誌著《金瓶梅》研究古典階段的結束和現代階段的開始；以 1933 年北京古佚小說刊行會影印發行《金瓶梅詞話》，預示著《金瓶梅》研究現代階段的全面推進；以 30 年代鄭振鐸、吳晗等系列論文的發表，開拓著《金瓶梅》研究的學術層面；以中國大陸、臺港、日韓、歐美（美蘇法英）四大研究圈的形成，顯現著《金瓶梅》研究的強大陣容；以版本、寫作年代、成書過程、作者、思想內容、藝術特色、人物形象、語言風格、文學地位、理論批評、資料彙編、翻譯出版、藝術製作、文化傳播等課題的形成與展開，揭示著《金瓶梅》的研究方向。一門新的顯學——金學，已經赫然出現在世界文壇。

20 世紀 70 年代以來的當代金學，中國的吳曉鈴、王利器、魏子雲、朱星、徐朔方、梅節、孫述宇、蔡國梁、甯宗一、陳詔、盧興基、傅憎享、杜維沫、葉朗、陳遼、劉輝、黃霖、王汝梅、周中明、王啟忠、張遠芬、周鈞韜、孫遜、吳敢、石昌渝、白維國、陳昌恆、葉桂桐、張鴻魁、鮑延毅、馮子禮、田秉鍔、羅德榮、李申、魯歌、馬征、鄭慶山、鄭培凱、卜鍵、李時人、陳東有、徐志平、陳益源、趙興勤、王平、石鐘揚、孟昭連、何香久、許建平、張進德、霍現俊、陳維昭、孫秋克、曾慶雨、胡衍南、李志宏、潘承玉、洪濤、楊國玉、譚楚子等老中青三代，辨章學術，考鏡源流，營造了一座輝煌的金學寶塔。其考證、新證、考論、新探、探索、揭秘、解讀、探秘、溯源、解析、解說、評析、評注、匯釋、新解、索引、發微、解詁、論要、話說、新論等，蘊含宏富，立論精深，使得金學園林花團錦簇，美不勝收，可謂源淵流長，方興未艾。中國的《金瓶梅》研究，經過 80 年漫長的歷程，終於在 20 世紀的最後 20 年登堂入室，當仁不讓也當之無愧地走在了國際金學的前列。

此「金學叢書」之要義也。

本叢書暫分兩輯，第一輯為臺灣學人的金學著述，由魏子雲領銜，包括胡衍南、李志宏、李梁淑、鄭媛元、林偉淑、傅想容、林玉惠、曾鈺婷、李欣倫、李曉萍、張金蘭、沈心潔、鄭淑梅，可說是以老帶青；第二輯為中國大陸 20 世紀 80 年代以來學人的《金瓶梅》研究精選集，計由徐朔方、甯宗一、傅憎享、周中明、王汝梅、劉輝、張遠芬、周鈞韜、魯歌、馮子禮、黃霖、吳敢、葉桂桐、張鴻魁、陳昌恆、石鐘揚、王平、李時人、趙興勤、孟昭連、陳東有、孫秋克、卜鍵、何香久、許建平、張進德、霍現俊、曾慶雨、楊國玉、潘承玉、洪濤諸位先生的大作組成，凡 31 人 30 冊（其中徐朔方、孫秋克，

傅憎享、楊國玉，王平、趙興勤，因字數兩人合裝一冊），每冊 25 萬字左右。

天津師範學院（今天津師範大學）朱星是中國大陸金學新時期名符其實的一顆啟明星，他在 1979 年、1980 年連續發表多篇論文，並於 1980 年 10 月由百花文藝出版社結集出版了中國大陸新時期《金瓶梅》研究的第一部專著《金瓶梅考證》。朱星的研究結論不一定都能經得住學術的檢驗，但朱星繼魯迅、吳晗、鄭振鐸、李長之等人之後，重新點燃並高舉起這一支學術火炬，結束了沉寂 15 年之久的局面，這一歷史功績，應載入金學史冊。遺憾的是，朱星先生 1982 年逝世，後人查訪困難，只能闕如。

香港夢梅館主梅節可謂《金瓶梅》校注出版的大家，1988 年由香港星海文化出版有限公司出版《全校本金瓶梅詞話》；1993 年由梅節校訂，陳詔、黃霖注釋，香港夢梅館出版《重校本金瓶梅詞話》（該本後由臺灣里仁書局 2007 年 11 月初版，2009 年 2 月修訂一版，2013 年 2 月修訂一版八刷）；1998 年梅節再為校訂，陳少卿抄寫，香港夢梅館出版《夢梅館校定本金瓶梅詞話》。前後三次合共校正詞話原本訛錯衍奪七千多處，成為可讀性較好的一個本子。梅節由校書而研究，關於《金瓶梅》作者、傳播、成書、故事發生地等問題的認識，亦時有新見。可惜的是，梅節先生的論文集《瓶梅閒筆硯——梅節金學文存》2008 年 2 月由北京圖書館出版社出版，版權協商匯易，未能入選。

上海音樂學院蔡國梁 20 世紀 50 年代末即開始研習《金瓶梅》，寫下不少筆記，1980 年前後即依據筆記整理成文，1981 年開始發表金學論文，1984 年出版第一部專著[1]，累計出版金學專著 3 部[2]、編著 1 部[3]，發表論文多篇，內容涉及《金瓶梅》的思想、源流、人物、作者、評點、文化等諸多研究方向，是早期《金瓶梅》研究的主力成員。無奈聯繫不上，不得已而割愛。

國人研究《金瓶梅》的論著，最早是闞鐸的《紅樓夢抉微》[4]，但其只是一個讀書筆記。天津書局 1940 年 8 月出版之姚靈犀《瓶外卮言》，嚴格說也只是一個資料彙編。香港大源書局 1961 年出版之南宮生著《金瓶梅》簡說，算得上是一個原著導讀。臺北時報文化出版公司 1978 年 2 月出版之孫述宇著《金瓶梅的藝術》，可說是第一部文本研究的學術著作。該書全文收入石昌渝、尹恭弘編選的《臺港金瓶梅研究論文選》[5]。2011 年 3 月上海古籍出版社再版，增加了一篇作者自序，更名為《金瓶梅：平凡人的宗教劇》。

1　《金瓶梅考證與研究》，西安：陝西人民出版社，1984 年。
2　另兩部為：《明清小說探幽——明人、清人、今人評金瓶梅》，杭州：浙江文藝出版社，1985 年；《金瓶梅社會風俗》，天津：百花文藝出版社，2002 年。
3　《金瓶梅評注》，桂林：灕江出版社，1986 年。
4　天津大公報館 1925 年 4 月鉛印。
5　南京：江蘇古籍出版社，1986 年。

孫述宇先生本已與上海古籍出版社洽商同意編入金學叢書，並授權主編代理，忽中途撤稿，原因還是版權問題。

還有其他一些因故未能入選的師友：或已作仙遊[6]，或礙於本輯叢書的體例[7]，或因為版權期限，或失去聯繫等。凡此種種，均為缺憾。

儘管如此，第二輯連同第一輯 14 人 16 冊總計所入選的此 45 人 46 冊，已經是中國當代金學隊伍的主力陣容，反映著當代金學的全面風貌，涵蓋了金學的所有課題方向，代表了當代金學的最高水準。

此「金學叢書」之大略也。

臺灣學生書局高瞻遠矚，運籌帷幄，以戰略家的大眼光，以謀略家的大手筆，決計編撰出版「金學叢書」，實金學之幸，學術之福。主編同仁視本叢書為金學史長編，精心策劃，傾心編審。各位入選師友打造精品，共襄盛舉。《金瓶梅》研究關聯到中國小說批評史、中國小說史、中國文學史、中國文學評點史、中國文學批評史等諸多學科，是一個應該也已經做出大學問的領域。為彌補本叢書因為容量所限有很多師友未能入選的不足，特附設一冊《金學索引》[8]，廣輯金學專著、編著、單篇論文與博碩士論文，臚列學會、學刊與所舉辦之金學會議，立此存照，用供備覽。本叢書的編選，既是對過往的總結，也是對未來的期盼。本叢書諸體皆備，雅俗共賞，可以預測，將為金學做出新的貢獻。

此「金學叢書」之宗旨也。

金學已經不是一座象牙塔，而是一處公眾遊樂的園林。三百多部論著，四千多篇學術論文，二百多篇博碩士論文，既有挺拔的大樹，也有似錦的繁花，吸引著越來越多的研究者與愛好者探幽尋奇。不容置疑，傳統的金學，加上以文化與傳播為標誌的、以經典現代解讀為旗幟的新金學，必然展示著甯宗一先生的經典命題：說不盡的《金瓶梅》。

此「金學叢書」之感言也。

吳敢、胡衍南、霍現俊（吳敢執筆）

2014 年元旦

6　如王啟忠、鮑延毅、孔繁華、許志強諸先生等，駕鶴西去的徐朔方先生的精選集由其高足孫秋克代為編選，劉輝先生的精選集由其摯友吳敢代為編選。

7　本輯叢書乃論文精選集，字典、詞典與小塊文章結集便未能入選，《金瓶梅》語言研究的幾位專家如白維國、李申、張惠英、許仰民等因此失選。

8　吳敢編著，分上下兩編。

陳東有《金瓶梅》研究精選集

目　次

金學叢書第二輯序 …………………………………………………………………… I

運河經濟文化與《金瓶梅》 ……………………………………………… 1

再論運河經濟文化與《金瓶梅》 ……………………………………… 9

《金瓶梅》文化意義芻論 ………………………………………………… 19

西門慶的生財與消費之道 ……………………………………………… 27

潘金蓮與新舊文化的撞擊 ……………………………………………… 43

瓶兒這個女人 ………………………………………………………………… 57

好一個沒規矩的傲婢春梅 ……………………………………………… 71

幫閑食客與商業小社會 ………………………………………………… 81

西門慶為什麼沒做地主——《金瓶梅》中的社會經濟問題 ……… 95

《金瓶梅》的平民文化內涵 …………………………………………… 103

話說西門大官人 …………………………………………………………… 113

《金瓶梅詞話》的非小說意味 ………………………………………… 119

《金瓶梅》性行為描寫中的文化意義 ……………………………… 131

《金瓶梅詞話》結構特徵及其文化信息 …………………………… 151

《金瓶梅詞話》詩詞文化二三論 …………………………………… 173

《金瓶梅》的美學意義 ………………………………………………… 183

論《金瓶梅》獨特的藝術思維指向 ………………………………… 197

《金瓶梅》的二律背反及其藝術思維 ……………………………… 205

《金瓶梅詞話》道德說教中的哲學命題 …………………………… 215

《金瓶梅詞話》對理學和宗教的選擇 ……………………………………………… 225

《金瓶梅詞話》相面斷語考辨 ……………………………………………………… 239

相面與中國古代小說審美藝術的關係——從《金瓶梅詞話》相面情節說起 ………… 247

社會經濟變遷與通俗文學的發展——明嘉靖後文學的變異與發展 …………………… 255

附 錄

一、陳東有小傳 ……………………………………………………………………… 271

二、陳東有《金瓶梅》研究專著、編著、論文目錄 ……………………………………… 272

後 記 ……………………………………………………………………………… 277

運河經濟文化與《金瓶梅》

　　《金瓶梅》這部世情寫實長篇章回體小說，以一個新舊觀念衝突激烈的家庭為結構中心，以一位商人兼官員的人物活動為主要線索，客觀而又真實地再現了 16 世紀中國封建社會商品經濟發展和封建專制政治以及市民生活的多方面、多層次的現實，其涉及的文化背景也因此而具廣泛性的特徵。這種廣泛性無疑為《金瓶梅》文化研究提供了必要性和可行性的論據。

　　但是，又必須看到，由於目前學術界對《金瓶梅》的作者和成書時間的意見分歧依然很大，文化研究的必要前提——文化背景的時間、空間的界限未得到確定，文化研究的困難不少。為了克服這些困難，筆者彙集學術界同仁有關意見，將文化研究的時間中心階段規定在明代嘉靖、隆慶、萬曆三朝。即公元 1522 年至 1620 年。空間中心階段則規定在作品自身已明確標誌出來的南北運河樞紐之地——山東臨清州（今山東省臨清市）的周圍。

　　如果把上述的時間規定與空間規定分開來看，意義就十分重大了：明代自中葉始，經濟思想諸方面出現了許多新的事物，商品經濟發展很快，「異端邪說」迭起民間，政治統治卻日趨滑坡。大運河為中國東部內陸最重要的交通要道，貨運量與日俱增，運河流域日趨繁華。如果把二者結合起來看，則可以發現運河經濟所產生的文化意義。交通刺激了經濟的發展，經濟發展是思想、政治諸領域內矛盾發展的重要因素。因此，這裏便提出了一個十分重要的問題：《金瓶梅》的故事發生在大運河畔的交通要塞、商業重鎮，研究《金瓶梅》首先須認真研究大運河，研究運河經濟文化。

　　本文作為《金瓶梅》文化背景研究之「一論」，旨在揭示（京杭）大運河與《金瓶梅》的重要關係，以供「金學」同仁參考。

一

　　如果說，黃河是中華民族的誕生之源和成長搖籃，那麼，始發於春秋，形成於隋朝，暢通於明朝的大運河（又稱京杭大運河）便是中國封建社會的一根主動脈。

　　運河最早的兩段是邗溝和鴻溝。邗溝，是條連接長江與淮河的運河。春秋時期，吳

國戰敗越、楚之後，為進一步揮師北上，討伐齊、晉，稱霸中原，由吳王夫差於魯哀公九年（前486）下令開鑿。鴻溝，引黃河水入圃田澤終入潁水，是戰國魏惠王十年（前361）開鑿，目的在於為渠溉田。南北大運河的開鑿則是隋煬帝的事，他先後下令開鑿了通濟渠（溝通淮河與黃河）、山陽瀆（以邗溝為基礎）、江南運河（溝通浙江即今之錢塘江與長江）及永濟渠（溝通黃河沁水與白河，直達涿郡即今北京市西南），從而形成了「之」字形貫通南北的隋運河。隋煬帝如此之大舉，首先是一統中國的政治與軍事的需要：控制江淮，吸聚財寶，便於調兵，征伐高麗。然而，這條由數十萬勞動者的生命和血肉鋪砌起來的交通要道隨著封建王權在經濟方面日益增長的需求和社會經濟的發展，尤其是唐宋以後商品經濟的發展，逐漸顯示出極其重大的經濟價值，從而成了唐以後內陸運輸的重要幹流。

入明，朱氏王朝已是自覺地認識到這條動脈交通水道對自己的經濟意義。明成祖朱棣遷都北京，運河的意義更為重大，絕不止於南北兩京之間的紐帶。其首先是南糧北運這一重要的經濟使命就必須由這條河流承擔。由於運河各段水源來源不一，且黃河常因泛濫而改道橫行，隋以後的運河常發生中斷，到了元代，迫於諸方面的需要，建都大都（今北京）的元統治者立意修通運河，並將呈「之」字形的隋運河佈局盡力拉直。但是元代並未徹底解決兩大難題，一是中段會通河水源不當，二是黃河泛濫時仍然中斷漕運，因此在元代，漕運多從海路。明初沿襲元制，漕運從海。但是，海路運輸要擔風浪之險，翻漕船、溺軍卒的事故時常發生；改從陸路，車馬費用數倍於漕船，且山高路險，民工叫苦不迭，於是明朝各代前赴後繼，解決了元代運河兩大難題，形成了我們今日所見運河佈局，南北運河方始暢通無阻。永樂之後，漕運大多由海轉河，明中葉始，海運基本罷停，加上運河漕船開始使用平底大船，每年約有四百萬石漕糧從江南經運河北上，源源進入京城。

明初，針對海外諸國入貢並附載方物與中國貿易一事，朝廷在浙江之寧波、福建之泉州和廣東之廣州（今地名皆同）設立「市舶司」，分別掌管日本、琉球和占城、暹羅、西洋諸國通商市宜。後來又在交趾（今越南河內市）、雲南（今雲南省昆明市）設立「市舶司」，以掌管西南諸國朝貢互市之事。國外來賓及其所攜貢品、貨物進京者，也多取道大運河。國內除京師（今河北省）、山東（今山東省）、南京（今江蘇、安徽兩省）、浙江（今浙江省）這幾個運河流經地區的官吏百姓、行商坐賈當然借運河舟楫之便北上南下外，長江、黃河、海河、淮河、錢塘江流域的人們也常常是順江河東下，再走運河上京下府，走南闖北。於是，這條南起杭州（今杭州市）、北達京師（今北京市），溝通海河、黃河、淮河、長江、錢塘江五大水系，全長一千八百公里的人工河道便日益繁華熱鬧起來。過去的小村小鎮，很快成了重鎮大城，運河兩岸成了全國州府最密集的地區。明朝兩都，首都京師（今北京市）鎮於運河北端，留都南京（今南京市）臥於運河南腹；「上有天堂，

下有蘇杭」的蘇州（今蘇州市）、杭州（今杭州市）以及湖州（今浙江湖州）、鎮江（今江蘇鎮江市）坐於運河南線；揚州（今江蘇揚州市）、徐州（今江蘇徐州市）、濟寧（今山東濟寧市）為運河中段要地；德州（今山東德州市）、通州（今北京市通縣）為運河北段重鎮；而臨清州既夾於衛河、運河交會之要衝，又是南北運河之咽喉，是大運河樞紐之地。

《金瓶梅》一書中多次說到臨清碼頭和大運河。西門慶行商坐賈活動與臨清碼頭和運河息息相關，來旺與韓道國經常借道運河下蘇杭吳湖，置禮辦貨，臨清鈔關主事錢龍野接受西門慶的賄賂不止一次兩次，西門慶的貨物過關時自然被他「青目一二」。西門慶與官場交接也得益於運河，蔡狀元（後來的蔡御史）、宋巡按，都是西門慶在「新河口」接住，迎進城去。有學者考證出小說中的清河縣即當時的臨清城，因書中所寫的清河縣地理位置與城內外佈局多與臨清城相符；小說的後二十回，更是直接以臨清碼頭為重要空間描敘故事。可以說，屹立在交通要道運河之畔的臨清城以其重要的地理條件和商業經濟條件成為《金瓶梅》一書的中心空間。正因為如此，對《金瓶梅》一書作者和成書年限的考證不可丟棄臨清和運河這兩條重要線索而去旁徵博引或牽強附會，對《金瓶梅》一書的思想、藝術和文化研究不能只論及封建社會中封建之政治、經濟、哲學、宗教，而不論及地域性的商品經濟、商業小社會、商人階層及共周圍的市民生活。

二

交通運輸是商業的前提，是商業的命脈，這是經濟發展的一條自然規律。而商業的發展，則是城市發展的最重要因素。運河兩岸城鎮的發展正是這樣，臨清城為典型一例。

據有關史料載，「臨清有縣自後魏始，隋唐以來，廢置相尋，未為要地。至元始創開會通河……至縣境與衛河合流，置閘河漵以通漕運。永樂遷都北平，復加疏鑿……於是薄海內外舟航之所畢由，達官要人之所遞臨，而兵民集雜，商賈萃止，駢檣列肆而雲蒸霧湧，其地隨為南北要衝，歸然一重鎮矣」[1]。可見，臨清城正是借運河而發展起來的。

明初，京衛有軍儲倉，以供軍需國用。洪武三年，增置到二十所，並在臨濠（今安徽鳳陽境內）、臨清兩地建倉以供轉運之用。洪武二十四年，臨清儲糧達十六萬石，以供給訓練騎兵。不久，會通河通航，朝廷在徐州、淮安、德州建倉。三倉與臨清、天津二倉合謂之水次倉，以資轉運。後來又把德州倉移到臨清的永清壩。至宣德年間，臨清已增造至可容三百萬石的大倉，成了運河畔最大的漕糧轉運樞紐。於是，這「城瀕運河東岸，斜值衛河入運之口」的臨清，被「南來漕船」「謂之出口」，而成了「舟楫往來極便」

1　王儀〈臨清州治記〉，民國二十四年《臨清縣志》。

之要道。當然，借運河舟楫者不止是北上漕船，還有南下貨舟，官船私貨，私船官貨，南雜北貨，東西土產，各類商船也必由之而東西南北。臨清城自身也因漕船商舶行舟集中停泊轉運之需，出現了我們今日所說的「第三產業」，酒樓飯館、旅舍客棧、商鋪貨店、碼頭驛站在桅檣林立的同時紛紛出現。《古今圖書集成·方輿彙編·職方典·東昌府部彙考六》中寫道：

> 臨清州，州綰汶、衛之交而城，齊趙間一都會也，五方商賈鳴櫂轉轂，聚貨物坐列販賣其中，號為冠帶衣履。天下人仰機利而食，暇則置酒微歌連日，夜不休，其子弟亦多椎埋剽掠，不恥作奸。士人文藻翩翩，猶逾他郡。

這段話除去對商賈的偏見，可以看到臨清的繁華。明代大學士李東陽的兩首〈鰲頭磯〉是這樣描繪的：

> 十里人家兩岸分，層樓高棟入青雲，
> 官船賈舶紛紛過，擊鼓鳴鑼處處聞。
> 折岸驚流此地回，濤聲日夜響春雷，
> 城中煙火千家集，江上帆檣萬斛來。

《金瓶梅》一書多處描繪了臨清城的商業活動以及由此帶來的繁華熱鬧，現以《金瓶梅詞話》為底本，列引數例：

> 杏庵道：「此去離城不遠，臨清馬頭上，有座晏公廟。那裏魚米之鄉，舟船輻輳之地，錢糧極廣，清幽瀟灑。……」（第九十三回）

> 那時朝廷運河初開，臨清設二閘，以節水利。不拘官民，船到閘上，都來廟裏，或求神福，或來祭願，或討卦與笤，或做好事；也有布施錢米的，也有饋送香油紙燭的，也有留松篙蘆蓆的。這任道士將常署裏多餘錢糧，都令家下徒弟在碼頭上開設錢米鋪，賣將銀子來，積攢私囊。（第九十三回）

> 原來這座酒樓乃是臨清第一座酒樓，名喚謝家酒樓，裏面有百十座閣兒，周圍都是綠欄杆，就緊靠山岡，前臨官河（即運河——筆者注），極是人煙熱鬧去處，舟船往來之所。（第九十三回）

> 經濟上來，大酒樓上週圍都是推牕亮隔，綠油闌干。四望雲山疊疊，上下天水相連。正東看，隱隱青螺堆岱嶽；正西瞧，茫茫蒼霧鎖皇都；正北觀，層層甲第起朱樓；正南望，浩浩長淮如素練。樓上下有百十座閣兒，處處舞裙歌妓，層層急

> 管繁弦。說不盡餚如山積，酒若流波。正是：得多少舞低楊柳樓心月，歌罷桃花
> 扇底風。從正月半頭，這陳經濟在臨清馬頭上大酒樓開張，見一日也發賣三五十
> 兩銀子。（第九十八回）

這段話最後一句寫的是大酒樓經濟收入一筆，比起前文藻飾性的描繪來，是更準確地反映了臨清的繁華與商賈活動的情況。三、五十兩銀子，約值白米四、六十石（嘉、隆、萬三朝米價不一，災年豐年不一，一般講，災年約合八錢銀子一石，一般年份合六錢左右）。可見獲利極豐，生意興旺，往來顧客之多。當然，臨清碼頭絕不止這一家酒樓。而酒樓客棧的生意則是該地交通與商業情況的一面鏡子。又如：

> 不想那時河南、山東大旱，赤地千里，田蠶荒蕪不收，棉花布價一時踴貴，每疋
> 布帛，加三利息，各處鄉販都打著銀兩遠接，在臨清一帶馬頭，迎著客貨而買。
> （第八十一回）

這就難怪「這臨清閘上，是箇熱鬧繁華大馬頭去處，商賈往來，船隻聚會之所，車輛輻輳之地，有三十二條花柳巷，七十二座管弦樓」（第九十二回）。

早在永樂二十一年（1423），山東巡按陳濟上言：「淮安（今江蘇淮安市）、濟寧（今山東濟寧市）、東昌（今山東聊城市）、臨清（今山東臨清市）、德州（今山東德州市）、直沽（今天津市），商販所聚。今都北平（今北京市），百貨倍往時。」這一對京師商品茂盛原因的分析，展示了臨清等地商業活動十分活躍。

宣德四年（公元 1429 年），朝廷開始設置「鈔關」，即今日之商業稅務局，徵收商稅。當時有滻縣、濟寧、徐州、淮安、揚州、上新河、潭墅、九江、金沙洲、臨清、北新諸鈔關。其中只有上新河和九江二鈔關不在運河之畔。一般鈔關對來往商船收納「船料」（按商船的長寬大小而酌情收鈔的稅款），而臨清、北新二鈔關還兼收貨稅，《金瓶梅》一書多次說到臨清鈔關的這些活動。這當是臨清商業發展的具體表現之一。

運河經濟文化，包括運河的開挖、疏通，運河用途的變化發展，運河兩岸的變化發展。像臨清這樣的樞紐要塞的產生和發展，以及由交通、經濟而引起的其他文化現象（諸如政治、哲學、宗教、文藝、風土民情等，筆者另有專論，此處不詳述）是產生《金瓶梅》這部奇書名著的文化背景之一，當然，首先是產生《金瓶梅》一書中所再現的社會現實的文化背景之一。如果我們站在這個文化背景的角度，站在運河畔的臨清碼頭來看《金瓶梅》，《金瓶梅》的作者更多的是描寫封建大社會中的商業小社會；揭示的是小農自然經濟中的商品經濟現象及其一部分實質，塑造的是與奴隸心態的農民有某種程度不同的「自我」心態的商人形象、市民形象。這些人物都不是用某些道德範疇的概念可以概括的。比如

硬要給以商兼官的西門慶頭上戴「市儈」「惡霸」「淫棍」「流氓」的帽子，便是牽強附會；應伯爵等人雖然常常「幫閑」「貼食」，然而又是這種社會中商賈活動不可缺少的「幫忙」「自食其力」的角色；貶潘金蓮和李瓶兒為「淫」「惡」，褒吳月娘和孟玉樓為「貞」「善」或貶為「奸」「滑」皆難以合古情今理。這些人物正是在運河經濟文化背景下誕生的，他們的言行舉止，是他們自己選擇的結果，儘管這種選擇違背了傳統的、世俗的規範而導致了各自不同程度的悲劇結局。值得指出的是，產生並發展在中國東部的運河經濟文化是比古老的黃河文化、長江文化更新的文化模式。中國的文化模式並非鐵板一塊，中原一統。這是我們研究中國文化、中國文學藝術，研究《金瓶梅》值得注意的重要現象。

三

東亞地區西高東低的地勢，決定了中國廣袤的土地上，特別是東部地區沒有一條嚴格意義上的南北流向的大江長河，更沒有一條連接各條東西流向水源的交通水道。狂傲無羈的黃河數千年來不知改道了多少次，最終還是借已有的水道由偏西向偏東流入大海。這在海路危險、陸路艱難的古代，對政治上追求封閉保守的封建王權來說，創造了一個使老百姓安分守己的地理條件，各級地方官僚也可以在人為劃分的州、府、縣治境內任「父母」官，當「土皇帝」而操縱生殺大權，封建王朝得以平穩遲緩地延續發展下去。然而，這種地理條件也給經濟（當然不只是有利於封建專制的小農自然經濟）的發展帶來諸多不利。於是，運河，這條南北水道的暢通，便使得這種地理條件的含義發生根本的變化。「水性使人通，山性使人塞」，此俗語放在運河之上，更具深刻的含義。

隋、元、明三代都是天下一統之王權。隋、元開挖大運河，目的在於輸送兵員，控制南北，聚財斂寶，轉運漕糧，連接九州，鞏固一統。他們沒有，也不可能，也不願意去意識並顯示這條水道更重大的經濟價值。這種動機開出來的運河，只能是通而不暢的，這也是他們沒有最終解決運河水源不當和黃河泛濫而影響河運及兩岸人民生命財產兩大問題的主要原因。大運河的功績與罪過在這時失去了平衡，功小於過。明朝統治者基本解決了這兩個問題。（當然並非徹底解決以及解決所有的問題）首先也是出於政治和軍事的目的，但不可否認，商品經濟的發展對交通的要求已成為明朝統治者的考慮議程也是原因之一。明王朝仍然輕商、抑商，但時代畢竟不一樣，商品經濟的自我表現力既然使統治者開設「鈔關」，也會使他們設法解決河運問題。京杭大運河終於暢通而成了溝通中國南北經濟、政治、哲學、宗教、文學、藝術的「黃金水道」，明中葉以後的商品經濟在封建王權專制的重壓下，在小農自然經濟的包圍中獲得了一個有利於發展的地理條件。

於是,大運河的功過只有在這時,在她最重要的經濟功能和文化價值被發掘出來之後,才得以平衡,並不斷向功大於過的新的不平衡發展:

大運河是封建統治者們提出來開鑿的,然而開鑿者卻是千百年中數以百萬計的勞動群眾;

大運河的形成與暢通,實現了封建統治者的政治、軍事目的,然而也方便了南北交通;

大運河給歷代封建君王送去了難以計數的奇珍異寶、綢絹絲帛、香茶玉瓷、才子美人,然而也有益於各地產品的交換,順應了行商坐賈的需要,促進了商品經濟的發展;

大運河以她那汨汨不絕之水延續著封建王朝的壽命,然而也灌溉了百萬良田,養活了千萬百姓,潤滑了歷史車輪,培育出中國封建社會中的商業小社會,傳播了「異端邪說」思想與新文化之種。

《金瓶梅》更多的是在展示大運河的功績,儘管作者的主觀願望並非如此:《金瓶梅》的作者蘸著大運河的水寫出了屹立在大運河畔的商業小社會,描繪了喝著大運河的水長大的各色人物。《金瓶梅》是大運河孕育出來的傑作。

（本文完稿於 1988 年 11 月）

再論運河經濟文化與《金瓶梅》

一部《金瓶梅》，是作者蘸著大運河水寫出來的。它說的是運河邊上的凡人常事，第一次生動地描寫了在小農自然經濟的層層包圍之中如此這般的真實人物與並非完全虛構的故事；它令那些習慣了過去、哀嘆著今日、擔憂著未來的道學家、文學家、官僚、紳士以及不曾喝過運河水的山民村夫驚嘆詫異，或指其奇，或責其淫，或說其奢，或咒其惡。

這便是《金瓶梅》，16 世紀中國大運河經濟文化的產兒，又是 16 世紀中國大運河經濟文化的見證。

一、運河經濟文化構成的經濟條件

作為一定社會發展總和的文化，從文化層面上分析，是以經濟文化為基礎的。從經濟與文化的關係分析，經濟又是前提條件，進而形成相應的觀念文化。

貫通中國東部、中部南北向的大運河，根據它的開挖時間、河道走向和實際使用，可分為隋運河、元運河、明運河。大運河這樣一條水道的誕生，並非出自於經濟的目的。或者說，運河開鑿的動機主要還是出於國家軍事、政治的需要，出自於君王個人享樂的需要。[1]然而，這條以南北之勢縱橫東亞大平原的黃金水道隨著它的經濟價值的客觀存在而逐漸顯示出極其重大的經濟意義，成了唐以後內陸運輸的重要幹流。《新唐書‧食貨誌》載：

> 益漕晉、絳、魏、濮、邢、貝、濟、博之租輸諸倉轉併入渭。凡三歲，漕七百萬石。

「凡三歲」，指開元二十二年至二十四年，平均每年漕運量為二百三十餘萬石。北宋始，運河經濟意義則從漕運擴大到河岸城鎮的發展。《清明上河圖》是一幅極其生動的北宋運河經濟文化圖。《宋史‧河渠誌》云：

1　陳東有〈運河經濟文化與《金瓶梅》〉，《萍鄉教育學院學報》，1989 年第 3 期，見本書。

汴河自隋大業初疏通濟渠，引黃河通淮，至唐改名廣濟。宋都大梁以孟州河陰縣南為汴首，受黃河之口屬於淮、泗。每歲自春及冬常於河口均調水勢，止深六尺，以通行重載為準。歲漕江、淮、浙米數百萬，及至東南之產，百物眾寶，不可勝計。

《明史・食貨志・漕運倉庫》載：

初運糧京師未有定額，成化八年始定四百萬石，自後以為常。北糧七十五萬五千六百石，南糧三百二十四萬四千四百石。其內兌運者三百三十萬石，由支運改兌者七十萬石。兌運之中湖廣、山東、河南折色十七萬七千七百石，通計兌運、改兌加以耗米入京、通兩倉者凡五百十八萬九千七百石。

這就難怪永樂九年潘叔正提請疏浚會通河時會說：

會通河道四百五十餘里，其淤塞者三之一，浚而通之，非惟山東之民免轉輸之勞，實國家無窮之利。[2]

如果運河僅僅只用於一年五百萬石漕運，即使「國用以饒」[3]，其經濟意義還是有限的，漕運只是其中的一部分。還有大量的其他船隻載著種種貨物南來北往。運河成了中國最繁忙的交通要道。

交通運輸是商業發展的首要前提，交通促進商業的發展，商業、交通二者又勢必促進商業運輸線上河埠商鎮的經濟發展。特別是明永樂年間修成的京杭大運河，由漕運所引出的倉站、閘站和漕糧支運、兌運的交接處，無疑是人口集中之地；江河交叉之口、州縣水陸相會之所，當是車馬會聚之地。既有人口車馬之聚，當有車馬人口日用之需，於是酒樓飯館、旅舍客棧、商鋪貨店、碼頭驛站，配套的經濟行業隨之而興。於是，過去的荒丘野地，此時成了繁榮小鎮；過去的小村僻莊，此時成為重鎮都會。

運河兩岸成了當時最繁榮的經濟「特區」，成了發展起來的經濟帶。

交通的發展既促進了商業的發展，自然也推動了手工業的發展。明中葉，是中國手工業空前繁榮時期，有的史學家也用「資本主義萌芽」來作定性分析。然而，卻難得有人用文字來指出這種「萌芽」離不開運河水的滋潤。沒有運河，蘇、杭、嘉、湖境內的盛澤、震澤、濮院、王江涇、雙林等地每年生產出來的難以計數的絲絨綢緞如何流向全

2　《明實錄》永樂九年二月條，臺北：中央研究院歷史語言研究所校印本。

3　《明史・陳瑄傳》，北京：中華書局 1974 年。

國各地及域外四方從而保證銷路？瓷器最佳運輸方案便是舟行，沒有運河，景德鎮等地官窯、民窯中每年生產的數十萬件產品北上途中不知要受多大的損失。各地著名的酒、茶、鹽、紙、竹木、薪炭等產品也大多是在運河這條交通線刺激下迅速發展起來的。

一句「東南財賦地」含義深刻。唐始，東南以其地利和物產豐富，擔負起此項重任。南宋始，又以其世道持久太平，經濟發展迅速，成為國家經濟主要來源。明代，弘治年間大學士丘濬在《大學衍義補》中說道：

> 臣按韓愈謂：賦出天下，而江南居十九。以今觀之，浙東西又居江南十九，而蘇、松、常、嘉、湖五郡又俱十九也。

宣德四年始，朝廷開始設置「鈔關」，徵收商稅，當時有滻縣、濟寧、徐州、淮安、揚州、上新河、滸墅、九江、金沙洲、臨清、北新諸鈔關，其中只有上新河和九江二鈔關不在運河之畔。「歲徵本折約三十二萬五千餘兩，萬曆二十五年增銀八萬二千兩，此定額也。」[4]一般鈔關對來往商船收納「船料」（按商船的長寬大小而酌情收鈔的稅款），臨清、北新二鈔關又兼收貨稅。這些反映當時經濟變化的材料從另一個方面說明，由於手工業、商業的發展而形成的經濟發達地區大多同運河密切關聯。

> 隋煬帝開通濟渠……於是江、淮、河、汴之水相屬而為一矣。……會通河自濟、汶以下，江、河、淮、泗通流為一。煬帝此舉為其國促數年之祚，而後為世開萬世之利，可謂不仁而有功者矣。[5]

運河的開鑿，使中國東部地區的經濟得以長足發展，出現了讓下令開鑿運河的君王所意想不到的深遠意義。開鑿並疏浚後的大運河，作為客觀存在的物質條件在經濟的發展中產生了巨大的經濟價值，進而構成了重大的經濟文化意義。

二、運河經濟文化內涵與《金瓶梅》

正如上文所述，運河地區經濟發展，主要是指商業和手工業，這又是運河地區，尤其是更為發達的江南運河地區，成為當時中國人口最密集地區的前提。在這些密集的人群中，有運送漕糧的軍民，有管理河道閘站的力夫，更多的是過往行商、當地的坐賈以及以各種手工業和服務業謀生的市民。傅衣凌先生在他的《明清社會經濟變遷論》一書

4　《明史·食貨志·商稅》，北京：中華書局 1974 年。
5　〔清〕顧炎武《天下郡國利病書》第 15 冊山東上，四部叢刊三編史部。

中轉引《明清史料甲編》第十冊第九二三頁的「總計臨城周圍逾三十里，而一城之中，無論南北貨財，即紳士、商民近百萬口」來估計「臨清、杭州也都曾經達到近百萬人口」。我認為，若論杭州，「百萬人口」不會是誇大之數。若論臨清，「百萬」似有誇飾之嫌。不過，從官方戶口統計上是不能準確地計算交通要道商鎮河埠的人口數的，因為流動人口往往要超過定居人口。即使從官方戶口統計數字來看，臨清州在明中葉以後，已成為山東東昌府中人口最多的地區。從這個角度看，傅衣凌先生的估計不無道理。下面列兩則史料從另一角度也可見臨清等沿河商埠曾有過的繁華：

> 御史耿定言：臨清等處官氏之家多有塌房店舍，居停商貨，宜依在京例收鈔。[6]

> ……隨查各關監督預呈文案，在河西務關，則稱稅使征斂以致商少，如先年布店計一百六十餘名（座），今止三十餘家矣。在臨清關，則稱夥商三十八人，皆為沿途稅使抽罰折本，獨存兩人矣；又稱臨清向來段店三十二座，今閉門二十一家；布店七十三座，今閉門四十五家；雜貨店今閉門四十一家，遼左布商絕無矣。[7]

其實，與運河經濟文化相關聯的商賈遠不止運河兩岸，由於商人活動的流動性，他們往往把運河的氣息帶回自己的家鄉，在許多商鎮城市擴大了運河經濟文化的影響。當我們研究明代才形成的晉商、河南商人、徽州商人、江西商人等商人集團時，會發現他們無一不喝過運河的水，乘過運河的舟楫；不少人還在運河岸邊居住過，做過生意，賺過利錢。

從自然地理條件看，東亞地勢西高東低，使得中國的東部沒有一條嚴格意義上的南北流向的大江長河，海、河、淮、江皆由西向東流歸大海。這在海路危險、陸路艱難的古代，對政治上追求封閉保守的王權國家來說，創造了一個使老百姓安分守己的地理環境，各級地方官吏可以在自然分割與人為劃分相結合的封閉條塊中當「父母官」，做「人上人」。而中國的經濟主體——小農自然經濟模式之所以長期得不到改變，當然得力於這種地理條件。明中葉，運河的暢通，使得這一地區的自然條件發生了根本變化。「水性使人通，山性使人塞。」不僅商業和手工業得以長足發展，而且由於南來北往同外面的「世界」的接觸，許多人大開眼界，如同杜麗娘從閨房走進後花園，劉姥姥游逛大觀園，運河兩岸經濟「特區」人的觀念和心態都發生了巨大的變化。

中國傳統的宗法倫理以「三綱」「五常」為中心，也為衡量標準，將人的欲望限制

6　《明實錄》宣德六年二月條，臺北：中央研究院歷史語言研究所校印本。

7　《明實錄》萬曆三十年九月條，臺北：中央研究院歷史語言研究所校印本。

起來。限制到一種什麼程度？從未有過明文規定。占統治地位的儒家文化絕不是禁慾文化，即使宋代哲學和明清官方理學也不是禁慾主義，連外來的禁慾主義佛教文化到中國後也顯得格外寬鬆。但是，中國倫理發展史一直是以對人的欲望予以批判作為前提的。隨著貨幣在現實世界中作用意義的發展，金錢則成了物欲的具體體現，成了物化的欲望，也成了欲望的物化。自然，金錢也就被種種倫理力量推到了道德正面範疇的對立面。然而在運河經濟文化氛圍中，在商鎮河埠，在市民商賈心裏，金錢成了追求的目標，利潤成了自身的價值。而且還形成了一種趨勢，一種自然而然的必然。正如要讓那些「雞犬相聞，老死不相往來」的山民村夫放棄宗法倫理道德是一件難事一樣，要這些走南闖北、出錢進利的市民商賈不談利潤、不求物欲也是一件難事。當人們處於「以物易物」階段，有可能將物欲限定在人的基本生活「需要」的水準上。在商業貿易階段，人的物欲則不可能停留在這個水準上，追求餘利甚至儘可能多的餘利是商業自身存在和發展的「需要」所致。倫理道德與商業規律是兩個不同範疇、不同屬性的問題，對商賈的倫理評判與對商賈效益的評價也是不同性質的兩個問題。因此，在經濟生產中，道德與物欲不產生矛盾時，二者自可兼之；若產生矛盾時，更多的人不願受到倫理的束縛，而棄義取利，並且不以為恥，反以為正當。這種心態觀念已經不只是出現在曾為高利貸張目的李開先文章之中，不僅是後來明末清初思想家黃宗羲、王夫之等人為工商大賈搖旗吶喊，在運河地區的生活實際之中，就已大量地出現了冒小農自然經濟社會宗法倫理之大不韙的棄道德求利欲、輕來世重現世的行為。

據山東博平縣誌所載：

> ……至正德嘉靖年間而古風漸渺，而猶存什一於千百焉。……（過去）鄉社村保中無酒肆，亦無游民，……畏刑罰，怯官府，竊鈇攘雞之訟，不見於公庭。……由嘉靖中葉以抵於今，流風愈趨愈下，慣習驕吝，互尚荒佚，以歡宴放飲為豁達，以珍味艷色為盛禮。其流至於市井販鬻廝隸走卒，亦多纓帽緗鞋，紗裙細袴，酒壚茶肆，異調新聲，泊泊浸淫，靡然勿振，甚至嬌聲充溢於鄉曲，別號下延於乞丐。……逐末遊食，相率成風。[8]

又看山東鄆城縣誌所載：

> （正德、嘉靖以後）齊民而士人之服，士人而大夫之服，飲食器用及婚喪游宴，盡改舊意，貧者亦槌牛采鮮，合饗群祀，與富者鬥豪華，至倒囊不許焉。里中無老少，

8　轉引自吳晗《讀史札記》，北京：生活‧讀書‧新知三聯書店 1956 年。

輒習浮薄,見敦厚儉樸者窘且笑之。逐末營利,填益衢巷,貨雜水陸,淫巧姿異,而重俠少年復聚黨招呼,動以百數,槌擊健訟,武斷雄行。胥隸之徒,亦以華侈相高,日用服食,擬於市宦。[9]

又看顧炎武的《天下郡國利病書》第十五冊山東上「風俗」云:

……兗、東二郡,瀕河招商,舟車輳集,民習奢華,其俗也,文若勝乎質。……

臨清州如何?《古今圖書集成·方輿彙編·職方典·東昌府部彙考六》云:

臨清州,州縮汶、衛之交而城,齊趙間一都會也。五方商賈鳴檝轉轂,聚貨物坐列販賣其中,號為冠帶衣履。天下人仰機利而食,暇則置酒徵歌連日,夜不休。其子弟亦多椎埋剽掠,不恥作奸。士人文藻翩翩,猶逾他郡。

這裏,傳統的「安貧樂道」不見了,有的只是追富而忘乎所以;正統的憂國憂民也不見了,有的只是為自己而求享樂。山東原是風淳俗厚的齊魯之地,尚且如此,那麼,到江南運河區去看看,「其中士風之變,吳中尤甚」「一呼則數十成群,強府縣以理外法外所不可從之事,稍拂其意,則攘臂奮袂,哄然而起。提調官莫可誰何,於是藍袍大王之號興,愈變而愈不古」。[10]這已是到了目無「王法」的程度。

運河地區民眾吃穿住行等生活方式的變化和他們對社會的態度,是他們思想觀念變化的具體表現,這些表現顯然是同傳統的思想觀念、倫理道德等價值標準相左的,有矛盾衝突的。這種矛盾衝突僅從上述記敘的文字色彩中就可見其激烈程度了。這使人想起《金瓶梅》與《歧路燈》兩部作品的反差,前者為運河經濟文化的傑作;後者是古都道學家的教科書。這使人想起《聊齋誌異·黃英》中黃英姐弟與馬子才之間的觀念衝突,前者以為「自食其力不為貪,販花為業不為俗,人固不可苟求富,然亦不必務求貧也」;後者則死守「風流高士,當能安貧」,「以東籬為市井,有辱黃花」。這使人又想起,明代中葉始,為何王學左派首先在江浙發起,在運河周圍地區頗有市場;李贄雖受朝廷所難,《焚書》卻屢焚不絕;而當時社會的確「舉業至於抄佛書,講學至於會男女,考試至於鬻生員,此皆一代之大變」[11]。這使人又想起,有明一代為何官商、皇商愈演愈

9　轉引自傅衣凌《明清社會經濟變遷論》,北京:人民出版社 1989 年。

10　〔明〕管志道〈從先維俗議〉,轉引自傅衣凌《明清社會經濟變遷論》,北京:人民出版社 1989年。

11　〔清〕顧炎武《日知錄·藝文》。

烈，貪官污吏禁而無忌。這使人想到，明代所出各類通俗小說五百部[12]，近半數與運河經濟文化相關，大都以表現市民心態為特色。這使人想到，商稅一事，明初朱元璋視之為「抑逐末之民」手段，到了明中葉，卻成了君王朝廷及各級官僚生活的主要來源之一。這又使人想到，張居正在萬曆九年開始實施的以貨幣替實物為賦稅形式的「一條鞭」法得以成功。這又使人想到，明中葉始，有越來越多的官僚士大夫為商賈說話，有越來越多的讀書人棄科舉而事工商。

我們以明運河作為分析對象，可以這樣去確定運河經濟文化的內涵：由於運河的全線疏通，其經濟價值得以充分發揮；伴隨著漕運，運河作為東亞貫穿南北交通的唯一一條黃金水道，大大地促進了中國東部的交通、商業、手工業，進而促進了運河區域城鎮的迅速發展；相應地集聚而形成了一支巨大而又相對獨立的以商賈為主的市民階層；這個階層在當時已具有相對舉足輕重的社會經濟意義；由於其經濟活動、社會生活不同於周圍傳統的小農自然經濟環境中的民眾，因而產生並發展了與傳統和周圍世界很大不同的思想觀念與倫理心態，有了對自身價值的考慮，在生活方式上出現了追求利欲和現實享樂的特徵。這一切，構成了一種新的經濟文化氛圍，它籠罩了運河經濟地區，並隨著運河經濟的擴散而傳播出去，影響到相關聯的附近地區的商鎮河埠。實際上構成了具有與小農自然經濟為主體的農業大社會不同經濟結構、不同社會階層、不同觀念心態的小社會，因其社會經濟活動主要是商業，我稱之為商業小社會。

《金瓶梅》就是在這種經濟文化氛圍中誕生的，寫的便是這個商業小社會中的人物與故事。我們很難想像，如果西門慶、潘金蓮、李瓶兒、應伯爵等人物離開了運河經濟區，離開了商業小社會還可以如此這般地生存下去；我們也很難想像，如果作者不是生活在這樣的文化氛圍之中，其創作動機與寫實手法會有如此之矛盾衝突，又能寫出一部如此被小農大社會傳統文化氛圍熏陶出來的人們指「奇」罵「淫」的傑作。

當然，我們不可能把這裏所概括的「運河經濟文化」和「商業小社會」的概念絕對封閉起來，而說成是一個完全獨立於傳統文化和明王朝之外的新文化、新社會。既然是運河經濟文化，那麼運河區周圍的山鄉村野及運河區內的南北兩京，各省、府、州、縣中的傳統與正統的文化因素自然對它有著極大的張力作用；既然是商業小社會，那麼小農自然經濟大社會對它層層包圍仍有決定性意義。朱明王朝並不是一個開放的社會，雖然嘉靖、萬曆兩位既長壽又弛政的皇帝客觀上給當時社會帶來一定的自由、寬鬆；運河交通仍然是條內陸水道，雖然它貫通南北；儘管當時已有海外物質與精神的介入，但具有強大而又深沈的同化力量與自制能力的傳統文化仍然左右著人們，消化一切外來的和

12　參見《中國通俗小說總目提要》，北京：中國文聯出版公司 1990 年。

內滋的新生事物。更何況,參與運河經濟的商賈市民無論在血緣與精神上,還是在經濟與政治上,都同小農自然經濟和王權政治以及宗法倫理有著千絲萬縷的聯繫。這便是運河經濟文化最終不能成為大氣候、商業小社會不可能獨立於世的根本原因。這一切,我們都可在《金瓶梅》的故事中深深體會到,《金瓶梅》的傑出,也正在於把這樣一種繁雜的文化現象形象地再現於字裏行間。

三、運河經濟文化研究與《金瓶梅》研究之關係

漢文化曾有過三次較大的由北向南的遷移。第一次是西晉末年的永嘉之亂而導致的晉室南遷,漢文化中心由黃河中下游的中原移至長江中下游的江南,東南地區不僅經濟富饒,而且人才聚會。後來北魏一統中原,北方又漸次恢復了漢文化中心的位置。到隋唐之際,北方十分繁榮,但是在經濟上卻不能不依靠東南之地而「常轉漕東南之粟」[13]。第二次是安史之亂所引起的居民南徙,中原兵戈烽火,南方太平繁榮。叛亂平定之後,北方雖然恢復,對南方的經濟依賴有增無減,「凡東南邑郡,無不通水,故天下貨利,舟楫居多。轉載使歲運米二百萬石輸關中,皆自通濟渠入河而至也」[14]。前文所引韓愈的「賦出天下而江南居十九」即出於此時。晚唐五代時期,北方又陷戰亂,民不聊生;南方安定無事,經濟和文化都得到進一步的發展。此後北宋王朝雖立足中原,卻一直力圖均衡南北,終因金兵入侵,中原他屬,南北再次失去平衡,出現了第三次文化中心南遷。元人一統中華,雖然稱雄中原,但漢文化中心終難北上。朱元璋建都金陵不是沒有這一文化原因的。永樂皇帝遷都北上,又同時設置留都南京,也有盡力保持南北文化平衡的考慮。「明代全國的商業,逐漸集中到長江下游和大運河兩條線上,萬曆六年(1578),全國商稅課鈔,南直隸一省達一千三百多萬貫,獨占四分之一。」[15]後兩次南遷都同大運河息息相關,而且我們可以發現,漢文化中心向南遷移和北方對南方經濟的依賴總是得大運河之力。

於是我們把中國經濟文化中心的空間變異作線性分析,可以看到這條線的發展趨勢是由西北向東南。那麼這條線是如何從漢晉隋唐的黃河中遊走向清代、近代乃至現代的長江下游,最終奔向當代的沿海地區的呢?《金瓶梅》啟示我們:是有了運河這條通道,是運河經濟文化作為過渡條件。若從小說發展本身來看這個問題,可以說,16世紀運河

---

13 《新唐書·食貨誌》,北京:中華書局1975年。
14 〔唐〕李肇《國史補》卷下,上海:上海古籍出版社1979年。
15 陳正祥《中國文化地理》,北京:生活·讀書·新知三聯書店1983年。

經濟文化小說《金瓶梅》、20 世紀 30 年代長江下游經濟文化小說《子夜》、今日沿海經濟文化小說《商界》正是中國經濟文化中心從封閉性的黃河中游內陸區走向開放性的長江下游和沿海區的形象三部曲。

論及作品本身，同樣不能離開運河經濟文化這個重要的背景。如果我們同意這一點，並能夠分析運河經濟文化同緊緊包圍著它的小農自然經濟文化之間的關係，就會認知作者一面肩負著沈重的倫理說教，一面卻是更執著地實寫商業小社會中活生生的人生。這種人生同小農大社會中的奴隸心態臣民的人生不同，是有著較強「自我」心態的商賈市民人生價值觀的表現，因此作品中的這些人物的言行都不是用傳統的道德概念可以概括的。西門慶在作品中自始至終是個商人，經商營利是他的主要活動，做官是他自己的「意外」收穫，從政是他的「第二產業」。他的日常生活不過是這個商業小社會中的人們的日常生活，他的價值觀念是運河經濟文化的必然表現。說他「市儈」「惡霸」「淫棍」「流氓」，只不過是用道德概念來重複小農自然經濟文化中的觀念，不無道德牽強、倫理附會。應伯爵等人的「幫閑」「貼食」不同於春秋戰國時期那些失去「自我」意識的「雞鳴狗盜」食客，而是商業小社會中商業活動不可少的「自食其力」「幫忙」者。貶潘金蓮、李瓶兒為「淫」「惡」，褒吳月娘、孟玉樓為「貞」「善」或貶為「奸」「滑」，不僅未跳出作者創作動機中的倫理說教範疇，也不合古情今理。對於作品中男女性行為及其描寫僅以「風氣」解釋，未免浮淺，這種解釋失去了從特定經濟文化背景去考察人生態度的基礎，若以「風氣」而論，《金瓶梅》可以放到南朝之梁陳與五代之南唐去討論了。將《金瓶梅》的美學意義討論停留在倫理範疇的善、美和惡、醜關係的相對分析上，也僅是就傳統小農自然經濟文化背景和依據宗法倫理審美觀去作分析，並未能揭示出商業小社會中生活本質特徵在於競爭而運河經濟文化又有助於這種競爭的存在與發展，更未能揭示出反映這種小社會的文學作品的美學意義正在於真實地展示出在生活激烈的矛盾和衝突中各種人物為求生存發展而掙扎與抗爭的命運軌跡。

（本文完稿於 1991 年 1 月）

《金瓶梅》文化意義芻論

如果真的把《金瓶梅》押上道德法庭予以審判，那也好，可以讓道學家有用武之地，可是偏偏又有那麼多的文學專家們推之為傑作，此案難審。若是真的把《金瓶梅》放到文學的天平上去衡量，那也行，評論家們可以從內部到外部，挑剔分析個痛快淋漓，可是偏偏又難辦到，竟有一批文學的專家們在褒獎一番之後，即刻用道德家的口吻對作品中性行為描寫左抨右擊。畢竟「文以載道」「文以明道」的思維模式先於《金瓶梅》八九百年。於是，一部《金瓶梅》多少年來如同一頭被宰割的牲口，哪塊肉可以吃，哪塊肉不可以吃，哪塊肉見得人，哪塊肉顯不得眼，被分割得七零八碎。說這好，說那壞，殊不知所謂「好」與「壞」皆是一個文化中產生出來的，以「好」「壞」和「善」「惡」論之，果能公允正確？果能識廬山真面目？還是跳出廬山雲霧，看看廬山全景吧！把《金瓶梅》作為一個完整的作品，把其中的人物作為完整的人來研究。且莫只有道德至上，該從大文化的角度來掂量這部「奇」書的文化意義。

一、《金瓶梅》是運河經濟文化的產物

《金瓶梅》的作者和確切的成書時間至今尚未得到證實，給我們研究《金瓶梅》帶來很大困難。但是，從文化研究角度看，種種不同的學術結論在時間空間範圍的問題上還是比較一致的。這時間範圍便是明代的嘉靖、隆慶、萬曆三朝，即公元 1522 年至 1620 年。空間範圍則規定在作品自己已明確展現出來的山東臨清州（今山東省臨清市）周圍，即京杭大運河南北段相交樞紐之地。

關於大運河以前的歷史和它那時通時塞的情況暫且不論，這裏要強調的是，京杭大運河解決水源和黃河泛濫影響河道兩大問題的時間是在明朝中葉，也就是說，大運河只是在明中葉始才實現了四季暢通，從而真正發揮了它最大的交通效益。於是，這條東亞地區唯一的南北向黃金水道給小農自然經濟模式的封建中國帶來經濟上的生機。它不僅保證了漕糧的北調，也疏通了中原東部數省與南方手工業城鎮和京城的經濟關係，它使由來已久但並不強大的中國商業在沿河地區首先發展得特別迅速，運河兩岸河埠商鎮很快連接成片，由村而鎮，由鎮而市，人口密度為中國之首，很快形成了京杭大運河經濟

帶。臨清城以其位居南北樞紐之地利，隨著運河日益繁忙而飛快地發展成為一重鎮。「兵民集雜，商賈萃止，駢檣列肆而雲蒸霧湧，其地隨為南北要衝，巋然一重鎮矣。」（王偁〈臨清州治記〉）「五方商賈鳴櫂轉轂，聚貨物坐列販賣其中，號為冠帶衣履。天下人仰機利而食，暇則置酒微歌連日，夜不休，其子弟亦多椎埋剽掠，不恥作奸。士人文藻翩翩，猶逾他郡。」（《古今圖書集成·方輿彙編·職方典·東昌府部彙考六》）《金瓶梅》書中也屢屢描繪了臨清城的商業活動以及由此帶來的繁華熱鬧。陳經濟的大酒樓便立在「臨清馬頭」上，「一日也發賣三五十兩銀子」（第九十八回），三五十兩銀子，約合白米四十至六十石（嘉、隆、萬三朝米價不一，災年豐年不一，災年約合八錢銀子一石，一般年份合六錢左右），獲利極豐，生意興旺，可見臨清經濟一斑。

如果我們僅僅是把運河作為一條繁忙的通途看待，把臨清城作為熱鬧的商鎮河埠研究，是遠遠不夠的。文化研究需要從文化角度去看待和研究一切社會現象。交通→商業→城鎮→市民→市民意識→市民文化（在當時，尤為有意義的是物質利益對市民觀念的作用和王學左派及其他「異端邪說」對市民的影響），於是，在經濟生活、思想意識、價值觀念等文化方面，這樣的商鎮河埠具有與緊緊包圍著它的農業社會的文化不同的商業小社會的文化特徵。這種商業小社會裏的許多現象，從人的言行舉止、穿著打扮到行為規範、倫理準則、價值觀念，都與山區、鄉村不一樣，是為山民、鄉民所看不慣的，是為傳統文化，包括倫理、政治所難以接受，為當時作為農業社會的文化，包括倫理、政治所批判排斥的。諸如潘金蓮、李瓶兒、龐春梅、西門慶等人物，還有應伯爵、花子虛等，都是「惡」者，天理不容，人情所斥。甚至連「官哥兒」「孝哥兒」這些幼兒、少年也由於李瓶兒、西門慶罪孽太大而得到可悲的下場。唯吳月娘、孟玉樓似乎還有可取可褒之處，她倆多守婦道，所以前者「七十而終」，後者終得天倫。於是，我們可以看到，《金瓶梅》就是這樣一部作品：它既展現了封建農業社會中較為發達的商業小社會的真實生活，也揭示了這種生活是處於傳統文化籠罩之下和當時封建文化包圍之中，從而揭示了封建農業社會的文化與商業小社會的文化的交叉與矛盾衝突。這一切又構成了作品內思想與內容的矛盾。人們常說，作者七分批判西門慶，三分欣賞「金、瓶、梅」，恐怕還未揭到這層文化意義。

很多人常拿《金瓶梅》與《紅樓夢》比較，比較二者在題材與藝術上的關係與高低，並以「木石前盟」來形容，這確實是有必要有價值的。也有人把二者分為這樣兩類文化去試比輕重，褒《紅樓夢》具有民主進步文化性質，責《金瓶梅》為庸俗落後封建文化之書。文化本是某一社會發展的總和，它並不是文學，分好分壞總令人感到彆扭，誰能說清楚綿綿數千年不斷發展的民族文化是好是壞？孰是孰非？文化不僅不同於文學、文明，也不是狹義「學文化」的那個「文化」。文化有其發展演變過程，可以有新舊先後

之分，但又難以用進步與落後鑒之，因為我們的「進步」與「落後」概念已含有「好」「壞」之義，更不用說「民主」與「庸俗」了。文化可以包容特定的道德、倫理，卻並非能用道德、倫理來評定。文化只有新舊先後和所屬層次地域之分。我認為《金瓶梅》與《紅樓夢》只是分屬兩個層次的兩種文化，前者為「俗」文化層，後者為「雅」文化層，很像明清戲曲的「花雅」之分，這是由作品的內容與藝術形式來決定的。《紅樓夢》寫的是京城都市中呈封閉性的朱門大戶、皇親國戚的家庭生活，並由此而間接地（較少直接地）表現外界上層貴族社會。其中人物穿著用使、言談舉止皆「雅」，下層民間的「俗」事不多。書中的詩詞歌賦非文人墨客、公子小姐不敢過問。曹雪芹從構思到用筆，也多以雅為準。《金瓶梅》寫的是運河畔商鎮河埠中呈開放性的商賈家庭生活，並由此而直接地表現外界中下層商賈、市民、官吏社會，難得見「雅」，皆為「俗」人「俗」事，連蔡京、狀元、巡撫諸大人來到這本書裏也都失「雅」而「俗」，書中詩詞歌賦多是俗語、俚詞、戲曲、打油詩，和警言、歌謠、卦簽、民歌兒，蘭陵笑笑生著墨多從「說話」入手，書名便是「詞話」。因此，《金瓶梅》與《紅樓夢》二書可以從思想上鑒其深淺，在藝術上論其工拙；然而在反映的文化層面上絕無優劣之分，應是互補關係，二書同樣具有深刻的文化意義。若非如此，還要再研究《金瓶梅》幹什麼？豈不是自掘污濁而嗅其臭？

二、李瓶兒婚姻與性格變化之文化觀

　　環境文化往往是個性文化的決定因素。在運河經濟文化之中產生的《金瓶梅》客觀而又真實地再現了商業小社會中一群人的個性、思想及其價值觀。南來北往，面向社會的商鎮河埠生活條件使《金瓶梅》中的人物思想言行很不同於那些自守黃土、閉塞戶門的山區鄉村的人們。他們並不滿足於一日三餐、四季二衫，而是根據自己周圍的文化發展，追求自己的生活目標。他們見得多，識得廣，對於天子和天理，要比一心服從的農民靈活得多。他們在聽從朝廷命官的同時又瞭解他們的欲望，用手中的金錢同他們做交易，換得便利，換來權力。他們不怕天、不怕地，不管前世，也不懂報應。這在農民看來，可都是不忠不孝、不節不悌、不貞不義、不仁不智、不信非禮、不合人情天理的逆舉孽行。《金瓶梅》以運河經濟文化為背景，那麼反映出來的當然不是農民、農婦的形象，而是經濟商人、市民妻妾的形象，所以他們中的許多人——這些人物的許多思想言行是不同於其他地區、其他階層的人們的——也就有為傳統與當時的倫理不容之處，為忠孝老實的農民不解之事，也就為或虛偽或真誠的道學家所不齒與責難。

　　當然，不能說《金瓶梅》的人物及其言行思想都是傳統文化的對立面。這不可能！

說潘金蓮如何反封建，誇西門慶如何破理學，都是不實之論，他們不僅沒有這種自覺性及其動機，而且他們自身也不可避免地負載著傳統文化與自覺地遵守社會倫理。本文前述，運河經濟僅僅是明代經濟的一小部分，運河畔的商業城鎮、交通河埠畢竟是被小農自然經濟和封建大社會密密匝匝包圍著的小社會，傳統文化慣性和當時一統大國的社會倫理道德無疑都對運河經濟文化和商業小社會有重壓與滲透作用。那麼生活在這個小圈子中的人們也就不可避免地要受到影響。否則，潘金蓮不必等到「十件挨光計」便可以同武大郎離婚而隨西門慶去，也消除一場命案。西門慶也不會對諸妾嚴加「鞭教」並約束她們，更不該真心希企自己的兒子將來別學自己的樣而應另擇仕途。這些人物，其個性文化特徵就在於：他們是在傳統的小農自然經濟文化包圍之中的商業經濟文化裏生活、成長，既有傳統文化和當時社會倫理的烙印，又有新的商業經濟文化與在這種文化影響下所產生的生活追求的色彩。因此，《金瓶梅》所再現的人物的文化意義是十分深刻的。

李瓶兒的四次婚姻與性格的變化很能說明這一文化意義。

瓶兒在小說中第一次出現是以花子虛的正室夫人身分亮相的，花子虛已是她的第二個丈夫。瓶兒出身如何？我們不得而知，書中告訴我們的，只是她成年出嫁後的情況。「她先與大名府梁中書家為妾。梁中書乃東京蔡太師女婿。」瓶兒在這種人家做妾，本可以沾光而出人頭地，但是梁中書那「夫人性甚嫉妒，婢妾打死者多埋在後花園中」，這就不要說地位，連身家性命也無有保障可言。「這李氏只在外邊書房內住，有養娘扶持。只因政和三年正月上元之夜，梁中書同夫人在翠雲樓上，李逵殺了全家老小，梁中書與夫人各自逃生。這李氏帶了一百顆西洋大珠，二兩重一對鴉青寶石，與養娘媽媽走上東京投親。」於是在梁中書家出事的前提下，李瓶兒才擺脫了這種名為內妾，實為外房的尷尬生活，結束了第一次為妾的不幸婚姻。也許是這些情節在作者看來只需略寫，不論怎樣，我們看到李瓶兒在大名府的第一次婚姻從頭到尾都是被動的。第二次婚姻很快來臨。「那時花太監由御前班直升廣南鎮守，因侄男花子虛沒妻室，就使媒人說親，娶為正室。」瓶兒嫁到這種人家，又是「正室」，命運應該有個較大轉變。但是，在花家，她僅僅是丈夫的附庸，而且，與其他人家的「附庸」不同的是，在好嫖愛喝的紈絝子弟花子虛看來，瓶兒這個「正室」又只不過是他「花」家的一個擺設的「瓶兒」。

瓶兒已不是當年梁府中的少婦，也不是上東京投親的「寡婦」。她隨花家來到這清河縣並在此地成熟起來，商鎮河埠的生活使她有了與先前不同的思想與追求，有了對自己丈夫的衡量標準。自花太監死後，花子虛手裏把握著花家全部的家財，「成日放著正事兒不理，在外邊眠花臥柳」，只知消家財，不知理家事，只管嫖娼狎妓，不顧家中還有個日夜盼郎的嬌妻。我們可以看到，在西門慶結拜的十兄弟中，唯有花子虛一人身上

散發的是官宦公子、貴門少爺習氣。瓶兒並不反對丈夫在外宿妓夜嫖，也反對不了。她希望的是丈夫既能在外理事，又能管顧家中；希望的是丈夫能給自己一點愛撫，以享受做妻子的天倫之樂。為此，她多次勸過花子虛。瓶兒的這種規勸，自然不合花子虛心意，「他恁不聽人說」。按倫理要求，瓶兒只有無限地忍受下去，瓶兒也忍受了。但是商業經濟文化環境促使她的忍受有了限度，瓶兒採取了自己的行動，把追求生活的目光轉向了與自己正面撞個滿懷的西門慶。

西門慶以一個正直、知禮、能幹、知情且又身材魁梧、風流瀟灑的男子漢形象出現在盼夫不歸的瓶兒面前。瓶兒對西門慶的敬仰、愛慕就是在她認為西門慶具有截然不同於花子虛的言行中產生並發展起來的。這種情感若是放在呈封閉狀態的小農自然經濟文化氛圍中是不可能產生的，偶有萌芽，也很快會在倫理環境中受到遏制而夭折。但在商業經濟文化環境中卻可以得到發展。這種事情若是發生在朱門望族之家、地主豪紳之院或是農家山民之戶，都將是眾夫所指的恥事，但在商賈之家，卻得到順利的發展。若不是因黨案之事西門慶龜縮起來，瓶兒在氣死花子虛後不久就會被抬進西門宅院。

瓶兒與蔣竹山合離，同樣也是瓶兒在商業經濟文化特定環境下的選擇。寡婦再嫁，宋朝不為恥事，明朝則極力要求婦女從一而終，因此，「再嫁由身」在明代不是一件容易的事。明代節女烈婦數量較前代數倍、十倍地猛增是很能說明這種文化現象的。但是明代社會並非鐵板一塊。城鎮商埠，尤其是商業經濟較為發展的城鎮市民中，寡婦再嫁和少婦改嫁所受到的社會輿論的限制就少得多。西門慶七個妻妾，有三位（孟玉樓、潘金蓮、李瓶兒）是再嫁之婦，就再嫁事未受到輿論指責，受指責的一是分財事（如孟玉樓）、二是謀夫罪（如潘金蓮）。瓶兒在對西門慶疑惑之際招贅了蔣竹山，又在明白之日以及對蔣竹山性生活不滿意之時將蔣竹山驅逐出門，還加潑一盆水。這一納一出及其原因，若不是在商業經濟文化氛圍之中，恐怕是令人難以想像的。

瓶兒進了西門慶的家門，其性格有一個極大的變化，正如不少人說的，前後判若兩人。當然，也有評論者指責此為藝術缺憾。

瓶兒的性格是典型的兩重並存型，既有溫柔、忍受的一面，也有剛直、反抗的一面，只是在不同的環境和心態情況下，性格取向表現不同。在瓶兒性格發展線索上，我們看到她作梁府小妾時性格是以忍為主。第二次婚姻則逐漸由忍受之行轉變為對花子虛的不滿，又背著花子虛與西門慶私通，直到轉移家財，中斷對花子虛的治療，氣死花子虛。第三次婚姻她既果斷地招贅蔣竹山，又決心趕蔣出門，顯示出很有心計且又果斷的敢作敢當的性格。嫁進了西門宅院，性格則變了，變回去了，變得十分溫順、柔弱，處事又是以忍為主、為先。在西門慶所有的妻妾中，瓶兒的進門情景最淒慘不過。她好不容易託人告求西門慶娶自己過去，西門慶怒火在胸，下令「抬下那淫婦來罷」，既抬來了，

「轎子落在大門首，半日沒個人出去迎接」。吳月娘得知，將她接了進來，卻又被西門慶擱在新房隻身孤影三天三夜。瓶兒氣得懸樑自縊，差點死掉。西門慶終於來了，卻又帶來馬鞭，令其脫光衣衫。瓶兒光著身子賠禮道歉說好話，才使西門慶棄鞭和好。此後更大的災難又伴隨著她。她一直認為是好姐妹的潘金蓮對她十分嫉妒，時刻設計謀害，平日裏指桑罵槐、幸災樂禍、東挑西撥、冷嘲熱諷，直到下狠心訓練雪獅子貓連抓帶嚇害死了瓶兒的心肝寶貝兒子——官哥兒。瓶兒是硬著頭皮、忍著性子，從未還過一句嘴，從未到西門慶身邊告過一回狀，竟與潘金蓮同住後花園兩年多，最後是連氣帶病、忍氣吞聲離開人世。

瓶兒怎麼會變成這樣呢？是她錯走了招贅蔣竹山一步而感到內心有愧，還是西門慶那進門的馬鞭壓住了她的自主意願？她不是有對生活的追求嗎？

不錯，正是上述原因使她性格變成如此柔弱、溫順，尤其是瓶兒對生活的追求這一條。在清河縣數年的生活，使她不同於過去在大名府、在東京城那樣處事忍字當先，她在爭取做一個妻子的權利，她在要求花子虛改變現狀。這都是與傳統的女子規範和當時的女德不協調的思想言行。但是瓶兒又不可能擺脫傳統的慣性滲透和當時大社會倫理的張力影響。她有自己對生活的追求，可是要求太低了。她不願做一個守活寡的正室夫人，而寧願做一個在她看來是知情而又能幹的男人的小妾。西門慶在與她私通時給她在肉體上、精神上的歡樂使她如久旱禾苗逢甘霖，她決意要抓住這種光明，哪怕是一線燭光，以離開那黑暗且又窒人的世界。她真心實意地愛著西門慶，同時又接受一夫多妻的婚姻制度和生活現實。她敢於追求自己的生活目標，一旦這個目標達到，她便十分滿足。在西門慶棄鞭和好的第二天，她便欣然將全部的私房交託西門慶，又將金銀首飾分送眾人。她決定像一個小妾一樣生活，絕不願因自己的條件好而做立於雞群之中的鶴。從此她不再胡思亂想，一心撲在西門慶身上，一意護著自己的兒子。這是她的兩根精神支柱，只要保住這個目標，奉送一切、忍受一切，在所不惜、在所不辭。於是，過去的「忍」性又占據在她性格的首位，並加上自己對西門慶和兒子的愛融化成溫順與柔弱表現了出來。

如果我們從這一角度去看瓶兒，就不會感到她性格的變化是難以理解的，更不會去指責作者的創作前後矛盾。恰恰相反，瓶兒一生及其性格的發展變化，正是一位既生活在運河經濟文化環境之中且又受到過小農自然經濟文化滲透的婦女成長道路的生動再現。

如果我們從這一角度去看瓶兒，就會發現任何道德的評價都是有限的，就像作者在書中夾進的道德說教和評論一樣。道德倫理只能限制一個人的社會生活，卻難以評價一個人的一生。而在文學藝術創作中，道德活動必須遵循生活的規律，遵循人物命運軌跡的邏輯，才會有審美的意義。

三、「真實」使《金瓶梅》更具重大價值

我國古代文學作品大都或多或少地染上了道德的色彩，但只要是真實地反映生活，反映作者的思想、情趣，那麼這些真實的內容便具有比那道德的色彩更長的壽命，成為更有價值的存在。

「金瓶梅」是在發展著的運河經濟文化和根深蒂固、源遠流長的小農自然經濟文化的矛盾衝突中誕生的。作者創作意圖在於說教，在於現他人之身而說儒道佛三教之法，企圖以三教及其合一來救人救世。但是，由於作者是十分客觀（以致於有人指其為「自然主義」，天曉得當年蘭陵笑笑生有無文學創作上的主義觀）地寫實，以再現「他人之身」，今日看來，倒是這「他人之身」更有真正的文學文化價值、文學審美價值，而「說三教之法」卻成了過去，成了文化研究中的宗教說教參照對象。比如不少人物命運的結局便是作者道德思維的結晶，如西門慶之暴死，龐春梅之夭亡，潘金蓮遭惡報，陳經濟被刀殺，吳月娘之長壽，孝哥兒之出家。

西門慶買官受爵，用金錢打通仕途，又以官促商，以權謀利，又見利枉法。這對封建社會中的清官廉政口號來說，皆為「非善」之舉。若揭去道德批評，它的深刻意義卻在於揭露了：一、封建官僚政治已經脫離了封建政治自我標榜的清明宗旨，與社會經濟發展形成了衝突；二、封建王權已經極大地阻礙了商業經濟向商品經濟的發展，本來與封建制度相反動的商業經濟卻不得不向封建王權購買通行證，這又顯示了商業經濟與封建社會的矛盾衝突並在這一矛盾衝突中不得不相對減緩速度發展。

西門慶不是一個道德上正派的商人，也不是一個道德上正派的官員。官、商結合，權、利互進，封建小農自然經濟包圍中的運河經濟文化在西門慶身上已經使兩者都失去了「正派」的道德含義，剩下的便是「不正派」。但是，在「真實」中，如果他要「正派」的話，他不僅不可能達到他死之前的那種地位、財勢和榮譽，很可能連生藥鋪也開不成，再做一個破落戶。發生在西門慶身上的商市中、官場裏的道德範疇中的「善」與「惡」的衝突，都是在封建王權高壓之下，在小農自然經濟包圍之中，在宗法倫理道德的約束裏，一個普通商人的命運抗爭。在這個抗爭中西門慶在道德上是個失敗者，在商市、官場的實際生活中卻是個成功者，是個強者，這一真實的再現正說明了剛才講到的兩條深刻意義。

發生在潘金蓮身上的所謂「善」「惡」衝突實際上是人自身情欲的實現與倫理道德規範和封建制度的壓抑之間的矛盾。這個經受了各種精神壓迫的又有獨特個性的婦女所爭取的不過是最基本的人生需求，就是這種需求卻已超過了社會倫理的界限，她在清河縣這個商業經濟文化環境中進行的僅僅是掙扎，企圖越過這條界限。她走進了無自由的

牢籠，又掙扎著要跳出來；她接受了妻妾制，又拼力爭奪專愛；她向子嗣制度還擊，又設法想生子奪譽。她的掙扎並不是自覺地對準整個社會和制度，方式也是十分盲目的，不擇手段。若以道德論，既喪失理智，又亂了人倫，甚至於創害無辜幼兒。但是這種真實的掙扎越激烈，手段越殘酷，越說明矛盾的激烈。潘金蓮這個人物的文化意義正在於此。至於她的死，是道德裁決的結果。從西門慶家一出來，這個真實的人物實際上已經「死」了。其結局只是作者道德說教的安排而已。

說到「死」的價值，又得把瓶兒找來，因為瓶兒的死是真實的，是合乎人物性格及其發展規律的。她選擇了西門慶以求生，又以對西門慶的選擇而獲死。為了滿「足」而不堪忍受的她，又以知「足」而忍受一切，使自己從新舊文化的夾縫中滑進了社會倫理女德的陷阱之中。企圖以溫柔、賢惠和逆來順受保住自己的生活目標，卻不知這種退縮、順從偏偏是自己夭亡的病根。瓶兒的死和西門慶的成功以及潘金蓮的掙扎同樣具有十分重要的意義，它告訴人們，生活只給強者展開道路。

一切生命都是衝突、掙扎的結果。作為人的生命過程的生活，其實質便是衝突與抗爭。若論生活之美，那便是在激烈的矛盾和衝突中人的掙扎與抗爭的命運之軌跡，而千千萬萬的軌跡都說明一個真諦：強者勝。《金瓶梅》這部被人們說來說去、剮來挖出的寫實之作傑出之處並不在於那些肢解作品而論之的評論者說好的某一塊，更不在於作者在作品中進行的道德的活動，而在於真實地展示了許多人物不同的命運軌跡，說明了生活真諦，同時深刻地揭示了兩種不同的經濟文化的交叉與矛盾衝突。比起那些為讚頌明君賢臣和企求英雄清官而高唱歌舞昇平、描繪空幻理想的作品，「真實」使《金瓶梅》不僅具有重大的文學審美價值，更具有重大的文化價值。這種文化價值是所有不願移動一下傳統文化思維定勢，又總抱著傳統倫理本位觀和泛道德主義者所難以發現或不予承認的。

（本文完稿於 1987 年 12 月，1990 年 2 月在南京舉辦的「明清小說金陵研討會」上宣讀。）

西門慶的生財與消費之道

在《金瓶梅》這部小說中，西門慶這個人物最具有現實意義和時代特色。

這是個心理和行為都很複雜而且時時刻刻都遊蕩在他那個時代的上、下層現實社會海洋中的人物。西門慶既不為傳統的文化觀念所局限，又難以擺脫它的束縛；他既身染社會流行和崇尚的庸俗習氣，又具有讓自己周圍正經與不正經的人們都佩服、敬重的言行作為；他既想使自己的商賈事業通四海、達三江，使自己成為新的經濟力量的核心，又不得不依附著權勢而小心前進。在傳統王權的重壓之下，一個破落財主出身的生藥鋪老闆竟能左右逢源，逢凶化吉，發展自己的買賣，擴大自己的經營，成為當地的富商豪賈，在生活上享受奢侈，成為眾人矚目的全縣數一數二的大戶，可見生財之道與享樂之術都是很有一套的。可以說，在西門慶身上，突出地體現出 16 世紀前後中國商品經濟發展的某些方面的特徵，反映出較為發達的中國東部地區的商業小社會中，處於嬰孩階段的資產者們發展成長的某些特徵，而這一切，既反映出傳統文化的某些方面的積澱，也反映出時代文化的某些方面的氣象。

一、隨著商品經濟的發展，商賈依憑較優越的經濟條件參與政治，不過只是從王權統治者那裏分到「一杯羹」

縱觀中國數千年王權政治文化，不能說是沒有「法律」治國之時、之人、之事，但最基本的也最重要的是「權」治。建立在血緣世襲制和科舉考試制基礎上的權力繼承與權力配置，使得君主們能在這塊既廣闊又封閉的國土上具有僅比天矮一級的權力，使得數萬名官僚在千百塊既統一又分割的區域裏握有生殺獎罰的特權。「權」治的實質便是「人」治。這種專制制度對於土地遼闊、人口眾多卻又生產落後、精神蒙昧的國家來說，是具有相當大的效果的。但是到了明代，隨著生產力的發展，隨著商品經濟的發展，隨著市民階層力量的擴大，隨著「邪端」思想對正統思想的挑戰，王權專制政權已經開始難於一手遮天，「權」治已經受到了在社會各個角落逐漸顯示出其巨大力量和誘惑力的金錢的衝擊。雖然還不能說「金錢萬能」，但有了錢就有可能得到一切，就有可能滿足一個人在物質生活和精神生活方面的需求，也有可能讓一個人從官府的判罪案卷中解脫出來。這在城鎮和商品經濟較為發展的地區已不是奇談怪聞。尤其到了明中葉，一面是

商品經濟迅速發展，另一面卻是國庫日益耗空；一面是商人有條件追求奢侈的物質和精神享受，另一方面卻是許多官僚索賄受賄，或彌補微俸薄祿之不足，或奢淫佚樂，醉酒迷色。權力常常在金錢面前屈膝，賣官鬻爵聽起來可恥，也不合祖宗家法，但它卻可以極快地填補國庫的一部分空虛，也可以為當權者的驕奢淫樂提供一部分物質保證。於是公開納官與暗地賣爵已不是偶然的醜聞。貪贓枉法、見利忘法，比比皆是。明初洪武皇帝朱元璋曾嚴懲了許多貪官污吏，並苦口婆心地反覆勸戒子孫和下臣，但沒有徹底解決問題。乃至到了明中葉，上自大學士、太師，下至縣丞、典吏，貪財受賄成了習氣。嘉靖、萬曆兩個長壽皇帝也只好睜一隻眼，閉一隻眼，只顧自己的事去了。像海瑞那樣一生克己奉公，儉樸事君，到死時，連殯葬自己的費用都沒有的清官廉臣如鳳毛麟角。而像李贄那樣於世獨立而被後世譽之為偉大思想家的人，在任姚安知府之前，度日艱難，朝不保夕，只是在上任知府之後，由於有各項「常例」和其他「外快」，才補上官俸不足。看來，在《金瓶梅》和明代其他小說、戲曲中常出現的「火到豬頭爛，錢到公事辦」這句俗語不只是一種觀念，而且更是一種現實。金錢突破了王權專制的一統天下，持有金錢的市民已經開始從「重農抑商」的傳統經濟觀念和生活觀念中解脫出來，以自己的優越的經濟條件與王權貴族們平起平坐，進而也能取得政治上的某些平等或某種程度的平等，進而用金錢買到權力，參與政治。

西門慶是一個「清河縣破落戶地主，縣門前開生藥鋪，從小兒也是個好浮浪子弟，使得好些拳棒，又會賭博、雙陸象棋、抹牌道字，無不通曉」（第二回）。這種人，無論從出身來看，還是從表現來看，按中國的傳統觀念，都是微不足道的，而且很有可能成為貴族豪門教育子弟的反面教材。但時代已經不同了，這種人由於「近來發跡有錢，專在縣裏管些公事，與人把攬說事過錢，交通官吏」（第二回），「知縣相公也和他來往」（第三回）。甚至「近日又與東京楊提督結親」（第七回）。經濟地位對一個人的政治地位、社會聲望有如此重大的決定意義，是先前少有的。

西門慶無高貴的出身，也不讀書，也就談不上參加過什麼科考，這種人在社會上，尤其在官吏中間本是被不齒的一類，但他有錢，便可使得諸多官僚吏員直至中央大臣為他服務。

武松為兄被害一事告了西門慶一狀，西門慶忙「打點官吏，都買囑了」，於是縣官吏典便將此案不了了之。（第九回）

武松找西門慶復仇，誤打了李外傳，被押進縣衙，西門慶在衙門裏再次遍行賄賂，原來佩服並重用武松的「縣主一夜把臉翻了」。（第十回）

為了將宋惠蓮的丈夫來旺兒徹底清除，西門慶下了「一百石白米」（這是明代中晚期官場賄賂的「術語」，即一百兩銀子，以白米暗示白銀，而黃金則用黃米暗示）給夏提刑和賀千戶，

於是來旺兒受盡酷刑，差點喪命，被押回原籍，家破人散。後來，惠蓮的父親也在貪利枉法的官吏重刑之下，傷病交加，蒙冤而亡。（第二十六、二十七回）

主辦案件的當朝右相、資政殿大學士兼禮部尚書李邦彥，在五百兩白銀的「禮物揭帖」面前認為「五百兩金銀只買一個名字，如何不做分上，即令左右抬書案過來，取筆將文卷上西門慶名字改作賈慶」，使西門慶從黨案罪罰中解脫出來。（第十八回）

蔡京，這個「一人之下，萬人之上」的崇政殿大學士，在西門慶不斷送來的孝敬重禮面前，一方面無愧而受之，一方面按西門慶的意思釋放被抓的鹽客，又為西門慶封官加爵，還把西門慶收為義子。有些厚遇，是西門慶自己都常常感到出乎意料的。（第三十、三十一、五十五、七十回）

上面所述，都是西門慶送金銀上門。《金瓶梅》中還有不少情節卻是各級官吏直接或間接地向商人索取金錢財貨。很有意思又很可笑的是，當這些得了「眼紅」病的官吏向西門慶索財求利時，有的饞涎欲滴卻又委婉曲折，有的一旦受遇受贈，立即肺腑托出，慷慨激昂，似乎是肝膽相照，恨見太晚，顯示出金錢在權勢面前的極大能量，頗具諷刺意味。

新狀元蔡一泉奉敕回籍省視，路經西門慶家，私下討路費，想不到西門慶不僅盛情招待酒飯玩樂，又送金緞一端、合香三百、白銀一百兩，於是便來了個「固辭再三」，還說，「但假十數金足矣，何勞如此太多，又蒙厚貺」，其實是嘴推心就，好不扭捏作態。到後來，這位蔡狀元已是巡鹽御史，這可是個肥缺，他又同宋御史來到西門慶家。西門慶這次光酒席就開銷了一千兩金銀，最後連同再送的酒席，還有酒、羊、絲、緞和金銀酒具盤筷之類，各人又送一套。宋御史高興地先走了一步，蔡御史則下榻西門慶家。他對西門慶家中的擺設和富貴氣象，慨嘆不已，自嘆不如；對西門慶又安排優伶歌唱和妓女侍寢，更是感激萬分。第二天分手之時，這位朝廷命官竟「與西門慶握手相語，說道：『賢公盛情盛德，此心懸懸。……倘我後日有一步寸進，斷不敢有辜盛德。』」（第三十六、四十九回）

那位宋御史大人也不相上下，他後來再次來到西門慶家，見到一座做工奇巧的八仙捧壽鎏金鼎，便誇贊不已，並且這樣對身邊的官員和西門慶說：「我學生寫書與淮安劉年兄那裏，替我捎帶這一副來送蔡先生，還不見到，四泉（西門慶）不知是那裏得來的？」這一索要真可謂得體有方。西門慶當然深知「醉翁之意」，立即派兩名排軍將鼎送了過去。（第七十四、七十五回）

不少官員也看中了西門慶的萬貫家財和超級的生活享受，紛紛以各種各樣的藉口來「沾光」。要西門慶代辦酒宴款待各自的上司來賓便是其中一種。像宋御史接欽差黃太尉（第六十五回），安郎中為九江大尹蔡少塘（蔡京的九公子）接風（第七十二回），宋御史又請

侯巡撫（第七十六回），汪參政、雷兵備、安郎中等人為浙江本府趙大尹升大理寺丞設宴慶賀（第七十七回），等等。這些「作東」的官員所出資金沒有一個是夠用的，有的只是尾數而已，實際上是官僚們向富商人家「打秋風」。

明朝各級官員的俸祿雖然情況不一，大致上是這樣的：當朝正一品月俸為九十石左右，從九品官僅五石上下。而西門慶的一天正常收入，幾個鋪面加在一起，就可有數十兩左右，相當於一個中級官員的月俸。額外收入更為可觀，常常是數百、數千兩銀子進進出出。明朝官員不僅俸祿低，而且皇帝的獎賞也相當低微。皇帝御批的工部工完獎表，蔡京的賞銀為五十兩，僅僅是西門慶一次送給李邦彥禮金的 1/10，更是西門慶給蔡京拜壽賀禮的小零頭。小官員賞銀僅五兩，或絹二匹（嘉靖、萬曆年間一匹絹約合銀七錢），這與西門慶隨手賞給妓女或優伶的小費等量。如此這般，怎不會刺激各級官員去羨慕像西門慶這樣的商賈，並且用自己手中掌握的大大小小權力為西門慶這樣的商賈服務呢？所以西門慶可以用錢作前導，使自己由「一介鄉民」變成一個「山東提刑所理刑副千戶」（從五品武官），又升為「正千戶掌刑」（正五品武官），還成了蔡京的乾兒子，進而可以和各級官僚們稱兄道弟，平起平坐，光宗耀祖。（第三十、五十五、七十四回）

這一切，實際上反映了當時這樣的一個社會現實：掌權者以公權謀私利、肥私囊；有錢者以私錢取公權，得政治地位，權力與金錢已形成了一種交易。這種交易是封建統治者不能承認，但又不得不做，甚而發展到熱衷於此道的；這種交易也是一般的商賈市民所料不及，但又願意並追求的東西。戴上烏紗帽，坐上虎皮椅，光宗耀祖，出人頭地，本應是從祖輩手上繼承或是建功立業而獲，或在「十年寒窗苦」中拼得。現在，這些既無繼承血緣，又不曾有功業，經「鄉試」「會試」的商賈，竟憑著手中的金銀財貨便可以輕易得到，從而改變幾千年來「末流」的社會地位。難道不是所料不及而又夢寐以求的嗎？這是中國 16 世紀前後在社會上，尤其是在城市社會中的一個很有特徵意義的現實，是中國商品經濟、商賈階層發展道路上一個很有特徵的文化現象。

當然，我們必須看到，西門慶首先是個商人，而且是個「出類拔萃」的商人。他在行商坐賈的活動中，在處理自己的買賣與中央、地方各級官員的關係中，尤其是在出乎意料地得到官職之後，認識和體驗到了官吏們內心對錢財的渴望，認識和體驗到了權力對商業的好處，開始自覺地意識到經商者最好也能從政，以商養政，又以政養商，買賣才有長足的發展。不錯，商政結合必然敗壞政治，但是此時的政治是專制的王權政治，是已經開始腐敗而且必須敗亡的政治。西門慶從自己個體利益出發，走上商政結合之路，客觀上無疑是對已開始腐敗的王權政治注進了催腐劑，是對專制政治的一個衝擊。

當然，我們又必須看到，商人依憑自己的金錢，通過各種「買」的方式參政，弄個一官半職，畢竟不過是從王權統治者那裏分到「一杯羹」，中國商品經濟與依然占主導

地位的自然經濟之間的千絲萬縷的聯繫，中國商業小社會與整個傳統大社會的重重疊疊的關係，中國商人在觀念和政治上與傳統文化觀念和專制政治既有繼承又有碰撞的交錯和統一，使得已有一定力量的商賈們在與王權政治發生關係時，表現出先天不足、後天失調的缺陷。

二、中國王權專制政治統治了社會，商品經濟的發展不得不依附在這棵已經開始腐朽的大樹上，中國資產者從他們誕生之初，便顯現出難以獨立發展的弱點

中國古代的城市首先是政治中心或政治樞紐，尤其在先秦，都、城具有極鮮明的政治級色彩和宗法內容，然後才成為經濟和文化的中心或樞紐。有些市鎮，特別是隋唐以後的市鎮的建立，雖然是由於經濟、文化原因，但立即會建立起相應的由國家專制政權全面把握的機構而顯示其政治性質與職能。中國古代城市文化的這一很不同於歐洲古代城市文化的特點，決定了它不僅不可能脫離專制「權治」範圍，更不可能「獨立」。

這樣，市民階層便相當複雜了。到了元明時期，市民中有因故流亡他鄉的農民，有本地破產的中小地主和農民，有小手工業者，有作坊工人，還有為數不少的商賈、貴族、官宦、吏員、差役等等。其中，較大比例的商賈隊伍是新的經濟力量的重要組成部分，但其成員又多為破落戶、官僚、貴族、豪門中求利經商者。他們身上的細胞多數還屬於傳統的，屬於自然經濟範疇的。他們在人事上、政治上、思想上與專制王權有著十分複雜和密切的聯繫。同西方早期城市中以商人和逃亡農奴為主體的市民相比較，中國商人的自我意識還相當薄弱。而當時的王權專制的腐敗主要是表現在政治上，其傳統觀念與時代正統思想則由於根深蒂固而仍有著震懾人心的力量，王權政治也因為它是建立在以宗法制為主要特徵，以家族、家庭為基本組織的基礎之上而具有超穩定性能。因此，中國的商賈階層雖然作為社會的一個階層存在，卻難以形成自己的經常性的集體力量，更不要說去爭得自由和權力。他們首先是生活在王權「權治」最嚴重的城市中的百姓。因此，中國的商品經濟到了十五六世紀雖然在生產力的推動下迅速發展，但由於當時的歷史條件，卻又使得它自己不得不依附在已經顯出腐朽之氣的王權政治之樹上，曲折而行。如果說，這個時期開始，中國的近代資產者萌發了嫩芽的話，那麼從事商品經濟活動的資產者們，從這個時候起，就一方面想極力掙脫這令人窒息的褓褓，一方面又不得不依靠這個褓褓站立起來，缺乏必要的獨立精神的中國資產者對王權專制的反動有其難以克服的軟弱之處。《金瓶梅》的作者當然是不可能以自覺的理性去認識到自己所處時代具有這種實質問題，他只能以自己的感覺去批判社會。好在他那寫實之筆，從文學再現的角度為我們描寫了當時中國商品經濟發展中商賈階層這一具有特徵性的表現。

一部《金瓶梅》，以西門慶的活動為中心。在西門慶的諸多言行之中，他的官場和

商賈活動占了重要位置。他不僅對買賣行情瞭如指掌,也對官場十分熟悉。上自蔡京太師,下至縣中四宅,無一不識。他所結交的大官小吏,又都是一些握重權、掌實權的家夥。西門慶在官場上丟下的金錢不少,最主要的目的不在於升官發財,而是要保證自己的生意順利發展。他很清楚自己的處境,雖有金銀萬千,卻無任何政治地位,在當時的社會環境中,政治地位對自己的生意興隆有重大的影響,自己必須尋找靠山,結交官吏,築高自己的政治台基,以便獲得商業生意上更高的利潤。這便是當時的「燒香拜佛保平安,交官結吏好賺錢」。

西門慶多次送厚禮給蔡京,甚至不惜金銀珠寶和少女同蔡京的大管家翟謙結親,目的便是尋找大靠山。他尋這座大靠山,最初的意圖是為了探聽消息,把自己從黨案罪罰中解脫出來。誰知出乎西門慶的意料,自己的錢財玉帛不僅解脫了罪罰,而且一夜之間竟從「一介鄉民」變成了五品千戶官,還成了舉國矚目的蔡太師的乾兒子,於是他越來越感到自己的金銀在官場上的作用;當上了千戶官,從官經商的極大好處更使他明白做生意對權勢的依賴性,所以他才會不斷地、大方地向各級官員贈禮送物、酒迎宴送。他將許多金銀花在這些人身上,將自己的生意綁在了王權權勢的大車上,讓它更快地發達起來。(第十四、十八、三十、五十五、七十回)

西門慶書房裏有一個書櫥,這個書櫥不是用來裝四書五經的,裏面盛的都是送禮的書帕和尺頭,書篋裏則全是往來書束拜帖兒以及送節禮物賬簿。與其說這是送禮賬表,不如說這是「護商符」。西門慶不僅是一年三節處處周到,就是官哥兒滿月時,都必須準確周全地按這份「護商符」將能請到的官員都請來,蔡京的生日和其他官員來往經過,更是自然而又必須安排周到的。西門慶的發達,正是這份「護商符」保佑的結果。(第三十四回)

諸官僚紛紛借西門慶家設宴迎客送賓,西門慶次次賠錢,賠得願意,因為這既是交結各級官僚的極好機會,也是向社會上炫耀自己的家門威風的極好機會。這兩者都是一般人難以辦到的。在西門慶的眼中,這些都是送上門的好生意,於自己的商賈事業有百利而無一害。比如,為宋御史置酒宴迎接黃太尉一事,在西門慶家陪宴的就有巡撫、巡按、兩司八府官員二十多人,又有官吏侍從,「少說也有上千人進來,都得管待出去」。其結果,正如應伯爵所說:「到明日,休說朝廷一位欽差殿前大太尉來咱家坐一坐,自這山東一省官並巡撫、巡按,人馬散級,也與咱門戶添許多光輝,壓好些仗氣。」(第六十五回)

西門慶在來往官僚身上下功夫,目的也是一樣的。如西門慶迎接蔡、宋二御史,開銷相當大,然而「哄動了東平府,抬起了清河縣,都說『巡按老爺也認的西門大官人,來他家吃酒來』」。(第四十九回)

「種瓜得瓜，種豆得豆。」蔡御史對西門慶的熱情款待萬分感激，在酒宴上就答應了「比別的商人早掣取你鹽三萬引一個月」。販鹽買賣在那時是可獲數倍利錢的生意，鹽引是當時官府發給商人運銷食鹽的專利憑證，300 斤鹽為一引，3 萬引即 900 萬斤鹽的買賣，其利潤是相當可觀的。這位蔡巡鹽御史給西門慶不僅開綠燈，而且是早開一個月，西門慶怎會不發其財呢？蔡御史還要宋御史放了殺人犯苗青，開脫了西門慶貪贓枉法之罪，使西門慶又可以放膽為官經商，其「利」也就難以用金銀來計算了。

臨清鈔關有位錢主事老爺，常常收到西門慶的好處，於是對西門慶的過關貨物「青目一二」，為他偷稅漏稅大開方便之門。

在月息五分的同等條件下，商客們當然會來找有權有勢的西門慶借錢，因為他們認為，「不如這裏借著衙門中勢力兒，就是上下使用也省些」；應伯爵更是一語中的地說道：「不圖打魚，只圖混水，借著他這名聲兒才好行事。」（第四十五回）看來，西門慶以金錢換來的「山東提刑所理刑副千戶」「正千戶掌刑」以及蔡京的乾兒子，不僅成了他依附權勢而發展商業的重要條件，也成了別人依附他、他又借此發財的優越條件。

李三帶來信息，朝廷改新蓋的艮嶽為壽嶽，下文要每省萬兩銀子的古器，他請西門慶拿出一半銀兩與張二官合做這筆買賣。可是，西門慶在問清了情況之後，決意自己一人包了。

> 西門慶又問道：「批文在那裏？」李三道：「還在巡按上邊，沒發下來哩。」西門慶道：「不打緊，我這差人寫封書，封些禮，問宋松原討將來就是了。」李三道：「老爹若討去，不可遲滯，自古兵貴神速，先下來的先吃飯，誠恐遲了，行到府裏，乞別人家幹的去了。」西門慶笑道：「不怕他，設使就行到府裏，我也還教宋松原拿回去就是。胡府尹我也認的。」（第七十八回）

一切果然按西門慶的意願進行了。這位宋松原大人就是那位連吃帶沾要走八仙捧壽鎏金鼎的宋御史大人。如果西門慶不是隨後身亡，這筆買賣又將會給他帶來巨額收入。

西門慶利用官場，依附權勢、疏通商途、促進買賣，使自己的商賈事業取得了比一般商賈高得多的效益。但也正是這種現象告訴我們：新的經濟力量與舊的政治力量之間的關係是如此密不可分，要求他們分離而各行其道是辦不到的，也許有的會因為沒有依附而倒下去，也許有的只會慢慢爬行。而要求新的資產者與舊的統治者對立相抗，那他們只會在王權專制的政治禁錮之中夭折。帶有上述特徵的中國商賈階層，是中國古代社會向近代社會轉捩時期的土特產。

三、富商的奢侈享樂與他們的巨富恐懼心理：王權政治拖住了中國經濟的發展速度

　　我們先來看看這麼一件史書略載而民間盛傳的事情：

　　明太祖戎馬倥傯，奪得天下，定都金陵（今南京）。為顯示京都氣魄，他要擴建這座六朝故都，將城牆加高加厚，城牆上可讓四輛馬車並馳，周圍96里。當時吳興有一位富可敵國的大戶名叫沈萬三的聞聽此事，奏報太祖，願助築城一半，而且還請求犒賞三軍，每一位將士犒銀一兩。這裏，我們暫且不論沈萬三的動機如何，就當時國家「府庫虛乏」的實情來看，沈萬三的「贊助」於國、於民、於軍都是件好事。如果朱元璋此刻有清醒的經濟頭腦和寬大的胸懷，完全可以旨准並加褒獎此事。然而，朱皇帝老大不高興，怒曰：「匹夫犒天子軍，亂民也，宜誅。」竟將沈萬三抓來京城問罪，要殺他。幸虧馬皇后勸了一句話，沈萬三才免去殺頭之罪，被沒收家產，充軍雲南。

　　這件事不僅表現出朱元璋不很清醒的經濟頭腦和帝王至上高傲愛面子的心理，而且也直接表現出他對待富商大戶的鮮明態度。這一點也可以從當時馬皇后勸朱元璋的話中看出來。馬氏是這樣說的：「妾聞法者誅不法也，非誅不祥，民富敵國，民自不祥，不祥之民天將災之，陛下何誅焉？」民富敵國不是不法，說得在理；以巨富為不祥，卻加上莫須有的罪名了。接下去推出不祥必遭天災的結論，欺己，欺人，也是欺天下。馬氏也許是出自好心，編出話來救沈萬三，但是我們還可以這樣理解，馬氏這段話如果不是她自己的思想，就一定是她把握了朱元璋的思想，否則，不可能產生免沈萬三一死的效果。

　　朱元璋出身貧苦，小時是個孤兒，不僅上無片瓦，下無寸土，而且走投無路。為了混飽肚子，他曾流浪，曾給有錢財主當雇工，曾進寺廟當和尚，直至投奔郭子興從軍。童年、少年時的艱難困苦使他恨透了財主富豪。這種階級感情曾激勵他勇猛殺敵，連連立功；這種非理性的感情也在他治國安民的政策中發揮了極大的作用，既產生了積極的影響，也產生了不良的後果。朱皇帝採取的是「讓步政策」，與民更始，休養生息。他在農本思想的基礎上，鼓勵開荒，興修水利，發展農業。他「鋤強扶弱」「右貧抑富」，打擊了大貴族、大富豪，緩和了土地的集中，有利於千千萬萬從戰亂和貧困中熬過來的農民，等等。這一切，為明初的經濟發展創造了良好的政治條件。但是在起義時期奉行的「摧富益貧」和「殺盡不平」的行動綱領以及千百年來以小農經濟為物質基礎的「平均主義」思想往往導致「鋤強扶弱」和「右貧抑富」政策中的偏激。儘管朱元璋要力行「使富者得以保其富，貧者得以全其生」政策，使中等富家不受侵害，而且明初百來年這個政策基本未變，但是在實踐中也同樣存在偏激，致富的思想受到了壓抑。那些有辦法賺得錢財的商賈坊主，一旦手中的金銀積蓄到一定程度（相對而言，不令時人友鄰太眼紅的程度）便大肆揮霍，而不願在個人生活中繼續勤儉節欲，以更多的利潤去發展生產。有誰願意在這種「君要臣死，臣不得不死」的專制社會裏，拿十萬、百萬的錢財去買充軍

雲南邊地的罪受並貽害子孫呢？

經濟生活中的這種現象的歷史是源遠流長的，明代只不過具有朱氏王朝的特徵罷了。中國是個農業國，有著十分悠久而又豐富的農本思想傳統。中國又是一個小農經濟的農業國，在整個的發展過程中，雖然也有過較大的發展時期，但總的趨勢依然是保守和緩慢的。直至原子能加電子計算機的時代，中國不少的農村山區依然靠刀耕火種的方式進行生產。生產力的落後給我們這個頗有繁殖能力的民族帶來的便只是貧窮。

孫中山先生曾精闢地分析過中國國民的經濟狀況，他認為：中國人大家都是貧，亦沒有大富的特殊階級，只有一般普通的貧。中國所謂的貧富不均，不過在貧的階級中，分出大貧與小貧。孫中山先生的這一分析是站在整個世界的經濟生活面前說出來的。的確如此！

然而，就在貧與不均的問題上，中國古代的許多思想家、革命領袖和統治者都曾經進行過分析，發表過自己的見解。令人驚訝的是，無論是聖哲賢人還是平民百姓，無論是保守的君主還是起義的農民，都認為中國的最大問題是「不均」。孔夫子的「不患寡而患不均」的話被人們輾轉復誦了千萬遍。他那崇高的「仁者愛人」理想卻給千千萬萬子孫們以持久的耐力盯住「不均」不放，堅信「均無貧」。人們似乎認為中國不存在物質的缺乏，而只存在著物質分配的不平均。於是出現了「殺盡不平方太平」「殺富濟貧均天下」「有福同享」的口號和觀念。直到今天，我們的「鐵飯碗」「大鍋飯」還沒有徹底打破。這些現實雖然表現方式不一，均等的思想程度不同，但實質上都是小農經濟土壤中產生出來的「平均主義」思想的分支。這種思想使人們的眼睛只盯住現有的物質是如何分配的，而不是激勵人們如何去發展生產力，去創造更多更好的物質；當然，也就使人們往往醉心於「均等」的精神狀態之中，昏昏然，愕愕然，碌碌無為，「安貧樂道」。這種思想更嚴重的問題還在於：當歷史向前發展，生產力向前發展，社會分工越來越細，出現了商品交換，商品經濟開始大步發展之時，「平均主義」作為一種極有力量的文化積澱而構成的社會心理，開始直接干預新的經濟生活，其中尤其是越來越繁榮的商品經濟生活。與「農本」相對的是「商末」，與「安貧樂道」相聯的是「知足者常樂」，與仁義禮智信相關就出現了「君子喻於義，小人喻於利」，甚至「無商不奸」「平均主義」借著這些東西在社會意識中對「富」展開了全面的進攻。倫理觀念中的「修身莫過於寡欲」「貨賄為賢所賤，德行為賢所貴」「錢財如糞土，仁義值千金」「存天理，滅人欲」；經濟觀念中的「財是怨府，貪為禍胎」「貧窮自在，富貴多憂」，指金錢有「銅臭」，說金錢乃「萬惡之源」，論金錢為「身外之物」，等等。這一切，對中國歷來從事商品交換的商人來說，是一個極其沈重的心理負擔，甚至延續至今，屢見不鮮。這樣，我們再回過頭去看看朱元璋對沈萬三的態度和馬皇后的那段話便不難理解了。

物質基礎當然有它突出而又鮮明的相對獨立性和主動性，傳統的觀念文化也好，當時的政治文化也好，對物質基礎可以產生極大的影響作用，而不可能完全左右它。否則中國社會經濟將會永遠陷在貧困的「桃花源」的泥潭中，用刀耕火種的方式熬日月。商品經濟發展到明代中葉，不僅顯示出它對全國物質交流和生產發展的重大意義，也顯示出對經商者的利益關係。

明代中晚期，蘇州地區有這樣一首民謠：

> 農事之獲，利倍而勞最，愚懦之民為之；工之獲，利一而勞多，雕朽之民為之；商賈之獲，利三而勞輕，心計之民為之；販鹽之獲，利五而無勞，豪滑之民為之。

四者相比較，誰人願意做那些吃力不討好的農事手工？所以，在農村有不少農民，在城鎮有不少市民，甚至有許多官僚、地主以至皇親國戚紛紛經商營賈。物質基礎上的變化衝擊了思想意識領域，構成了思想文化的新特徵。重農輕商的思想出現了受異議的局面，統治階級內部也出現了不同的看法，張居正大力主張只有「厚商」才能「利農」。在思想觀念領域，也出現了士農工商皆可稱賢的意識：「豈必仕進而後稱賢乎？」不少讀書人，不少書香名門之後投筆從商。在一直被認為有「銅臭」，是「萬惡之源」的金錢面前，不少人的欲望和激情被調動起來了。

如果中國的商品經濟依此向前，如果商品經濟能給社會的每一個角落和整個意識領域來個翻天覆地的變革，尤其是給那些緊抱傳統觀念不放的人們來個大衝擊，或許中國的經濟狀況比今天我們所見到的大不相同。對明代中晚期商品經濟發展的估計我們還不能拔得太高，對囿於中國王權政治和傳統觀念之中的物質基礎的獨立性和主動性也不能太樂觀。

傳統的觀念、當時的政治畢竟對物質基礎產生了極大的影響作用，而且，我們的傳統文化觀念所積澱的力量很大，承受並發展這個積澱的土壤很厚。小農經濟、貧窮和王權專制三者結合在一起構成了一個朽而不腐的「張力場」，無時無刻不向社會各個角落、各個層次顯示出自己的力量。即使是明代的商賈，在不惜一切手段攫取金錢的同時，也在內心深處設起了一道道警戒網：既不去做沈萬三有錢買罪受的傻事，也不必去積累沈萬三那麼多的錢財。他們相信「錢能通神」，「火到豬頭爛，錢到公事辦」，也深知「錢能通鬼」，「財是怨府，貪為禍胎」。嚴肅的歷史經驗、殘酷的現實世界以及中國傳統哲學中的「中和」思想使中國的商人們在「唯利是圖」和「巨富恐懼心理」之中找到了合適的道路，那就是揮霍。他們中也有人像吝嗇老財一樣，將賺取的黃金白銀深埋地下，也有人敢於拿出大量的金銀去擴大經營生產，但更多的人，這些人完全可以作為主流趨向的代表，在自己所賺得的利潤中拿出一小部分去從事簡單再生產或小規模擴大再生產

的投資，而將大量的金銀用於消費上。他們峻宇雕牆，揮金如土；他們尋花問柳，縱欲享樂；他們花天酒地，紙醉金迷；他們蓄伎養閑，走馬追兔。又有聰明的，不惜重金採購珍寶世奇，賄賂官僚吏員，買官進爵，為自己爭得一名正言順之席，也為商賈開闢一條通達之路。於是大量的資金白白地從他們的九竅之中糜費掉了，而沒有發揮在擴大再生產上的作用。西門慶，正是這樣的商賈。

當然，文學作品中的西門慶不能作為歷史的證明。但是，正是這部寫實主義傑作中的西門慶，不僅反映出上述社會共性，而且以他自己生活的特有方式表現出自己的生存個性。

西門慶是一個相當精明的生意人，他看出了官與商、權與錢的關係，所以就把自己的買賣掛在官僚權力的大車上，走上了一條通達的康莊大道。孟玉樓和李瓶兒帶來的兩筆錢財無疑是為虎添翼，不久千戶官的烏紗帽更是給他自身備置了一台大馬力驅動器。西門慶以同行們難以並肩的速度發展了自己的商賈買賣。他行商，也坐賈，南來北往的標船和陸續開張營業的絨線鋪、緞子鋪、綢絹鋪是他的基本買賣；他放高利貸、撈取鹽引、牟取暴利則是他的高層次經營。到他夭亡時，其產業總額達近十萬兩白銀，可謂清河縣乃至山東的一大富戶。其實，我們從書中所述西門慶的收入來看，從西門慶經商的精明本領來看，他的收入應是數倍於這個數目的。銀子呢？被這個風流倜儻、聰明精幹的「大官人」花銷了。

《金瓶梅》一書寫了西門慶最後 7 年（27-33 歲）的生活，這 7 年中他究竟消費了多少銀子，真難以統計。但我們卻可以歸納出他消費的走向，從中窺其全貌。

西門慶消費走向有二：一是自己個人的享樂，二是官場上的賄賂。

用於自己個人的享樂的方面有：

(一)購地買房，建園廣舍。

西門慶是清河縣數一數二的財主，他承繼傳統的財富價值觀念，對房產與土地，同米糧金銀珠寶一樣，有強烈的占有欲，這也是生活在這個以自然經濟為主導的國度裏的人立身求生創業的根本條件。「西門慶自從娶李瓶兒過門，又兼得了兩三場橫財，家道營盛，外莊內宅煥然一新，米麥陳倉，驟馬成群，奴僕成行。」他又用二百五十兩銀子買了墳場隔壁趙寡婦的莊子，要「展開合為一處，裏面蓋了三間捲棚，三間廳房，疊山子花園，松牆，槐樹棚，井亭，射箭廳，打球場」，作為自己與妻妾們上墳時遊玩的地方。西門慶在李瓶兒的要求下，用了五百四十兩銀子（本是瓶兒的銀子，現作為西門慶的家產算計）買下了隔壁花子虛的住宅。接著西門慶又將兩家隔牆打通，「與那邊花園取齊，前邊起蓋山子捲棚、花園耍子去處，還蓋三間玩花樓」。經過西門慶的一番努力，他的住房已形成了門面五間、到底七進、樓院相接、亭苑相間的豪華住宅，這也可以從地方

上的大小官僚吏員紛紛前來借西門慶的「寶宅」置辦酒席,款待高官貴賓的現象中印證。
(第二十、三十、十四回)

(二)山珍海味,花天酒地。

西門慶的吃喝極講究,從主食到副食,從菜餚到點心,從器皿到茶水,都是一套一套擺上來的,平日從這房吃喝到那房也挑剔得很。作為掌管灶房的孫雪娥常為吃的事受氣挨打,這裏暫且不論。下面略列一二西門慶的吃喝:

武松被西門慶打通關節整治一番發配孟州,西門慶心中如去了痞一般,十分自在,於是將家中女眷集於一桌,宴賞芙蓉亭。此時雖然不是西門慶大紅大富之時,卻已有氣派:

> 但見:香焚寶鼎,花插金瓶。器列象州之古玩,簾開合浦之明珠。水晶盤內,高堆火棗交梨;碧玉杯中,滿泛瓊漿玉液。烹龍肝,炮鳳腑,果然下箸了萬錢;黑熊掌,紫駝蹄,酒後獻來香滿座。更有那軟炊紅蓮香稻、細膾通印子魚。伊魴洛鯉,誠然貴似牛羊;龍眼荔枝,信是東南佳味。碾破鳳團,白玉甌中分白浪;斟來瓊液,紫金壺內噴清香。畢竟壓賽孟嘗君,只此敢欺石崇富。

這一段描述,排除作者採用賦文鋪排誇張的效果,也是十分排場。(第十回)

西門慶常利用紅白喜事大開排宴,邀來親朋好友、官僚貴客吃喝,其中規模最大的兩次是生子加官之時的紅喜宴和瓶兒亡故之日的白喜宴。這裏取紅喜宴中一斑來窺全豹:西門慶宴請劉公公、薛公公二內相及清河縣地方眾官吏:

> 廳正面設十二張桌席,都是巾圍拴錦帶,花插金瓶;桌上擺著簇盤定勝,地下鋪著錦裀繡毯。……怎見的當日好筵席?但見食烹異品,果獻時新。須臾,酒過五巡,湯陳三獻,廚役上來割了頭一道小割燒鵝……

這裏,具體的菜餚沒有全部實寫,給了讀者一個的餘地,讀者完全可以從這種氣派與頭一道菜上便可看出宴席的豐盛了。(第三十一回)

元宵佳節,西門慶與幾個幫閑約好在獅子街房吃喝玩耍:

> 不想月娘使棋童兒和排軍抬送了四個攢盒,多是美口糖食、細巧果品。也有黃烘烘金橙、紅馥馥石榴、甜溜溜橄欖、青翠翠蘋婆、香噴噴水梨,又有純蜜蓋柿、透糖大棗、酥油松餅、芝麻象眼、骨牌減炸、蜜潤滌環,也有柳葉糖、牛皮纏:端的世上稀奇,寰中少有。

元宵佳節正是早寒正月,西門慶竟能品嘗到四時鮮果。(第四十二回)

(三)娶妻納妾,奢侈糜費。

在傳統社會，妻妾制度相對男子來說，提供了更多得子嗣的機會，也提供了駕馭女性獲得性欲滿足的機會。但是，男子要獲得這些機會必須以自己相應的物質條件為前提，西門慶連連娶進一妻五妾（不含陳氏與卓丟兒），並在物質生活上做到了盡她們花費享受，是付出了大量錢財的。下面略取二事為例：

李瓶兒房中有一張螺鈿廠廳床，潘金蓮便要西門慶也為她買一張。這種床「兩邊欄扇都是螺鈿攢造，安在床內，樓台殿閣，花草翎毛。裏面三塊梳背，都是松竹梅歲寒三友。掛著紫紗帳幔，錦帶銀鉤，兩邊香球吊掛」。西門慶用了六十兩銀子為她買了一張。這筆錢在當時可買米八十石，也可買十個十四五歲的丫鬟。（第二十九回）

西門慶妻妾節日穿著顯示出她們生活上與一般人的距離，表現出她們的糜費。

> 月娘……同李嬌兒、孟玉樓、潘金蓮，四頂轎子出門，都穿著妝花錦繡衣服。來興、來安、玳安、畫童四個小廝跟隨著，到獅子街燈市李瓶兒新買的房子裏來。……吳月娘穿著大紅妝花通袖襖兒，嬌綠緞裙，貂鼠皮襖。李嬌兒、孟玉樓、潘金蓮都是白綾襖兒，藍緞裙。李嬌兒是沈香色遍地金比甲，孟玉樓是綠遍地金比甲，潘金蓮是大紅遍地金比甲，頭上珠翠堆盈，鳳釵半卸，鬢後挑著許多各色燈籠兒。俱搭伏定樓窗往下現看。……那潘金蓮一徑把白綾襖袖子摟著，顯她遍地金掏袖兒，露出那十指春蔥來，帶著六個金馬鐙戒指兒。……引惹的那樓下看燈的人，挨肩擦背，仰望上瞧，通擠匝不開，都壓躡躡兒。須臾，哄圍了一圈人，內中有幾個浮浪子弟，直指著談論。一個說道：「已定是那公侯府第裏出來的宅眷。」一個又猜是：「貴戚皇孫家艷妾來此看燈，不然，如何內家妝束？」那一個說道：「莫不是院中小娘兒，是那大人家叫來這裏看燈彈唱。」（第十五回）

(四) 占僕收婢，宿妓包娼。

西門慶不僅有一妻五妾，而且對家中的僕婦丫鬟也是為所欲為的。同時，他又經常在妓院中進出，梳籠雛妓，包占娼女。這一切都得花錢，但他在所不惜。他收用了金蓮的侍婢春梅、瓶兒的丫鬟迎春和繡春、玉樓的丫鬟蘭香，又與惠蓮、惠元、王六兒、賁四嫂、如意兒等僕婦私通。這些女人，有的是不必花錢的，如迎春、繡春幾個丫鬟；有的花費不多，些許布料碎銀便可打發，如惠蓮、惠元、如意兒等僕婦；有的得多給一些，但次數不多，像王六兒這樣以巴結主人賣身賺錢的女人。西門慶花費在娼妓頭上的錢才是難以計算的。他是李桂姐、吳銀兒、鄭月兒三個妓女的財源，其中花錢最多的是在李桂姐身上。西門慶梳籠李桂姐先是五兩銀子的見面禮，「次日，使小廝往家去拿五十兩銀子，緞鋪內討四套衣裳」。西門慶平時尋花問柳、宿妓嫖娼，每次少則也是三兩五兩的出手。長年累月，三天兩頭，就是一筆驚人的數字了。更不消說還要擔負幫閑們在妓

院的吃喝玩樂的開支。

(五)蓄伎養閑,吃喝玩樂。

養蓄藝伎,是當時的一種風尚,蓄伎者可因此顯示自己的高雅與富有。主要有兩種,一是長年蓄養若干藝伎在家隨時聽候使喚;二是根據需要,臨時召喚外面的藝伎來家獻藝或是雇定某些藝伎,約定時間常來家彈唱歌舞。西門慶主要是採用後一種。他一方面「把金蓮房中春梅,上房玉簫,李瓶兒房中迎春,玉樓房中蘭香,一般兒四個丫鬟,衣服首飾妝束出來,在前廳西廂房,教李嬌兒兄弟樂工李銘來家,教演習學彈唱」;另一方面又雇用李銘經常來家伴宴助興。除了李銘是雇定的藝人之外,還不時召喚盲伎、歌伎,李桂姐、吳銀兒、鄭月兒三個妓女也常在西門慶家賣藝。

西門慶有個「十兄弟會」,這些人富的少,窮的多。其中尤以應伯爵與謝希大與西門慶最相契,這二人撈西門慶的油水也就最多。他們經常哄著西門慶吃喝玩樂,嫖妓逍遙。對這幫「幫閑抹嘴」之人、「幫嫖貼食」之徒,西門慶這位大哥是夠大方的。常時節就靠著西門慶的周濟緩和夫妻矛盾,度過艱難日子,還買了房子。應伯爵、吳典恩也從西門慶手上「借」數十兩、上百兩銀子解決燃眉之急。不過,西門慶開銷大的還是同「兄弟」們吃喝玩樂的費用。有時他們三五成群擁著西門慶進妓院、逛勾欄。雖然人人都掏口袋,那都是象徵性的,一錢兩錢,有的是幾分銀子,有的乾脆直說無錢,要西門慶先「借」幾個。西門慶心中明白,總是幾兩、幾十兩地拋出去。西門慶家中有紅白喜事,這些人會拿著象徵性的「禮」來,喝飽吃足還要撈些回家。

西門慶消費的第二個走向是用在官場上的賄賂。在這上面的花費,如同西門慶自己吃喝嫖樂一樣,從未有過小手小腳皺眉頭的時候,不論是數千銀子的禮品、贈物,還是賞給對方差役的數兩銀子的「小費」。

西門慶官場上的用銀又可分為以下幾個方面:

第一,為打通關節而對官僚吏員們的賄賂。如西門慶賄賂縣吏治罪武松,來保奉命上京賄賂李邦彥解脫西門慶黨案。

第二,攀靠權勢而付出的禮品用費。這在西門慶對蔡京的投靠一事上最為突出。西門慶幾次以賀壽拜見為名送去的禮品極豐盛、極貴重,全是高檔次的。以至於在成百上千送禮賀壽的官員面前,蔡京獨厚西門慶一人。

第三,為結交官僚而置辦筵席贈送禮品珍寶和盡心熱情接待服侍的費用。蔡狀元、安進士、宋巡按就曾受到過出乎意料的「厚遇」。

上述三個方面的詳細情況在本文前面兩節中已有敘說,這裏不再贅述。

西門慶如此將大量的商業資金揮霍,原因很多,也頗複雜。他用在官場上的賄賂金銀不妨可以說是一種變相的投資。他在個人生活享受上的花費與他這個人好風流、喜浮

浪的性格有關，也同他為炫耀門庭、爭得名聲地位的目的相連。但是「巨富恐懼心理」也是其中主要原因。在全書中，我們雖然沒有看到直接與這種心理有關的描寫，而且西門慶還「理直氣壯」地宣稱過「咱聞那佛祖西天，也止不過黃金鋪地；陰司十殿，也要些楮鏹營求。咱只消盡這傢俬廣為善事，就使強姦了嫦娥，和奸了織女，拐了許飛瓊，盜了西王母的女兒，也不減我潑天富貴」，但在西門慶的一些言行中，不時地可以看到他恐懼和空虛的內心。（第五十七回）

宇給事劾倒楊提督，西門慶望著前來避禍的女兒、女婿，看了親家陳洪的來信和抄錄來的邸報，「魂魄不知往那裏去了」「即忙打點金銀寶玩」，安排家人進京探聽消息。當時，「吳月娘見他每日在房中愁眉不展，面帶憂容，便說道：『他陳親家那邊為事，各人冤有頭，債有主，你平白焦愁些什麼？』西門慶道：『你婦人知道些什麼！陳親家是我的親家，女兒、女婿兩個業障搬來咱家住著，這是一件事。平昔街坊鄰舍，惱咱的極多，常言機兒不快梭兒快，打著羊駒驢戰。倘有小人指戳，拔樹尋根，你我身家不保』」。（第十七回）好一個機敏的西門慶，他不僅看到了王權殺人，還意識到了「人言可畏」。街坊鄰舍「惱」的是什麼？「小人指戳」的又是什麼？西門慶沒有明說，說明這是一個內涵和外延都相當廣泛而又複雜的概念。除了人們對西門慶德行不合傳統和時世的不滿之外，正如這一回的後半部中所寫蔣竹山在李瓶兒面前對西門慶的那番貶責那樣，那就是群體的「妒富」心理。我們完全可以從農民意識如汪洋大海的社會裏，從傳統的「患不均」的集體情緒中得出這個結論，這種「妒富」心理至今不是仍舊在千千萬萬的「街坊鄰舍」中存在、發展並極大地影響社會的發展麼？在西門慶的時代，相對一個全縣數一數二的大財主來說，周圍貧窮的市民無疑是一個潛伏著危險的環境。

西門慶常以自己的富有自豪，也為自己意外得了千戶官職而洋洋得意。然而在他的心靈深處，傳統的輕商觀念和對武官的輕蔑意識，依然極大地影響著他。俗話說「酒後吐真言」，實際上應是人在悲痛與興奮時最易吐露心中的真情實話。第五十七回，西門慶與月娘來到瓶兒房間看孩子。當時瓶兒母子的身體是最好的時候，那西門慶見孩子「眉目稀疏，就如粉塊裝成一般，笑欣欣直攢到月娘懷裏來」，便高興異常地接過月娘和瓶兒的話題，說道：「兒，你長大來，還掙個文官。不要學你家老子，做個西班出身，雖有興頭，卻沒十分尊重。」西門慶在這裏是說自己一個西班武官不受人尊重，也自怨自己沒有去讀書爭個功名受個文職，便大有從商不如仕進之嘆了。字裏行間的深層不也流露出一個商人的不安全感和恐懼心理麼？

（本文完稿於 1989 年 2 月，收入 1990 年 4 月花城出版社出版的本人專著《金瓶梅——中國文化發展的一個斷面》）

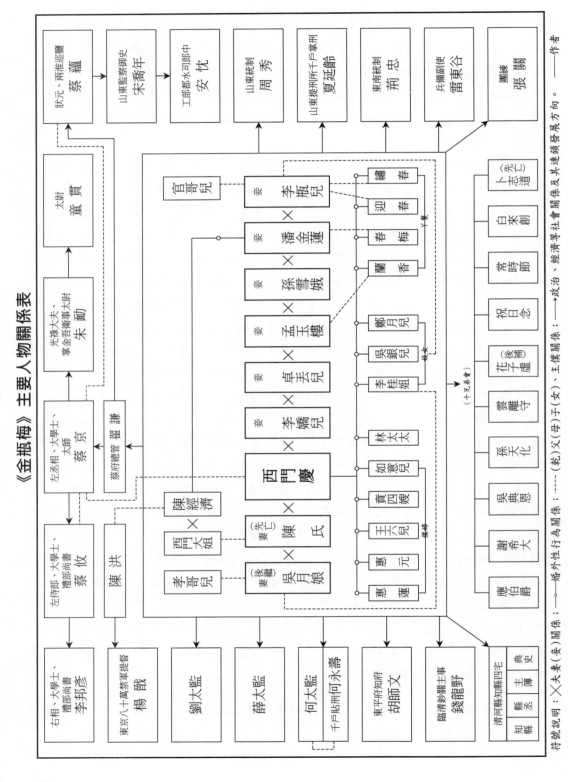

《金瓶梅》主要人物關係表

潘金蓮與新舊文化的撞擊

　　說到《金瓶梅》，無論是看過作品的讀者，還是沒有看過作品的人，大凡十之八九皆以潘金蓮為第一可惡可憎之女人。而在學術界，論及《金瓶梅》中的潘金蓮者，便有十之八九俱以之為「在婦女形象方面，作為最典型的反面人物」「是一個最淫蕩、最自私、最陰險毒辣、最刻薄無情的人」「是封建社會中那些墮落成性然而又是凶狠的婦女的典型……這些人的共同特點是殘忍、刻薄、嫉妒、說謊、毒辣……是婦女中的魔鬼，在她們身上反映了屬於原始性的人性毀滅」，是「西門慶家的女惡霸」「壞女人淫婦」等等。恐怕當前世界上凡是能給「壞女人」和「淫婦」一類人頭上吐的最骯髒、下流、卑鄙、無恥的詞語唾沫都無情地湧堆到了潘金蓮頭上。這是蘭陵笑笑生所料不及的，也是古代道學家們望塵莫及的，當然，更是潘金蓮在遭受武松的復仇而被扯出心肝五臟和割下頭顱時不曾預料也絕對預料不到的。

　　我們可以這樣說，從社會道德規範即倫理的角度去看這個女人的所作所為，無論是以當時的觀念為規範還是用今天的文明為標準去衡量，給潘金蓮定死罪不為過分，有殺夫偷姦一條罪狀，足可以激起善於和慣於同情弱者的人們的義憤，足可以震動衙門上下或法庭內外的一切良知與理性，更何況她還逼死宋惠蓮，嚇死無辜孩兒官哥兒，又勾引、私通了三四個男人。但是文學欣賞不同於審案定刑，不同於學法用法，文學評論更不是刑獄判詞和表現鑒定。它不僅要辨析人物與事件的「其然」，更需要把握「其所以然」；它不僅需要理清人、情、景、事之間的種種關係，更需要闡釋出這些關係的產生、發展與結果，抽象出開掘人們靈魂的理智與力量。我們既然已經明確地認識到了《金瓶梅》並不是一本「淫書」，那就應該透過作者給潘金蓮身上披的「淫」衣而洞察這一形象給我們帶來的藝術價值。我們既然看出了作者在創作西門慶、潘金蓮等人物時帶有嚴重的封建倫理和思想意識的偏見，那麼就應該在評品人物形象時，揭去這層重帷而更注重於作者的寫實之筆帶給我們的人物命運的實質意義。

　　中國的文化發展到《金瓶梅》誕生的時代，一方面是傳統文化經過千百年的發展、積澱，構成了一個固執的、渾厚的層次，這個層次頗有活力地運動著，並且在經過元代這樣一個斷裂帶之後，由於朱明王朝統治者的驅使，更加快速度、充實質量地向前運動。同時，以商品經濟和新思想為主體的新的文化結構以一股巨大的衝勁衝上文化發展的軌

道。新舊文化之間不和諧的部分互不相讓，你我爭鬥，於是出現了咱們這個文明古國文化發展史上的又一次大的新舊因素的撞擊。「潘金蓮」就在這個時候，帶著這個撞擊的烙印，「蹦」現在這個世界裏。

一、「天」生受人擺佈，卻偏不甘心如此，她在同「命」搏鬥

如果說，以摧殘自己的身軀，使自己身體的某個部位畸形而感到快感是「受虐戀」，那麼，在中國文化發展中的一段時期，少說也有近千年，整個社會以摧殘人最重要的肢體之一——腳而使之變形為美，就是社會群體患上了一種「施虐戀」了。纏腳，始自唐末五代之時，還是李後主想出的點子，為的是宮嬪纏腳後舞姿更加好看。誰知後來的士大夫們又發現了纏腳女子走路遲緩，給人以視覺美。再進一步的發現，卻是尋花問柳的才子們的「專利」：纏腳女子能帶來性欲上的更大刺激。於是在他們的努力之下，纏腳流向民間，而且還要纏得越小越好。社會對女子的審美標準中重要的一條就是腳越小越美。在這種審美標準構成的社會觀念中，女人從小開始裹束自己柔嫩的小腳，讓本來是支撐自己身軀，幫助自己實現生活空間的腳拗折變形。一個女人，如果不在自己的少年時期承受這極大的皮肉之痛，那麼她的青年、中年乃至一生，就要忍受更大的精神之苦。宋代以後，尤其是進入明代，待嫁女子自身的第一條件就是一雙小腳。大腳女人是嫁不出去的，即使有人要了，在婆家也會受到人們的冷眼和熱諷，就像自己有罪孽一樣。朱元璋是明朝的開國皇帝，然而他的夫人馬氏那雙大腳也曾使他尷尬過好一陣子，差點為此鬧出人命大案。

中國婦女在傳統的文化發展中，纏腳只是千百種痛苦之一，纏腳只是一種肉體的、表面的痛苦。再深一步講，纏腳只是一種象徵，一種比喻。她們在封建社會中的悲慘遭遇正像她們那雙裹了百十層布一樣的腳，一方面被擠壓束縛成畸形，她們在社會上的地位只不過是一個生兒育女的工具，是一個讓男人泄欲的玩物，是男人的附庸；另一方面，受到的苦楚越大，本性被摧殘的程度越深，越能受到社會的褒揚和肯定，越能成為一種美的規範和榮耀的本錢。

接受傳統的文化，按照時代的要求，潘金蓮從小「纏一雙好小腳兒」，她的名字也是因為腳小如金蓮而來；而自從懂事起，她便被塞進了任人擺佈的行列。

潘金蓮 9 歲時因做裁縫的父親亡故，家中貧窮而被母親賣給了王招宣府裏習學彈唱。王招宣死後，「潘媽媽爭將出來，三十兩銀子轉賣與張大戶家」。在張家，潘金蓮名為彈唱，實為暗妾，而這種處於被動地位的暗妾成了主家婆的出氣筒。在百般打罵之

後，作為一種極不公平的懲罰和一種需要，潘金蓮被配嫁給她根本不中意的男人武大郎。從 9 歲始一直到潘金蓮與西門慶相遇的 25 歲止，整整 16 年，傳統的文化束縛使她在被動的、受人擺弄和支配的陷阱裏度過了一個女子最美好的年華。如果潘金蓮是一個深閨中浸染出來的淑女，如果潘金蓮同武大生活在窮鄉僻壤，如果潘金蓮沒有王府張家的經歷，不識字，更不會作詞填曲，如果潘金蓮生性內向，不好外露，那麼她的美貌、她的才能會像她的那雙裹在腳布裏的小腳一樣，在受到人們稱讚的同時，在忍受一切而陪伴著醜陋矮小的武大度過的一生中消逝和磨滅掉。令道學家們頭痛的事實，讓世俗遺憾的東西恰恰相反，潘金蓮並沒有受到過傳統的正規的閨範教訓，她幼年和少女時的任人擺弄只不過是一個年小的女子無力抗拒巨大的社會壓力的結果，而 10 多年的被擺弄的生活經歷卻又偏偏教會了她能詩會曲，教給了她一套應付風流社會的本領，教會了她善於應付擺弄自己的男人，這些內在因素給她以後的生活打下了極有利的基礎。她和武大住的地方不僅不是窮鄉僻壤，還是熱鬧繁華的街市，在商品經濟中發展起來的商業小社會中的一些不理會傳統倫理道德規範的「風流浮浪子弟」常來街頭屋邊「撒謎語，往來嘲戲」，這些外部因素無疑是引發這位性格外向、好外露的婦人內在因素的動力。

潘金蓮對武大極不滿意。但在那個時代，男人可以休棄女人，女人卻必須忍受不合情理的婚姻給自己帶來的一切痛苦。潘金蓮除了心中暗暗「抱怨大戶」不該將她嫁了這麼一個「一味老實、人物猥瑣、甚是憎嫌」的「三寸丁、谷樹皮」，除了「常無人處彈個〈山坡羊〉」以發泄心中的憤懣外，她的反抗就是「打扮光鮮，只在門前簾兒下站著，常把眉目嘲人，雙睛傳意」，直至又落巧打西門慶，二人私通。

在論及潘金蓮偷情私通的行為上，我不敢苟同許多前輩、同行一意貶斥、橫加批判的觀點與態度，也不想宣揚這便是潘氏偉大之處。因為這裏不是道德法庭。我要指出的是，潘金蓮的行為是在封建理性擠壓下，克制不住的情感欲望的流露乃至發泄。25 歲，正是一個正常的女性情感欲望旺盛之時，縱欲如果被認為是過分，那麼抑制欲望不也是過分麼？何況像潘金蓮這種性格、經歷的女性，其欲望又是能抑制得了的麼？依理而裁，潘金蓮是背理之人；依情而論，潘金蓮又何曾不是個有情順情之人呢？「第雲理之所必無，安知情之所必有邪！」明代中葉激烈的「理」與「情」的鬥爭，也在潘金蓮的言行中反映出來了。

潘金蓮認識了西門慶，對情欲的追求便一發不可收拾了。整個社會要求潘金蓮處於一個女性應該處於的受支配的地位，而潘金蓮則極力掙扎著、反抗著，她要爭得一個女人應該享受的某些（還不是全部）「幸福」（還不是權力）。

潘金蓮與西門慶在王婆家中私通的那一段不長的日子，可以說是潘金蓮感到最「幸福」而又自在的時刻。儘管她心中多少具有「做賊心虛」的心理，但一旦與西門慶摟抱

到一起，她就處於極大的快慰之中，沒人管束，也無人指責。這種「幸福」與自在竟使她對將來的道路作出了重大抉擇，成了她下毒手謀害武大的巨大動力。這種「幸福」與自在也使她對將來成為西門慶的妾的生活產生了幻想，她認為憑著自己有貌有才的優勢，可以在西門慶家過上好日子。當然，這種「幸福」和自在也使她不時地產生了同時代的女性，尤其是為人作妾的女性具有的恐懼心理——被棄。

「幸福」總是短暫的，為掙脫命運的擺弄最終又陷進被擺弄的命運之中。潘金蓮一番努力，被抬進了西門慶家，成為西門慶的第四個小妾，雖然安定感代替了恐懼感，但約束感也代替了自在感。西門慶並非不寵愛她，但正房大娘在地位上的壓力，眾妾相互之間的嫉妒，都使潘金蓮感受到被支配、被壓抑的鬱悶，甚至連妓女與家中的女僕都對她造成了的威脅。她再也沒有在王婆家與西門慶肆意相摟相抱的無拘束、無指責的時候，她也得不到像過去和武大在一起那樣的一夫一妻的生活，現在辦事說話都要看人家的臉色才行，否則便會掀起家庭風波。她在西門慶家得到了在武大家得不到的東西，然而也失去了只有在武大家才能得到的東西。如果，從這個時候起，潘金蓮能像李瓶兒那樣，安分守己、知足而樂地生活下去，在西門慶家分得自己作為一個妾所能得到的那一份物質和情感，她也許會平平安安地度過一生。然而這位個性極強、感情與性欲都極旺盛且又不甘居被支配地位的女子偏偏不願安分守己，不願忍耐承受鬱悶與苦惱。過去，她為了得到西門慶、得到幸福，可以把武大毒死；現在，她為了得到西門慶的專寵，不失去幸福，也可以造成他人之痛苦、謀害無辜之性命。在這些事情上，潘金蓮的理智與情感並不處於矛盾之中，往往是情感上感覺到的，便與她理智上認識到的相統一。在她的大腦裏，只有情感的喜怒哀樂和溝通的理智上的好壞善惡，而沒有理智抑制情感活動的論辯鬥爭。如果有人認為女人的大腦流著情感的血液，而缺乏理智的營養，潘金蓮便是具有這種大腦的女人。

潘金蓮傾注了自己的全力去對付李瓶兒，她認為李瓶兒是自己最大的絆腳石，才滿週歲的官哥兒無知無辜，但他是李瓶兒獲得人們敬重並占據西門慶內心世界的最重要條件。結果，官哥兒終於被潘金蓮用有意馴養的貓嚇死了，李瓶兒在兒子死後不久也病故了。宋惠蓮只不過是個女僕，竟也在西門慶心中占了一席之地，潘金蓮以兩面三刀之計，逼得宋惠蓮上吊自殺。西門慶在家中與僕婦、丫鬟多人私通，在外又常常眠妓宿娼，金蓮被冷落了，她便公開說出了「左右皮靴兒沒番正，你要奴才老婆，奴才暗地裏偷你的小娘子，彼此換著做」（第二十五回），並且自己果真私通琴童，勾引陳經濟。潘金蓮的這些所作所為，就其本身的現象來看，可謂之「惡」，甚至可以詰之「豈有此等反抗之理」，然而就其實質來看，卻正是一個重壓之下的生命拼力掙扎的表現；這並非「反映了原始性的人性毀滅」，恰恰相反，這是一個不以時代的道德規範為桎梏，而以謀求正

常的夫妻性生活、謀求正常的情欲需要的活生生的人性的再現。

我們可能還記得俄國大作家列夫·托爾斯泰筆下的安娜·卡列尼娜，她的悲慘的一生會使所有的讀者震動，會引起所有的讀者的同情，人們會痛斥她那專制的丈夫卡列寧，會咒罵她那輕薄的情夫渥倫斯基，會批判她所生活的那個時代。其實，潘金蓮的命運遭遇同這位俄羅斯上流貴婦人是大同小異。大同所在，就是要拼力掙脫傳統和時代強壓在自己身上的理性重負而去追求自己嚮往的也是自己應該有的情欲。小異則主要表現在各自的表現方式或謀求目標的手段上。安娜·卡列尼娜是以她特有的上流貴婦人的典雅和有修養的姿態，以上流社會特許的情人方式去獲得自己暫時的幸福與滿足。潘金蓮不同，她既有自己與其他女性不同的聰明和才智的特長，也帶著中下層市民的庸俗和粗陋，聰明使她更有心計，粗陋則令她不惜一切手段，她以別人的痛苦為代價來實現自己對目標的追求。潘金蓮與安娜·卡列尼娜的不同之處也許正是她遭到現代的人們唾罵的根本原因。

二、嫉妒是流不是源，憂心忡忡導致痛苦的掙扎

不知是誰講過這樣的話：嫉妒是萬惡之源。

於是人們對潘金蓮在西門慶家做的一切惡事，進行了一番推理分析，歸結到她那火一般的「妒心」上。於是，潘金蓮又有了個令人們憎惡的稱謂——「妒婦」。

其實，作為一種人物分析的過程，這只走了一半路程。因為嫉妒並不是報復或破壞或競爭諸行動的本源。嫉妒也是另一種心理基源的產物，嫉妒只不過是人的內心情欲外化為行為的中轉站。

人性之中的情欲在未有外化之前就是相當複雜的，除了它的生理特徵之外，還具有心理特徵，而這種心理特徵一旦以社會關係為條件，人的情欲便出現了一向與多向、集束與放射交合錯綜的現象。情欲中的愛一旦有了一向目標而集束施放，那麼情欲中的恨便會產生多向目標而放射施放。所謂「愛孕育了恨，恨是為了愛」。嫉妒是什麼？嫉妒不僅僅是恨，嫉妒也不僅僅是愛，嫉妒正是愛和恨的關係之和的表現。從這個基礎出發，我們去看西門慶家中的潘金蓮，去看這個潘金蓮身上的「嫉妒」，才有可能更準確地把握潘金蓮與西門慶的關係，才有可能去瞭解中國文化發展中的有關問題。

潘金蓮在西門慶家生活了六七年，作品不時地抖落出潘金蓮如烈火般的嫉妒以及在妒心驅使下做出來的傷天害理之惡行。其實，在嫉妒下面，我們還必須看到作者真實地描繪出來的嫉妒之源——深切的憂慮。而這種種憂心，都是以擔心自己失去西門慶之愛為核心的。

潘金蓮與西門慶私通所感到的自在感覺隨著武大的死很快便消失了，取而代之的卻

是憂心一片，她對西門慶說：「我的武大，今日已死，我只靠著你做主，大官人休是網中圈兒打靠後。」並且在西門慶答應不做負心人後又追問一句：「你若負了心怎的說？」（第五回）此後，隨著時間的推移，潘金蓮的憂心越加沈重，不時地提醒西門慶「休忘了奴家」。有一次，西門慶過了兩天才來，金蓮就罵：「負心的賊，如何撇閃了奴，又往那家另續上心甜的兒了？把奴冷丟，不來揪采。」（第六回）後來，西門慶娶玉樓，嫁女兒，有一個多月不曾往金蓮這邊來，潘金蓮是「每日門兒倚望，眼兒望穿」，遣王婆，罵迎兒，要她們去西門慶家請，去大街上尋；又做好一籠誇餡肉角兒，專等西門慶來吃，又脫繡鞋打相思卦，一直到在門口截住路過的玳安（西門慶的貼身小廝）求得消息。當得知西門慶迎娶了孟玉樓，「由不的那裏眼中淚珠兒順著香腮流將下來」（第八回）。這些都是潘金蓮進西門慶家門之前的心理活動，也是婦女地位低下的社會裏許多女性在沒有任何保障的前提下追求自由婚戀時所持有的普遍的恐棄心理。這種心理，正史上自然是沒有一席之地的，然而文學作品中倒是記載不少。最早我們可以在《詩經·衛風·氓》中發現。全詩是女主人公敘述自己從戀愛到被棄的經過，這裏沒有像潘金蓮式的擔憂，可能作者是寫女主人公被棄後的反思，但字裏行間充溢著的對男子的悲憤之情足可以證實女主人公在男家三年之中，無時無刻不在擔心受到丈夫的拋棄。帶有紀實性的頗有影響的唐傳奇小說《鶯鶯傳》，是中唐著名詩人元稹所著。據考證，小說中的張生實際上就是作者自己。女主人公崔鶯鶯也同千千萬萬少女一樣，懷有一顆熱烈的心，蘊蓄著純真的愛情。她與張生相見，在愛情的驅使下打開了自己感情的閘門，獻上了自己全部的身心。但她憑著自己的直感，愛上張生的同時也覺察到張生不是可托終身之人，被遺棄的悲劇遲早會發生。後來，這位名門千金面對自己果然被棄的命運，以她特有的矜持莊重、潔身自愛的個性不去乞求對方的愛憐，而是自己暗泣受苦。如此女性被棄的記載在唐以後不僅出現在文學作品如詩、詞、曲、小說、戲曲之中，而且也出現在眾多的筆記野史之中，作者已不僅是記敘某人某事，還描繪出被棄女子矛盾與痛苦的內心。「棄」與「被棄」的雙方，主動者總是男子，被動對象則為女人。古代對已婚夫婦的離婚條件，首要的便是所謂的「七出」，也就是丈夫可以將妻子趕「出」家門的七項條件，一是無子，二是淫佚，三是不事舅姑（公婆），四是多言，五是盜竊，六是嫉妒，七是惡疾。這「七出」，最初只不過是一組嚴格的倫理規範，而自唐始，在《唐律疏義》《宋刑統》元代《通制條格》《大明律》《清律輯注》等這些國家製定的法律條文中則正式寫定。這是封建社會給男子的特權。這七項條件其伸縮性是極大的，男人要拋棄自己的妻子，完全可以從中找到根據行使自己的特權，這也就必然給那些喜新厭舊的丈夫大開為所欲為的方便之門。已婚夫婦尚且如此，未得到社會承認的男女性關係問題則更大。那些追求自由婚戀的青年男女結合之後，如果真能遵守山盟海誓，確實是幸福和滿足的。一旦男

子喜新厭舊或隨著所處時代的風尚，如門第觀念、地位變化等產生感情上的變異，那麼女子隨時有被拋棄而獨吞苦果的下場。問題還遠不止這些，更可悲的是這種現象被冠以「始亂終棄」。所謂「亂」，是說男女婚戀不依禮制而為。作於戰國盛行於東漢的《詩序》是這樣指責〈氓〉詩中的人物的：「〈氓〉，刺時也。宣公之時，禮義消亡，淫風大行。男女無別，遂相奔誘。華落色衰，復相棄背。」初看上去，這一通貶詞是對男女主人公各打五十大板，但細看一下，並非如此。「華落色衰」，指的是女主人公，背棄婚約的正是喜新厭舊的男子，詩中女主人公不是怨恨道「桑之落矣，其黃而隕」「女也不爽，士貳其行。士也罔極，二三其德」麼？這「復相棄背」四個字實是對女子的一大冤獄。到了後來，男子完全被排除於被告與審判之外，可見女子地位每況愈下了。南宋思想家朱熹在他的《詩集傳》中評點這首詩是這樣說的：「此淫婦為人所棄，而自敘其事，以道其悔恨之意也。」而元稹寫《鶯鶯傳》更是有一鮮明目的，那就是希望讀者為他幫腔，指鶯鶯為「尤物」「妖孽」，以支持他的「始亂終棄」的觀點。可見，「始亂終棄」完全是衝著女子的，是壓在女子身上的倫理重負。這樣，本來就無地位無人生權力的女子在追求自己的婚戀、享受人生的幸福時不僅不能受到任何保障，不僅時刻有被遺棄的危險，而且一旦被「終棄」還要背上「始亂」的道德責任。女子婚姻命運之悲，其大莫如此也！

當然，已經將社會道德規範棄置一旁的潘金蓮不會去考慮「始亂」之罪名的歸屬，如果她有此顧慮，她的內心是承擔不住的，她不僅是「亂」，而且為「亂」而毒殺親夫。她的全部身心慮及的只是「棄」。面臨著周圍的社會環境，此時此刻如果被「棄」在武大家中，那是潘金蓮最可怕的事。從這裏，我們也可以看出傳統文化積澱到這個時代而構成的倫理觀念與道德規範對一個色膽如天的女子有多麼大的壓迫感。這樣，潘金蓮每日盼著西門慶的到來，每時企望早早「納」進西門慶家的大門，就不足為怪了。我們也可以看到，潘金蓮對西門慶的嚮往，也就不僅僅是為了一時的性愛情欲，而是在謀求一種解脫，尋找著最恰當的歸屬。而這種謀求與尋覓越急切，她的憂心也就越重。這種憂心在她進了西門慶家門之後依然存在著，而且隨著情況的變化越來越深，越來越重，一旦與她的欲望、目的和個性相撞，就形成了外化的嫉妒之火而付諸行動。

潘金蓮進了西門慶的家門，遇到了先前她不曾預料過的困難。她是帶著謀害親夫的名聲和漂亮的臉蛋進來的，這二者足以引起舉家女眷們的不歡迎。求生存的本能和生活經歷使她首先在月娘身上下功夫。「過三日之後，每日清晨起來，就來房裏與月娘做針指，做鞋腳。凡事不拿強拿，不動強動。指著丫頭，趕著月娘一口一聲只叫『大娘』。快把小意兒貼戀」，從而很快得到了這位正房大娘的歡心，潘金蓮的腳跟才穩定下來（第九回）。當然，更重要的是要籠住西門慶的心。

在封建社會裏，女子是男子的附庸，丈夫是妻子的生命支柱。何謂婦人，伏於人之

人；何謂夫人，扶人而已。《白虎通·嫁娶篇》所謂「陰卑不得自專，就陽而成之」，其實就是說女子離開男子則一事無成。所以，女子一生的三部曲便是「未嫁從父，既嫁從夫，夫死從子」。西門慶當然就是潘金蓮此時的生活保障。潘金蓮要想在西門慶家實現自己的生活願望，便要施盡全身的解數得到西門慶的寵愛，尤其是面對妻妾成群的家庭局面，一個後來的小妾想要取得寵愛甚至專寵的地位，除了自己的相貌天賦之外，還需要精明能幹的應變本領。她對西門慶可謂是百依百順，即使是西門慶的行為給她帶來不利，雖有口角，最終還是順從西門慶。她騰出機會，讓西門慶收用身邊的丫鬟春梅；她幫助西門慶逾牆與李瓶兒赴約幽會；她忍受屈辱剪下一縷頭髮給西門慶（西門慶以此滿足妓女李桂姐報復潘金蓮閉門拒客之辱），目的在於「只願你休忘了心腸！隨你前邊和人好，只休拋了奴家」（第十二回）。在夫妻性生活上，金蓮不僅僅是為了滿足自己的性欲要求，也是要通過頻繁而又和諧的性生活拴住西門慶，「枕畔之情，百般難述，無非只要牢籠漢子之心，使他不往別人房裏去」（第三十三回）。這種心理，從潘金蓮進西門慶家門到西門慶死去，無時無刻不存在著。一部 100 萬字的《金瓶梅》有 2 萬字的性行為描寫，大部分是屬於潘金蓮與西門慶的，這些描寫的確有令人肉麻和遺憾之處，但若從全書來看，從人物形象的整體來看，不也令人感到心沈麼？夫妻間和諧的性生活是發展夫妻恩愛關係的重要因素之一，但是若以性生活為手段來維繫夫妻關係甚至「牢籠漢子之心」，足見夫妻關係之脆弱，也見潘金蓮因憂慮而引起的心理變化已經到了何種嚴重的程度。

對於其他人，潘金蓮有一個原則，那就是：「你只不犯著我，我管你怎的。」（第七十四回）這很有點「人不犯我，我不犯人」的味道，再說下去，便是「人若犯我，我必犯人」了。潘金蓮所謂的「不犯」實質上就是不准許在「我」和西門慶之間插上一楔子。但是，眾妾如伍、娼妓出入、僕婦可欲的家庭和見花便沾、有柳即依的西門慶所構成的環境，是不可能不「犯」金蓮之利的。於是，在潘金蓮與這些人中間，發生矛盾與衝突便不可避免了。而這些矛盾又無一不牽動著潘金蓮憂慮的心弦，「嫉妒」之言行便從她的口中流出來、眼中冒出來、手上做出來。

最尖刻、最激烈的嫉妒，莫過於潘金蓮對李瓶兒產生的嫉妒。然而，也正是在這兩個人之間的這種關係上，更可以清楚地看到潘金蓮內心深處的憂慮。

西門慶與李瓶兒幽會，潘金蓮是最早發現者，心中自然十分氣惱。瓶兒的長相、身材，並不亞於金蓮，皮膚還比金蓮白幾分，又是個有一筆大財傢俬的女人。潘金蓮心中很清楚，這位未來的「六娘」的一切都將成為奪取自己目前受寵愛的地位的有利條件，但是直接阻止西門慶再次納妾又是不可能的，同樣也會失去西門慶對自己的歡心，她只得見機行事走著瞧了。所以當她接過西門慶拿出的說是瓶兒送給自己的兩根壽字金簪兒之後，趁勢轉惱為喜，還答應為他們幽會觀風。其實這是潘金蓮「退一步，進兩步」的

手段,你看,她立即接著提出了三個條件:「頭一件,不許你往院(妓院)裏去;第二件,要依我說話;第三件,你過去和他(瓶兒)睡了,來家就要告我說,一字不許你瞞我。」(第十三回)三個條件,無一不是以「我」為核心,也無一不是「嫉妒」的表現。然而,這三個條件的實質,都是在只許男子娶妻納妾玩娼妓、不許女子違「貞節」的社會裏,富有個性的潘金蓮不滿和掙扎的特殊形式。

可是事情並沒有按金蓮的意志軌道發展。瓶兒一進入西門慶家便把先前好不容易維繫下來的平和與妻妾之間的平衡打亂了,大大衝擊了金蓮受寵的地位。瓶兒不僅在外表上有長於金蓮之處,在經濟上有優於金蓮之勢,而且在待人處事上與金蓮的刁滑和刻薄截然相反,顯現出溫和與大方、伶俐與真誠;在夫妻關係上,也不只是以性行為的快感來拴住西門慶的心,更多的卻是勸夫為業行正。這一切都使西門慶感到李瓶兒有特別的「可人心」之處(在瓶兒即將離別人世時,西門慶更是體會到瓶兒的這些好處)。這樣,瓶兒至少是分去了西門慶一半的心思。更令潘金蓮頭痛的是瓶兒偏偏和自己一同住在花園裏,住房相連,聲息相聞,這簡直就是和她刀槍對陣了。對西門慶的愛,也就是對李瓶兒的恨,潘金蓮起初還是伺機找岔尋釁,或是冷言熱諷,後來乾脆就是尋機鬧事,挑撥離間、指桑罵槐、無事生非了。然而偏偏逢上瓶兒寬宏大量,忍氣做笑應付這一切,潘金蓮終是竹籃打水,毫無效果,反而挨了西門慶好幾次的臭罵。李瓶兒在西門慶心中的地位不僅沒有下降,而且隨著懷孕、生官哥兒,越發高昇起來。「不孝有三,無後為大」,女人被休棄的「七出」中,首要一條便是「無子」,反論之,女人生了兒子,榮譽與地位也便跟著來了。瓶兒生子,一鳴驚人,人們誇贊瓶兒,還有人來拜瓶兒做乾娘,月娘敬待瓶兒,西門慶則丟下潘金蓮連日在瓶兒房中歇宿。在金蓮的眼中,瓶兒已經占了絕對優勢。她深感過去一直擔憂的事情——被棄——遲早會發生,自己將來的命運很可能會像孫雪娥那樣,摘去頭面,打入廚房做粗活,再也不可能近西門慶的身。這種內心的擔憂與恐懼隨著無情的時間的推移和冷寂的空間的壓迫越來越膨脹起來,終於使她再也不能容忍瓶兒的得勢而採取一系列的手段。她意識到用過去的那些手段來對付瓶兒是沒有用的,必須用新的辦法來對李瓶兒得寵受尊的最重要條件——剛滿週歲的官哥兒下手。果然,潘金蓮這一著棋不僅吃了「車」,也將死了「帥」。官哥兒慘死於潘金蓮用心訓練的雪獅子貓爪之下,瓶兒也因此夭折而逝。潘金蓮終於除去了眼中釘、肉中刺。她的這一「嫉妒」確實殘忍,任何一位讀者讀到這幾回故事,都會感到心顫,血氣方剛者會怒髮衝冠,道德家會斥其為「惡婦」。但我又想,這些感受又是遠遠不夠的。既然「嫉妒」是「流」而不是「源」,那麼我們可以在「恨定」之後來「思恨」尋源,則會體會到更深層次的感受。

自從瓶兒進了西門慶家做了他的第六房之後,潘金蓮內心的憂慮便日益深重起來,而官哥兒出世後,西門慶已是不大到金蓮房中來了,她的內心世界便被籠罩在痛苦、內

疚的黑暗之中。這種痛苦，這般內疚，是一個受到冷落、感到孤淒的女子才有的，當然，也是她這個有自己的追求、有正當的欲望（如果把這種欲望僅僅看作是性欲要求也並非過分和有罪）、有個性的女子難以忍受而又不得不忍受的。作者在第三十八回「潘金蓮雪夜弄琵琶」的情節中把她的內心世界突出地表現出來了：

> 這裏兩個吃酒，潘金蓮在那邊屋裏冷清清，獨自一個兒坐在床上，懷抱著琵琶，桌上燈昏燭暗。待要睡了，又恐怕西門慶一時來；待要不睡，又是那盹睏，又是寒冷。不免除去冠兒，亂挽烏雲，把帳兒放下半邊來，擁衾而坐……又唱道：「懊恨薄情輕棄，離愁閒自惱。」又喚春梅過來：「你去外邊再瞧瞧，你爹來了沒有，快來回我話。」那春梅走去，良久回來，說道：「娘還認爹沒來哩，爹來家不耐煩了，在六娘屋裏吃酒的不是！」這婦人不聽罷了，聽了如同心上戳上幾把刀一般，罵了幾句負心賊，由不得撲簌簌眼中流下淚來。一徑把那琵琶放得高高的，口中又唱道：「論殺人好恕，情理難饒，負心的天鑒表！（好教我題起來，又是那疼他，又是那恨他）心癢痛難搔，愁懷悶自焦。（叫了聲賊狠心的冤家，我比他何如？鹽也是這般鹽，醋也是這般醋。磚兒能厚？瓦兒能薄？你一旦棄舊憐新）讓了甜桃，去尋酸棗。（不合今日教你哄了）奴將你這定盤星兒錯認了。合想起來，心兒裏焦，誤了我青春年少。你撇的人，有上梢來沒下梢。……
> 常記的當初相聚，癡心兒望到老。（誰想今日他心變了，把奴來一旦輕拋不理，正如那日）被雲遮楚岫，水淹籃橋，打拆開鸞鳳交。（到如今當面對語，心隔千山，隔著一堵牆，咫尺不得相見）心遠路非遙，（意散了，如鹽落水，如水望沙相似了）情疏魚雁杳。（空教我有情難控訴）地厚天高，（空教我無夢到陽台）夢斷魂勞。俏冤家這其間心變了！（合）想起來，心兒裏焦，誤了我青春年少。你撇的人，有上梢來無下梢。」

當西門慶與瓶兒聽到琴聲來到金蓮房中，西門慶以嬉笑開她的心後，潘金蓮順著香腮拋下珠淚來，「我的苦惱誰人知道，眼淚打肚裏流罷了」。這一大段生動的描摹，通過潘金蓮的心理活動、外在動作、唱的詞、念的白，無一不透出她那無限的愛憐、哀怨、焦急與悔恨，完完全全是一個被遺棄的怨婦思婦的心裏話。而其中流露出來的欲望和要求又有多高呢？不正是一個正常的婦女的基本的欲望和要求嗎？

與其他的妻妾比起來，像正房大娘吳月娘，妾李嬌兒、孟玉樓、孫雪娥，還有李瓶兒，潘金蓮更多的具有對個性與人性的覺醒，更敢於不顧一切，包括嚴格的倫理規範，去追求自己的情感欲望。因此，她對自己的遭遇更加敏感，對痛苦和內疚的黑暗更加不滿。她的怨憤和憂慮外化為嫉妒而做出來的一切「惡」行，應該說是她這樣的一個女子在黑暗中拼力掙扎的結果，她在黑暗中尋找光明，她在沈陷中撈抓救命之草，掙扎的人

求生的本能又使她不顧一切，包括善和惡、美和醜、好和壞的準則及對這些準則的理性思考，只要能獲得應有的生存，她便能幹出缺「德」和十「惡」的事來。

筆者之意，不在於把潘金蓮的內心痛苦去抵消她的「惡」行而使她成為一個不好也不壞的形象，這辦不到，也沒有必要去努力這樣辦，形象本身具有極強的客觀性。這裏要說明的就是，正如本文開篇所說的那樣，只從道德層次去評價潘金蓮其人，無論說她如何壞，或者反過來，說她如何好，都是遠遠不夠的，甚至給這個人物來個三七開、四六開、對半開，也是不夠的，由此去得出結論對於一部傑出的文學作品來講，都是片面的，也是偏激的，它的致命錯誤就是往往會丟掉「人」這個文學的根本，而僅僅得到「道德的象徵」。我們應該把潘金蓮作為一個「人」，作為一個「女人」，在「人的文化」背景下去分析「文化的人」，在傳統的文化和時代的文化旋流中去剖析這個「文化的女人」，我們才有可能真正把握這部文學傑作的價值，才有可能發現那個時代的「秘密」，也才有可能更好地為認識今天的我們。這並不是簡單的「仁者見仁，智者見智」的問題，而是我們今天反思過去，評論古代文學遺產的重要任務。

三、她死了，悲慘的死！是「惡有惡報」麼？

西門慶死後不久，潘金蓮因不守本分，與陳經濟的「姦」情敗露，被吳月娘趕將出來，重回王婆處，日子不長，便被大赦回家的武松殺了。潘金蓮死了，其最終下場之慘，甚於她下手毒死的武大、逼死的宋惠蓮、嚇死的官哥兒和因此氣病交加而死的李瓶兒。她被為兄報仇的武松「把刀子去婦人白馥馥心窩內只一剜，剜了個血窟窿，那鮮血就邀出來。那婦人就星眸半閃，兩隻腳只顧登踏。武松口噙著刀子，雙手去幹開他胸脯，撲扠的一聲，把心肝五臟生扯下來，血瀝瀝供養在靈前。後方一刀，割下頭來，血流滿地」（第八十七回）。死後，若不是春梅收屍掩埋，將成野鬼遊魂了。但是，潘金蓮還有更甚的悲慘，如果我們說她是個悲劇人物的話。對一個人來說，死只是片刻的痛苦，最痛苦、最悲慘的莫過於一生命運的坎坷顛簸。潘金蓮，一個貌美心靈的女子，卻在傳統文化中的妻妾制度、倫理規範和對女子摧殘歧視的諸因素中被扭曲、變形，受擺弄，遭蹂躪，被遺棄，這才是她最悲慘的；她的性格和新出現的商品經濟的大發展、商業小社會的形成而帶來的新的文化因素構成一種「力場」，促使她的個性覺醒，鞭策她敢於執著地追求自己的情感和欲望。然而這一切在同傳統文化和時代倫理的衝撞中並沒有獲得成功，後者的主根太深了，根系太廣了，力量太強了，在潘金蓮自己身上就盤繞著這些主根和根系，就積澱著這股力量。這就好像她一方面想掙脫那根又臭又長的裹腳布而自由地生活，可是卻又因為經過長年累月的緊裹而成為的畸形必須依靠緊裹才能站立。她曾為解

除自己的憂慮和痛苦千方百計去算計別人，最終卻又被別人狠狠地算計了一著，這便是潘金蓮悲劇的主要內容。

現在，我們可以把潘金蓮的生和死歸納歸納了。

「潘金蓮」的時代，是要求女人裹腳並以腳小為美的時代，乃至後來有人竟將女人的腳分九品十八種來品評，這也是個產生女人悲劇的時代，三綱五常、三從四德，還有「節烈」「忠貞」「從一而終」「夫死婦隨」等等，一條又一條的倫理道德規範和社會風尚觀念像那裹腳布一樣緊緊地纏在女人們身上，令其窒息。婦女的個性、天性、人性都在其中完全被扭曲變形。女人們只有順從、馴服，或許可以平靜地度過一生。在這個時代裏，女人任何一點自己個人的要求都將被認為是出格，更不能涉及到感情、性欲這些「天理」不容的「人情」，否則便是「貪」，便是「欲」。在這個時代，只有死去的「杜麗娘」，而沒有活著的「崔鶯鶯」。潘金蓮，這個女人的個性、思想、行動都直接違反了這個時代的制度、思想、規範，兩者相抗，潘金蓮這雙想自由自在生長的「腳」當然是掙鬥不過那封建制度又長又臭的裹腳布的。順從便畸形，反抗即無生路。

(一)極強的個性與更強大的禮教規範相衝突，必以悲劇告終。

潘金蓮有「機變伶俐」的天性，會琴棋彈唱，不僅識文斷字，還會填詞作詩。這一切既為世道所容也為世道所不容。明末有「女子無才便是德」一語，其觀念則彌漫了整個明代。這一觀念不僅是因為人們見當時妓女多以才學著名，更是因為衛道先生們總覺得才學本不是良家女子應做的事，否則便有薄幸之嫌，女子多才而後便多有不貞，女子聰慧伶俐必使其眼高心野，不如「拙婦」「愚女」便於駕馭，便於嚴守「貞節」。女子有才學，只是當這個女子被當作玩物時，其才學才有其價值，那就是使男子們在玩弄女子時更有興趣、更雅致，所謂「娶妻娶德，納妾納色」。西門慶對潘金蓮和孟玉樓更感興趣之時，不僅在於錢財，不僅在於外貌，更是在於二人都有一雙翹翹的小腳和彈琴演唱的才藝。封建專制社會首先體現在女性身上的愚民政治與對女性的踐踏是一致的。所以，潘金蓮的才學天性若要讓世道容忍，那就是將個性消去，順從地成為玩物。但是偏偏潘金蓮就是不願意如此。從張大戶家出來到了武大家之後，她便不曾馴從過。她的全部「機變伶俐」和才學都用在了對自己情感性欲的追求之上。正因為這樣，在作品的字裏行間，作為「世道」一分子的作者對潘金蓮的性格稟賦持否定態度，他在客觀地再現這個人物的同時，也把潘金蓮的個性作為「遭惡報」的性格基礎。這也正是潘金蓮在那個時代的最終歸宿。制度不容、社會不容，潘金蓮何去何從？除了死於「惡報」的刀刃之下，哪裏還有出路呢？

(二)有自己的思想與不應該有個人思想的時代相矛盾，必然走向悲劇之舞台。

潘金蓮不是一個傳統的「知足而樂」的女人，何況哪裏又有「可足之樂」？她也不

是一個傳統倫理要求的「不足亦樂」的女子，相反，她一生都在追求自己的「樂趣」。如果她能夠像吳月娘那樣，嚴守婦道，「無樂也足」，或許也會活到古稀之年；如果她像李嬌兒那樣，記住自己有「前科」，自困於內室，「無足也樂」，或許也會有出頭之日；如果她像孟玉樓那樣，曠達而機靈，「小足也樂」，或許有再嫁為正室的可能；如果她像孫雪娥那樣，雖然被棄於一旁，卻「怨而不怒」，也不至於如此慘死；如果她能像瓶兒那樣，以西門慶為知心而滿足，將反抗的性格抹去，選擇溫柔順從，她也可能有生兒子得榮己身的時候。但是潘金蓮不僅不去從她們身上吸取求生之道，而且總是指她們的不是。她總是不滿足自己的地位和現狀。她不滿意武大這個令她生厭的男人，也不滿意西門慶這個永遠也不會只屬於自己一個人的男人。如果說，在武大身邊，物質的缺乏和肉體的不快導致了精神上的空虛、迷惘與背叛，那麼在西門慶身邊，物質享受的充裕和肉體享受的快感，也導致了精神上的進一步要求，這種要求就是希望能永遠如此而不被冷落遺棄和居人之下。潘金蓮的這種進一步的要求與滿足在我們今天一些文明程度較高的階層或人群中並不會感到是變態的，是出格的。因為在這裏，以一夫一妻制為前提，夫妻雙方完全可以根據自己的需要而選擇使雙方都更加感到幸福的生活方式。但在潘金蓮所處的時代，對於潘金蓮這樣一個女人來說，這都是非分的，是人們所不齒的。而且，她還必須承擔她為此而做出來的一切「越軌」行為的道德責任，比如挑逗武松、毒死武大、私通西門慶，引誘琴童、勾搭陳經濟……

　　一套二十四史，類似烈女的記載，《元史》以上的史書，沒有寫到 60 人的。《宋史》最多，55 人，《唐書》54 人，而《元史》竟達 187 人，《元史》是明人修的，明朝人提倡貞節，所以搜羅較多，而到了清朝人修《明史》時，所發現的節烈傳記，竟「不下萬餘人」，擇最尤者，也還有 308 人。而且，「守節要守的苦，盡節要盡的烈」。明朝 300 年，全國城鄉持久地開展了以千百萬婦女為對象、以男女老少為主體的「貞烈」運動。多少女子以一生的痛苦換取所謂的「美德」「芳名」，可見思想觀念上的摧殘是十分嚴重的。潘金蓮這種人不是不被允許而是根本就不應該存在這個世界上，她在悲劇舞台上表演了自己的一生。這裏需要說明的是，潘金蓮有幸是生活在商業小社會的圈圈之中，生活在西門慶這個還算開通的商人家中，這裏還給了她生存的時間和空間，如果她還是繼續在王招宣府中或張大戶家中生活，或者是生活在一個封建地主或官僚家中，恐怕早就無立錐之地了。西門慶死後，接替西門慶官職的張二官不就是因為聽說金蓮的「劣跡」後中途打消了買這位西門慶遺妾的念頭嗎？（第八十四回）

　　(三)傳統社會道德規範的「罪犯」，何止是肉體上的死。

　　潘金蓮為了達到自己的目的，視倫理道德為子虛烏有，而行為已經超出了社會道德的規範，她是這個規範中的「罪犯」。不僅如此，她還是個與眾婦不同的不信鬼、不信

神、不信命的「婦道人家」。舉家妻妾卜卦算命，惟有金蓮不算，口稱「算的著命，算不著行」（第四十六回），言下之意，命運雖定，言行由我；舉家妻妾津津有味又虔誠地聽尼姑道婆演經宣卷，惟有她坐不住，被月娘說是個「原不是那聽佛法的人」（第五十一回）。這樣，潘金蓮真可謂是個言談舉止不論旁人褒貶，不管前生後世、因果報應，也不顧世俗規範、只圖今日自己享受與追求的人物。在那個社會裏，行走有規，停坐有矩，事事有約束，步步有尺寸，且又是「州官放火，禁百姓點燈」，不知有多少官吏豪紳殺人放火，貪贓枉法，草菅人命，又納妾狎妓，然而只有潘金蓮這樣的小女子的死是必然的，而且不僅僅是肉體上的消亡。死之後，善良的百姓以為不齒，那些滿口仁義道德、一肚男盜女娼的官吏豪紳更是百般唾罵，以維綱常，以表自己「正經」「高雅」。

明代中葉，新舊文化的撞擊，「蹦」出了個「潘金蓮」。而在潘金蓮的一生與慘死的畫面上，我們看到的則是人性（個性、本性）與社會性（道德規範）的激烈矛盾和鬥爭。可以這樣說，16、17世紀，隨著王陽明主觀唯心主義學說的出現，隨著泰州學派學說的盛行，在中國一些商品經濟發展較快的城鎮，以表現和追求人的個性、本性為主要特徵的思想已經在市民中形成了一股不小的力量，由此而構成的新的文化正激烈地撞擊著傳統文化中否定人性的方面。《金瓶梅》的作者不可能是新文化、新思想的擁護者，但他已生活在這種環境之中；他以批判新思想的動機來再現具有新思想的種種人物，卻極好地證明了新舊文化的這種撞擊。他想通過客觀地再現「潘金蓮」來批判「淫婦」，卻使我們知道了在封建禮教壓迫最沈重的明代，不僅有湯顯祖筆下為夢中之情而死的「杜麗娘」，有孟稱舜筆下為追求「同心子」而死的「嬌娘」，有周朝俊筆下為讚歎少年而死的「李慧娘」，還有個為自己的情感性欲而死的「潘金蓮」。這些女子可謂殊途同歸，其實「途」雖異，卻無不為了自己內心深藏著的情和欲，而相同的歸屬卻說明了一個更重要的、更深刻的問題，儘管新思想已經形成了一股不小的力量，新文化也發生了同舊文化的撞擊，但由各種因素組成的傳統文化積澱的力量依然強大，新文化不可能取得全勝而占領統治的位置，它至多只能把自己的某些因素在順乎封建統治的需要和順應整個社會發展規律的前提下輸入到整個傳統文化發展的進程中去豐富這個龐然大物，從而又成為後人以之為傳統文化中的一部分。這個新文化的開拓地區只有成為偌大的封建王國的領地才是它的出路。這也正是在中國，在商品經濟發展中，在商業小社會中，雖然有對人性（個性、本性）的覺醒與熱烈追求，但最終難以形成像歐洲14至16世紀以人文主義為核心思想的文藝復興運動那樣的大勢力、大氣候的主要原因之一。

（本文完稿於1987年3月，收入1990年4月花城出版社出版的本人專著《金瓶梅——中國文化發展的一個斷面》）

瓶兒這個女人

李瓶兒是西門慶的第五個小妾，實際上是第八房娘子。

瓶兒長得很美，美得潘金蓮妒火灼灼，瓶兒又是那樣地有錢，連西門慶也為她的錢動心；她前後嫁了四個丈夫，除了蔣竹山，都是有錢有勢之人。然而，她又是這樣地沒有地位，她的生存要求低得可憐，只要有人愛她，給她精神上的歡樂，她可以做妾，獻出珍寶，可以忍受嫉妒和迫害，她一直在追求自己的這種生活目標。生活也許太可憐她了，曾給過她光明。然而，這種光明只不過是黑暗風暴中的一記閃電，電閃過後，光明連同閃電和雷聲一道消失在黑暗之中。

如果說，潘金蓮是一個以鮮明個性去反對傳統而謀求自己生活目標的女人，那麼，恰恰相反，李瓶兒更多的則是儘量把自己的個性淹沒在傳統的、大家庭需要的共性之中去順從環境，而謀求自己生活目標的女人。如果說，潘金蓮的死是社會共性和人物個性因素之和；那麼李瓶兒的死便是傳統文化的積澱和現實共性因素之和。

這真是一個既特殊又一般的女人，她的生是一般的，她的死卻是特殊的。她出現在《金瓶梅》這部現實主義的傑作之中，她的生活歷程、性格變化、命運歸宿構成了那個時代在她這種人物身上表現出來的文化傳統斷面。

一、瓶兒的婚姻變化──沒有地位的地位，
不像妻子的妻子，她畢竟把求生的目光轉向了西門慶

中國的封建社會，如果從春秋、戰國之交算起，綿延了兩千多年，它的壽命如此之長，宗法制作為它的結構體系是其中主要原因之一。大概從氏族社會開始，宗法制便產生了，竟頗有活力地活到了近代。中國封建社會不斷地改朝換代，只有這宗法制被不同的統治者不變地接過來傳下去。中原大地，九州之屬，千千萬萬個小家庭、大家族，作為最穩定而又最有效的基本社會結構分子，構成了這個社會一統王權的堅固基礎。聰明的統治者為了保存並發展這個基礎，在歷史的進程中建立並積累了一系列的倫理體系、道德規範。在這些體系、規範之中，原本是作為繁衍和相互依存的家庭、家族，是作為一個個的小社會存在的，父子、夫妻之間的關係，可以類比於朝廷中的君臣關係，「父

為子綱、夫為妻綱」，就是以「君為臣綱」為楷模。社會安定了，統治者可以高枕無憂。然而在這平靜的表面，人性卻被極度地扭曲，就像臣民必須無條件服從君王一樣，兒子的一切皆由父親擺佈，妻子只是丈夫的附屬品。如果說這種君臣關係是以政治為前提，這種父子關係以血緣為條件，那麼這種夫妻關係更多的是人為的無條件的了。

到底是先有這種極不平等的夫妻關係，還是先有乾坤陰陽的哲學概念，我們暫且不論。然而，天道為乾，地道為坤，乾為陽，坤為陰，這些帶有極濃厚宗教意念的哲理被引進了倫理範圍便成了一種踐踏人性、製造極不平等現象的思想。陽成男，陰成女；陽剛，故男性應剛；陰柔，故女性應柔；天道為乾，天在上，男子天生是主動的；地道為坤，地在下，女子必須是被動的。「女者，如也；子者，孳也；女子者，言如男子之教而長其義理者也；故謂之婦人。」[1]女子生來便不是人，或者說不能成為人，只有依男子而成，「陰卑不得自專，就陽而成之」[2]。女人生在世界上便只有依靠男人一條出路。「未嫁從父，既嫁從夫，夫死從子。」父親、丈夫乃至自己生的兒子是女人一生中的三大救世主，缺一不可。男人於是有了特權，尤其是支配一個女人大半生的丈夫，在妻妾面前被尊稱為「夫君」，妻妾們只不過是「賤內」。一個男人可以有幾個女人，而一個女人一生嫁一個男人是對的，再嫁便為不貞，「從一而終」，這種極不公平的婚姻制度和倫理規範在明清兩代達到了登峰造極的程度。一夫不僅可以多妻，丈夫還可以單方面地以各種成文規定的藉口，將妻妾休棄。而妻妾們不論感到自己的丈夫是如何的不好，也不論自己受到多麼嚴重的摧殘，包括精神上和肉體上的，都只有無限制忍受的義務，而無任何離開丈夫的權利。「離婚」，在封建社會，首先是男子的一種特權。

封建社會作為人類發展史上的一個階段，必然有它的滅亡的時候，中國的封建社會雖然延續了兩千多年，但它畢竟由盛而衰了。中國的歷史進入明代中葉，封建社會終於進入了它的老年期，新的社會因素、新的社會思想不斷地萌發、生長，中國的古代社會與近代社會的轉捩時期或者叫過渡時期在明代中葉出現了。然而，封建主義的倫理道德規範也更趨成熟和完備，就在新舊思想、新舊社會因素的撞擊中，它們顯得更加森嚴、更具有扼殺人的精神和肉體的作用。我們所要剖析的女主人公——李瓶兒就是在這個時期站在廣闊的中國傳統文化背景前面，告訴我們在她身上發生的故事。

李瓶兒在小說中第一次是以花子虛妻子的身分出現的，花子虛已是她的第二個丈夫。瓶兒出身如何，我們不得而知。書中告訴我們的，只是她成年出嫁後的情況。她「先與大名府梁中書家為妾。梁中書乃東京蔡太師女婿」。梁中書這個人物，我們可以從《水

1　　《大戴禮記》，叢書集成初編本，北京：中華書局 1985 年。
2　　《白虎通·嫁娶篇》，叢書集成初編本，北京：中華書局 1985 年。

滸傳》知曉，有錢、有權、有勢，當然也有地位。瓶兒在這種人家做妾，本可以沾光而出人頭地。但是「夫人性甚嫉妒，婢妾打死者多埋在後花園中」。這就不論地位，連身家性命也無保障可言。「這李氏只在外邊書房內住，有養娘扶持。只因政和三年正月上元之夜，梁中書同夫人在翠雲樓上，李逵殺了全家老小，梁中書與夫人各自逃生。這李氏帶了一百顆西洋大珠、二兩重一對鴉青寶石，與養娘媽媽走上東京投親。」於是，只是在梁中書出事的前提下，李瓶兒才擺脫了這種名為內妾，實為外房的尷尬生活，結束了由妻妾制給她帶來的不幸的第一次婚姻。第二次婚姻很快就來臨了。「那時花太監由御前班直升廣南鎮守，因侄男花子虛沒妻室，就使媒人說親，娶為正室。」（第十回）花太監的權勢與梁中書不相上下，這個閹宦無兒無女，全以侄兒為子，尤其對花子虛更是喜愛，一直帶在身邊。瓶兒嫁到這種人家，又是「娶為正室」，命運應該有個較大的轉變。但是，女人僅僅只是男人的附庸而已，即使是正室又如何呢？花子虛是個好嫖愛喝的紈綺子弟，他沒有納妾，卻收用了兩個丫鬟，更重要的是他常在妓院勾欄眠花宿柳，瓶兒這個「正室」，只是成了一個丟在一旁的擺設，她的作用，就是證明花子虛成了家而已。隨著年齡的增長，成熟起來的瓶兒已不是當年在梁中書家中做妾時那樣幼稚和令人擺佈，她已經有了自己做妻子的正當要求的意識，也有了自己對丈夫的衡量標準，她對花子虛的所作所為，對自己這種是妻又非妻的不正常夫妻生活感到越來越難以忍受。特別是在花太監病逝之後，花子虛手裏把握著花家全部的家財，「成日放著正事兒不理，在外邊眠花臥柳」，只知消家財，不知理家事，只管嫖娼狎妓，不顧家中還有個日夜盼郎的嬌妻。瓶兒在花家如同坐牢籠。她也曾多次勸丈夫，但是「他恁不聽人說」；她每每倚門翹首，他卻常在外過夜。瓶兒的要求並不高，她希望丈夫既能在外理事，又能管顧家中；她不反對男人在外宿妓夜嫖，她也反對不了，她只希望自己的男人能給自己一點溫暖、一點愛撫，她只希望自己也能享受做夫妻的樂趣，哪怕是一點點，只要不間斷。但這些作為一個女人的低要求在那個時代卻顯得太高了，不能實現。女人只有忍受一切痛苦吧。

《金瓶梅》一書中有許多關於男女性行為的描寫。這些性行為我們不妨把它們分成兩大類：一類為夫妻（妾）之間的，另一類為非夫妻（妾）之間的。這些性行為描寫比較複雜，不是一兩句話可以作出結論的，這裏略談一下夫妻（妾）之間性行為中的有關問題。

所謂家庭關係、家庭生活，總是以夫妻和父母子女之間的關係為網絡。維繫一個家庭，因素有很多，維繫一對夫妻關係，亦是這樣，不僅涉及到經濟、政治、思想、性格這些縱向經線，涉及到社會諸關係的橫向緯線，也還有一個極其重要的夫妻間性生活是否和諧的問題，所謂「一夜夫妻百日恩」。夫妻之間的性生活不和諧、不相對經常性，必然影響夫妻感情。今天，我們還可以從許多離婚案卷中發現占有相當比例的直接原因

就是「夫妻性生活不和諧」。這一點，儘管由於傳統文化的影響而形成了「性」禁區，人們不能、不准，也不好意思談論，但卻是人人都應該明白，也會明白的。《金瓶梅》在揭示李瓶兒與花子虛不可調和的矛盾的原因時，便直言不諱地指出了這一點。花子虛的過度嫖妓已經完全剝奪了這個可憐女人做妻子的權利。瓶兒在不滿中忍受，在焦慮中忍受，這個家庭早該解體。它之所以能維持下去，靠的只是封建的倫理綱常，靠的是這些道德規範對女人的極不公平的壓服。瓶兒在忍受，最初的忍受是為了使丈夫改變現狀，瓶兒還在忍受，後來的忍受是為了再次尋找出路，實現自己的生活要求。於是就在這種情況下她把求生的目光轉向了西門慶。

西門慶以一個正直、知禮、能幹、知情的男子漢形象出現在倚門盼夫歸的瓶兒面前，而且西門慶身材魁梧、風流瀟灑。瓶兒對西門慶的敬仰、愛慕之情便是在她認為西門慶具有截然不同於花子虛的言行中產生並發展起來的。於是，她開始背著花子虛與西門慶幽會偷情，西門慶給予她肉體上、精神上的歡樂使她如久旱禾苗逢甘霖。從黑暗中來到光明世界的人更恐懼和憎厭黑暗。就像泄洪一樣，瓶兒似乎發現了自己多年尋求的目標，她把自己的情感連同私房財產全盤託交給了西門慶。她寧願做一個知情趣的、能幹的男人的小妾，也不願做一個守活寡的正室夫人。雖然，她還不十分瞭解西門慶這個人，但她離開花家牢籠的想法是十分堅決的。當然，真的要實現這種想法又是十分困難的，不僅因為花子虛是西門慶的好朋友，不僅因為丈夫與正妻的離異是件震動家族的大事，更主要的是因為女人根本就沒有離棄丈夫的權利，除非私奔，這對西門慶來講太不現實。出路在於要花子虛休棄瓶兒，可是花子虛沒有這種想法，再加上不久便發生了本家兄弟要分家財的案子，那只有等花子虛死，「幼嫁從親，再嫁由身」。家財案了結後，花子虛回到家中，李瓶兒故意給他氣受，在他生病後，又中止服藥，表面上看，是李瓶兒的狠毒，實質上是李瓶兒求生謀出路的手段，是迫不得已的。花子虛不死，李瓶兒的日子也不會長久。瓶兒把自己的心放在了西門慶這台天平上，花子虛那裏便自然會失去平衡。

瓶兒是不是把西門慶看得太完美了？可以這樣說。「情人眼裏出西施」，瓶兒會把西門慶同梁中書和花子虛去對比，瓶兒的前兩次婚姻已使她吃盡苦頭，而西門慶畢竟給了她歡樂和安慰。但是瓶兒又把前面的路想像得太平坦了。她認為花子虛死了，自己與西門慶的好日子也定下來了，一切都將如願以償。卻不知西門慶陷進了黨案之中，自己的好事還得經過幾番磨難。也正因為她的熱情太高，心情太急，一旦西門慶因出事不能如約娶她，她便茫然不知所措，她便悲傷難堪。她病倒了，病得那樣沈重；也正因為她此時此刻的迷茫，一旦蔣竹山懷有個人意圖而說出貶責西門慶的話，她也就難以不信，絕望再加上疑惑，就將蔣竹山招贅進來，使自己的生活道路上出現了再次不滿意的第三次婚姻，在實現自己生活目標的路途中增加了一段坎坷。

通觀李瓶兒的四次婚姻，我們可以看到：少女在婚姻上的無權造成了她和梁中書的無知之婚姻，婦女在家庭關係中的附庸地位造成了她和花子虛的無情之婚姻，絕望的困境造成了她和蔣竹山的被迫之婚姻，對自己生活目標的追求造成了她和西門慶的希望之婚姻。前三次婚姻是這個沒有絲毫地位的女人在以男人特權為前提的封建婚姻制度的泥坑中被踐踏或痛苦掙扎的結果，它不僅構成了她性格發展變化的縱向圖形，也形成了她進入西門慶家之後更加以傳統的道德規範要求自己來服從社會（家庭）的需要的基本指導思想。從此，在瓶兒身上，更顯示出在那個年代，由傳統的文化熏陶和扭煉出來的中國婦女求生存的一般生活方式和形成悲劇的一般性格根源。

二、瓶兒的性格變化——溫順、忍耐都是為了實現最低的生存要求，又都是難以生存的性格根源

前面我們已經探討過，哲理與倫理的結合，竟將婦女置放在社會的最下層，女屬陰，女子應該陰柔。何為柔？柔就是溫順。作為倫理規範，就是要求女子以溫柔求生存，而社會審美標準中，對女子性格的要求那便是溫柔。如果女子反其道而行之，那麼就會受到全社會的指責，會被冠以「河東獅子」而臭名遠揚。這一切都逼迫著千千萬萬的女子放棄本來應該有的做人的權利，忍受種種難以言狀的痛苦，以最低的生存要求換取自己在人生上的這麼一趟路程。人的性格是複雜的，純粹單純的溫柔或剛直是很少的，而以哪種性格為主，則是一定環境和心態的結果。瓶兒的性格是典型的兩重並存型，既有溫柔、忍受的一面，也有剛直、反抗的一面。只是在不同的環境和心態情況下，性格取向表現不同。在小說裏，作者沒有更多地交代李瓶兒在梁中書家中生活的詳情。但是，我們以「夫人性甚嫉妒，婢妾打死者多埋在後花園中」為背景，再看「李氏只在外邊書房內住」一句，也可瞭解到瓶兒絕無「陽剛」之舉。在花子虛家，瓶兒生活了兩年，「陰柔」之性是她的主要性格，她忍受花子虛的冷淡無情，她一而再，再而三地規勸丈夫務正業、顧家庭，這是最典型的溫順、軟弱了。

從她與西門慶眉目傳情那一瞬間開始，到她進西門慶的家門止，伴隨著溫柔性格，瓶兒又有不少舉動是「反常」的，說她「反常」，一是與她的主要性格相對而言，二是與她進西門慶家之後的完全「溫柔」相對而言。「反常」的現象是：

花子虛打了一場官司出來，銀兩、房舍、莊田全被本家兄弟們分光了，家中原有的3000兩銀子也被瓶兒交給西門慶打通人情了結這場官司所用。他成了個窮光蛋。他想去查算西門慶那邊使用銀子的情況，認為有剩銀可湊來買間房子落腳。李瓶兒便「整罵了四五日」。她一邊數落這個丈夫的過錯，一邊為西門慶評功擺好，其愛憎分明，言尖辭

利，令花子虛只有認錯招架之力，而無昔日那隨心所欲之威，最後則「閉口無言」。西門慶得知花子虛的心境，還想「找過幾百兩銀子與他湊買房子」，瓶兒不肯，暗地裏派人告訴西門慶，「只說銀子上下打點都沒了」。後來花子虛自己好不容易湊了點錢，買了所房子，人也病倒了。瓶兒起初還請醫生來看，「後來怕使錢，只挨著」，不出一月，這個花子虛便氣病交加斷氣身亡。（第十四回）

另一處反常是她和蔣竹山相處的那段時期。前文已說過，瓶兒與蔣竹山的婚姻實在是在無可奈何情況下形成的。不久，瓶兒便極不滿意這個「中看不中吃」的「蠟槍頭，死王八」。她感到蔣竹山在房事上「不稱其意」，憎惡之心漸漸生起，「一心只想西門慶」，後來乾脆把蔣「趕到前邊鋪子裏睡」「不許他進房中來，每日睗睗著算帳，查算本錢」。正在此時，西門慶叫了兩個光棍痛打了蔣竹山一頓，讓他吃了官司，挨了板子，還詐去三十兩銀子。瓶兒越加看出蔣竹山的無能，趁勢便將蔣竹山趕出了家門，「臨出門，婦人還使馮媽媽（養娘）舀了一錫盆水，趕著潑去，說道：『喜得冤家離眼前』」。（第十九回）

這兩大「反常」行為，當然與「陰柔」大相徑庭。女人給男人氣受，「賤內」置「夫君」於死地而不顧；還有，將蔣竹山趕出家門，這是妻休夫，不同的是，夫休妻要給妻一紙休書，而李瓶兒「休」蔣竹山，是一盆潑水和一句咒語。李瓶兒為何竟有如此「陽剛」之舉？原因就在於她已經發現了自己的生活目標，而過去的生活則逼使她已經不堪忍受了，她迫不及待地要搬開和踢走這些阻攔她實現自己理想的攔路石。可以說，李瓶兒這些舉動是她自我意識的強烈反映，是當時新的思想——與傳統思想相對立的，意識到人情、人欲、人自身的存在是天經地義的思想在一個普通婦女身上的閃現。新舊思想的撞擊、新舊文化的交接無疑已經在一般的市民階層中有了反映。但是，我們又不得不遺憾，李瓶兒的這些悖世的「反常」太短促了，從花子虛了結案子到李瓶兒進西門慶家，僅一年不到的時間。而且，李瓶兒的「反常」舉動都是因為西門慶。一旦她見到西門慶，尤其是一旦她被抬到西門慶家門口，她這種難得的「反常」便消失了，在西門慶家，她無論遭到多麼不公平的待遇和陷害，她都以滿足的心情迫使自己以柔順的性格去迎接一切，傳統禮教文化在她的身上產生了巨大的作用，她把自己的個性淹沒在社會需要的共性之中，她把自己的主見全部使用在如何接受道德規範和順從環境上，於是，她受到了西門慶家中除潘金蓮之外所有主僕老少的交口稱讚。

在西門慶現有的妻妾中，瓶兒的進門情景是淒慘的。西門慶對瓶兒招贅蔣竹山動了肝火，他不僅認為瓶兒拿本錢給蔣竹山開藥鋪行醫是跟自己的生藥買賣過不去，更重要的是認為瓶兒把自己看作不如蔣竹山那種「矮王八」的人。在指使光棍打了蔣竹山，又讓蔣竹山吃了官司後，就不去理睬瓶兒了。瓶兒是托玳安在西門慶面前乞求再三而被娶

過來的。西門慶這樣說道：「賊賤淫婦，既嫁漢子，去罷了，又來纏我怎的！既是如此，我也不得閑去，你對他說，什麼下茶下禮，揀個好日子，抬了那淫婦來罷。」瓶兒被冷冷清清地抬了來，「轎子落在大門首，半日沒個人出去迎接」。還是正妻吳月娘得知後，把她接了進來。瓶兒進了新房，不見西門慶的影子，一擱就是三天三夜，氣得瓶兒懸樑自縊，虧得月娘眾人救她下來。西門慶來見她了，帶來的卻是馬鞭，瓶兒挨了幾鞭，被逼得脫光衣服跪在地上賠禮道歉說好話，這才感動了西門慶，和好如初。（第十九回）從此，一個完全以忍耐、溫順求得生存的小妾便在西門慶家的後花園裏出現了。瓶兒可不可以不這樣呢？可不可以像對待花子虛和蔣竹山那樣來對待西門慶呢？就在西門慶拿著馬鞭進房門時，瓶兒也想起了蔣竹山曾說過的西門慶是一個「打老婆的班頭，降婦女的領袖」，也思量：自己「今日大睜眼又撞入火坑裏來了」，但她更意識到自己招贅蔣竹山的過錯；幾個月來與西門慶的來往和把西門慶同花子虛、蔣竹山的比較又使她感到離不開西門慶，而在花子虛和蔣竹山那裏，她什麼也得不到，精神與肉體都沒有得到過一點滿足。她是以能和西門慶生活在一起作為自己生活的理想的，所以她不能再「反常」，而從前的忍耐性格卻占了主導地位，只要有西門慶在身邊，其他的一切困難和災難她都可以忍受。這便是習以為常、不以為怪的婦女的低賤地位和封閉的生活以及傳統禮教文化對一個有了一點滿足的女子在處理人與人關係中所起到的決定性作用。她被迫光著身子跪在西門慶面前講的那些話，雖有誇飾之詞，但也不是沒有根據、沒有這種思想的。

瓶兒在西門慶家生活了不到三年的時間，她的溫柔是在處理與眾妻妾的關係和與西門慶的生活中表現出來的。

在家庭關係中，女人之間的關係遠比男人之間的關係難以處理，婆媳之間、妯娌之間、姑嫂之間、姊妹之間產生矛盾、發生口角爭吵是常有的事，更何況是妻妾之間。因為妻妾之間不僅有經濟、思想、性格等方面導致矛盾產生的因素，而且還有特別的因素，那就是與丈夫的關係。這種關係的內容既複雜又微妙，大概讓那些作為妻妾的女人自己來說說這些關係的內容，也是說不清楚的。而在西門慶這一大家妻妾中，由這種關係構成的矛盾更複雜了。一妻五妾六個女人的出身、經歷、文化修養、性格脾性、經濟背景、愛好信仰的差距很大，這其中更有個與眾不同的潘金蓮，這個家庭的後房後院就難得有一日消閑、三天平靜的了。

瓶兒與西門慶和好的第二天，也就是她進西門慶家的第四天，她不僅把自己帶來的珍寶衣飾全交給了西門慶，而且十分心細地拿出自己原先用過的貴重首飾，問西門慶其他妻妾有無同樣的穿戴，聽說沒有，便要西門慶到銀匠家把貴重的首飾毀了，按眾妻妾穿戴的樣式再打造。又把自己所藏的貴重金銀首飾分送給眾妻妾。瓶兒如此這般，既是要買（姑且用「買」字）眾人的心（在進西門慶家之前，瓶兒的「分送」已有多次），也是要把

自己放到眾人中去，而不是出格。她來到西門慶家，不是來成為高立雞群之鶴，而是要和西門慶在一起，做他的一個小妾就行了。只要達到這個目標，錢財她捨得拋出去，妝飾打扮她願意降級甚至甘心忍受隨之而來的金蓮的嫉妒、攻擊和陷害。

瓶兒最初對金蓮頗有好感，因為她認為自己與西門慶的事金蓮幫了大忙，先前每次到西門慶家來，金蓮「見了奴且親熱」。於是她要求西門慶把自己的住房蓋在金蓮的一起，「奴捨不得他好個人兒」。但她沒有瞭解到實情，尤其沒有摸透金蓮的憂慮和嫉妒之心。她想不到自己的美貌長相和雪白皮膚會成為金蓮樹己為敵的原因；她想不到自己常常拿出錢來讓大家吃喝玩樂、幫助別人、幫助金蓮也成了金蓮嫉妒自己的又一原因；她想不到，自己以委屈求平靜，以忍耐和溫順為護身之本反而更加激怒金蓮；她更想不到，自己那剛來到世上的嬰兒會被金蓮作為絆腳石加以清除。

從瓶兒進門那天起，金蓮就把嫉妒之火射向瓶兒。不過，在瓶兒生官哥兒之前，這種嫉妒大都是三言兩語的冷嘲熱諷，或指桑罵槐給瓶兒氣受。由於瓶兒一直對金蓮有好感，不去覺察，或有了覺察也不以為然，故兩人大面子上還是不錯的。從瓶兒的孩子呱呱墜地那一刻起，金蓮的嫉妒之心立即膨脹了許多。有了兒子，西門慶往瓶兒房裏跑的次數更多了，待的時間更長了，他是去看兒子，也是去關照瓶兒；有了兒子，瓶兒倍受眾人的器重和尊敬，不僅吳月娘被李桂姐（西門慶的包妓）拜為乾娘，瓶兒也被吳銀兒（妓女）拜為乾娘，這些人醉翁之意不在酒，圖的是巴結剛升官的西門慶撈好處；與喬大戶家結兒女親，瓶兒披紅簪花，與月娘同受酒禮，其實兩家親家，各懷心思，等等。但這一切，在金蓮看來，都只不過是一個問題，那就是你李瓶兒籠住了漢子的心，占了我的寵，奪了我的愛，你李瓶兒上去了，我潘金蓮則下來了。這是個性特強的潘金蓮忍受不了的。於是金蓮要抓住瓶兒的任何一點有縫可鑽之處，在月娘面前、在西門大姐（西門慶與陳氏所生之女）面前挑三說四，在孟玉樓面前貶責瓶兒；她還下毒口咒罵瓶兒，也咒罵那多災多病的無辜嬰兒；她強行要抱嬰兒，高高舉起，驚嚇他；她每每以責打自己的丫頭秋菊來影射咒罵瓶兒，乃至用打罵聲驚嚇生病的嬰兒，等等。瓶兒漸漸地終於看出了金蓮的用心和實意，但她仍然是一笑了之，或是置若罔聞。有時，孩子受的欺侮太大了，瓶兒心中實在難以忍受，也只不過背著人流淚而已，從未告訴西門慶一個字。她還照常與金蓮說話、談笑甚至資助她。瓶兒在這種環境中堅持著忍讓和溫順，並使自己的這些性格化成一個越來越寬大的胸懷，去包容金蓮對自己的一切惡意，以保持目前的家庭生活局面，保住自己已爭取到的理想生活。然而，悲劇的原因也就在這種將自己的個性淹沒於這種忍讓的思想和行動上。瓶兒的胸懷越是在她善良性格的轉化中寬大起來，家庭生活越是如此發展下去，金蓮越是感到自己地位的下降，她對瓶兒母子的狠心惡意也就越是有增無減。終於，官哥兒死在金蓮蓄意訓練出來的雪獅子貓爪之下。已經磨就了忍

耐之性的瓶兒隨著兒子的死也倒下了。她的精神支柱倒了一根，她對未來的幸福和希望毀滅了一半。她知道這一切都是金蓮造成的，但傳統的倫理文化對她的影響，尤其是三年來自己自覺地屈服於這種倫理的規範而在自己身上形成的文化積澱的道德力量，還有自己因喪子「著了重氣」而引起的舊病復發，都使她無心也無力去反擊金蓮了。不僅如此，她此時此刻的道德觀念竟使她自己陷入了一種有罪的自我意識狀態之中，她一再地夢見花子虛來索她的命，她內心深處感到自己對花子虛犯下了大罪，醒悟了過去「反常」言行的罪責。這樣，她的靈魂便完全被千百年來對女子迫害的封建倫理所懾服，也被當時社會所推行的道德規範所震恐。李瓶兒臨終前的全部心理狀態實際上是封建社會中，尤其是明代社會中常見的婦女心理狀態。李瓶兒在死之前，把對金蓮的怨恨集中在一句話上，那就是勸戒已經懷孕的吳月娘：「娘到明日好好生看養著。與他爹做個根蒂兒，休要似奴心粗，吃人暗算了。」這句分量不輕、痛徹心肺的話還是「悄悄向月娘哭泣」說出來的。多麼深沈的怨恨內容！又是多麼微弱的怨恨方式！

　　如果說，李瓶兒的溫柔在處理與眾妻妾的關係中是通過忍讓和順從表現出來的，那麼她在與西門慶的關係中則更多的是表現了她的溫柔的另一面：賢惠和通達。傳統的倫理文化告訴每一個女人：一個已附屬於男人的女人應該一切為男人著想，應該捨棄自己的一切，全力服從於男人的需要。所謂「賢妻」，所謂「淑女」，所謂的「賢德夫人」，這些令人仰慕的稱號，實際上是傳統倫理文化對女子所提出的規範的褒性代名詞，而在明代則更成了一種鼓動性的社會規範了。李瓶兒正式成為西門慶第五個小妾的前後，沒有對西門慶瞞住自己的一釐一毫私房財產，她陸陸續續地將自己的私房錢物基本上全交給了西門慶。西門慶由一個生藥鋪的小老闆成為一個有四五個大鋪面，又放高利貸、又跑大買賣的大老闆，臨死時已積聚到近十萬兩銀子的財產，瓶兒在經濟上的幫助不小。西門慶巴結蔡京，幾次採購高級禮品送給蔡京作壽禮，使自己由「一介鄉民」而成為名聲顯赫的五品千戶、蔡京的義子，與瓶兒拿出自己所藏的宮中珍貴衣物作壽禮大有關係。在夫妻性生活上，瓶兒完全從平衡妻妾關係的角度去克制自己，顯得十分理智和謙讓，常常勸西門慶去別的妻妾房中歇宿。當然，這種克制也同其他事情有關，比如，在西門慶家中有這麼多的姐妹在一起，生活遠比過去在花家的那種全封閉的孤獨的生活要輕鬆、充實；更何況生了官哥兒，她的心中不僅得到安慰，而且還得把一半心思放在帶好孩子上。

　　瓶兒的賢惠和通達最突出的表現，是她在彌留之際吐露出來的心思。其溫柔的性格足以使今天的不少人為之落淚，也足以使我們看到在她那個時代，由於經過幾千年的文化積澱而形成的倫理規範、道德觀念的壓力使一個女子心理失去平衡而又以此不平衡作為目標感到心滿意足的內心世界。李瓶兒知道西門慶最寵愛自己，她擔心西門慶因為自

己的死而花費錢財、耽誤衙門公事和鋪子裏的生意,每當西門慶來到身邊,她就會勸他:

> 我的哥哥,你依我,還往衙門去,休要誤了你,公事要緊。
>
> 你休要信著人,使那憨錢,將就使十來兩銀子。買副熟料材兒,把我埋在先頭大娘(西門慶已故前妻陳氏)墳旁,只休把我燒化了,就是夫妻之情。早晚我就搶些漿水,也方便些。你偌多人口,往後還要過日子哩。
>
> 我的哥哥。奴承望和你並頭相守,誰知奴家今日死去也。趁奴不閉眼,我和你說幾句話兒:你家事大,孤身無靠,又沒幫手,凡事斟酌,休要那一衝性兒。大娘等,你也少要虧了他的。他身上不方便,早晚替你生下根絆兒,庶不散了你家事。你又居著個官,今後也少要往那裏(妓院)去吃酒,早些兒來家,你家事要緊。比不的有奴在,還早晚勸你。奴若死了,誰肯只顧的苦口說你?

從李瓶兒的這些話語中,我們可以說,她已經在離開這個男女不平等的社會時,滿足了這個社會對她提出的要求。她在貞操節烈風行鼎盛的那個時代算不得是一個有貞有節的女子,但她在西門慶的家中卻可算得上是一個賢德惠淑的小妾,人們紛紛誇讚她在西門慶家的言語行為,西門慶在她死後,發出了真心實情的痛哭聲。(第六十二回)如果瓶兒在地下有靈,也許她又會感到極大的快慰。多麼可憐的女人!

三、瓶兒的悲劇的反思——這樣的家庭:妻妾、兒子、丈夫,這樣的社會、這樣的女人、這樣的悲劇

李瓶兒是在悲痛和遺憾之中死去的,也是在她自己的忍讓、順從的溫柔之中死去的。

我們可以假設許多相反的空想:如果瓶兒不以成為西門慶的小妾而滿足,性格不以社會和大家庭的需要作為框框,順其自然而發展,朝著具有競爭特徵的方向發展,甚至還可以表現為外向性,在處理與金蓮的關係時不以忍讓為先,而以相抗為主,也許她就不會失去兒子,也不會鬱悶而發舊病,就不會死去;如果她和西門慶僅僅是一夫一妻,她會生活得更好;如果生個兒子並不在一個女人的一生中起到決定榮辱尊卑甚至存亡的重大作用,也許潘金蓮不至於把陷害的矛頭對準瓶兒,對準一個無辜的嬰兒,瓶兒也就不會受到極大的精神打擊。當然,我們還可以再假設開去,用我們今天新的生活觀念,新的文化意識去假設,去想像。但現實就是現實,瓶兒所生活的時代與家庭構成了這個女人的生活環境,來自各個方面的傳統文化因素在這個生活環境中形成了瓶兒性格的構成基礎。瓶兒可不可以選擇另一條路?就像她伴隨花子虛走的最後那段路,伴隨蔣竹山走的那一小段路,不選擇溫柔,而選擇潑辣、強硬。當然可以,在她身上有這種素質。

但是，問題在於她和西門慶從接觸開始，溫柔性格便占據了主導地位。過去的磨難可以使她反抗磨難，但過去的磨難卻不可能使她去反抗已獲得的安慰和滿足，為了這，她才氣死花子虛、趕走蔣竹山，也就可以忍受潘金蓮的迫害。

我們在本文的前面討論了封建倫理中男女的關係問題，也敘評了處於這種文化之中的李瓶兒的生和死。那麼我們再來具體地看看，把李瓶兒的生與死的悲劇同幾個具體的文化現象聯繫起來思考一番，我們還可以發現更多的東西。

（一）一夫多妻的妻妾制，在進入封建社會後實際是王權與夫權結合的產物。之所以講它是王權和夫權結合的產物，並非意在說明一夫多妻制是來源於君王的后妃制，而是指這種妻妾制是與王權制緊密相聯的。封建王權制總是以宗法制為核心形式，而宗法制的具體的基本的組織形式便是家族、家庭。一個家族、一個家庭都有政治、經濟權益的延續繼承問題，所以必須保證有一定數量的合法繼承人。嚴格的完全的一夫一妻制，往往由於妻子不育而出現無子嗣作繼承人的問題，若以非婚性（不合法性）關係生子，卻又不能得到本家族與家庭的承認而其子便不能成為合法繼承人了。怎麼辦？從「上事宗廟，下繼後世」的婚姻根本目的出發，一夫多妻或一夫一妻多妾制便應運而生。而在一夫多妻妾的家庭中，具有特權的男子儼然小君主一樣管轄著自己的「小朝廷」。在這種家庭中不存在著公平，本來位卑的女子，更加處於被動地位。男人只要有權有勢或有錢，便可以娶妻納妾，也可以休妻棄妾甚至殺妾。同時，也由於夫權的作用，妻妾之中往往出現各種各樣的矛盾而造成妻妾之間的爭鬥。所以說，妻妾制作為一種制度，把本來就受到歧視的女子推向更深層次意義的悲劇的深淵。這裏暫且不論西門慶在成群妻妾面前的自豪、歡心和煩惱、尷尬對這些女人生活造成的影響，而先來討論一妻五妾之間的勾心鬥角對她們自己生活產生的影響。這些女人，全無經濟權力而不得不依附西門慶生活。所謂全無經濟權力並不是說她們都是窮女人，六人當中只有來自妓院的李嬌兒和下層市民的潘金蓮以及原來作為通房丫鬟的孫雪娥經濟地位低下，吳月娘為官宦家的千金，孟玉樓改嫁西門慶帶來不少錢物，李瓶兒更是位富婦。所謂無經濟權力是說她們沒有支配家中財產的權力，富婦與貧女，在這個前提下的差別只是平時零花錢與穿著打扮略有不同罷了。李瓶兒偌大的私房財物不是一來便全交給了西門慶麼？因此，在家庭經濟生活中，男人是主心骨，是支柱。於是便出現了這麼一種現象，妻妾們，尤其是小妾們若要打扮穿戴，若要另開小灶，若要玩樂，都必須以各自的本事求得這根支柱的歡心，才有可能得到額外的「補貼」。而妻妾之間的經濟往來，雖然數目不大，卻是極分明而又小心的，因為她們自己意識到這樣往來之中，體現自己的身分、面子。她們寧肯平均湊份子或明明白白地以集體的名義要富有的小妾（如瓶兒）的錢，也不願個人被人們看見自己受了誰的資助，她們擔心所得的資助總有一天被施捨者當著把柄來掌握自己，就像潘金

蓮對待瓶兒的多次資助那樣。除了吃、穿、零用這些小數目的經濟關係外，妻妾之間最敏感的事就是各自與同一個丈夫之間的感情問題。我們常用「爭風吃醋」來形容它，其實這只是一種表象。這種感情含義微妙，作用卻非常之大，它不僅影響到上面所說的經濟關係，而且也影響到女人的地位，涉及尊卑、榮辱等等一系列錯綜複雜的問題。潘金蓮對這一感情看得很真切、很深刻。她深知自己有不少方面不如瓶兒，何況從武大死的那天開始，就擔心西門慶有一天會把自己拋棄，所以她無時無刻不在測量著西門慶與自己之間的距離，並且不時地把自己的這一距離同西門慶與瓶兒之間的感情距離對比。對比的結果，使她深感瓶兒必將是造成自己將來得到像孫雪娥那樣被拋棄命運的敵手，所以她才迫不及待地把陷害的目標放在瓶兒母子身上。相反，在以感情引起的錯綜複雜的關係和矛盾面前，瓶兒似乎比金蓮要單純得多、幼稚得多，她認為自己的「知足而樂」可以避免災禍，認為忍讓和溫順的性格便可應付一切。她沒有想到，在如此妻妾關係的家庭之中，忍讓、溫順可以緩和關係，延續衝突爆發的時間，但絕不能消除矛盾。在這種特殊的「競爭」環境裏，忍讓與溫順往往是無能和懦弱的體現。瓶兒自覺地把自己封閉在傳統倫理的密封罐中以求得安全生存，卻不知這個密封罐也同時可以把人憋死。

（二）「不孝有三，無後為大」這一倫理規範對商人西門慶仍然有著極大的作用力，而對這些不得不依賴男人的妻妾們的作用力就更大了。妻妾制度產生的直接的、合法的原因就是避免一夫一妻制中存在的可能絕後的問題。一個已婚女人被丈夫休棄有許多條件，其中顯示出丈夫特權的便是「七出」，即是將妻子趕「出」家門的七項條件：不順父母、無子、淫佚、妒嫉、惡疾、多言、盜竊。若女子犯了其中任何一條，就有被丈夫單方面解除婚約、驅逐出門的可能。「七出」在唐、宋、元、明、清諸朝還正式被列於律定正本，而且把「無子」列為「七出」之首。在西門慶家，這「七出」似乎並不完全決定妻妾們的命運，因為西門慶所納數妾在正式成為妾之前便違犯了「七出」中的某條，而西門慶對妾的要求也並不以此為標準。但是很顯然，誰為尚無子嗣（西門慶僅有一女）的西門慶生了兒子，誰就為西門一家立下莫大功德。吳月娘曾為此祈天禱地和尋方覓藥；潘金蓮口裏嘲笑月娘，咒罵瓶兒母子，暗地裏也會想方設法托尼姑師傅尋方找藥，想懷孕生子。（第六十八回）此等「好事」卻落在了李瓶兒身上，婚後十個月便給西門慶捧上了個白胖小子。於是這位最後進門的小妾一夜之間便居了上游。在親朋好友的眼目中，她可以與正室吳月娘並立同坐，西門慶則差不多將六人寵愛集其一身了。恰逢西門慶意外得官，懷著各種目的來逢迎的人便不可勝數，瓶兒受到了有生二十多年來從未有過的也是所料不及的尊重和寵愛，她的眼前出現了一片光明，這是在那個社會裏，傳統文化和時代風尚給一個女人最高的獎賞。然而，有上去的，就有下來的，有被寵愛的，也就有被遺忘丟棄的。在西門慶心中的天平上，重心都到瓶兒那頭去了，另一頭便會因天平

失去平衡而難以忍受;在社會的天平上,重心都到有兒子的女人那頭去了,沒有生兒子的另一頭便會因為世情的冷淡而產生異常心態。瓶兒沒有想到,寶貝兒子給自己帶來了幸福,也帶來了災難,因為這個嬰兒的呱呱哭泣打亂了妻妾間的平衡。

這種平衡並不是李瓶兒的忍讓和溫順可以恢復過來的,相反更會使不平衡狀態產生激變。當李瓶兒開始醒悟到這是怎麼一回事時,自己和那寶貝兒子已經成了這個妻妾家庭的犧牲品。

(三)西門慶首先是一個商人。多年經商的經歷,也許還有父輩對他的潛移默化的影響,使他有著他那個階層人所具有的觀念:他看重自己的行業,不因傳統的重農輕商觀念而以行商坐賈為恥,反以經商致富而傲氣十足;他不避銅臭之嫌,雖然他還沒有聽說過「金錢萬能」是不是一種理論的爭辯,但他已經深深體會到「金錢萬能」是自己時代的現實;他不怕因果報應,盡情享樂,他雖然不可能預知自己中年而夭,卻早已「秉燭而樂」了。這些與傳統文化、與當時正統思想大唱反調的觀念與行為是中國這個大封建社會在唐宋以後出現的商人小社會裏孕育出來的人物所特有的,也是在思想領域主觀唯心主義對客觀唯心主義的批判和反動在城鎮市民思想中的反映和共鳴。但西門慶畢竟是在中國傳統文化土壤裏成長起來的商人,而且又成了封建政權中的一個五品官員,中國商人階層在封建社會裏屈於強大的專制力量的壓力而不得不依附於封建王權的特徵,在西門慶身上也突出地表現出來,這就使得這位商人加官僚的人物在處理家庭關係,特別是夫妻(妾)關係上,併用了傳統的倫理、時代的規範和自己個人的一些悖世觀念,也就是說舊的文化與新的文化在西門慶身上混合起來。而對如此眾多的妻妾(還有家丁、僕婦、丫鬟),他認為不用封建秩序和傳統倫理來約束,將會給自己和家庭帶來許多麻煩,但他娶妻納妾的標準和動機卻又是非傳統的。於是在眾多的小妾之中,必定有不服從封建秩序和倫理的女人。他只得採用軟硬兼施的兩手辦法來「駕馭」她們。一方面,他儘量滿足她們在吃、穿、玩、樂方面的要求,滿足她們在性生活方面的要求,另一方面又以封閉的生活方式禁止她們隨意與外界接觸,控制她們的活動範圍,而且常常以「夫權」管束她們,甚至以拿著馬鞭,逼她們脫去衣裳跪於面前的方式來訓教她們(同樣也是潘金蓮、李瓶兒受到過這樣的「待遇」)。

但是,李瓶兒的溫柔並不是在西門慶甩動的馬鞭和叱責的吆喝聲中逼出來的,而是她自發的,正如前面所探討的,李瓶兒的溫柔主要是因為她真心愛著西門慶,因為她在西門慶身上看到昔日的不同、今日的幸福,也寄託了明日的希望。數千年來的重壓,中國婦女對自己的生活並無奢望,而只不過是一些基本的生活要求而已。瓶兒的要求就是不要再過以前那種守活寡的生活,她願做西門慶的妾,是因為西門慶完全能滿足她的這一要求。當她感到目標已經達到,希望已經開始實現,於是心滿意足。至於其他,她可

以不聞、不問、不管;她對西門慶的愛促使她付出巨大的代價來平衡妻妾之間的關係而不讓西門慶為此分心,她克制自己在性欲上的要求,來處理好與金蓮的關係,她多次忠言勸告西門慶少酒少嫖、多理正事,她拿出自己所有的私房財物資助西門慶的生意買賣和官場交往。在西門慶的六個妻妾中,瓶兒是在西門慶家生活時間最短,然而又是對西門慶幫助最大的一個女人,這是西門慶在失去瓶兒之後最痛心疾首的體會。她為丈夫付出了一切,然而丈夫畢竟是個丈夫,是一個有特權、有六房妻妾的丈夫,是一個依然不時眠妓宿娼的丈夫,這個丈夫雖然給了她溫暖與愛撫,但那都是他自己生活需求的副產品,而且他需求的是這樣的多,瓶兒得到的卻是這樣的少。瓶兒死了,西門慶的痛哭流涕不能說不是真心的;瓶兒的葬禮,西門慶揮霍錢財辦得異常隆重,也不能說不是出自真情;西門慶對一個小妾如此心腸,在當時也可謂出「格」了,故而引起了包括吳月娘在內的各種人的不滿和議論,西門慶一意孤行,我行我素,可謂有了一些悔悟之心吧。但是,西門慶的另一面,他那對待女人的態度,也是瓶兒淒慘而死的重要原因。

（本文完稿於 1987 年 10 月,收入 1990 年 4 月花城出版社出版的本人專著《金瓶梅──中國文化發展的一個斷面》）

好一個沒規矩的傲婢春梅

《金瓶梅》中，龐春梅是一個頗有意味的人物。她的地位，在前八十五回中只不過是西門慶家中的一個丫頭，但她不時任性的脾性使得潘金蓮也讓她三分，西門慶依她話兒辦事，且竟敢與孫雪娥對抗，教吳月娘拿她無可奈何。在後十五回中，她成了主子，而且是一個令吳月娘自慚的顯赫大奶奶。她常時傲慢不守規矩，有時又善心寬度，最後陷入到一種變態的性欲中，縱欲而亡。

「沒個規矩！」吳月娘曾經這樣說過她。

龐春梅也許正是如此這般沒規矩，才在西門慶家脫穎而出，才在周守備家為所欲為，當然，也就違背了當時的「天理」，走上自我毀滅之路。

一、天生的一副傲骨頭

在等級社會中，在夫主妻從妾隨的家庭裏，奴才必須具備奴性，丫頭應該完全順從主子，否則，「家道」就亂了。我們在看《金瓶梅》時，注意一下吳月娘這位大娘子的「內治」之道就是這樣的。除非是主子自己身歪心邪，比如像潘金蓮勾引小廝琴童，西門慶占用宋惠蓮、如意兒，孫雪娥私通來旺，潘金蓮威逼利用玉簫，才會導致家人、媳婦子、丫鬟、小廝作亂。西門慶家中眾多的奴婢大多奴顏婢膝。偏有這春梅與眾不同，在她身上，我們難以發現她的奴性順從，而更多的卻是她的一身傲骨。

「潘金蓮激打孫雪娥」一節寫出潘金蓮激將西門慶毆打孫雪娥的起因就是春梅的傲性所致：

> 話說潘金蓮在家，恃寵生驕，顛寒作熱，鎮日夜不得個寧靜。性極多疑，專一聽籬察壁，尋些頭腦廝鬧。那個春梅，又不是十分耐煩的。一日，金蓮為些零碎事情，不湊巧罵了春梅幾句。春梅沒處出氣，走往後邊廚房下去，捶枱拍盤，悶狠狠的模樣。那孫雪娥看不過，假意戲他道：「怪行貨子，想漢子便別處去想，怎的在這裏硬氣？」春梅正在悶時，聽了幾句，不一時暴跳起來：「哪個歪斯纏我哄漢子！」雪娥見他性不順，只做不開口。春梅便使性，做幾步走到前邊來，如

此如此，這般這般，一五一十，又添些話頭道：「他還說娘教爹收了我，俏一幫
兒哄漢子。」挑撥與金蓮知道。（第十一回）

春梅這樣做，與她剛被西門慶收用有沒有關係？不能否認，關係是有的，全書中凡被西
門慶收用過的僕婦丫鬟都有異常的表現。但是，春梅與他人不同，就在於她的傲性絕不
是經西門慶收用之後才有的。在金蓮進西門慶家之前，春梅還是在月娘房中做丫頭時，
就傲性十足。雪娥不是說了「那頃這丫頭在娘房裏，著緊不聽手，俺沒曾在灶上把刀背
打她」。

《金瓶梅》曾用兩個較重要的情節專寫春梅的傲性傲氣傲語。一是「春梅正色罵李
銘」，二是「春梅毀罵申二姐」。都是「罵」，且都是罵得厲害，所謂「正色」，所謂
「毀罵」，被罵的雖然都是外邊來的藝人，卻又都是有來頭的，李銘是李嬌兒的兄弟，申
二姐是為玉樓生日而來的。

說句公平的話，春梅罵李銘真有些小題大作，卻又偏偏是「正色」，這就活脫脫顯
示出她的傲來。那天李銘來教她們四個丫頭習學彈唱，吃了西門慶賜的酒，有點醉意不
假，但還沒醉到天不知地不曉，屋裏又偏只剩下春梅一個丫頭，這場男女官司也就無從
取證了，春梅也可以依她的傲性做將起來：

春梅袖口子寬，把手兜住了。李銘把他手拿起，略按重了些。被春梅怪叫起來，
罵道：「好賊王八！你怎的捻我的手，調戲我？賊少死的王八，你還不知道我是
誰哩！一日好酒好肉，越發養活的那王八靈聖兒出來了，平白捻我手的來了。賊
王八，你錯下這個鍬撅了，你問聲兒去。我手裏你來弄鬼，爹來家等我說了，把
你這賊王八一條棍攛得離門離戶。沒你這王八，學不成唱了？愁本司三院尋不出
王八來，撅臭了你這王八了！」（第二十二回）

就這一頓海罵，整整八個「王八」「賊王八」，可謂唇槍舌劍，口利嘴凶。罵得那李銘
酒也醒了，「金命水命，走投無命」。小題大作，表現「正色」。如果不是小題大作，
那李銘果然對著春梅亂摸亂捻，春梅再罵，便不是傲性了。

毀罵申二姐更是春梅傲性極致的表現，以致引發了一場家庭大內戰，這也是將來月
娘賣春梅的一個情感基礎。

申二姐原先是韓道國的老婆王六兒推薦給西門慶的，常來西門慶家唱曲兒的盲藝
人。這日孟玉樓的生日，王六兒打發她來賀壽。次日，月娘幾個都去應伯爵家吃滿月酒
去了，後邊上房裏，申二姐陪著吳大妗子、西門大姐、三個尼姑坐著吃茶。前邊瓶兒房
裏，如意兒和迎春請了春梅、潘姥姥來吃酒，另一個唱曲兒的鬱大姐在旁彈唱。春梅知

道申二姐會唱曲兒，便教小廝春鴻去叫申二姐來。春鴻便去傳話說：「申二姐，你來，俺大姑娘前邊叫你唱個兒與他聽去哩。」誰知這申二姐不買賬，說是：「你大姑娘在這裏，又有個大姑娘出來了？」在她心目中，西門大姐才是大姑娘，所以又有這樣的話：「你春梅姑娘她稀罕，怎的也來叫的我？」春梅聽了這般回話，傲性便上來了：

> 春梅不聽便罷，聽了三屍神暴跳，五臟氣衝天，一點紅從耳畔起，須史紫遍了雙腮，眾人攔阻不住，一陣風走到上房裏，指著申二姐一頓大罵道：「你怎麼對著小廝說我，那裏又鑽出個大姑娘來了，稀罕他，也敢來叫我！你是什麼總兵娘子，不敢叫你？俺每在那毛裏夾著來，是你抬舉起來，如今重新鑽出來了？你無非只是個走千家門萬家戶、賊狗攮的瞎淫婦！你來俺家才走了多少時兒，就敢恁量視人家？你會曉得什麼好成樣的套數唱，左右是那幾句東溝籬、西溝壩、油嘴狗舌、不上紙筆的那胡歌錦調，就拿班做勢起來！真個就來了！俺家本司三院唱的老婆，不知見過多少，稀罕你這個兒！韓道國那淫婦家興你，俺這裏不興你。你就學那淫婦，我也不怕你。好不好，趁早兒去，賈媽媽一一與我離門離戶！」那大妗子攔阻說道：「快休要舒口。」把這申二姐罵的睜睜的，敢怒而不敢言，說道：「耶嚛嚛！這位大姐怎的恁般粗魯性兒？就是剛才對著大官兒，我也沒曾說甚歹。這般潑口言語瀉出來！此處不留人，也有留人處。」春梅越發惱了，罵道：「賊合遍街搗遍巷的瞎淫婦，你家有恁好大姐！比是你有恁性氣，不該出來往人家求衣食，唱與人家聽。趁早兒與我走，再也不要來了！」申二姐道：「我沒的賴在你家？」春梅道：「賴在我家，教小廝把鬢毛都撏光了你的！」大妗子道：「你這孩兒，今日怎的甚樣兒的，還不往前邊去罷！」那春梅只顧不動身。這申二姐一面哭哭啼啼下炕來，拜辭了大妗子，收拾衣裳包子，也等不的轎子來，央及大妗子使平安對過叫將畫童兒來，領他往韓道國家去了。春梅罵了一頓，往前邊去了。（第七十五回）

這一頓罵，哪像是個丫鬟做的，就是當主子的，像吳月娘、孟玉樓，也做不出來；像潘金蓮，也不過如此。

　　春梅的傲性，也不能說與潘金蓮的背後支持無關。潘金蓮為了爭取到西門慶的專寵，一方面讓西門慶收用春梅，以籠住漢子的心；一方面又與春梅許多好處，使春梅成為自己的一個得力的助力，幫助自己霸攔西門慶。這就不可避免地處處為春梅撐腰做主。但是，我們仍應看到，傲性是春梅自己的天賦，潘金蓮的撐腰支持只不過觸發並激勵了她傲性更大地發展和表現出來。龐春梅的傲性仍帶有她本人的個性特徵，她誰也不在乎，敢傲一切人。

申二姐被罵走的事被月娘知道了，爆發了月娘與金蓮之間的一場激烈爭吵。西門慶如同一個消防員一般，在妻妾之間來回熄火了事。春梅因為吳月娘罵了她奴才，絕食三四天，於是西門慶便來安撫她了。

> 這西門慶慌過這邊屋裏，只見春梅容妝不整，雲鬢斜歪，睡在炕上，西門慶叫道：「怪小油嘴，你怎的不起？」叫著她，只不做聲，推睡。被西門慶雙關抱將起來。那春梅從酪子裏伸腰，一個鯉魚打挺，險些兒沒把西門慶掃了一交，早是抱得牢，有護炕倚住不倒。春梅道：「達達起來了手！你又來理論俺每這奴才做甚麼，也玷辱了你這兩隻手。」西門慶道：「小油嘴兒，你大娘說了你兩句兒罷了，只顧使起性兒來了。說你這兩日沒吃飯？」春梅道：「吃飯不吃飯，你管他怎的！左右是奴才貨兒，死便隨他死了罷。我做奴才，一來也沒幹壞了甚麼事，並沒教主子罵我一句兒，擋我一下兒，做甚麼為這合遍街搗遍巷的賊瞎婦，教大娘這等罵我，瞋俺娘不管我，莫不為瞎婦扯倒打我五板兒？等到明日，韓道國老婆不來便罷，若來，你看我指與她一頓好的不罵！原來送了這瞎淫婦來，就是個禍根。」西門慶道：「就是送了她來，也是好意，誰曉的為他合起氣來了。」春梅道：「他若肯放和氣些，我好意罵他？他小量人家！」西門慶道：「我來這裏，你還不倒盅茶兒我吃？那奴才（指秋菊）手不乾淨，我不吃他倒的茶。」春梅道：「死了王屠，連毛吃豬？我如今走也走不動在這裏，還教我倒甚麼茶！」西門慶道：「怪小油嘴，誰教你不吃些甚麼兒？」因說道：「咱每往那邊屋裏去。我也還沒吃飯哩，教秋菊後邊取菜兒，篩酒，烤果餡餅兒，炊鮓湯，咱每吃。」於是不由分訴，拉著春梅手到婦人（指金蓮）房內，分付秋菊拿盒子後邊取吃飯的菜兒去。（第七十六回）

在春梅的傲性面前，西門慶矮了多少級？

春梅的傲性不是偶然發作的，整本《金瓶梅》，春梅的形象一出現，令人感覺到的就是一個傲姑娘。西門慶大凡收用姦占某一僕婦，便立即拿出若干銀兩或布帛衣服與她，作為一種交易或是安撫，而她們也總是一而再，再而三地向西門慶索討。在西門慶與春梅的關係中，我們卻看不到這一現象，無論西門慶第一次收用，還是以後的同房行樂，春梅都不屑物資上的安撫交換，這是很特別之處。然而「西門慶與喬大戶結親」一節，春梅卻是直接向西門慶要衣服，而且不能等同於別的丫鬟，一定要出格。這一段，雖然是索要，卻無其他婦人的那種媚臉，仍不失其傲性：

> 金蓮不在家，春梅在旁伏侍茶飯，放桌兒吃酒。西門慶因對春梅說：「十四日請

眾官娘子，你每四個多打扮出去，與你娘跟著遞酒，也是好處。」春梅聽了，斜靠著桌兒說道：「你若叫，只叫他三個出去，我是不出去。」西門慶道：「你怎的不出去？」春梅道：「娘們都新裁了衣裳，陪侍眾官戶娘子，便好看。俺每一個一個只像燒糊了卷子一般，平白出去，惹人家笑話。」西門慶道：「你每多有各人的衣服首飾，珠翠花朵雲髻兒，穿戴出去。」春梅道：「頭上將就戴著罷了，身上有數那兩件舊片子，怎好穿出去見人的，倒沒的羞剌剌的！」西門慶笑道：「我曉的你這小油嘴兒，你娘每做了衣裳，都使性兒起來。不打緊，叫趙裁來，連大姐你四個，每人都替你裁三件：一套段子衣裳，一件遍地錦比甲。」春梅道：「我不比與他。我還問你要件白綾襖兒，搭襯著大紅遍地錦比甲兒穿。」西門慶道：「你要不打緊，少不的也與你大姐裁一件。」春梅道：「大姑娘有一件罷了，我卻沒有，他也說不的。」西門慶於是拿鑰匙開樓門，揀了五套段子衣服，兩套遍地金比甲兒，一匹白綾裁了兩件白綾對衿襖兒。惟大姐和春梅是大紅遍地錦比甲兒，迎春、玉簫、蘭香都是藍綠顏色，衣服都是大紅段子織金對衿襖，翠藍邊拖裙：共十七件。一面叫了趙裁來，都裁剪停當。又要一匹黃紗做裙腰，貼裏一色多是杭州絹兒。春梅方才喜歡了，陪侍西門慶在屋裏吃了一日酒。（第四十一回）

最能表現上述所論的春梅的天性傲性，也是春梅傲性的極致表現之處，便是離開西門慶家那一節「薛嫂月夜賣春梅」。春梅是被月娘作為與潘金蓮「通同作弊，偷養漢子」而賣出去的。潘金蓮聞聽此事，受不了，半日說不出話來，不覺滿眼落淚。小玉和薛嫂也為月娘不准春梅帶任何一點東西馨身兒出去感到不滿。春梅卻與眾不同：

聽見打發他，一點眼淚也沒有。見婦人（指金蓮）哭，說道：「娘，你哭怎的？奴去了，你耐心兒過，休要思慮壞了。你思慮出病來，沒人知你疼熱的。等奴出去，不與衣裳也罷，自古好男不吃分時飯，好女不穿嫁時衣。」……春梅當下拜辭婦人、小玉，灑淚而別。臨出門，婦人還要她拜辭拜辭月娘眾人，只見小玉搖手兒。這春梅跟定薛嫂，頭也不回，揚長決裂，出大門去了。（第八十五回）

在這裏，她根本不像個受道德審判的對象，倒像個堅定的勇士，十分的果敢決裂，具有一種撼動人心的魅力。這種魅力，便是她身上的傲骨傲性傲氣生長出來的。

春梅，如果我們從一個女人的角度去看，「性聰慧，喜謔浪，善應對，生的有幾分顏色」。但若是僅僅如此，恐怕還不可能獲得西門慶的歡心，不僅金蓮、瓶兒等幾房妻妾在這幾方面都比春梅強，而且宋惠蓮、如意兒也不低於春梅。為什麼在二十多個與西門慶有性關係的女人中，西門慶只「把他當心肝肺腸兒一般看得，說一句聽十句，要一

奉十，正經成房立紀老婆且打靠後，他要打那個小廝十棍兒，他爹不敢打五棍兒」？最重要的原因恐怕還在於春梅這個女人具有傲性。傲，才顯示出自己的獨立個性，才具有自己獨特的魅力。

作者給她安的名字叫「春梅」，又把這一枝「梅」與「金」「瓶」安在一起，恐怕不是沒有深意，更不會只是文字遊戲。春梅這個形象的審美價值也正在於「傲」。

二、心比天高的丫頭

小說在「吳神仙貴賤相人」一節中安排了提綱挈領似的一個重要情節：全書中最主要的男女人物一個個出場，由吳神仙相面說其貴賤禍福。這實際上是在預示這些人物的命運歸屬，也是在謀劃全書的情節結構。從西門慶開始，依次而下的是吳月娘、李嬌兒、孟玉樓、潘金蓮、李瓶兒、孫雪娥、西門大姐和春梅。在這九個人中，唯有一個春梅是下人丫頭，但是，吳神仙偏偏給她下了個令在場人都驚疑的命運歸屬，因為在吳神仙看來，八個女人只有春梅的骨相特別：

> 神仙睜眼見了春梅，年約不上二九，頭戴銀絲雲髻兒，白線挑衫兒，桃紅裙子，藍紗比甲兒，纏手縛腳出來，道了萬福。神仙觀看良久，相道：「此位小姐，五官端正，骨格清奇。髮細眉濃，稟性要強；神急眼圓，為人急躁。山根不斷，必得貴夫而生子；兩額朝拱，主早年戴珠冠。行步若飛仙，聲響神清，必益夫而得祿，三九定然封贈。但乞了這左眼大，早年克父；右眼小，週歲克娘；左口角下只一點黑痣，主常沾啾唧之災；右腮一點黑痣，一生受夫愛敬。
> 天庭端正五官平，口若塗朱行步輕。
> 倉庫丰盈財祿厚，一生常得貴人憐。」（第二十九回）

相面和卜算推測是否科學，是否正確、準確，不是這裏探討的內容。但在這裏，作為小說的一個重要情節，作為作者的一個創作手段，卻給我們提供了這樣兩種啟示：其一，春梅本身具有超俗的天賦，這便是她具有傲骨傲性傲氣的內在原因，「稟性要強，神急眼圓，為人急躁」。其二，這種天賦不僅規定了她的過去，也決定了她的將來；她不僅將來要得貴夫而生子，必戴珠冠，三九封贈，而且從現在起，就已是不認定位居尊下之命，「五官端正，骨格清奇」。所以，在小說的前八十五回，春梅不僅是傲，而且極不安分於西門宅院。就在吳月娘眾人驚疑吳神仙對春梅的相面斷語時，春梅已是高其一籌，神游天外了：

> 春梅湃上梅湯，走來扶著椅兒，取過西門慶手中芭蕉扇兒替他打扇，問道：「頭裏大娘和你說甚麼話來？」西門慶道：「說吳神仙相面一節。」春梅道：「那道士平白說戴珠冠，教大娘說有珠冠只怕輪不到她頭上。常言道：凡人不可貌相，海水不可斗量。從來旋的不圓砍的圓。各人裙帶上衣食，怎麼料得定？莫不長遠只在你家做奴才罷！」（第二十九回）

應該說，龐春梅一直是個很自信的女人，這些話語只不過是借吳神仙相面之機，將自信說露出來而已。

但是命運在這時仍把她安放在下人奴才的隊列裏，戴珠冠還是以後的事，這才有這個禀性要強女人的奮力抗爭。

春梅最忌諱的就是別人說她是奴才，雖然她常時把「奴才」一詞吊在口裏罵別人。她是奴才的身分，但絕不存有一絲半點兒奴才意念，絕不認定自己這一輩子當奴才的命。她的傲性大多都是衝著別人的這種目光而發的。她不滿孫雪娥，常與孫雪娥發生衝突，直至懷恨在心，到後來還要對孫雪娥予以報復，就是認定孫雪娥這個由奴才升為小主子的女人把自己當奴才對待。她正色罵李銘，就是從李銘在自己手上按得略重了一點的感覺上，認定李銘把自己當做使喚丫鬟一樣，可以隨意調情戲弄而大肆發作。她毀罵申二姐，抓住的根據並不在於唱不唱曲兒，而在於不把她當大姑娘看待，小瞧了她。她絕食數天，就是因為吳月娘說了她是奴才，而且還是不守規矩的奴才。她問西門慶索要衣服，就是不能使自己和迎春、蘭香、玉簫一般被人看待，要爭得與西門大姐一樣的待遇，甚至還比西門大姐要高一級，與主子娘們一般齊平。

春梅真可謂是一個心比天高的丫鬟！

當然，我們還不能把春梅的這種心比天高的思想牽強附會到爭取平等的女權和反抗壓迫的意識層次，因為她只是不甘心當丫鬟的命運，而要當主子；她不願受人的欺凌壓迫，卻要爭取到欺凌壓迫別人的地位。前八十五回中她對秋菊的態度和後來十五回中她當了主子後對丫鬟侍女的態度都可以說明這一點。春梅與金蓮的特殊關係也可說明這一點。這兩個人的關係，由於種種利害因素所致，顯得頗為複雜而又特別。但有一點卻是十分清楚的，那就是金蓮常時一意護春梅，而春梅在西門慶大家庭中，唯一就是服金蓮。她二人已不是一般的主僕關係，而是如同於姊妹或母女的關係。金蓮的母親潘姥姥說春梅「她與我那冤家一條腿兒」。春梅在最關鍵的時候，為金蓮掩醜遮羞，否定金蓮勾引小廝琴童之事，救了金蓮一難；當西門慶與瓶兒傳杯換盞之時，是她闖進瓶兒房，毫不客氣地譏諷二人，催西門慶派人去接回了娘家的潘金蓮；金蓮管賬，苛求小廝，春梅幫著責罵小廝；金蓮幾次別有用心毆打秋菊，她一定是幫著火上加油，為金蓮出氣泄憤；

春梅總是為金蓮籠住西門慶出力，西門慶的所有外遇，只要是金蓮不高興的，她沒一個不恨的，宋惠蓮、如意兒、王六兒都曾是她的對頭，書童兒在春梅眼中也因為他與西門慶的不三不四勾當而被看不起；而金蓮喜歡的，她或是也喜歡，或是默認以從。金蓮與陳經濟之間的亂倫關係，在春梅眼中卻看成是一對有情人，為其傳柬遞情，並且參與其中，三人成姦。當姦情暴露出來，春梅以其特有的傲性說出了潘金蓮也不曾想到要說的話來安慰潘金蓮：

> 春梅見婦人（指金蓮）悶悶不樂，說道：「娘，你老人家也少要憂心。仙姑，人說日日有夫，是非來入耳，不聽自然無。古昔仙人，還有小人不足之處，休說你我。如今爹也沒了，大娘她養出個墓生兒來，莫不也來路不明？她也難管我你暗地的事。你把心放開，料天塌了，還有樑天大漢哩。人生在世，且風流了一日是一日。」於是篩上酒來，遞一盞與婦人，說：「娘且吃一杯兒暖酒，解解愁悶。」因見階下兩隻犬兒交戀在一處，說道：「畜生尚有如此之樂，何況人而反不如此乎？」
> （第八十五回）

可見，春梅對待金蓮，的確已超過於丫鬟對待主子的格套。這哪裏是丫鬟勸主子，簡直就是知心朋友、要好姊妹之間的推心置腹，而且，已是把一切倫理規矩、道德準則拋到腦後去了。

春梅對金蓮的這種非同尋常的關係一直保持到最後。潘金蓮死後，無人收屍。託夢給心上的人兒陳經濟，得到的竟是婉言的拒絕。而春梅，聞此噩耗，連哭數日，一旦得夢，立即派人收屍安葬，到了清明還要像對待親娘一樣上墳掃墓。

春梅為什麼如此對待潘金蓮？春梅在聽說金蓮待嫁王婆家後，求周守備娶金蓮的一段話可作解釋：

> 春梅晚夕啼啼哭哭對守備說：「俺娘兒兩個，在一處廝守這幾年，他大氣兒不曾呵著我，把我當親女兒一般看承。自知拆散開了，不想今日他也出來了。你若肯娶將她來，俺娘兒們還在一處過好日子。」（第八十七回）

潘金蓮是一個永不知足、為情欲不怕鬼神不顧報應的女人，傲性十足，除了西門慶和陳經濟，誰也不在乎。然而卻把春梅這個丫頭當做親女兒、親姊妹一般看待。雖說有自己個人的利益動機，對於春梅這個正在做奴才卻心比天高而不甘願做奴才的丫頭來說，還有什麼更好的知遇能使她肯定並認同潘金蓮？這就難怪春梅只會服金蓮一人。

三、做了大奶奶還是不規矩

春梅雖是被賣進了守備府，命運卻來了個大轉變，當初吳神仙相面時說的那些話全部兌現：嫁了個守備老爺，做了小奶奶，而且是得寵的小奶奶，管全家的鑰匙；為守備生了個兒子，又是上了一重天；守備的大奶奶病逝，春梅跳了兩級，做上了大奶奶。其架勢、派頭大大超過了已經敗落下來的吳月娘。吳月娘當初弄不明白、相信不了的預言今日終成現實；孫雪娥憤不過的丫頭今日成了主子。

按常理，春梅應該滿足了。然而按春梅天生的個性，沒規矩，不滿足。

我們應注意到，《金瓶梅》的作者在塑造人物時既善於寫環境的變化對人的性格變異的影響，也善於寫人的天賦稟性在性格發展中的固執作用。春梅天生一副傲骨，天生的不受馴服，天生不守規矩的脾性。她不像李瓶兒，追求的目的一旦實現，便讓心底裏的溫柔退讓作為為人處世的原則；她更像潘金蓮，永無休止地去追求新的生活目標。心比天高，天是沒有終極的。

春梅的大奶奶式的不規矩主要表現在這兩個方面：

第一是對待吳月娘的態度，一不記仇怨，二仍尊敬她。按照常理和規矩，你龐春梅此時是守備府的奶奶夫人，你是有身分的封贈貴婦，而且其等級並不在吳月娘之下，怎能仍以下人之禮恭敬月娘呢？更何況還有那麼許多的恩恩怨怨！永福寺月娘春梅相見一節是頗有戲劇性的，在如此不守奶奶規矩的春梅面前，吳月娘和吳大妗子已是手腳無措，倍感不安了。不僅如此，春梅在進一步的情節發展中，表現出這種有失身分的不規矩來：教周守備懲罰忘恩負義、欺玩法度的吳典恩，解救了吳月娘一大災難之急；回西門宅院，拜吳月娘，祭西門慶，遊玩舊時花園住房，問潘金蓮的螺鈿床，掛念陳經濟。

在這種不規矩中，有沒有一種奴性？尤其是春梅不記前嫌仍尊月娘為上而磕下頭拜下禮去之時，她還說了：「尊卑上下，自然之理。」這裏我們一方面看做春梅並不能超越時代，尊卑等級觀念很強，否則，她就不可能把奴才看得那麼卑賤。另一方面，我們從她們之間實際的人際關係來看，此時的尊卑上下，絕非主子奴才，春梅磕下頭拜下禮也絕非以奴才之意感之，僅僅只是一種禮節的使用而已。春梅當然此時毫無諷刺挖苦之意，但她此時仍不失傲性，磕頭拜禮之後隨即出現的瀟灑大方、富貴高傲，已使得吳月娘等人心中內疚，自慚形穢了。

第二是不守內室規範。既已是守備夫人，就應嚴守婦道，對丈夫絕對忠誠，何況夫君對她是百般寵愛千般順從。然而由於先前生活經歷的後遺，更因為她身上更改不了的不安分守己的傲性，使她做出一系列有違內室婦道而對丈夫不忠的事來：背著周守備，安葬潘金蓮，又以為親娘祭祀之名，騙過守備，為金蓮掃墓；買下孫雪娥，以報當年的

仇怨，又為迎接陳經濟，玩弄手腕，把雪娥賣出府門，而且定要媒人將雪娥賣入娼門；隱瞞與陳經濟的關係，以姑表姐弟為名，尋找陳經濟收進了守備府，乘守備駐守邊地之機，二人重續舊情；經濟被殺之後，勾引李安；守備殉國之後，與周義勾搭成姦，終於死於自己的縱欲之下。

這些不守規矩的行為，可不可以儘可能地避免呢？也就是說，春梅能否知足而已，忍受住規範的約束？恐怕不行。她已把潘金蓮當做自己的親娘來看待，在她心中，說是給親娘上墳，不算是欺瞞周守備；她已是把孫雪娥恨之入骨，有著對潘金蓮多深的愛，就有著對孫雪娥多深的恨；她和陳經濟已是有過性關係的了，情感上的紐結和下意識的性衝動，都有可能對陳經濟的一切敏感，要她明知經濟在身邊附近，而不去尋找陳經濟，不和陳經濟重續舊情，需要極大的忍受力和自我控制力，稟性要強的龐春梅不可能辦到，且有「人生在世，且風流了一日是一日」觀念的春梅更不可能放過享受風流的機會；更何況她年方二十六七八九，四十出頭的周守備又日夜操勞國事軍務，性欲正旺與性飢渴的矛盾放在吳月娘身上可以克己循禮，而放在春梅身上，則只有不守規矩、不顧一切了。她一直如此我行我素地到死而已。

在這裏，我們不是去尋找人的心理、生理原因來辨解善惡的衝突。因為，一方面我們只是在探究春梅這個人物的形象特徵，另一方面規矩本身的道德內涵是有時空限制的，不守規矩之人之行如果用道德規矩的善惡去評判，只有判的意義，沒有評的必要，否則，將會把我們的讀者都拉倒退四五百年，更何況，春梅的不守規矩的言行總是同她的好心善意相關聯，總是同她的規矩言行相交錯，若以善惡論春梅，春梅這個人物便會因我們的道德評判而肢解死亡。

我們還是從整體上去看看龐春梅，關注並分析這樣一個生活在數百年前的「不守規矩」的女人形象吧。

（本文完稿於 1993 年 12 月，作為 1994 年 5 月花城出版社出版的本人改編小說《金瓶梅的男男女女之四——春梅》的附跋發表）

幫閑食客與商業小社會

人們可能還記得歷史上有名的「戰國四君」——齊之孟嘗君、趙之平原君、楚之春申君、魏之信陵君——善養食客的典故，還記得秦相呂不韋有「食客三千」的故事。《金瓶梅》中幾個幫閑食客，與兩千年前「戰國四君」和呂不韋所豢養的數千食客有極大的不同，甚至連本質特徵都不一樣。這不僅由於這幾個幫閑不是處於列國爭霸、諸侯稱雄的戰亂時期，不是處於外閉內亂的封建社會前期，而且，更是由於他們已經處於商品經濟已有較大發展的商業小社會之中，由於他們隨著這個小社會向近代社會轉移而出現的自身作用的轉變。

大凡社會上一旦有了等級，有了差別，就少不了幫閑食客，正如只要有了大樹，就會有寄生藤一樣。

然而，在明代中葉出現的商業小社會裏，幫閑食客的作用及其活動特徵既不同於一般意義上的封建社會裏養尊處優的貴族門府中幫閑湊趣的清客，也不同於戰國時期急功求名、爭雄稱霸的王公君子豢養的或有雄才大略之士，或為雞鳴狗盜之徒，而是以適應商品經濟的發展為特徵，以我為他人、他人為我為手段，以求自我生存為目的，寄身在根植於封建專制社會土壤的商業小社會之樹上艱難地生活的人。

《金瓶梅》一書十分客觀地描寫了這樣的幫閑食客。

一、幫閑食客何許人也

在《金瓶梅詞話》第十回「武二充配孟州道，妻妾宴賞芙蓉亭」中，有段對西門慶的「十友會」或曰「十兄弟會」的「哥們」的簡略介紹：

> 西門慶是個大哥。第二個姓應，雙名伯爵，原是開紬絹鋪的應員外兒子，沒有本錢，跌落下來，專在本司三院幫嫖貼食，會一腳好氣毬，雙陸棋子，件件皆通。第三個姓謝，名希大，字子純，亦是幫閑勤兒，會一手好琵琶，每日無營運，專在院中吃些風流茶飯。還有個祝日念、孫寡嘴、吳典恩、雲裏手（又寫作「雲離手」）、常時節、卜志道，白來搶，共十個朋友。卜志道故了，花子虛補了。

這花子虛就是李瓶兒的第二個丈夫，是原廣南鎮守花太監的侄子。花太監死後，他接過產業，每日只是嫖妓狎娼，花天酒地。

緊接著，小說在第十一回「潘金蓮激打孫雪娥，西門慶梳籠李桂姐」中又對此中九人（西門慶不算，卜志道已除外）再作介紹，這實際上是一個補充說明。《金瓶梅》張竹坡評本第一回「西門慶熱結十兄弟，武二郎冷遇親哥嫂」對「十兄弟」的介紹與此相差無幾，這裏不妨再摘抄一番，以便瞭解幫閑食客其人：

> 那西門慶立了一夥，結識了十個人做朋友，每月會茶飲酒。頭一個名喚應伯爵，是個破落戶出身，一分兒家財都嫖沒了，專一跟著富家子弟幫嫖貼食，在院中頑耍，諢名叫做應花子。第二個姓謝，名希大，乃清河衛千戶官兒應襲子孫，自幼兒沒了父母，游手好閑，善能踢的好氣毬，又且賭博，把前程丟了，如今做幫閑的。第三名喚吳典恩，乃本縣陰陽生，因事革退，專一在縣前與官吏保債，以此與西門慶來往。第四名孫天化，綽號孫寡嘴，年紀五十餘歲，專在院中闖寡門，與小娘傳書寄東，勾引子弟，討風流錢過日子。第五是雲參將兄弟，名喚雲離手。第六是花太監侄兒花子虛。第七姓祝，名喚祝日念。第八姓常，名常時節。第九個姓白，名喚白來創（即白來搶。上述人名，「詞話」本與張評本還略有出入，但讀音基本相近或相同）。連西門慶共十個。眾人見西門慶有些錢鈔，讓西門慶做了大哥，每月輪流會茶擺酒。

從上面兩段介紹中我們可以看到，這些以貼食沾吃為目的的幫閑人物有如下特點：

（一）本來都是有前程的，特別是幾個與西門慶關係最為密切的人，像應伯爵，父輩本是高賈富豪；而謝希大、花子虛出身官宦名門，吳典恩本來就是有職有業者。

（二）但現在發生了變異，或是自己不爭氣、不努力，本錢全無，家道敗落；或是事出有因，弄得權勢已去，地位卑降，或是厄運連連，一蹶難起。

（三）有的還頗有點小聰明和「歪」本事，「會一腳好氣毬」，這可是當時的「雅興」「雙陸棋子，件件皆通」，猶如今日人們之玩撲克、摸麻將之類，又是「幫閑勤兒」，可見眼明、耳尖、嘴滑、手快；謝希大還「會一手好琵琶」。

（四）各人都有各自的專長，也無一不是為了白吃白玩而幫閑於有錢有勢的西門慶（花子虛也可算是有錢之人，他後來破產，又隨即死去）。這一點不僅可以從上面有關他們的活動的介紹中看出，而且他們的名字也以諧音雙關點出了他們的各自特徵：

伯爵，諧音「白嚼」或「八嚼」，意即望天吹牛，胡說八道，至今江浙一帶仍有此方言。有的論者以為應伯爵影射嚴嵩死黨鄢懋卿，存疑。而他的諢號「應花子」中的「花子」則是「叫化子」的縮略諧音，為討吃、白吃之意。

希大，諧音「稀大」，意即「憨大」，沒什麼本事。

典恩，將他人之恩情典當以換財利，他後來果然恩將仇報，以怨報德。

寡嘴，也即「白嚼」之意，好信口胡謅之口舌者。

雲裏手，可見手伸得之長、之遠。

花子虛，圖虛榮，棄實進，正是李瓶兒恨其之因。

祝日念，「逐日念」，念嫖、念吃而已。

白來搶，是「白天來搶」還是「無緣無故白白來搶」？二者都可以解通，意指貼食之勤，「幫閑」之忙。

常時節，是十兄弟中最貧窮的「哥們」，無一日不為吃穿住行憂心忡忡，常時靠別人的借貸和周濟過日子，常時節即「常時借」。

史學家們一般都認為，我國在明代中葉，商業經濟已經在東南沿海外貿較為發達的城鎮和長江中下游、大運河兩岸手工業、商業、交通較為發達的城鎮發展起來。其主要特徵不僅表現在手工業作坊的增多擴大和行商坐賈隊伍的日趨發展，更重要的表現是商品經濟已作為新的經濟關係和經濟結構出現在這些地區的經濟生活之中，使這些地區形成了商業小社會。既然商品經濟已經開始影響了商業小社會中的人們的生活，那麼，生意競爭的現象勢必會以連續性的特徵出現。我們現在還難以拿出豐富而又確鑿的實據來證明當時的人們已有了鮮明的市場競爭觀念，但可以看到，競爭已經出現。

也許，在西門慶的父親西門達走川廣販賣藥材和在縣前開生藥鋪之時，應伯爵的父親應員外的綢絹鋪就算得上大的鋪面，十分的富貴，而謝希大家的千戶官職至少比西門慶千戶官職的獲得早一代人。然而，應伯爵終於「沒有本錢」而跌落下來，綢絹鋪已歸他姓；謝希大也「把前程丟了」，另外還有幾個也都是「破落戶」。無疑，這都是些競爭失敗者。他們將來也許會東山再起，比如應伯爵在西門慶死後投靠張二官時就開始入股做生意了，但至少目前，他們都成了像西門慶這樣的競爭勝利者的幫閑食客，為西門慶湊趣，為西門慶服務。

大概也是天無絕人之路，商品經濟在選拔一批優勝者時，造就了這麼一批落伍失敗者，但是商品經濟的發展又需要這批人。商業小社會並不排斥這幫雖然失敗卻多少又有點聰明才幹並且還在掙扎著活下去的人。於是這批人物以他們的幫閑角色再度活躍在這個小社會之中，以自己的聰明與能力，在滿足富商豪賈需要的同時，貼食以飽暖，幫嫖以娛歡，並且不斷地找機會、尋靠山，以實現自己的生活目標。

這就是明代商業小社會中的幫閑食客。

二、商業小社會中不可缺少的角色

如汪洋大海般的小農自然經濟，如磐石高山般的專制主義中央集權，如千百條枷鎖繩索般的宗法制觀念和鄉族勢力，這便是中國封建社會的最主要特徵，也是中國封建主義的三大支柱。中國十六七世紀的商品經濟相對快的發展便是在這樣的環境之中艱難地發展的，這些特徵給當時的商品經濟及商賈們至少帶來這樣兩個現實：

一個是在大範圍內依然處於封閉狀態的小農自然經濟給商品經濟帶來極不利的影響，商業信息、產銷情況得不到及時的通報。而鄉族（宗族）勢力，這個封建國家一統天下的堅實組織基礎又把本來閉塞的小農自然經濟分割成千千萬萬個小塊，各個小塊裏的「土政策」與頑固守舊勢力又往往給以超地區為特徵的商品經濟蒙上眼睛，塞上耳朵、釘上枷鎖，直至排斥於外。

另一個則是權制性質的封建社會的任意性特徵往往使已經富起來的商人不敢大膽地致力於更大規模的擴大再生產的投資，大多數商人將大部分的利潤用於自己個人的消費及其他非生產性開支，商人們大肆揮霍黃金白銀，沈溺於酒色之中。

這兩種現實又連鎖地產生出下面的反應：

商業小社會需要一批眼觀六路、耳聽八方的消息靈通人士和善於調節買與賣、借與貸以及經營者內部關係的人員，這種人在現在資本主義社會裏叫做「經紀人」。中國人又稱之為「捐客」。行商坐賈當然會以不同方式給這些人一定的佣金，以便更好地實現自己的利潤再生。

同做生意一樣，也同商業的需要一樣，富商在盡情享受自己的利潤時，也需要瞭解享樂的去向，需要有人聯繫，需要有人湊趣幫腔。

這兩種需要沒有矛盾之處，而且往往有機地結為一體。酒席宴上、妓院歌樓可以談天說地，縱色泄情，也可以談生意、做買賣、聽消息、拉關係。富商豪賈往往讓「捐客」們免費享樂或同樂而作為一種報酬。

幫閑食客便正是這種「捐客」，正是這種「湊趣幫腔」同樂之人。在西門慶的 10 位「哥們」中，應伯爵又是最典型的代表。

那麼《金瓶梅》中的幫閑食客們是如何充當這些角色的呢？

第一，幫嫖貼食，湊趣幫腔，吃風流茶飯的「食客」。

這是小說描寫得最多的內容。以應伯爵、謝希大為常「客」，三日兩頭拉著或跟著西門慶進勾欄玩妓院，「專在本司三院幫嫖貼食」「專在院中吃些風流茶飯」。

這些「食客」，由於破落下來，沒有幾個家中有餘糧剩錢的，若不是吃了中餐愁晚飯，便是賣了冬裝換夏服。

吳典恩同來保進京為西門慶送生辰賀禮給蔡京，竟意外地得了個清河縣馹丞小職。但是有了官職卻無一文錢上任。不得已還要求應伯爵做中人向西門慶借錢，以供自己「參官贄見之禮，連擺酒並治衣類鞍馬」之用。（第三十一回）

常時節因無錢交房租，房主日日催逼，無可奈何，也只好來求西門慶，而西門慶隨手給的十幾兩碎銀便使他家起死回生，從困境中緩過氣來，夫妻和睦，轉怨愁為歡悅。（第五十五、五十六回）

應伯爵日子也不好過，生了個兒子就覺得日子難熬，連給兒子做滿月酒的錢也沒有，只得到西門慶面前訴苦。（第六十七回）他得了賁四的三兩賠禮道歉銀子，首先想到，「且買幾疋布勾孩子每冬衣了」。（第三十五回）

白來創「頭帶著一頂出洗覆盔過的恰如太山游到嶺的舊羅帽兒，身穿著一件壞領磨襟救火的硬漿白布衫，腳下跐著一雙乍板唱曲兒前後彎絕戶綻的、古銅木耳兒皂靴，裏邊插著一雙一碌子繩子打不到底、黃絲轉香馬橢襪子」，強賴在西門慶家扯閑話，硬是直到吃飽了飯，喝了幾鍾酒才離去。（第三十五回）

以這樣的經濟狀況作為前提，當西門慶要邀他們或願意和他們一同去尋歡求樂時，他們當然會在自己食欲和性欲的驅使下，湊上前去。

他們的吃喝玩樂，名目很多。有時是他們「會」中輪流治席，擺宴置茶，一月一次；有時是品賞新餚老酒，隨請隨到，或臨時湊集；更多的是以西門慶為首，由西門慶出資，幫閑們偶爾也湊上幾錢銀子，梳籠新妓，探看美娼，或是西門慶在節日假日、紅白喜事之時，設宴請客，幫閑們都來貼食白吃湊熱鬧。而吃喝玩樂的時間，短則半日一夜，長則數日半月。

西門慶梳籠李桂姐，先是應伯爵、謝希大做伴，後再加上孫寡嘴、祝日念和常時節，幫閑們每人「出五分銀子人情作賀，都來囔他，鋪的蓋的俱是西門慶出。每日大酒大肉，在院中頑耍」了半月有餘，各得其所。（第十一回）

元宵佳節，西門慶「同應伯爵、謝希大兩個，家中吃了飯，同往燈市裏遊玩」，路遇孫寡嘴、祝日念。西門慶原想同他們到大酒樓吃三杯，然後去赴李瓶兒之約。誰知祝日念提議去李桂姐家，於是被「這夥人死拖活拽」進了妓院，自然是西門慶出錢，眾人享樂。「餚烹異品，果獻時新，倚翠偎紅，花濃酒艷」。接著是妓女唱曲，圓社踢球。後來西門慶溜走，眾幫閑吃到二更才散。（第十五回）

第四十二回又寫了元宵節西門慶約應、謝在獅子街房飲酒聽曲觀賞燈火的情景，後來祝日念不知怎的竟尋到了這裏來。這次「哥們」同樂，遠比在桂姐家鬧元宵的那一次盛大多了，不僅專請娼妓助興、樂工陪樂，而且酒足飯飽之後，還有月娘送來的四個攢盒；「多是美口糖食，細巧果品」。這次歡宴，西門慶是醉翁之意不在酒，他是衝著韓

道國的老婆王六兒來的。然而西門慶有「哥們」陪席,不僅熱鬧,也遮人耳目。應伯爵雖知其中奧妙,卻樂得享受一次。

不過,西門慶與這夥幫閑的關係,往往沒有主僕尊卑的界限,的確常常表現出「兄弟」般的親密無間。西門慶無息借款給吳典恩,主動送錢給應伯爵生子無錢用時救急,周濟貧窮不堪的常時節,都是典型的例子,在吃喝玩樂上也同樣如此。西門慶好幾次專請應伯爵、謝希大來家品嘗時鮮菜餚果品。西門慶包占的妓女李桂姐、吳銀兒等,應伯爵也可以和她們調笑玩樂,甚至可以在西門慶與李桂姐交歡行樂之時推門進去玩笑一番。(第五十二回)西門慶也以嬉笑待之。這便是「湊趣」,便是「同樂」。具有複雜性格和時代文化特徵的商人西門慶對幫閑人物的這種需要,正是他揮霍金銀、結交社會、收羅幫閑、以利商賈官場的具體表現,也是他以玩弄態度對待性行為的心理外化。當然,如果這夥幫閑的作用僅停留在這種吃喝玩樂的幫湊上,還是不夠的,也許西門慶不會讓他們成為自己的「食客」。

第二,為人說合,充當社會關係的聯絡人。

不僅商人們對幫閑另有他求,幫閑自己的妻兒、自己的經濟地位也要求他們不僅僅是滿足他們自身的食欲、性欲。於是,利用自己對富商官僚的認識關係,為人說合,充當社會關係的聯絡人,以獲得一定的酬金,是幫閑們幫閑的一個主要內容。

封建社會貪官污吏有一極大特徵就是見利忘法、貪贓枉法,特別在商業小社會中,在金錢已有萬能作用的環境裏,清官廉員少乎其少,貪官污吏無所不在。但是在贓利與權法之間並非經常以直接發生關係為特徵,封建政治中的監察制和參劾制對眾多官吏多少還是有鎮「邪」作用的。更何況還有些官員肚子裏垂涎金銀,表面上還要顯得廉潔公正,還有些官吏往往猶豫於公正與枉法之間。所以,從為「公」到為私,從公正到枉法往往有個過程,在這個過程中,這些官吏們或再三深思,或討價還價,整個過程的結束則往往由說情的聯絡人來完成。幫閑人物充當的聯絡人最常見的便是這種。在握有鞭打逼供直至生死重刑大權的錦衣衛提刑所裏,西門慶先是貼刑,掌刑的是夏龍溪,這兩個人與應伯爵等人一是直接關係,一是間接關係,而夏龍溪雖然掌刑,卻是個見錢就摟的窮武官,他由於羨慕西門慶的錢財而待人辦事無不以西門慶意見為是。所以,提刑所這個衙門,不管西門慶是當貼刑還是後來升為掌刑,都把握在他手中。無疑,這便給應伯爵等人替人說合,從中獲利創造了一個「得天獨厚」的條件。小說第三十四回敘述應伯爵為韓道國說情顛倒官司之後又為另一方說情可見此類一斑:

韓道國是西門慶絨線鋪裏的夥計,他的兄弟韓二趁兄長不在家,與嫂嫂王六兒勾搭成姦,被眾街坊鄰居幾個小夥子衝進房門,當場抓住,要解往縣衙門見官。韓道國得知,與西門慶的家人來保商量。來保要他去求應伯爵再找西門慶。韓道國好不容易找到應伯

爵，將家醜如實告之。

> 道國央及道：「只望二叔往大官府宅裏說說，討個帖兒。只怕明早解縣上去，轉
> 與李老爹案下，求青目一二，只不教你侄婦見官。事畢重謝二叔，磕頭就是了。」
> 說著，跪在地下。伯爵用手拉起來，說道：「賢契，這些事兒，我不替你處？你
> 取張紙兒，寫了個說帖兒，我如今同你到大官府裏，對他說。把一切閒話多丟開，
> 你只說我常不在家，被街坊這夥光棍，時常打磚掠瓦，欺負娘子。你兄弟韓二氣
> 忿不過，和他嚷亂。反被這夥人群住，揪采在地，亂行踢打，同拴在鋪裏。望大
> 官府討個帖兒，對李老爹說，只不教你令正出官，管情見個分上就是了。」那韓
> 道國取筆硯，連忙寫了說帖，安放袖中。

應伯爵帶著韓道國來到西門慶家，見到西門慶。三人茶果吃過，應伯爵說起此事。

> 伯爵就開言說道：「韓大哥，你有甚話，對你大官府說。」西門慶道：「你有甚
> 話說來。」韓道國才待說「街坊有夥不知姓名棍徒……」被應伯爵攔住，便道：
> 「賢侄，你不是這等說了。嗑著骨禿露著肉，也不是事。對著你家大官府在這裏，
> 越發打開後門說了罷：韓大哥常在鋪子裏上宿，家下沒人，止是他娘子兒一個，
> 還有個孩兒。左右街坊，有幾個不三不四的人，見無人在家，時常打磚掠瓦鬼混。
> 欺負的急了，他令弟韓二哥看不過，來家聲罵了幾句。被這起光棍，不由分說，
> 群打了個臭死。如今都拴在鋪裏，明早解廂往本縣正宅，往李大人那裏去。見他
> 哭哭啼啼，敬央煩我來對哥說，討個帖兒差人對李大人說說，青目一二。有了他
> 令弟也是一般，只不要他令正出官就是了。」因說：「你把那說帖兒拿出來與你
> 大官人瞧，好差人替你去。」

於是，韓道國跪在西門慶面前哀求，應伯爵站在旁邊幫腔。西門慶不僅接了說帖，而且
乾脆「分付地方，改了報單，明日帶來我衙門裏來發落就是了」。於是派差役下去吩咐
放了王六兒，改了報帖。次日，「西門慶與夏提刑兩位官，到衙門裏坐廳」，實際上是
西門慶主審，一切便顛倒過來，韓二無事釋出，那四個小夥吃夾棍、挨夾遭打，皮開肉
綻，號哭動天。四人父兄拿人情央及夏提刑，夏提刑推到西門慶。有人點道明白，眾人
湊了四十兩銀子來求應伯爵。應伯爵收下銀兩，打發了眾人。後來他只用了二十兩銀子，
便把這胡亂的官司又抹平了。不論韓道國「重謝」之禮，光是這一方人情，應伯爵樂得
二十兩紋銀。過了不久，韓道國送禮相謝西門慶，應伯爵自然又是一頓美餐。

再看應伯爵另一手段：

商人黃四因岳父和小舅子涉及命案，求西門慶幫忙解脫，西門慶答應試試看。黃四

磕頭拜謝，「向袖中又取出一百石白米帖兒遞與西門慶，腰裏就解兩封銀來」。這所謂「一百石白米帖兒」就是一百兩白銀禮帖，這是明代官場行賄的行話術語，西門慶不接。正在此時，應伯爵插了進來。黃四與應伯爵關係密切，黃四向西門慶借銀子以及拖欠銀子不還都由應伯爵做中人從中斡旋，應伯爵在黃四身上得了不少好處。田此，此時能否幫黃四一把，不僅關係到現在的利益，也必然影響今後的交往。眼下，西門慶只是答應試試，又拒不收這一百兩銀子，而黃四丈人與小舅子命案重大，危在旦夕，西門慶的態度便是關鍵了。促使西門慶下定決心幫忙到底，才是上策。不過，這回話要說得有技巧。

> 應伯爵從角門首出來，說：「哥休替黃四哥說人情，他閑時不燒香，忙時走來抱佛腿。昨日哥這裏念經，連茶兒也不送，也不來走兒。今日還來說人情！」那黃四便與伯爵唱喏，說道：「好二叔，你老人家殺人哩！我因這件事整走了這半月，誰得閑來！昨日又去府裏與老爹領這銀子，今日李三哥起早打卯去了，我竟來老爹這裏交銀子，就央說此事，救俺丈人。老爹再三不肯收這禮物，還是不下顧小人。」伯爵看見是一百兩雪花官銀放在面前，因問：「哥，你替他去說不說？」西門慶道：「我與雷兵備不熟，如今又轉央鈔關錢主政替他說去，到明日我買份禮謝老錢就是了，又收他禮做甚麼？」伯爵道：「哥，你這等就不是了，難說他來說人情，哥你賠出禮去謝人，也無此道理。你不收，恰是你嫌少的一般，倒難為他了。你依我收下他這個禮。雖你不稀罕，明日謝錢公，又是一個樣兒。黃四哥在這裏聽著：看你外父和你小舅子造化，這一回求了書去，難得兩個多沒事出來，你老爹他恒是不稀罕你錢，你在院裏老實大大擺一席酒，請俺每耍一日就是了。」黃四道：「二叔，你老人家費心。小人擺酒不消說，還教俺丈人買禮來磕頭謝你老人家。不瞞你，我為他爺兒兩個這一場事，晝夜上下替他走跳，還尋不出個門路來，老爹再不可憐怎了！」伯爵道：「傻瓜，你摟著他女兒，你不替他上緊誰上緊？」黃四道：「房下在家只是哭。俺丈人便躲了，家中連送飯人也沒一個兒。」當下西門慶被伯爵說著，把禮帖收了，禮物還令他拿回去。黃四道：「你老人家沒見，好大事，這般多計較。」就往外走。伯爵道：「你過來，我和你說，你書幾時要？」黃四道：「如今緊等著救命，老爹今日下顧，有了書，差下人，明早我使小兒同去走遭。」於是央了又央：「差那位大官兒去？我會他會。」西門慶道：「我就替你寫書。」因叫過玳安來分付：「你明日就同黃大官一路去。」
>
> （第六十七回）

這一場說合，可見應伯爵的本領。從他立意要幫黃四的角度來說，他是先退後進，退一步進十步。表面上看是責備黃四，實際上是大幫一把；表面上看是為西門慶說話，實際

上是將西門慶步步引入，最後不僅使西門慶決定幫黃四，而且立即就辦了。黃四對應伯爵是應該感恩不盡啊。

幫閑人物為人說合，除了上述圖恩圖利之外，也有屬湊趣性質的。當然，這種湊趣性質的說合，也能給幫閑帶來利益，只不過不是直接獲得金銀而已。

比如西門慶大鬧麗春院之後，賭誓不再踏李桂姐家門，這無疑是斷了李家妓院一條主要的大財路。於是桂姐與鴇母「哭哭啼啼跪著」求應伯爵幫忙說情。如果西門慶從今後真的不再去李家妓院，當然也會給應伯爵等幫閑食客帶來巨大損失。應伯爵自然動用三寸不爛之舌來「替花勾使」，把西門慶說動心腸，再續舊情，重歸麗春院。（第二十一回）

第三，交通信息，結合買賣，成為商賈經紀人。

擔任這一角色，在給買賣或借貸雙方帶來好處的同時，幫閑也能從中獲得一定的報酬，另外，幫閑有時乾脆從中自行折扣，獲得不少的利金。

第三十三回，說應伯爵認得湖州的一個商客何官兒，有五百兩銀子的絲線急著打折發賣。西門慶壓價到四百五十兩。這筆生意，對雙方都有利。應伯爵的好處呢？「誰知伯爵背地與何官兒砍殺了，只四百二十兩銀子，打了三十兩背工。對著來保，當面只拿出九兩用銀來，二人均分了」。應伯爵實際得銀二十五兩五錢。

第三十八回，應伯爵給西門慶帶來信息，說是「攬頭李智、黃四，派了年例三萬香蠟等料，錢糧下來該一萬兩銀子，也有許多利息。上完了批，就在東平府見關銀子」，問西門慶做不做。西門慶不愧為個精明的商人有頭腦的官，他深知「攬頭以假充真，買官讓官。我衙門裏搭了事件，還要動他」，決意不做。應伯爵見西門慶不做這筆生意，又為雙方說合一項借貸，要西門慶借二千兩銀子給攬頭，每月五分行利，關了銀子就還。

> 西門慶道：「既是你的分上，我挪一千銀子與他罷。如今我莊子收拾，還沒銀子哩。」伯爵見西門慶吐了口兒，說道：「哥，若十分沒銀子，看怎麼再撥五百兩銀子貨物兒，湊個千五兒與他罷，他不敢少下你的。」西門慶道：「他少下我的，我有法兒處。又一件，應二哥，銀子便與他，只不教他打著我的旗兒，在外邊東誆西騙。我打聽出來，只怕我衙監裏放不下他。」伯爵道：「哥說的什麼話，典守者不得辭其責。他若在外邊打哥的旗兒，常沒事罷了；若壞了事，要我做什麼？哥，你只顧放心，但有差遲，我就來對哥說。說定了，我明日教他好寫文書。」

應伯爵不愧為「經紀人」，為了達到目的，賭誓發咒什麼都可以。西門慶的擔心並不是多餘的，同樣是五分利的借貸，人們都來西門慶這兒借，是因為「不如這裏借著衙門中勢力兒，就是上下使用也省些」，這是黃四的話。而應伯爵更是一語中的，「不圖

打魚，只圖混水，借著他這名聲兒才好行事」。後來，雖然沒有壞事，可是債老拖著，總還不清，直到西門慶死時，西門慶還記住這筆債，把它交付給陳經濟：「李三、黃四身上，還欠五百兩本錢，一百五十兩利錢未算，討來發送我。」他死後，吳大舅與月娘商量定，要應伯爵去追回這六百五十兩銀子。應伯爵見西門慶已死，心不在此，與李、黃二人設計，用二十兩銀子買通吳大舅，還上二百兩銀子，再備一桌祭酒，便將此債不了了之。在這項借貸之中，應伯爵兩次得報酬共十五兩。（第四十五、五十三回）

在西門慶死之前不久，應伯爵帶著李三來給西門慶通報一椿大買賣。這椿買賣「都看有一萬兩銀子尋」，可見買賣之大。而獨攬朝廷有關批文，有人竟出二百兩銀子，可見機會之難得。最後是西門慶一人攬將下來，要發一筆大財。如果西門慶不死，批文到手，買賣幹成，應伯爵功勞不小。後來，西門慶夭折了，應伯爵便與李三、黃四向徐內相借銀五千兩，由張二官出五千兩，合股做成了這筆生意，結果是「逐日寶鞍大馬，在院中搖擺」。應伯爵該是翻了個身了。（第七十八、八十回）

三、幫閑食客之重新評價

如何看待像應伯爵及其他諸如謝希大、祝日念、白來創、常時節這樣的幫閑食客？

大概從古到今，人們都已有定評了，從這「幫閑」「食客」兩個詞，還有同義的「清客」「篾片」等詞本身便可以看出，這幫人一直是受到批判和貶斥的，更不要說有人指「幫閑」為「幫凶」了。人們可能對戰國時期的「食客」還會去「辯證」一下，會去稱頌像馮諼那樣的人。而對商業小社會中這幫圍著西門慶這樣的人物轉的「幫閑」就沒有「辯證」餘地了。「上樑不正下樑歪」「近墨者黑」，這是認識論上的形而上學和「株連」法，我們的思維不一直如此麼？更何況應伯爵湊趣時那般「淫邪」，幫腔時那般奸猾，這樣的人物真令人厭惡。

是的，作品中表現了這夥幫閑人物不少缺德無義之舉，圖利害人之行，作品也多次對幫閑人物進行了批判和嘲弄。但我們不要忘記作者思想觀念的局限性，「幫閑食客」也應該得到客觀評價。

第一，「德」與「才」的評價。

我們評價人總希望「德才」兼備，而不是「才德」兼備，更不是棄德論才，而寧肯有德無才。「德」的內容之廣，可以讓人們無限地想像又無限地抽象。作為對應伯爵等幫閑人物的德行批判，「德」的內容大概有這些：修身立本，知足常樂，不吃嗟來之食，不圖酒色淫樂等。若要再上昇，便可以用孔子在他的《論語·學而》中規定的五德來作為德行的內容了，即溫、良、恭、儉、讓，可解釋為溫順、善良、恭敬、勤儉、謙讓。

依此來衡量幫閑人物，幫閑人物不缺德才怪呢。

　　幫閑食客們缺「德」，卻有「才」。像應伯爵這位最大的「幫閑食客」，不僅會一腳好氣毬，雙陸棋子，件件精通，而且知識相當廣博。就在他「溜鬚拍馬」、幫嫖貼食、湊趣幫腔的同時，我們看到他能識別犀角帶，善鑒螺鈿屏風和官窰雙箍鄧漿盆這些精美的手工業品，不愧為商賈後代；他還謅得出〈祭頭巾文〉〈哀頭巾詩〉這樣的文章；懂得怎樣把鰣魚切成幾份來分別享用，善於烹調出酒席給「哥們」品賞，令眾人讚歎不已。更重要的，應伯爵頭腦清醒，見事深刻，很有經濟觀念。西門慶三番五次賠錢為眾官僚辦酒設宴迎送賓客，眾人不解，西門慶有時嘴頭上也掛點牢騷，而應伯爵卻能說出一番道理來：「雖然你這席酒替他賠幾兩銀子，到明日休說朝廷一位欽差殿前大太尉來咱家坐一坐，自這山東一省官員，並巡撫、巡按、人馬散級，也與咱門戶添許多光輝，壓好些仗氣。」「哥就賠了幾兩銀子，咱山東一省也響出名去了。」（第六十五回）應伯爵這幾句為數不多、分量不輕的話，極透徹地點明了眼前商人與官僚、經商與從政、商業與權勢之間的利害關係，對西門慶是頗有作用的。不可否認，就在依紅偎綠、醉酒酣歌、奉承阿諛、調情逗笑的時刻，幫閑人物成了商賈們極好的參謀和得力的助手。再加上前文已敘述的應伯爵等人具有的對經濟信息的敏感和參與經濟生活充當經紀人的才能，可以說，商業小社會中的幫閑人物對商品經濟的發展是起到了一定促進作用的。

　　我們有的人一定會這樣認為：即使在商品經濟發展中，在你所說的商業小社會中，難道就不可以遵循傳統的道德規範去行商坐賈嗎？難道「德」與「才」一定是互相排斥而不能共存的嗎？我說，既然是商品經濟，就存在價值規律，存在競爭現實，用「溫良恭儉讓」來指導商品經濟，那是商品經濟達到很高的水平之後的意境，在資本積累階段是難以行得通的。必須指出的是，我們的「德」對「才」的要求，從來就帶有極端的偏見，封建倫理中的「德」要求「才」必須是為封建所用之「才」。對商人的偏見，對商業的蔑視、對商品經濟的扼制和打擊，從來就是封建倫理的重要內容。封建倫理早已把「義」和「利」對立起來，求「利」之「才」又能同重「義」之「德」兼備嗎？在「德」與「才」的關係上，我們對「幫閑食客」們的評價有這麼兩種；若不論及封建倫理之「德」，他們是商業小社會中活躍的能人；若論及封建倫理之「德」，那麼他們便是無封建傳統之「德」而有商業時代之「才」的活躍分子。

　　第二，「義」與「利」的評價。

　　「義」實際上是德行的具體內容之一，它是儒家傳統倫理的基本概念之一。義，就是思想行為符合一定的標準。無論是儒家經典作家還是後來的儒家後賢，一向把「義」看得十分重要。

　　孔子以義為立身之本，所謂「君子喻於義」。孟子也提出：「義，人之正路也」，

並主張「捨生取義」。到了西漢董仲舒手上，他把「義」與「仁」區別，將「義」明確地規定為人們自我修養的道德範疇，所謂「以義治我」「以義正我」，並把義作為五常之一，仁、義、禮、智、信，「義」是第二位。而在宋代理學家那裏，由於認為倫理道德都屬於先於物質世界而存在的天理，「義」也被神化了。到了明代，則將這種神化推向極端。但是，問題在於「義」被不斷抬高神化的同時，「利」則一步一步地被貶責、壓低。孔子的「君子喻於義」下面便是「小人喻於利」。董仲舒乾脆將「義」「利」對立，提出「正其誼（義）不謀其利，明其道不計其功」。宋代理學家們在神化「義」的同時，把利貶斥為私欲，歸屬於「滅」之列。乃至後來官方、民間都充滿了「錢財如糞土，仁義值千金」的口號。「重義輕利」乃至「捨生取義」便是千百年來人們由被迫到習慣成自然的修身道德了。

那麼應伯爵這夥幫閑食客是怎樣做的呢？剛好相反，不僅「重利輕義」，而且常常做出「捨義求生」「捨義求利」的行為來。

且不論西門慶在生時，應伯爵等人有時還要吃裏扒外，腳踏兩隻船，西門慶一死，這夥幫閑就開始變了。應伯爵不僅幫著李三遮掩將那份有巨利可圖的批文投靠張二官的事，而且還出主意幫助李三、黃四收買吳大舅，拖欠債款不還。西門慶屍骨未寒，應伯爵便轉身也去投靠張二官，入股做那宗原屬西門慶的大生意去了。更甚者，幫助張二官娶了李嬌兒，又出主意要張二官伺機將潘金蓮娶了。應伯爵真可謂是既無拜把兄弟之義，也無多年朋友之情，從封建倫理的「仁義」觀來看，這夥幫閑是為利而棄義。

商業小社會的觀念已經開始發生了變化，尤其是那些生活在商品經濟發展潮流之中的人們，傳統的「義」「利」關係已經差不多被顛倒過來了。金錢在這裏已遠比仁義具體、有用，如果「重義輕利」，白來創可能要飢寒交迫；常時節會被房主逐將出來，夫妻倆肯定會各奔東西；吳典恩好不容易得到的芝麻官職說不定什麼時候便會丟掉；而應伯爵的孩子們過冬就沒有衣服了。實際上，應伯爵等幫閑人物與西門慶之間的關係主要是商業小社會中商賈之間的關係，這個關係由商品經濟生活所決定，主要是建立在「利」的基礎上的，也就是建立在金錢的基礎上的。即使他們在傳統觀念和周圍大社會環境的影響下，有著「義」的因素，但是，一旦經過他們生活的衝刷，「義」在關係中的成分只會減少、磨損。不考慮他們的經濟地位，不考慮他們的生活環境，不考慮他們與商賈之間關係的建立與發展的原因，偏用與他們的觀念不相合的倫理規範去批判他們「重利輕義」甚至「忘恩負義」，只是對牛彈琴一場。

不過，值得注意的是，這夥幫閑人物還沒有完全地跳出祖先和時代為他們編織的倫理道德框框，有些時候，他們依然表現得「重義輕利」。我們還拿應伯爵為例。

應伯爵為李三、黃四做「捐客」，追在他們後面拿報酬，要「佣金」。而吳典恩、

常時節來求他做中人向西門慶借錢，他是二話不說，即刻就辦，並且分文不要酬謝。

李瓶兒死，應伯爵來到西門慶家，做了兩件積德有「義」的事情：一是三言兩語勸住了西門慶的悲哀痛哭，二是糾正了西門慶只憑感情衝動而不顧及妻妾關係給李瓶兒違禮銘旌。

瓶兒死了，「西門慶只顧哭起來，把喉音也叫啞了，問他，與茶也不吃，只顧沒好氣」，妻妾們左勸右說，無一有效，反被西門慶左不是右不是一頓責罵。月娘沒了主意，玳安出了個點子，請應伯爵來勸，包準有效。玳安說得好，這應二爹是「爹的好朋友，大小酒席兒，那遭少了他兩個（另一個是謝希大）？爹三錢，他也是三錢；爹二星，他也是二星。爹隨問怎的著了惱，只他到，略說兩句話兒，爹就眉開眼笑的」。應伯爵請來了，三句兩語，果然「說的西門慶心地透徹，茅塞頓開，也不哭了。須臾，拿上茶來吃了，便喚玳安：『後邊說去，看飯來，我和你應二爹、溫師父、謝爹吃。』」（第六十二回）

西門慶十分悲痛瓶兒之死，決意將喪事辦得轟轟烈烈，他請人來為瓶兒起孝帖兒，令寫「荊婦奄逝」。伯爵及時止住，他告訴寫帖人：「這個理上說不通。見有如今吳家嫂子在正室，如何使得？這一個出去，不被人議論？就是吳大哥心內也不自在。等我慢慢再與他講，你且休要寫著。」後來，西門慶又請人為瓶兒題名旌，要寫「詔封錦衣西門恭人李氏柩」11個字。又是應伯爵當即攔住，「再三不肯」，應伯爵鄭重地說道：「見有正室夫人在，如何使得！」後終於去了「恭」字，改為「室人」。（第六十三回）

這兩件事，應伯爵確是真心相幫。特別是兩勸題字，是冒著與正在痛苦和煩惱火頭上的西門慶直接對抗的危險做出來的。如果應伯爵一意奉承，此時也湊趣幫腔，那後來月娘有傷心的日子，潘金蓮有嫉妒的把柄了。

西門慶死，應伯爵約了六位「哥們」朋友來西門慶家再貼食白吃一次，自己吃還不夠，每人還撈了桌面、孝絹回來，真可謂吃到「死」的「食客」。然而，也就在他得知西門慶死了，來西門慶家弔孝時，叮囑陳經濟的那段話可謂老練持重，出自肺腑。

> 伯爵道：「姐夫姐夫，煩惱。你爹沒了，你娘兒們是死水兒了，家中凡事，要你仔細。有事不可自家專，請問你二位老舅主張。不該我說，你年幼，事體上還不大十分歷練。」吳大舅道：「二哥，你沒的說。我也有公事，不得閒，見有他娘在。」伯爵道：「好大舅，雖故有嫂子，外邊事怎麼理的？還是老舅主張。自古沒舅不生，沒舅不長。一個親娘舅，比不的別人。你老人家就是個都根主兒，再有誰大如你老人家的！」（第七十九回）

應伯爵的這些作為，應該說是他和西門慶的友情所決定的。其實，不論是這些幫閑

人物也好，還是西門慶也好，他們既產生了與傳統的「重義輕利」觀念相背離的人生觀、價值觀，但又並未超脫於形成這種觀念的大文化環境，他們依然不時地在他們的思想和言行中表現出傳統的觀念來。說他們「重利輕義」甚至「唯利是圖」「捨義求利」，既不合乎他們自身的真實，也是過於褒揚他們了。因為在封建大社會中的商業小社會裏，不可能出現完全意義上的商品經濟經營者，如果真的有那麼一幫人物，中國的商品經濟發展當時不會是當時的樣子，現在也不會是現在的狀態，一定會有一個更快的發展。那麼，中國封建帝國大門就不會延緩到 19 世紀中葉由洋人的大炮來轟開，而是會在更早的某天，由中國的資產者自己砸開。

建立在封建倫理道德基礎上的「無我」人生觀，「忘我」價值觀，以及「義務」論、「責任」論、整體意識，把商業小社會中的「幫閑」人物永遠放在忠臣孝子和本分百姓的對立面上。「溥天之下，莫非王土；率土之濱，莫非王臣。」混雜著新舊文化因素的「幫閑食客」們，同他們活動的那個商業小社會一樣，在廣袤的「王土」上，接受著王君、王臣的統治，纏縛著古老的文化繩索，艱難地生存，歪歪扭扭地前進。

（本文完稿於 1988 年 8 月，收入 1990 年 4 月花城出版社出版的本人專著《金瓶梅——中國文化發展的一個斷面》）

西門慶爲什麼沒做地主
——《金瓶梅》中的社會經濟問題

一、問題的提出

在對《金瓶梅》的討論中，西門慶曾被作爲商人、官僚、地主三位一體的人物接受道德的批判，與一體三位相應的是：市儈、貪官、惡霸。

「地主」一詞，按我們現在通行的解釋，應是「占有土地，自己不勞動，或只有附帶勞動，而靠剝削農民爲生的人。地主剝削的方式，主要是收取地租（管公堂和收學租也是地租剝削的一類），此外或兼放債，或兼雇工，或兼營工商業」[1]。

說西門慶是地主，全書中確確實實的根據只在於他買了趙寡婦家的莊子，買莊子卻並不經營農業，不雇工，不出租，而只是作爲一種消遣用地，因此，「地主」一說，勉強得很。《金瓶梅詞話》第三十回「來保押送生辰擔，西門慶生子喜加官」對此已經說得很清楚：

> 金蓮便問：「張安來說什麼話？」西門慶道：「張安前日來說，咱家墳隔壁，趙寡婦家莊子兒，連地要賣，價錢三百兩銀子。我只還他二百五十兩銀子，教張安和他講去。若成了，我教賁四和陳姐夫去兌銀子。裏面一眼井，四個井圈打水。我買了這莊子，展開合爲一處，裏面蓋三間捲棚，三間廳房，疊山子花園，松牆，槐樹棚，井亭，射箭廳，打球場耍子去處，破使幾兩銀子收拾也罷。」婦人道：「也罷，咱買了罷。明日你娘們上墳，到那裏好遊玩耍子。」

---

[1]　1950 年 8 月，中央人民政府政務院頒佈了〈關於劃分農村階級成分的決定〉，對確定地主成分的有關事項作了具體的規定，這裏的「地主」概念是《簡明社會科學詞典》根據有關資料概括的。實際上，在文學批評領域使用的「地主」一詞，正是套用這一概念。《簡明社會科學詞典》，上海：上海辭書出版社 1982 年。

　　說西門慶是惡霸，根據在於趙寡婦出價三百兩，而西門慶只肯出二百五十兩。這種批法，由於「河東河西」了，人人都知道買賣是可討價還價的，不必因為賣方是寡婦弱者，就可以依她的價錢，所以，「惡霸」之批也日見乏力。

　　又有一種說法，認為西門慶不願動用資本購買土地，是把商業資本、高利貸資本從家族土地所有制中分解出來，這是一種歷史的進步。此說實際上是在對明代經濟變化並不明瞭的情況下對西門慶之類人物做法的不確切解釋，把西門慶拔高了。至少，我們從小說中交代的西門慶的出身來看，也應該知道西門慶在作者筆下已經和傳統的家族完全分開了，他是一個沒有一絲家族關係和家族負擔的人物。所以在一般情況下，或者說是在土地不能獲得利潤的情況下，西門慶自然不會把自己的資本投向土地。

　　中國歷史上與家族土地所有制關係的商人和商業資本必須有一個前提，那就是商人自身必須是與鄉村家族（宗法共同體）有著各種各樣的千絲萬縷的聯繫。如明代十分活躍的徽州商人就是如此。在明代，乃至清代後期，與鄉村家族有著各種各樣聯繫的商人是很少能把商業資本和高利貸資本從家族的土地利益圈中完全分割出來的[2]。為什麼呢？商業資本和高利貸資本與家族土地所有制結合，不僅是因為曾經庇護過商人及其子孫的宗法共同體有權要求商人及其子孫回報，商人及其子孫也有義務回報，而且商業資本和高利貸資本迴流一部分到土地上來也是一種比較保險的方法，是商人們防商業資本和高利貸資本於萬一的一種傳統的保守途徑。

　　由此，我們可以看到，商人是否把資本投向土地，一般有兩個原因，其一是傳統的農本經濟觀念，認為農業是最為穩定的產業，所以以商業利潤購買土地，獲取較為穩定的固定資產和地租收入，或為謀利之策，或為後退之策；有時，在商業經營受到挫折後，也會轉而經營土地，其根本的動因都在於商人的利潤追求。其二是倫理的回報追求，購買土地捐給家族或家鄉，作為族田或香燈田，還有的是買田地專用於墳墓、祭祀，經濟利潤已不存在。兩種原因中，前者是在相當長的歷史時期裏商人的一種普遍行為，後者主要取決於商人的宗族身分，如果宗族身分越厚重，其回報追求就越強烈，而不論其時代性。

　　第二個原因不是本文要討論的內容，因為西門慶不存在家族倫理的十字架重負問

2　最近出版的《徽商研究》一書（主編張海鵬、王廷元）的第八章「徽商資本的出路」列舉了徽商族譜和文書中有關明代徽商的商業利潤進入土地的例子，從明初到明末，都有商人移資本回鄉購置土地，其中明初至嘉靖年間呈上昇趨勢，萬曆始已寥落無幾。徽商購買土地主要原因是：一、鄉土觀念；二、為子孫計；三、博得孝子美名；四、宗法觀念；五、徽州糧食短缺。實際上，前四種原因都可屬於倫理原因，只有第五種才是經濟原因。徽商也有在外地購置土地進行經營的情況，其高潮期也是在明初和明中葉，明後期明顯減少。合肥：安徽人民出版社 1995 年。

題，我們要討論的是第一個原因，既然人們都知道商人是以謀利為天職的，也知道西門慶是一個很善於經營和鑽營的人，為什麼不會按照一種常理，切出一部分商業利潤蛋糕來充作土地經營的資本，既做商人，又做地主，既爭目前，又防備將來於萬一呢？

西門慶不做地主，看來不僅是客觀地評判西門慶其人的問題，也是西門慶這個人物和他的故事要告訴我們的一種歷史的真實的問題。

二、地主不好做

明代前期，由於朱明王朝的薄賦政策和官員少貪弱取，土地的農業生產利潤相對較高，而商品經濟的發展還未出現高潮，相比之下，土地經營有利可圖，於是才有許多人經營土地。有田者，樂做地主，以獲租息；無田者，願做雇佃，以養家口；商人也願將商業利潤投向土地，兼做地主。何良俊云：「余謂正德以前，百姓十一在官，十九在田，蓋因四民各有定業。百姓安於農畝，無有他志，官府亦驅之就農，不加煩擾。故家家豐足，人樂於為農。」[3]徽州的情況是：「國家厚澤深仁，重熙累洽，至於宏（弘）治，蓋纂隆矣。於是家給人足，居則有室，佃則有田，薪則有山，藝則有圃；催科不擾，盜賊不生，婚媾依時，閭閻安堵。」[4]這種情況在明中葉開始發生變化，「至正德末嘉靖初，則稍異矣」[5]。而到明末，則發生了較大的變化。變化的原因不僅在於明末的商業由於商品經濟的新發展出現高潮，商人可以利用各種方式獲得較高利潤，而且還在於：一、農業賦役有增無減，官貪吏污現象越來越嚴重，農業收成開始接近甚至低於農業支出；二、農村中的里役制度把經催賦役的責任強加在有田者身上，使許多有田地主在擔任糧長後因為農業歉收和官府催逼而走向破產。這些原因在嘉靖後期出現明顯的社會效應，商人不買土地，不期望地租，所以，「江南大賈，強半無田，蓋利息薄而負役重也」[6]。

「其時商賈雖有餘資，多不置田業，田業乃在農民。」[7]不僅在江南，而且關中、北直隸等重要的農業地區都出現了同樣的情況。

賦役加重及其帶來的嚴重後果成了嘉靖年間朝廷開始經常討論的話題，一直討論到明朝滅亡。[8]「自（正德）四五十年來，賦稅日增，徭役日重，民命不堪，遂皆遷業。」[9]

3　〔明〕何良俊《四友齋叢說》卷十三，北京：中華書局 1959 年。
4　〔明〕無名氏〈歙縣風土論〉，轉引自《徽商研究》。
5　同註4。
6　〔明〕謝肇淛《五雜俎》卷四，北京：中華書局 1959 年。
7　〔清〕顧炎武《天下郡國利病書 · 江南》，四部叢刊本。
8　在《明實錄》和《明經世文編》中有大量的相關記錄和文章。

嘉靖三十年五月甲辰：「巡按直隸御史趙錦言：『直隸、淮安至山東兗州數百里間，民多流移，荒田彌望，乞蠲其逋賦，寬其重役。』」[10]隆慶元年四月戊申，「戶部尚書葛守禮等奏：『直隸、山東等處土曠民貧，流移日眾者，以有司變法亂常，起科太重，而徵派不均也。夫因田制賦，按籍編差，國有常經，今不論籍之上下，惟計田之多寡，故民皆棄田以避役。』」[11]有的地方，「民田一畝值銀七八兩者，納餉至十餘兩」，有田者「往往相率欲棄田逃走」[12]。

關於農業賦役自明初到明末逐漸加重的問題，史學界多有論述，此不贅述。值得注意的問題有二：

其一，江南賦稅日重，北方徭役有加，南北各有不同。話本小說《石點頭》為明末時作品，作者與馮夢龍差不多同時。其中第三卷〈王立本天涯求父〉說到了各地賦役分配的不同：「大抵賦役，四方各別。假如江南蘇松嘉湖等府糧重，這徭役丁銀便輕。其他糧少之地，徭役丁銀稍重。至於北直隸山陝等省糧少，又不起運，徭役丁銀等項最重。」

其二，賦役多寡以田地多少定。但明制皇上所賜田地優免在外，不負繳納。眾多官宦豪門，各趁機兼併土地，混淆黑白，或依勢拒繳，逐年增長的賦役也就平攤到一般的地主身上。張居正云：「自嘉靖以來，當國者政以賄成，吏朘民膏，以媚權門。而繼秉國者，又務一切姑息之政，為逋負淵藪，以成兼併之私。私家日富，公室日貧，國匱民窮，病實在此。」[13]

這對於一般平民地主來說，負擔極重，難以承擔。有田就有賦役，田越多賦役越重，有田者不得不設法逃避這種重負。所以當時出現棄田而流移和歸田並到豪門勢家以避賦役的現象。在這種情況下還有多少人會去買田地找罪受呢？

那些未能採取逃避措施的地主，在普遍實行的里役制度管制下，面臨的往往是兩難的尷尬局面。

關於里役制度問題，顧炎武的《天下郡國利病書·蘇松》有較為詳細的描述，描述了這一制度在明代的發展變化。作為國家徵收錢糧的一個系統，糧長是最基層的負責人。明初，由於朱元璋一方面大力提高糧長的政治地位，一方面又壓抑糧長中的魚肉百姓的行為，所以，糧長一職頗受民眾尊崇，「當時父兄之訓其子弟，以能充糧長者為賢，而

9　同註3。

10　《明實錄·世宗實錄》卷三百七十三，臺北：中央研究院歷史語言研究所影印。

11　《明實錄·穆宗實錄》卷七，臺北：中央研究院歷史語言研究所影印。

12　〔清〕顧炎武《天下郡國利病書·福建》，四部叢刊三編史部。

13　〔明〕張居正〈答應巡撫宋陽山論均糧足民〉，《明經世文編》卷三百二十七，北京：中華書局1962年。

不慕科第之榮，蓋有累世相承不易者」。而後，則弊顯利微，有產者已視糧長之職為累贅，為負擔，為畏途。「至嘉靖中，為抑強扶弱之法，糧長不獨任大家，以中戶輪充……糧長大抵破家，則輪充又為朋充，有三四人，或五六人，或八九人，而民間以糧長為大害。」

明人丁元薦的《西山日記》卷下也說：「國朝設里長，委以催辦錢糧，勾攝公務。又於里長中提出殷實大戶，號曰糧長。長邑里長二百四十名，分為四十八扇，令糧長統領之，良有深意。末流既久，百弊漸生。糧長之弊有二：一曰大戶兼併，侵漁小民；一曰官府凌轢，糧長供應難支。然完納錢糧時，衙門各役之使用，銀匠之傾銷，一切糧長任之，小民不知也。地方有水旱不測之災，上司有不時之需，糧長力可卒辦。糧長既已委身公庭。可以彈壓地方刁頑，一切外侮自少，其下鄉徵收加倍者有之。然荒歲流離，糧長代小戶賠償，或布縷，或衣飾，或牲畜，量物準價變糧，輸官通融，乘除利害各相半。於世宗末年，正糧長賠累之極。」

這種以糧長催辦錢糧、負責本地公務的里役制度，既交給了殷實大戶壓民奪產的特權，也加重了殷實大戶的經濟負擔。這種兩重性的產生，當然與年成有關，豐年自可加倍徵收，額外肥己，常年也有利可圖。「自郭令信任巨富糧長，納其贓賄千萬，以致糧長倍收，人戶吞併，鄉民莫之控訴。而糧長自用官銀，買田造宅置妾，百費又開坐於小戶，謬言其逋。至今糧長虎噬百姓，以奉縣官。」[14]到了歉年荒災，田畝減產，甚至顆粒無收，官府照常催追，百姓們已無錢糧可征，有的甚至背井離鄉，糧長不得不以自己的積蓄代賠。另外，兩重性的產生又與糧長自己的個件有關，心狠手辣者，即使在歉收之年，也可強取豪奪，以減少自己的負擔；而那些有田有產卻懦弱的善者，或無勢無力者即使在平常年景也徵收不到多少錢糧，不得不代賠應徵。「蘇松嘉湖，東南上郡。但有力之家，買田不收其稅糧，中下之戶，投靠仕宦以規避。故富民一充糧長解頭，即賠敗衰落矣。此間賢士大夫極多，無為鄉里除此弊者，何也？甚又不肯輸納，使糧里不敢上門催辦，惡哉！」[15]

里役制度的兩重性，看似對殷實大戶之家利多弊少，實際上對大多數有田產者來說，是弊多利少。自嘉靖時起，各地區大多因日益加重的賦役和連連不斷的災荒而出現人民逃亡，戶口日減，征催錢糧數字卻有增無減，糧長的日子很不好過。人稱這里役糧長之職叫「累窮病」，因此職而破落的地主大有人在。

《石點頭·王立本天涯求父》說到了當時的里役制度對有田產者的摧殘：

14　〔明〕黃省曾《吳風錄》。
15　〔明〕葉權《賢博編》，北京：中華書局1987年。

說這北直隸文安縣，有一人姓王名旬，妻子張氏。夫妻兩口，家住郊外廣化鄉中，守著祖父遺傳田地山場，總來有百十餘畝。這百十餘畝田地，若在南方，自耕自種，也算做溫飽之家了。那北方地高土瘠，雨水又少，田中栽不得稻禾，只好種些茹茹、小米、豆麥之類。山場陸地，也不過植些梨棗桃梅、柴麻蔬菜。此等人家，靠著天時，憑著人力，也盡好過活。怎奈文安縣地近帝京，差役煩重，戶口日漸貧耗。王旬因有這幾畝薄產，報充了里役，民間從來喚做累窮病。何以謂之累窮病？假如常年管辦本甲錢糧，甲內或有板荒田地，逃戶人丁，或有絕戶，產去糧存，俱要里長賠補。這常流苦尚可支持，若輪到見年地方中或遇失火失盜，人命干連，開浚盤剝，做夫當夜，事件多端，不勝數計，俱要煩累見年。然而一時風水緊急，事過即休，這也只算做零星苦，還不打緊。惟挨著經催年分，便是神仙，也要皺眉。這經催乃是催辦十甲錢糧，若十甲拖欠不完，責比經催，或存一甲未完，也還責比經催。其間有那奸滑鄉霸，自己經催年分，逞凶肆惡，追逼各甲，依限輸納。及至別人經催，卻恃凶不完，連累比限。一年不完，累比一年，一月不完，累比一月。輕則止於杖責，重則加以枷醜。若或功令森嚴，上官督責，有司參罰，那三日一比，或鎖押，或監追，分毫不完，卻也不放。還有管糧衙官，要饋常例，縣總糧書，歇家小甲，押差人等，各有舊規。催征牌票雪片交加，差人個個如狼似虎。莫說雞犬不留，那怕你賣男鬻女。總是有田產的人，少不得直弄得燈盡油乾，依舊做逍遙百姓，所以喚做累窮病……自此富貴大家，盡思規避，百計脫免。

這王旬就是因自己有百來畝土地而被排做了里役，經催不起，錢糧難完，三兩年間落得個破產出走的下場。這種里役制度對置田買地經營者無疑是個沈重的打擊，地主難做，當然不會有多少人會去經營土地，謀求地租利潤了。

當時的田地價格因此而下跌得屬害，有的地區甚至從弘治年間就已經開始下跌。[16]「近年以來，田多者為上戶，即金為糧長，應役當一二年，家業鮮有不為廢墜者。由是人

---

[16] 明代的土地價格跌落主要從嘉靖年間開始，但各地情況不一，有早有遲。明代的田地價格升跌趨勢大致是：明初因人少地曠，荒田太多，價格很賤，大約在一畝一兩左右；到成化、弘治年間，社會安定，賦役負擔較輕，經營土地利潤較高，所以價格是明代時期最高的，高者達到二三十兩甚至七八十兩，極個別的達到百兩；從嘉靖年間開始，土地價格跌落較猛。土地價格問題是一個比較複雜的問題，影響價格的因素很多，即使在一般的社會環境和自然環境中，也有土地地質的好壞、地畝的大小、離城鎮或居家的遠近等因素導致地價的高低貴賤。參見黃冕先生〈明代物價考略〉一文，見《明史管見》，濟南：齊魯書社 1985 年，第 366-368 頁。

懲其累,皆不肯置田,其價頓踐,往常十兩一畝者,今止一二兩尚不欲買。」[17]

三、西門慶不做地主

由此再看西門慶與趙寡婦的土地（莊子）買賣,我們不僅不會去像評定成分一樣,聽到媒婆們毫無根據地誇西門「田連阡陌,米爛成倉」[18]時就以為西門慶真有經營的土地,看到西門慶買了趙寡婦的莊園,就認定西門慶必定是地主了;而且還會看到,西門慶並沒有去做地主,即使買了趙寡婦的莊子也不過是供自己遊樂消遣,這正是明代中後期社會經濟的一個現實。

我們有這樣的共識,《金瓶梅》所寫的時代是嘉靖到萬曆初年的社會現實,那麼西門慶這個人物正是處於明中晚期社會經濟變遷過程中的商人。這百來年,正是許多地區土地經濟趨向衰落,而商品經濟卻比較發展的時期。我們前面所說的農業賦役日見嚴重和里役制弊端明顯造成的地主大批破產、土地大量拋荒、農民或移離土地或歸屬豪門大戶的現象已經使土地價格日見低落。一般來說,當土地利潤較高時,商人們自然願意把商業利潤和高利貸利潤轉為土地資本,而地價也必然上漲;當土地利潤低落時,商人們當然不願意投資經營土地,地價勢必下跌。反推之,當地價上漲時,土地的買賣是很紅火的,說明土地經營利潤升高;相反,地價的下跌則說明土地經營衰落,土地已經基本無利可圖了。從經濟的角度來看,這是最基本的常識,也是最基本的邏輯。當然,屬於倫理範疇的購置土地,另當別論。

西門慶主要是經營商業,也放債,那是商業高利貸行為,但二者皆與地主身分不相干。西門慶買下了趙寡婦的莊子,雖然「占有土地」,但並沒有去經營土地,這就不僅不存在著「自己不勞動,或具有附帶勞動,而靠剝削農民為生」之類的地主行為,而且把莊子閑置起來,僅作為一年一度清明上墳時遊玩之所,實在是在浪費土地。這種浪費行為在表明西門慶之富的同時也表明當時土地之賤。

西門慶通過看墳人張安與趙寡婦討價還價,不僅是市場買賣中十分正常的現象,而且西門慶堅持低價,說明當時土地買賣中的買方的主動權,而這一主動權又明證了土地經營的衰落,土地利潤趨低。這是十分生動地反映明代中後期開始出現並日益嚴重的農村危機和地主難做的社會真實。

也許有人會這樣去看西門慶:在他的身上,雖然宗族身分十分淡薄,但官員身分卻

17　〔明〕俞弁《山樵暇語》卷八,涵芬樓秘笈第二集,明朱象玄手鈔本。
18　在《金瓶梅》中,說西門慶家「田連阡陌,米爛成倉」的是幾個媒婆。

頗為厚重，以他的官員身分和官場中的交往，他足以爭得土地經營中的特權，免派糧長之職，免受像一般地主那樣的苦罪。小說並沒有說明西門慶有經營土地的欲望和行為。不過，作為假設，不是不可以成立，但是，應該客觀地看到，西門慶雖然是一個五品官員，然而在官場的根底很淺薄，他全靠金錢與各級官員拉關係。要想爭得土地經營中的特權，就要付出賄賂官員的代價。一個精明的商人當然會去盤算作為成本的賄賂能給自己帶來多大的利潤和好處，為土地經營再增加賄賂官場的成本，就是在降低土地經營的利潤。事實上，即使不繳賦稅，不應徭役，明代中晚期的土地利潤遠不如商業利潤豐厚。正在商業上做得紅紅火火的西門慶當然不會把資本蛋糕切下一塊投入到土地經營之中去打水漂了。

（本文完稿於 1997 年 10 月）

《金瓶梅》的平民文化內涵

一、明清通俗文學與平民文化

　　什麼是平民文化？平民，即非貴族者非權力者，又非奴隸非農奴者。僅就階層而言，中國自西周時已有平民階層，如西周和春秋時期的「國人」中的中下階層，可以稱為平民階層；如唐宋時期的農民（包括無權力的地主）、市民也是平民階層；到明清，平民階層則發展得非常快，不僅因為包括農民和市民的相對、絕對人數增長更快，更重要的是農民和市民的平民意識已經覺醒。平民文化就是建立在具有相對獨立性的平民階層基礎上，具有與平民階層經濟基礎相適應的意識，且能在社會中鮮明地表現本階層要求的生存狀態。平民階層的形成是平民文化的基礎，但是要形成平民文化，還需要在社會平民群體構成的基礎上出現平民意識的覺醒。因此，上古時期有平民階層，但平民文化還未形成；中古時期平民階層有了發展，但平民文化並不突顯。而到明清時期，平民階層不僅大大發展，平民意識已然覺悟，平民文化在文學中才會十分清晰地表現出來。

　　我們在研究縱貫中國古今文學發展的脈絡時，有一個共識，中國文學的發展並不是板塊式的連結，而是多層板塊在一個最基本的平台上進行交錯式地興衰接替，每一個時期都有一種文學樣式在這個平台的基礎上成長，又有另一種文學樣式在這個平台的基礎上成熟，也有另一種樣式在這個平台的基礎上衰微。這個平台很像是孕育文學的土壤，有了這塊土壤，中國文學發展史才表現得如此豐富多姿。這個最基本的平台就是質樸卻又內涵豐富的民間文學。民間文學是民間文化的文學體現，其中有著因時代不同而程度不同的平民大眾情感和平民大眾意願。當社會上平民群體自覺表現出濃厚的平民自我意識的覺醒，平民文化隨即也就會突出地表現出來，平民文學也隨之發展，以認同和反映社會平民群體的構成和平民意識的覺醒。由此而論及興盛於明清兩代的通俗文學的發展，在形式上，是傳統的通俗文學、民間文學和正統文學相結合的結晶，而在文化精神上，則首先是平民文化發展的結果。

　　明清通俗文學的大部分作品，來自於當時較為發達的東部各省。東部各省經濟的發展、人口的增長、市民隊伍的擴展使平民階層得以迅速擴大。商品經濟的發展，使平民

階層的經濟地位不斷提高。以城市市民、商賈和手工業者為主要隊伍的城市平民的平民意識不僅覺醒，而且頑強地表現出來。他們不僅消費通俗文學，而且積極參與表現平民欲望的文學創作。明清通俗文學及時地把這些具有時代特徵的平民文化再現了出來：

平民人物成為通俗文學中的形象主體。

平民的政治要求和宗教意願成為通俗文學的主題。

平民的經濟行為和日常生活成為通俗文學主要表現的對象。

平民的人生態度和審美趣味成為通俗文學優劣的評品標準。

平民的言語詞彙成為通俗文學的語言主體。

平民文學正是平民文化成熟之果，平民文化促進著中國的文學由古代進入近代和現代，進入新的發展時期。《金瓶梅》是最有代表性的世情通俗小說，其平民文化特徵也是最有典型意義的。

二、從經濟活動上看，《金瓶梅》是 16 世紀中國運河經濟文化的產物，體現出中國東部地區平民大眾生存發展的經濟文化的豐富內涵

1990 年，我曾經提出《金瓶梅》是運河經濟文化的產物這一命題，主要是從小說的題材與社會經濟的關係來分析《金瓶梅》的，並試圖解釋當時學界久辯不決、越辯越多的作者問題和方言問題。現在我想調整一個視角，來認識《金瓶梅》反映的這種運河經濟文化的實質是平民文化的經濟狀態。[1]

關於《金瓶梅》作者和成書時間的研究雖然還沒有一個確切的定論，但眾多的研究成果都基本確認了小說產生的時間範圍，即明代嘉靖中期經隆慶至萬曆中期，大約為1550 至 1610 前後 60 年左右；也確認了小說產生的空間範圍，即山東臨清州，今為山東臨清市。兩者相交，有一個很突出的現象：臨清是當時南北向的京杭大運河與東西向的衛河相交的樞紐之地，嘉、隆、萬三朝是商業經濟最為發展的時期，適應當時商業經濟發展，大運河也是最繁忙熱鬧的交通要道。儘管我們現在還難以確定誰寫出了《金瓶梅》，但我們完全可以肯定：以描寫大運河畔商人及其家庭生活為主要內容的《金瓶梅》是運河經濟文化的產物。

---

1 陳東有〈運河經濟文化與《金瓶梅》〉，《萍鄉教育學院學報》，1989 年第 3 期。中國人民大學複印資料《中國古代、近代文學》卷，1990 年第四期複印；又見陳東有〈再論運河經濟文化與《金瓶梅》〉，《江西大學學報》，1991 年第 2 期。亦可參見本書。

　　元代完成了京杭大運河的修浚，但是真正解決運河水源和黃河泛濫影響河道兩大難題從而使運河得以南北暢通則是在明代的永樂後期，從此，中國有了一條南北向的黃金水道。這條交通要道不僅保證了朝廷所需的每年三、四百萬擔的漕糧北運，也疏通了中原東部數省與南方手工業城鎮、商埠和京城的經濟關係。運河上行走的當然不只是漕船，更多的是南來北往的商船和客船。交通運輸是商業發展的首要條件，大運河使由來已久但並不強大的中國商業在沿運河地區首先得以迅速發展。交通促進商業的發展，商業和交通一起促進運河運輸線上的城鎮的發展。由漕運引出的倉站、閘站和漕糧支運、兌運的交接處，是人口集中之地；江河交叉之口、州縣水陸相會之所，是車馬會聚之區。既有人口車馬之聚，當有車馬人口日用之需，酒樓飯館、客舍旅店、商鋪貨棧、碼頭驛站等等配套的經濟行業隨之而興。成千上萬的普通平民在運河之上、兩岸之旁從事各種經濟活動，於是，過去的荒丘野地變成了繁榮的小鎮，小村僻莊成為了重鎮都會。運河兩岸河埠商鎮很快連接成片，有的由村而鎮，由鎮而市，人口在此聚集，商貨在此集散。臨清是最為典型的因運河的開通而迅速發展起來的商業重鎮。「臨清有縣自後魏始，隋唐以來，廢置相尋，未為要地。至元始創開會通河……至縣境與衛河合流，置閘河滽以通漕運。永樂遷都北平，復加疏鑿。……於是薄海內外舟航之所畢由，達官要人之所遞臨，而兵民集雜，商賈萃止，駢檣列肆而雲蒸霧湧，其地隨為南北要衝，歸然一重鎮矣。」[2] 為此，弘治二年，明廷「升山東臨清縣為臨清州，以館陶縣及丘縣隸之」。[3] 《金瓶梅》在敘述西門慶的故事中，直接點明的臨清，就是這樣一個運河線上的商業重鎮。由此我們可以看到，運河的疏浚，最大的動機是為了朝廷的漕運，但興盛起來的卻是區域經濟，發展起來的是有成千成萬的普通平民參與的交通、運輸和商業等經濟活動。運河經濟就是主要由平民參與的經濟活動，運河經濟文化是平民文化的經濟體現，《金瓶梅》再現運河經濟文化，是運河經濟文化的產物，也即是平民文化的產物。

　　在通俗文學與經濟之間常需要有一個或若干個中介才會發生關係，文化就是最有意義的中介。在運河交通和商業經濟與《金瓶梅》之間，出現的文化中介是「城鎮→市民→市民意識→市民文化需求→市民審美情趣」，由此而發生「市民審美情趣→通俗文學」的關係。所謂的「市民」，就是生活在城鎮中的普通人，即「平民」。當然，「市民」與「平民」又是有區別的，「市民」強調的是職業或居住地的特徵，而「平民」強調更多的是社會身分。由此而觀，通俗文學與經濟之間的文化中介，是平民意識、平民文化需求和平民審美情趣。在這樣的邏輯關係中，我們可以發現由運河交通推動的以平民商

2　　〔明〕王俁〈臨清州治記〉，見民國二十四年《臨清縣誌》。

3　　《明實錄》弘治二年正月條，臺北：中央研究院歷史語言研究所校印本。

業活動為主要形式的經濟發展演變出的運河經濟文化與傳統自然經濟文化有不同之處，
這種模式包括生活在運河邊城鎮中的一些平民的經濟生活、言行舉止、穿著打扮、思想
意識和價值觀念。儘管這種文化模式在很多方面並沒有完全跳出傳統文化的基本範圍，
但是其中新的行為規範、倫理準則、價值觀念就會被認為是有背傳統的，有背道德的，
是「惡」的。作為運河經濟文化產物的《金瓶梅》展示了這種文化模式，西門慶、潘金
蓮、李瓶兒、龐春梅、陳經濟、花子虛等人，都是這種文化模式中生活的道德「惡」者。
所以，我們說《金瓶梅》中的主要人物和故事是運河經濟文化的產物。值得一說的是，
《金瓶梅》的創作雖然在動機上是對這種文化模式進行批判，但是我們仍然可以發現很多
與動機不和諧的內涵：作品並沒有使所有的接受者都持批判的態度，作者自己也由於採
取了寫實的創作手法而在批判中常常會不自覺地溜到批判的對立面，作品的客觀效果並
非如批判者所預期的那樣會讓人們都受到深刻的傳統正統道德教育，這也正說明作品中
平民文化的成熟。

三、從宗教意義上看，小說生動而又十分豐富地 展示了民間宗教的活動場景與信仰狀態

　　明代社會的宗教現象比前代更為複雜多樣。

　　一方面，佛、道二教中人多主張與儒學名教融合。如明代中、後期出現的四位著名
大師：真可（達觀）、袾宏（佛慧）、德清（澄印）、智旭（蕅益），無一不贊同調和儒釋，
在他們的著作中不僅以佛教釋理學名教，又以儒家經典印證佛教教義。道教在明中葉後
不得不向民間俗眾謀立足之地，在販賣煉丹養命之術，為人卜卦相命時，也將天理天道
向世人鼓吹。

　　另一方面，民間宗教更為活躍，特別是產生於南宋紹興年間的白蓮教，雖然在明初
時遭禁，到明中葉時，又分化出數十種派系，如嘉靖時興起的無為教、龍天教、大乘教，
此後又有弘陽教、黃天教、八卦教、在理教等等。各教派都有自己的經卷，稱為「寶卷」，
由於信男信女們的實用動機和本土傳統道教對於民間信仰的巨大作用，以及社會倫理以
理學為綱，「寶卷」內容既豐富又複雜，存在著儒、道、佛三教混合的內涵。

　　廣大民眾對宗教的信仰主要還是出自實用的動機，在對「三世」（往世、現世、來世）
的理解中，看重現世的有用：禳災、避邪、祈雨、治病、息禍、多子、發財、養身、保
命、長壽、走好運等等。他們可以對著如來、觀音下跪，也可以朝著玉帝、灶王叩頭，
還會祈求孔夫子顯靈。產生於嘉靖初期的無為教是白蓮教支派中最大也最有影響的一
系，信徒幾遍中國東部地區。創始人羅祖用淺顯通俗的文字韻語，寫出了無為教寶卷《五

部六冊》，所引經典有儒家的《大學》《中庸》，道家的《道德經》《悟真篇》，佛家的《金剛經》《華嚴經》等等。正因為如此，民間宗教旨在修性明心，勸人棄惡向善，原是會通了儒、道、佛三家之理的，雖然途徑不同，但善惡標準往往與綱常倫理相合。民間宗教最能震懾人心的是在輪迴理論下強調的因果報應之說，其中最令人恐懼的是地獄系統，羅祖的《嘆世無為寶卷》第六品就突出了這種說教。

　　《金瓶梅》表現出來的宗教意識，無論是作者創作動機中的還是作品所反映的現實中的，主要還是民間宗教的特徵，其中又穿插了佛、道二教的活動，但也帶有十分鮮明的平民信仰色彩。這種選擇，主要是由作品所要表現的平民生活的題材所決定的。首先，在作者的創作動機中，主要貫穿著這麼一條思維邏輯：貪者縱欲→縱欲者貪→貪欲者惡→惡者自有惡報，貪欲與惡報構成了一種必然的因果關係。這種思維邏輯在卷首的〈四貪詞〉和各回的評論詩中表現得十分明顯。其次，在作品反映的現實中，多有平民的佛教信仰，或者說是以佛教教義為主要內容的民間宗教信仰。吳月娘多次主持全家婦女聽數個尼姑來家演講經卷，僧尼募捐修寺印經的活動也多次出現，瓶兒死前求念《血盆經》，小說最後是由普靜禪師超度已死魂靈以表輪迴之果。也有好幾處道教活動，或者說是民間的以道教形式表現出來的民間宗教信仰。如西門慶到玉皇廟打醮，西門慶請潘道士為瓶兒解禳祭燈，吳神仙相面說命運等。

　　這些生動的民間信仰故事都在說明民間信仰的功利特徵，西門慶、吳月娘等人的實用意圖多有表白。如西門慶到玉皇廟打醮全是為了官哥兒一生平安無事；吳月娘經常聽經吃齋，一是保夫主早早迴心，二是保自己早得一子，三是為自己解悶養心。宗教中人也直言不諱信仰神佛可得無算之好處。如永福寺道長老的募緣疏簿中著力宣傳的是「福祿壽永永百年千載」「父子孫個個厚祿高官」；薛姑子勸西門慶捐印經卷也有「獲福無量」「凡有人家生育男女，必要從此發心，方得易生易養，災去福來」。所以，借著信仰的功利動機，西門慶才敢說出那段膽大包天的話來：「咱聞那佛祖西天，也止不過要黃金鋪地；陰司十殿，也要些楮鏹營求。咱只消盡這傢俬，廣為善事，就使強姦了嫦娥，和姦了織女，拐了許飛瓊，盜了西王母的女兒，也不減我潑天寶貴。」

　　民間宗教中的善惡觀與名教倫理綱常密切相關，違反倫理綱常者即為惡行，當得惡報。小說在第二十九回就借吳神仙相面算命之口，解釋了《金瓶梅》主要人物的道德特徵及其結果，可以看做是全書的大綱所在。終卷讓普靜禪師薦度死魂靈，又是頗具匠心的結論。西門慶縱欲而亡，死時之痛苦，可令縱欲者不寒而慄；潘金蓮縱欲亂倫，終被武松所殺，死之悲慘，可令亂倫者毛孔悚然；李瓶兒、陳經濟、龐春梅皆為惡行者，皆得惡報，可令有相似行徑者止步。這些人物的命運設計，都表現出作者借用民間信仰進行道德說教的功利動機，也說明這種說教在民間可以獲得的有效反響。

作品在進行宗教選擇時，有一個很有意義的現象：吳月娘篤信佛祖，所以吃齋念佛聽經卷；西門慶尊敬道教，所以打醮解禳請相面。雖然還不能說《金瓶梅》中的女性只信佛不信道，也不能說男性只信道不信佛，但大致如此。這種現象正反映出中國民間宗教信仰中的常規，主要就是佛門有眾多女尼，又強調內修心性，還可以在家出家，都是民間女眷們可以接受的。

四、從哲學思想上看，它以各種方式闡述了民眾的人生態度，尤其是人應該如何正確處理社會的人與自然的人的關係

諸人都說《金瓶梅》有道德說教，《金瓶梅》的哲學命題就寓於這種道德說教之中。《金瓶梅》不是一部哲學著作，但其道德說教以中國哲學的傳統命題作為自己的基礎。《金瓶梅》的道德說教是通俗的、大眾的、功利的、辯證的，也有相當多落後的、消極的，作為一種經歷了長時期民間積累的文化思考，其對人類的文明進程仍不失其重要的啟迪價值，這正是平民哲學的典型表現。《金瓶梅》成為傳世傑作，不僅在於它對中國 16、17 世紀社會世情作了真實的反映，也在於它以小說這一特殊的方式討論了一種對人自身來說具有普遍意義的哲學難題，在於它對這個難題的解釋具有一種超越時空的普遍意義。它的說教的目的不在於維繫或彌補或重建傳統的道德倫理，而在於關注人，關注人自身的命運。所以，這部作品雖然通俗，有些部分甚至低俗，但卻具有超越時空的文學魅力和哲學意義。

首先是處理生命與欲望之間關係的合理性問題。《金瓶梅》的作者面對的不僅是由於理性壓抑而扭曲了人性的現實，更是由於經濟發展而膨脹了的欲望發洩的現實，傳統的倫理秩序受到了衝擊，傳統的道德規範也失去了曾有過的約束人心人行的力量。作者的道德說教既不可能以宋代理學作為標準，也沒有照搬明代官方倫理的文本，而是從平民百姓自己的理解層面上，以民間宗教和民眾所能接受的關於生命和欲望之間關係的辯證說法，反貪酒貪色貪財使氣以節欲，節欲以保身，以達到生命與欲望的和諧。

無論是誰，都不可能生就一副可以承受任何欲望摧殘的金剛之身，人的肉體的形成、成長、死亡，是自然的規律。人不僅生命有涯，而且肉體的承受力也有限。人的欲望是意識活動，不僅無涯，而且會不斷膨脹。以有涯、有限的自然生命之體去抗爭無涯、無限的欲望追求，必然導致肉體的崩潰。若要阻止這種崩潰，就必須把無涯、無限的欲望追求限制為有涯、有限的欲望實現。節欲、寡欲的意義正在於此。生命與欲望之間關係的合理性，就是合乎自然規律性。《金瓶梅》在敷演第一號人物西門慶的一生時所從事

的道德說教，正是要說明這麼一種人生觀、價值觀。說西門慶占人妻女，腐蝕官吏，得財枉法，還是屬於表層次的道德批判，深層次的批判在於他的自我毀滅。他那難以抑制的縱欲在破壞社會倫理的同時，也在消耗他自己。他要求胡僧給他那百十粒春藥丸如同他以肉體生命為賭注的籌碼，以縱欲來消耗自己生命的賭博，每一次都是失敗的，用去一粒春藥，就是失去一個籌碼，最後必然藥盡命喪。作者為了強調這一點，對西門慶臨死時的慘狀作了突出的渲染。我們在討論西門慶之死這種惡報結果時，必須客觀地肯定這種死對生命與欲望關係作出的合理的解釋。因為這種解釋在任何時候，在任何人，包括西門慶、東門慶、南門慶、北門慶身上都是合乎事物的規律而具有積極的普遍的意義的。

其次是肯定人與自然之間關係的和諧性問題。人與自然之間關係的和諧發展，是人類社會永恒的哲學命題。人與自然的和諧，不僅是人與動物世界、植物世界，與山地河流、海洋極地之間符合自然規律的共生共存，也是社會的人與自然的人、欲望的人與肉體的人之間合乎規律的生存與發展。人本身就有自然屬性，人就是自然中的一員，人應該通過自己的理智控制自己超越自然之體的承受限度的欲求行為，實現良好的健康生存。尤其是在一種束縛人的自由發展、完全扼殺人的自然欲求的時代行將結束，而新的倫理道德尚未成熟之時，人的欲望在財富與權力的支持下，必定會無忌憚地噴湧出來，人與自然和諧的哲學命題就更為重要，肯定人的生活欲求與自然生命的和諧就具有了現實的意義。四百年前的明代社會，不可能有我們今天這樣對人與自然和諧發展深刻的認識，但是《金瓶梅》道德說教提出來的問題和對人們的告誡，正是在闡釋自然的人與社會的人之間應有的和諧關係，儘管書中的節欲觀帶有濃厚的傳統道德色彩，但節欲並不是禁欲，道德說教不等於扼殺人的天性。我們不否認明清時期以官方理學為武器的道德說教對人的生存與發展的束縛，具有壓抑人性解放和個性發展的弊端，但是針對一個在金錢、權力和肉欲的支配下，人可以失去理性的時代，不能把人應有的自我約束和社會應有的理性都看作是封建的枷鎖。

強調享受生活的權利，是現代觀念，以此觀念去批判中世紀西方的禁欲主義和東方的以維繫天命綱常為目的的明代禁欲理學是對的、進步的。但即使在現代社會，享受生活的權利也並不等於無節制的縱欲。恰恰相反，享受生活更重在對生命的珍重。因此，我們在批判明代理學對人的正當生活欲求無情遏制時，不能把人的縱欲行為說成是積極的、進步的、合理的，否則，就等於是從理論到實踐上否定了我們自己作為人的意義。強調個性的解放，褒揚愛情自由和婚姻幸福，不能等同於頌揚娼妓和一夫多妻行為以及違反自然規律和社會倫理的行為。否則，悖論的價值觀不僅毫無意義，而且會使新的文學和新的文明陷入到一個新的否定怪圈之中，難以作出合理的解釋，不利於人自身合乎

規律的發展。這不妨看做是由《金瓶梅》道德說教中的哲學命題引發的更有意義的討論。

欣欣子在他的序中，把這種哲學命題已經說得很明白了，故事也把哲學命題演繹得十分深刻和生動，我們再認真地讀讀穿插於書中故事的那些在現代讀者看來不耐煩讀的詩詞，實際上大部分都是表達平民百姓觀念道理的打油詩、順口溜，我們應該認識到通俗後面的深刻與豐富。

五、從政治態度上看，小說以平民百姓的視角，通過對政府官員故事諷刺性的敘述和評價，表明了平民大眾對政治的鮮明看法

《金瓶梅》是一部長篇世情小說，長篇世情小說反映的是現實，很難避開政治。問題在於反映什麼政治和如何反映政治。在作者的創作中，在接受者的肯定中，作品的形象和故事實際上就成了作者和接受者的態度。我們說《金瓶梅》表現出來的平民政治態度，就是根據作品所寫的人物和故事及其審美效果來實現的。《金瓶梅》有很豐富的政治描寫，它主要是通過平民百姓的視角，看西門慶與眾官員的關係，看西門慶自己的政治生活，看官場的種種狀態，生動展示了平民大眾的政治表態。

作品所反映的政治內容，和當時許多小說反映的差別不大，那就是對貪官、庸官、昏官、壞官的不滿，對勤官、清官、廉官、好官的期盼。深一步講，也有對由這些人數眾多的貪官、庸官、昏官、壞官構成的腐敗墮落的官僚體系的不滿。作品有一種十分明確的政治態度，那就是皇帝沒有問題，官員卻沒有幾個是好的。這種態度，或者說是傾向，與《水滸傳》沒有什麼不同。其實，在明代乃至清代，「只反貪官，不反皇帝」的政治態度是平民百姓的常見的思想傾向。在當時的社會條件、生產條件和思想認識水平下，平民大眾既不可能去認識皇帝，也不可能去反對皇帝，甚至不可能去推論上天派來管理百姓的皇帝。而官員，卻是他們有可能接觸的管理者。政府與民眾之間的矛盾，很少有人會去從制度層面找原因，往往是從官員的品德、人格去追究，從官員的作為上去批判。一旦這種觀察和追究在官員個人的量上和官僚群體的量上不斷累加，就會構成對整個官僚體系的追究與批判。這樣來看平民大眾的政治態度，更為客觀和現實。

整個一部《金瓶梅》，數十名各級官員中，除了一位半位，幾乎沒有一個是平民認定的勤官、清官、廉官、好官。所謂的「一位」是巡按山東監察御史曾孝序，他堅決參劾包括西門慶在內的一幫有「貪鄙之行」的「不職武官」，而且敢與蔡京爭論。但是這樣的官員不容於朝，不僅參本根本就到不了皇帝那兒，自己反遭暗算，先黜為知州，再遭冤獄，除名流放。（第四十八、四十九回）另「半位」是「極清廉的官」東平府府尹陳文

昭,說他好的「一半」,是因為在審查武松殺李外傳命案時,發現其中另有隱情,要再審案犯,改判此案,這人有正義感,不糊塗;說他不好的另「一半」,是因為由於自己是蔡京門生,奈西門慶等人上下打通,蔡京下書說情不何,只好將正義做了人情,不再重審,只是把武松的死罪免了,刺配充軍。(第十回)其他的官員,不是結幫拉派,就是盤結謀私。勤官、清官、廉官、好官少,昏官、庸官、貪官、壞官多,書中官員形象的道德結構就是平民大眾政治態度的表現。

第十八回,來保上東京跑關係,為西門慶解脫黨案。來保的機敏當然起了很大的作用,但關鍵還在於楊提督與蔡太師的關係,在於「白米五百石」的揭帖,才有蔡收給李右相的條子,才有李右相把「西門慶」改成「賈慶」,讓西門慶脫了干係。中央朝廷重臣竟然如此把重案當兒戲,隨意賣人情得實惠,政治之清與濁,可謂一目瞭然。此後,官員們的故事,官場上的故事,都是這條路子走下來。西門慶為蔡太師送禮,禮的價值之重,讓「一人之下,萬人之上」的蔡京也不好意思。蔡京不僅讓平民布衣的西門慶當上了從五品的山東提刑所理刑,最終竟接納成了自己的乾兒子;西門慶與蔡狀元即後來的兩淮巡鹽御史蔡蘊的結識,與監察御史宋喬年的交往,付出不僅是金錢,也有真情,西門慶真是傾情付出,於是西門慶所得之好處不只是金錢,還有官場上的袒護和支持。在全書中,西門慶與各類各級官員的交往,從當地的地方官員、皇莊太監到路過的朝廷重臣、封疆大吏,紛紜不絕,大多是吃喝玩樂,禮尚往來。雖然既平常無奇,也合乎人情世故,但整體給人的感覺就是官官相依,同僚相護,你攀我援,你踩我踏,有益即依,無利不護。正如作者書中第三十回所評:「天下失政,奸臣當道,讒佞盈朝。高、楊、童、蔡四個奸黨,在朝中賣官鬻獄,賄賂公行,懸秤升官,指方補價。夤緣鑽刺者,驟升美任;賢能廉直者,經歲不除。以致風俗頹敗,贓官污吏,遍滿天下,役煩賦重,民窮盜起,天下騷然。」這就是平民百姓觀念中所反對的腐敗官場,是平民大眾鮮明的政治態度。

如何來反映平民大眾的這些政治態度?作品採用的是平民百姓最常用的手法,那就是「嬉笑怒罵皆成文章」,大量地採用了諷刺幽默,使形象生動,也使小說好看、好讀、好聽,當然,也可以使作者和接受者的感情得到痛快的宣洩。在對官員政治作為的描寫之中,有很多是帶有譏諷特徵的。蔡京受禮受到了不好意思的程度,於是隨手拿來皇帝給的幾張空白劄付,送給了西門慶和他的家人;李邦彥「見五百兩金銀只買一個名字,如何不做分上」,於是便把西門慶放過了;蔡狀元嫖宿西門慶家,一夜風流占盡,對西門慶感恩再三,竟說出了「倘我後日有一步寸進,斷不敢有辜盛德」;宋御史見西門慶家八仙捧壽鎏金鼎做得奇巧,誇獎不已,說是想買,只是買不到,旁敲側擊,設法索取;等等。特別有意思的是對西門慶這位「官員」的描寫,從得官到做官,再到升官,傳奇

中有自然,自然中有傳奇。傳奇是讓讀者有懸念,好讀;自然是說明司空見慣,讓人們認識到是人物所處時代的一種政治腐敗的必然。

西門慶當官,出乎包括西門慶本人在內的所有人的意料。一個因莫名其妙而當官當得措手不及的人,連官服都準備不及,又怎能準備得及當好官差坐好官位?書信邸報都看不了的西門慶,怎能辦案理刑(後來又升為掌刑)?偏偏就是這個西門慶,就有膽量上崗當差,而且連審數案:韓道國家叔嫂通姦案、劉太監的兄弟劉百戶盜用皇木案、薛姑子藏姦案和苗青殺主案。西門慶上崗上班,真是認認真真,但是他的道性、德性放在那裏,無一椿案子不是給人以笑柄的,連吳月娘、潘金蓮、李瓶兒等妻妾都多次當面或譏諷、或勸教他。

西門慶自己的官位來非正道,還能為自己的親朋好友謀官求職,其手段也就好不到哪裏去了。而偏偏就是這個西門慶,就能進入到蔡京的小圈子之中,就能得到朝廷的獎勵,就能夠一路綠燈,不僅自己官場順利,連帶他所薦之親朋好友也能夠升遷如意。

作品中的這些浸透了諷刺意味的人物及其故事,是不是都是真實並不重要,重要的是平民大眾通過人物和故事來表明對政治的看法,它們不僅通過人情世故來暴露腐敗的政治,而且還通過幽默的取笑,不僅笑西門慶,也會笑給了他實權的蔡京和朝廷,來表明自己對這種政治所持的批評和反對的立場。

六、結語

綜上所述,《金瓶梅》所展示出來的文化特徵是平民文化。從經濟活動上看,它是16 世紀中國運河經濟文化的產物,體現出中國東部地區民眾生存發展的豐富內涵;從宗教意義上看,小說生動而又十分豐富地展示了民間宗教的活動場景與信仰狀態;從哲學思想上看,它以各種方式闡述了民眾的人生態度,尤其是人應該如何正確處理社會的人與自然的人的關係;從政治態度上看,小說以平民百姓的視角,通過對政府官員故事的諷刺性敘述和評價,表明平民大眾對政治的鮮明看法。正因為《金瓶梅》具有如此豐富和生動的平民文化內涵,它才能不僅生動地再現出中國東部地區在明代中晚期的社會現實和發展趨勢,成為人們瞭解 16 至 17 世紀中國社會的一面鏡子,而且標誌著中國小說對現實平民百姓命運的關注,成為明代後期社會平民文化意識成熟的重要文本。

(本文完稿於 2005 年 1 月)

話說西門大官人

　　《金瓶梅詞話》中的第一號角色西門慶——書中常稱「西門大官人」，是個名聲很不好的人物。以前常被批為「流氓、惡霸、市儈」等等，後來由研究者立起另一評價為「中國十六、七世紀的新興資產者」。前批是從道德角度，後評是從社會經濟角度，因而曾經爭議過一陣子。近來聽說有某地為當地招商引資、發展經濟，苦於名聲不響，又實在找不到「名聞遐邇」者，於是力爭西門慶的「籍貫」「地望」，好讓這位當年小說中的「大官人」為「家鄉」招財進寶，至於道德的好壞就管不了那麼多了。對西門慶的這些批判和評價，反映出不同層次的看法，不同的時代的觀點。

　　「西門大官人」其實是中國文化現象中一個既有特殊意義（個性）、又有一般意義（共性）的人物，無論人們怎樣去評價《金瓶梅詞話》的創作特色，是現實主義的，還是自然主義的，都旨在說明作品和西門慶這個人物具有很深刻的真實性和很廣泛的現實性。西門慶從繼承父業做生藥買賣開始，由於極善經營又勾通官員，巴結權貴，在地方上頗有名氣與霸氣，加上意外升官得職，而且做的是地方上極具權勢的「從五品」「五品」「提刑」長官，所以官場亨通，商場受益，官商互動，權利雙收。他風流倜儻，極善博得婦女的好感，家中一妻五妾，又占僕婦丫鬟，常去妓院窯子，約與二十幾位婦女有性關係。他還有一夥「兄弟」，常在一起吃喝嫖賭。西門慶的一生三十多年，雖有一些坎坷，但總的來說一路順利，春風得意。若不是自己縱欲過度，西門慶一生會做更大的生意、更高的官。縱欲使他過早地結束自己的生命，他在人生如日中天之時倒在自己為自己挖好的墳墓裏。

　　在歐洲的經濟社會發展過程中，資產階級承擔了封建社會的掘墓人角色。中國社會沒有這樣的過程。如果說西門慶是一種新興的資產者，那我們可以發現，他與中國傳統王權相處得十分和諧。他在自己的財富消費和積累過程中，為了解決王權對自己的威懾，常用大量的財富去巴結官員和利用官員，至於仕途本不是他的主動作為，而是意外收穫。當官之後，也從未想過要更高的官位和更多的權力，甚至在政治上很不成熟，竟然走漏官場信息，讓主子們好不尷尬，更不要說會組織什麼隊伍來壯大自己的政治力量，哪天將皇帝老兒取而代之。他真正想要做並努力去做好的就是現有的身分和蔡京的「乾兒子」。這「乾兒子」太形象地表現出明中晚期新興資產者與傳統王權的關係了。「乾兒

子」用厚禮孝敬「乾老子」,「乾老子」對「乾兒子」非常關照,相處就是一家子。如果西門慶不是自己縱欲而死,他會在王權專制的統治下過得很好,會有更大的發展。西門慶並沒有犧牲在新興資產者與王權鬥爭的過程中,這是缺憾;而是死在自己縱欲的床上,這是必然。無獨有偶,與《金瓶梅詞話》成書時間差不多,明末小說家江盈科有一篇寓言小說〈妄心〉,後來被馬南邨(鄧拓)先生用進他的《燕山夜話》中,取題為「一個雞蛋的家當」:有一市民,十分貧窮,朝不謀夕。有一天,他拾得一個雞蛋,高興地告訴他的妻子:「我有家當了。」妻子問家當何在。他拿起雞蛋給她看,說道:「我拿這個雞蛋,趁鄰居的母雞孵小雞時放進去,等到小雞出來,從中挑一隻小母雞。小母雞可以生蛋,一個月就有十五隻小雞。兩年之內,雞又生雞,可得雞三百,拿到市場上換得到十兩銀子。我用這十兩銀子買五頭小母牛,母牛生小牛,三年可得二十五頭牛。牛又生牛,再過三年,是一百五十頭牛,可賣三百兩銀子。我又用這筆錢去放債,三年之內可收回五百兩銀子。」此人越說越得意,竟順口說出富起來後打算娶一房妾。這下激起妻子的「怫然大怒,以手擊雞卵,碎之」。這位極善盤算的市民可稱得上精明的從商者,他堅持了以錢生錢的原則,而且儘可能地以投機取巧和自己的勤奮來實現自己的理想。不過,他的理想是為了自己享受不該有的欲望,結果實現不了。這就不僅把當時從商者致富的終極目標暴露無遺,更把當時資產者的精神世界揭示得淋漓盡致,此市民與西門慶的所思、所欲、所作、所為如出一轍。從商者、資產者以追求個人無窮欲望作為自己行為的最高目標,結果卻以悲劇告結。

　　《金瓶梅詞話》的作者面對的不僅是由於傳統理性壓抑而扭曲了人性的現實,更是由於經濟發展而膨脹了的欲望發泄的現實,傳統的倫理秩序受到了衝擊,傳統的道德規範正在失去曾有過的約束人心人行的巨大力量。小說中有大量的道德說教,特別是以西門慶為批判對象的道德說教,這些說教當然具有當時的時代特徵,是通俗的、大眾的,也有一些是落後的、消極的。所謂的時代特徵,就是作者的道德說教既不可能以宋代理學作為標準,也不可能照搬明代官方理學的文本,採用的是民眾層次的理學、民間宗教和人們所能接受的關於生命和欲望之間關係的辯證說法,反貪酒、貪色、貪財、使氣以節欲,節欲以保身,以達到生命與欲望的和諧。這些道德說教,特別是以西門慶作為現身說法的道德說教,大都又是以中國哲學的傳統命題作為自己的基礎。所以,我們看到,《金瓶梅詞話》中的道德說教思想基礎中的哲學命題作為一種經歷了長時期積累的文化思考,對今天仍不失其重要的啟迪價值。《金瓶梅詞話》成為傳世傑作,不僅在於它對中國16、17世紀的社會世情作了真實的反映,以及對當時新興的資產者作了十分真實的描寫,也在於它以小說的方式討論了一種對人自身來說具有普遍意義的哲學難題,更在於它對這個難題的解釋具有一種超越時空的普遍意義。它的說教目的不僅在於維繫或彌補

或重建被經濟發展衝擊了的傳統倫理道德體系，也在於關注人，關注人自身的命運。所以，這部作品才會具有超越時空的美學魅力和哲學內涵。

人與自然之間關係的和諧發展，是人類社會永恒的哲學命題。人與自然的和諧，不僅是人與動物世界、植物世界，與山地河流、海洋極地之間符合自然規律的共生共存，也是社會的人與自然的人、精神的人與欲望的人之間合乎規律的生存與發展。人本身就有自然屬性，人就是自然中的一員，無論是誰，都不可能生就一副可以承受任何欲望摧殘的金剛之身，人的肉體的形成、成長、死亡，是自然的規律。人不僅生命有涯，而且肉體的承受力也有限。人的欲望是意識活動，不僅無涯，而且會不斷膨脹。以有限的自然生命之體去追逐無限的欲望追求，必然超越肉體承受的極限導致肉體的崩潰。若要阻止這種崩潰，就必須把無限的欲望追求限制為有限的欲望實現。人應該通過自己的理智控制自己超越自然之體承受限度的欲求行為，實現良好的健康生存。

生命與欲望之間關係的合理性，就是合乎自然規律性，尤其是在一種束縛人的自由發展、完全扼殺人的自然欲求的時代行將結束，而新的倫理道德尚未成熟之時，人的欲望在財富與權力的支持下，很有可能而且在某些人身上會無忌憚地噴湧出來，人與自然和諧的命題就更為重要，肯定人的生活欲求與自然生命的和諧就具有了現實的意義。四百年前的明代社會，不可能有我們今天這樣對人與自然和諧發展深刻的認識，但是人自身對欲望節制的思想卻已經有了上千年的歷史。《金瓶梅詞話》道德說教提出來的問題和對人們的告誡，正是在闡釋自然的人與社會的人之間應有的和諧關係，儘管書中的節欲觀帶有濃厚的傳統道德色彩，但節欲並不是禁欲，道德說教不等於扼殺人的天性。我們不否認明清時期以官方理學為武器的道德說教對人的生存與發展的束縛，具有壓抑人性解放和個性發展的弊病，但是針對一個在金錢、權力和肉欲的支配下人可以失去理性的時代，不能把人應有的自我約束和社會應有的理性都看做是「封建的枷鎖」。

批西門慶毒害人命，占人妻女，腐蝕官吏，得財枉法，還是屬於表層次的道德批判，深層次的批判在於他的自毀，他那難以抑制的縱欲在破壞社會倫理的同時，也在消耗他自己。他要求胡僧給他那百十粒春藥丸頗具象徵意義，如同他以肉體生命為賭注的籌碼，也如同他的肉體所能承受的限量，以縱欲來消耗自己生命限量的賭博，每一次肉體與精神的快感實質上都是損耗與失敗，用去一粒春藥，就是失去一個籌碼，減去一個定量，春藥用得越快，失去也就越快，最後必然藥盡命喪。從王六兒家回來，縱欲已極、酒醉已深的西門慶被人送進潘金蓮的房間，實際上就是被送進了道德裁判所。潘金蓮為了滿足自己飢渴的性欲，不顧一切，竟然把剩下的幾粒藥丸像倒豆子一樣灌進西門慶嘴裏，就是給他作了死刑終審。作者為了強調人體承受能力的有限性，也是為了起到道德說教的作用，對西門慶臨死時的慘狀作了突出的渲染，十分令人恐懼，這是全書十分重要的

情節。有意思的是，潘金蓮是西門慶「偷」來的，是西門慶的「寵婦」之一，也是小說道德說教批判的重點對象。然而，潘金蓮又是西門慶縱欲而亡的「死刑」執行者，西門慶由頻繁縱欲到最後「被縱欲」，主動縱欲的潘金蓮的房間卻成了「道德裁判所」了。看起來挺滑稽幽默，實質上很嚴肅深刻，西門大官人是自己葬送了自己。

我們在這裏討論的並不是西門慶之死是不是惡報和這種惡報是革命還是保守，是進步還是退步，也不是西門慶得的是什麼病，而是認識並肯定西門慶的死對生命與欲望關係作出的合理的解釋。這種解釋在「封建社會」和「封建社會」前前後後，在西門慶、東門慶、南門慶、北門慶身上都是合乎事物普遍規律性的，也就具有了普遍和積極意義。

把《金瓶梅詞話》對西門慶形象塑造的意義再向前引申一步：強調享受生活的權利，是現代觀念，以此觀念去批判中世紀西方的禁欲主義和東方的以維繫天命綱常為目的的明代禁欲理學是對的、進步的。但即使在現代社會，享受生活的權利也並不等於無節制的縱欲。恰恰相反，享受生活更重在對生命的珍重。因此，我們在批判明代理學對人的正當生活欲求無情遏制時，不能把人的縱欲行為說成是積極的、進步的、合理的，否則，就等於是從理論到實踐上否定了我們自己作為人的價值。強調個性的解放，褒揚愛情自由和婚姻幸福，不能等同於頌揚嫖娼宿妓和一夫多妻等等違反自然規律和社會倫理的行為，否則，悖論的價值觀不僅毫無意義，而且會使新的文學和新的文明陷入到一個新的否定怪圈之中，難以作出合理的解釋，不利於人自身合乎自然規律和社會規律的發展。

再進一步說，權力、金錢、地位、勢力都不能成為所有者無限制地去追逐或放縱自己欲望的權利和條件，否則，這些本來應該有益於社會的東西就會異化成毀滅縱欲者自身同時也禍害社會的毒藥和利劍。擁有權力、金錢、地位和勢力者，應該清醒地意識到這些東西是怎麼來的，應該清醒地意識到這些東西既可能成為有利於自己的條件也可能對自己造成傷害，應該有更自覺的自制力，為此也就應該有更為崇高的信仰和精神追求。從因果報應來說，西門慶，還有所有同樣下場的同類人物，他們的悲劇是必然的，是報應。但從社會發展來說，他們的結局讓人遺憾，是一種歷史力量的毀滅。也許西門慶在這塊土地上生下來就是一個欲種，他所有的信仰除了金錢和女色，沒有別的，他自己的經歷讓他信服金錢是最有力量的東西，權力、地位、勢力也是從金錢中來。在他所遇到的王侯高官中，沒有不被他的金錢所征服的；在他所要做的事情中，沒有金錢不能擺平的；在他所占有的女人中，大多數都是與金錢有關，少數則是為了別的目的，而這些目的的實現，又非金錢不可。對金錢和女色的這種追逐、放縱，結果把自己也異化了，連用金錢做善事也變成了這種善事可以讓自己更大膽地縱欲，竟然敢說出「咱聞那佛祖西天，也止不過要黃金鋪地；陰司十殿，也要些楮鏹營求。咱只消盡這傢伙廣為善事，就使強姦了嫦娥，和姦了織女，拐了許飛瓊，盜了西王母的女兒，也不減我潑天富貴」。

所以西門慶這類新興資產者信仰不了宗教，也沒有崇高的精神追求，剩下的只是赤裸裸的金錢欲望和毫無節制的女色追求，中年而夭，也就是一種必然了。如此的「新興資產者」當然擔當不了推動歷史前進的使命。

指責《金瓶梅詞話》中的西門慶沒有多大的意義，而批判他的意義在於他對今天的我們有很大的意義。

（本文完稿於 2011 年 8 月，作為 2011 年 9 月由百花洲文藝出版社出版我的「金瓶梅人物榜」之一《西門大官人》的序文）

《金瓶梅詞話》的非小說意味

　　《金瓶梅詞話》[1]本來就是一部小說，而且是一部在中國小說史和中國文化史上都具有重要意義的文學作品，怎麼能放下它的本質屬性來談其他的問題呢？我的想法是：這部名著，內容十分豐富，只注意人物情節，那就把很多值得瞭解和領會的經濟史、社會史、哲學史、宗教史、倫理史、政治史、藝術史、風俗史等等方面的內涵給浪費掉了；如果我們能從非小說的角度去閱讀這部名著，在作品提供的各種各樣的經濟活動、社會風俗與人情倫理中爭取有新的發現和啟迪，獲得更為廣泛的審美感受，不是更好地閱讀了這部名著嗎？

　　非小說意味的閱讀，是為了獲得更深更廣更豐富的小說意味。

一、 《金瓶梅詞話》中的經濟意味

　　記得十多年前，與幾位經濟史同行閑聊，聊到了股份經濟的歷史，大家都說到，股份經濟和股份制首先是從歐洲的資本主義發展起來的。很早，歐洲人就已經根據自己經營的需要，在經濟活動中把人、財、物各項要素中的一項或幾項作為合作內容進行合夥經營。大概是在 17 世紀初期開始，由於商品經濟的發展，資本主義經濟終於把原始的合夥經營的經濟形式發展成以股份公司為特點的股份經濟，並逐漸形成了規範的股份制。以股份公司為主要形式的股份經濟，成了資本主義股份經濟的典型形態。那麼中國在早期有沒有以生產要素為合作內容的合夥經營？中國又是在什麼時候出現了股份經濟和股份制呢？大家一時語塞，有人認為中國早期應該有不同程度和不同形式的合夥經營，這不可否認。股份經濟則比較晚，應該是在進入中國的近代時期之後，19 世紀晚期，是向歐洲資本主義學的，比如 1872 年底開業營運的輪船招商局，是近代中國第一家學習西方股份制企業運作模式的新型股份制企業。它是通過向民間發行股票（當時亦稱「股份票」）「招商集股」方式籌集資金，進而興辦起來的。

　　於是，我講了《金瓶梅詞話》中的一段故事，請教諸位。

1　　蘭陵笑笑生《金瓶梅詞話》，萬曆丁巳本，香港：太平書局影印本，1982 年。

　　西門慶從開生藥鋪入手，賺了錢，開了絨線鋪，又賺了錢，於是想開一家綢緞鋪。他有錢，但缺鋪面和經營管理人才，於是與喬大戶商量。喬大戶把自己臨街的房子打開，作為鋪面和倉庫；西門慶出資金；又請來甘、韓、崔三個人來做夥計，經營管理，算是管理技術入股。關鍵是利潤分成，書中第五十八回寫道：

> 西門慶叫將崔本來，會喬大戶那邊收拾房子卸貨，修蓋土庫局面，擇日開張舉事。喬大戶對崔本說：「將來凡一應大小事，隨你親家爹（指西門慶）這邊只顧處，不消多較。」當下就和甘夥計批立了合同，就立伯爵作保，譬如得利十分為率，西門慶分五分，喬大戶三分，其餘韓道國、甘出身與崔本三分均分。

故事很簡單，這一情節在小說中就這麼幾行字，參股分紅卻說得清清楚楚。

　　於是大家議論起來，有人認為這還只能算是傳統的合夥經營，不能算股份經濟。有人則認為這是典型的股份經濟，其中不僅有以物資、資金入股，還有以管理技術入股，只是當時社會還沒有形成股份制度。有人問，這是什麼時候的事？我說，《金瓶梅詞話》從《水滸傳》而來，但與《水滸傳》一樣，不能認定都是北宋末年的事；《金瓶梅詞話》的作者現在是越研究越多，無以從作者入手來定其成書時間；據書中透露的情況，學界基本上認定是明朝嘉靖中期至萬曆中期的作品。書前有一署名「東吳弄珠客」所作的序，留下了時間標記是「萬曆丁巳季冬」。「萬曆丁巳」為 1617 年，而根據此序所說，書已經流傳了一段不短的時間。即使以此為成書年限的下限，那麼書中所說股份經濟最遲也是在 17 世紀初。

　　眾人又無語。

　　當然，我們不能說中國在 17 世紀初就已經有了股份制了，但不能否認股份方式是中國傳統社會經濟活動的重要方式，股份經濟的早期模式在一些很有頭腦的經營者那裏已經是運用得十分嫻熟。

　　《金瓶梅詞話》在中國小說史上有很高的地位，成功地寫活了一個十分紛繁複雜的社會：以西門慶及其家庭為中心，寫了市場買賣，寫了官場來往，寫了朋友哥們，寫了妻妾僕婦，真可謂是三教九流，五湖四海，各人可以根據自己的閱讀偏好從中獲得文學的審美。《金瓶梅詞話》給我們提供的經濟史料是十分豐富的，這是它十分寶貴的所在。它生動形象地提供了大量明代中期的經濟資料，這種資料雖然不可與史料相提並論，卻也達到了一般史料達不到的生動細緻水平，記載了史料所沒有記載的生活真實。比如剛才說的關於股份經濟的事情，還有棉花、棉布、綢緞及其加工和市場行情；服飾、飲食、傢具的加工及其市場行情。特別值得一說的是小說展示了當時京杭大運河的河運、商業貿易、稅收的情況及由此帶動起來的服務業發展情況。所以，我在 1990 年提出了「明代

中後期的運河經濟文化孕育了《金瓶梅詞話》」。

二、《金瓶梅詞話》中的道德意味

我們這個社會對《金瓶梅》的態度一直是矛盾的，或者說是存在著悖論的。「人皆好之，人皆惡之。」既有好奇、好讀之心，又有討厭、防備之意。問題不僅是因為它其中有百餘處近兩萬字的性描寫，或者說是與人物命運緊密關聯的性故事，而且在今天，一些人可以從中看到現實中的某某，看到現實中的社會某個方面。這是個令人頭痛的問題。而《金瓶梅詞話》的道德說教也就不是簡單地用「封建」「傳統」等詞就可以概括得了的。

西門慶是小說的核心人物，一號角色。他的兩隻腳，一隻踩在商場上，一隻踩在官場上；他的兩隻手，一隻不斷地收進錢財，一隻伸向女色。商場上，他最會賺錢，十年不到，家產從數千兩發展到近十萬兩。官場上，他上結京城要官，下聯縣府四衙，中央、地方的官員有很多是他的朋友，既有不少是他需要的朋友，也有不少是需要他的朋友。女色上，直接有性關係的女人有 20 多位，他好女色，最終為女色丟掉了性命；女色也好他，有錢的原因，有權的原因，也有他自己風流倜儻捨得在女人身上花錢花時間的原因。因此，在中國小說批評史上，還有中國的文化史上，他得到的道德批判要比他應該得到的文學批評和文化評論多得多。後來，則乾脆就是「流氓」「惡霸」「市儈」的評判。今天，當我們的社會出現大量的浮躁，出現唯利是圖而道德滑坡之時，出現不少的如同西門慶、潘金蓮、李瓶兒、春梅一樣甚至有過之而無不及的人物時，只是對這些人物進行道德審判而不從他們身上悟取道德與文化的啟示的現象就更多了。其實，我們對書中的道德說教研究得並不夠。

《金瓶梅詞話》道德說教的主旨集中體現在小說開篇的〈四季詞〉和〈四貪詞〉以及第一回的開場白上，穿插在全書人物和情節中的說教都由此展開。〈四季詞〉和〈四貪詞〉從一正一反兩個方面，以具體的酒、色、財、氣為批判對象，以西門慶等人的命運故事作為案例，對自己所肯定的道德規則和人生價值作了辨析和說教。

一是戒貪酒。酒不能不飲，「酒熟堪酌，客至須留」。但那是在清幽的茅舍之中，獲得「無榮無辱無憂」狀態，所以才可以「倦時眠，渴時飲，醉時謳」（〈四季詞〉）。不能貪酒，貪酒能亂性，令飲者失去原本應該有的行為約束。「酒損精神破喪家，語言無狀鬧喧嘩」「失卻萬事皆因此」（〈四貪詞〉）。「萬惡淫為首」，但「酒是色媒人」。因此，「切須戒，飲流霞，若能依此實無差」（〈四貪詞〉）。小說中說到縱欲行為，大多與酒密切相關。西門慶所用春藥一定要用酒為引，是形象的「色媒人」。

二是戒貪色。「食色，性也。」[2]（〈告子上〉）具有濃厚的子嗣觀念和養生意識的中國人不提倡也不接受禁欲主義。但不能貪色，不能縱情，更不能縱欲，縱欲不僅是道德問題，也是生理問題，縱欲必然導致倫理混亂和折壽夭亡。西門慶就是順著這條邪道走到黑的。戒貪色不等於禁欲，而寡欲則為節欲的表現。所以作者提出的問題是「少貪紅粉翠花鈿」「莫戀此，養丹田，人能寡欲壽長年」（〈四貪詞〉）。情色二事，關係密切，互為因果。戒色，必然要做到抑情。「情色二字，乃一體一用。故色絢於目，情感於心，情色相生，心目相視。」（第一回）情生於自心，為體，有情則好色，遇色則情煽。所以「從今罷卻閑風月，紙帳梅花獨自眠」（〈四貪詞〉）。這是以抑情來節欲，從而達到「休愛綠鬢美朱顏，少貪紅粉翠花鈿」的戒貪色的目的。《金瓶梅詞話》道德說教中針對的最大道德問題就是色欲。

三是戒貪財。作者道德說教的批判標準不是不要財富，無財不富，無錢難活，而是一要公道本分之財，「錢帛金珠籠內收，若非公道少貪求」（〈四貪詞〉）。「富貴自是富來投，利名還有利名憂。命裏有時終須有，命裏無時莫強求」（第十四回）。二不能貪多，不是公道本分之財不能貪，就是公道本分之財也不能多。貪財者會因貪而不仁，財多者因富而致禍。「淫嫚從來由濁富」（第二十七回），「富遭嫉妒貧遭辱」，而且「親朋道義因財失，父子懷情為利休」。（〈四貪詞〉）三強調積財不如積善，「為人多積善，不可多積財。積善成好人，積財惹禍胎。石崇當日富，難免殺身災。鄧通飢餓死，錢山何用哉！……多少有錢者，死了沒棺材」（第七十九回）。西門慶受批，最大的罪過是縱欲，但最先的原因是有錢，是因富而獲名，因富得貴，也因富而縱欲。沒有那麼多的錢，他哪裏能那般地用銀子去想做什麼就做什麼，做什麼，也就能做成什麼？結果，死時連棺材也沒來得及備妥，近十萬傢財也沒帶走一分一釐。

四是戒使氣。使氣也可曰「尚氣」，氣是強梁之氣，強橫之氣。「一時怒發無名穴，到後憂煎禍及身」，所以待人「莫太過，免災迍，勸君凡事放寬情。合撒手時須撒手，得饒人處且饒人」（〈四貪詞〉）。主張「柔軟立身之本，剛強惹禍之胎。無爭無競是賢才，虧我些兒何礙」（第一回）。在小說中，使氣逞強逞能者大多無好下場。西門慶、李瓶兒、潘金蓮、孫雪娥、宋惠蓮、春梅、陳經濟，一概如此。尤其是潘金蓮、春梅，都是有理無理皆不饒人的人物，春梅更是一副剛性脾氣。

這些道德說教中包含的價值觀、人生觀，有傳統社會的標準，值得商榷，值得反思，但其中不乏人生和社會規律性的東西，很有啟迪的意義，不能一概否定。特別是在我們的經濟發展有了很大很快的進展，而社會管理、道德建設卻跟不上的時候；特別是有些

2　楊伯峻譯註《孟子譯註》，北京：中華書局 1960 年。

人的財富也有了很大很快的發展，而個人卻無法恰當地處理這些財富的時候，人不是財富的主人，卻異化成了財富的奴隸，由財富而滋長的色欲、物欲、霸氣卻超常表現出來，人失去了作為社會的人的理性，而只是膨脹了的自然的人的感性，縱欲而無所不為，死期也就到了。〈四貪詞〉的告誡不無道理。《金瓶梅詞話》並不是反財富論之書，而是告誡人們在獲取財富上需有正當手段，在處理財富中要有智慧。於是，小說中人生觀、價值觀的哲學意味也就透顯出來。

三、《金瓶梅詞話》中的哲學意味

道德觀是社會倫理意識，實際上是人生觀、價值觀的體現。人生觀、價值觀又取決於作為人的行為的根本指導思想的世界觀或者說哲學觀。社會的道德說教不僅要依靠一定的社會倫理準則，而且更要以哲學思想為基礎。

《金瓶梅詞話》成書時間約為嘉靖末年至萬曆初年。故事所寫的空間乃為當時商業經濟和市民階層最為發展的中國東部運河一帶。故事所反映的現實，或者說道德說教所批判的對象，是十分活躍的商鎮河埠中的商人市民階層構成的商業小社會反傳統道德的觀念、行為，說明當時在商品經濟迅速發展的地區，傳統的倫理道德體系受到了極大的衝擊，而新的能夠規範人們行為的倫理道德體系還沒有建立起來。從目前研究的成果來看，《金瓶梅詞話》中說教的道德標準的構成主要是作為大眾行為準則的明代理學中若干訓條和融道、佛二教善惡觀、因果報應等為內容的民間宗教意識以及民眾的生活經驗。[3]作者的這種選擇，自有其哲學基礎。

一是儒家的中庸之道，中和節欲觀，寡欲以養心。

從《金瓶梅詞話》的道德說教主旨看，西門慶、潘金蓮這類人都壞在人欲上，而且是過分的貪欲。「富與貴，人之所慕也，鮮有不至於淫者；哀與怨，人之所惡也，鮮有不至於傷者。」「譬如房中之事，人皆好之，人皆惡之。人非堯舜聖賢，鮮不為所耽。」但應是「樂而不淫，哀而不傷」。（欣欣子〈序〉）不可似「金蓮以姦死，瓶兒以孽死，春梅以淫死」「奉勸世人，勿為西門之後車可也」。（東吳弄珠客〈序〉）這正是《中庸》中所謂的「中和」節欲觀的具體運用：「喜怒哀樂之未發謂之中，發而皆中節謂之和。」儒家不同意禁欲。「食色，性也。」「飲食男女，人之大欲存焉。」[4]但強調用倫理規範

3　陳東有〈《金瓶梅詞話》對理學與宗教的選擇〉，南昌：《爭鳴》，1993 年第 4 期。亦可參見本書。
4　《禮記·禮運篇》，北京：中華書局《十三經註疏》影印本，1980 年。

來約束人的男女關係及其各種欲求，同時又使這種約束作為一種修養來促進人的道德的完善。「養心莫善於寡欲。其為人也寡欲，雖有不存焉者，寡矣；其為人也多欲，雖有存焉者，寡矣。」[5]（〈盡心下〉）寡欲存善，多欲失善，養心在於存養善性，當要寡欲。

要說明的是，儒家節欲觀與道德修養之間的關係到了宋儒時，發展到一個極端。由於宋儒不僅以儒學為核心，更兼採佛教、道教之論，把儒家的節欲推向佛教的滅欲和道教的無欲。宋儒其實是誇大了人欲的弊害。「甚矣，欲之害人也，人為不善，欲誘之也。誘之而不知，則至於滅天理而不知其反。故目則欲色，耳則欲聲，鼻則欲香，體則欲安，此皆有以使之也。」[6]所以宋儒認為要存天理就必須滅人欲。宋儒的論說，由於過分於禁欲、窒欲的要求，離現實太遠，也不合儒家先聖提倡的「中庸」之道，在明代社會難以實施。《金瓶梅詞話》在理學層次進行選擇時，自然不會去選擇它。

二是道家的「道法自然」，寡欲以保身、養生、養親、盡年。

對於人的種種欲望持什麼態度，在先秦諸子中已有不同的看法。《老子》提倡「無知無欲」，原因不複雜，「五色令人目盲；五音令人耳聾；五味令人口爽；馳騁田獵，令人心發狂；難得之貨，令人行妨。是以聖人為腹不為目，故去彼取此」。[7]（第十二章）所以「不尚賢，使民不爭；不貴難得之貨，使民不為盜；不見可欲，使民心不亂。……是以聖人之治：虛其心，實其腹，弱其志，強其骨，常使民無知無欲」。[8]（第三章）老子這種愚民不知以達到無欲的哲學，是過於理智了，大概在當時「雞犬相聞，老死不相往來」的現實中就行不通，到後來經濟發展了，社會進步了，就更行不通了。但是其中說到物欲的緣起和節欲在社會倫理中的意義以及「人法地，地法天，天法道，道法自然」[9]（第二十五章）的終歸自然的思想卻是啟發了其他的哲學家，並極大地影響了後人。《金瓶梅詞話》中也就有了不少「寬性寬懷過幾年，人死人生在眼前。隨高隨下隨緣過，或長或短莫埋怨；自有自無休嘆息，家貧家富總由天；平生衣祿隨緣度，一日清閑一日仙」之類的說教。（第四十九回）

與老子相同，莊子主張寡欲，主張回歸自然；與老子不同，莊子把寡欲同貴生、養生結合起來。莊子追求他的「逍遙遊」，期待的是有涯之生命獲得無涯之逍遙。但他同時也深知「以有涯隨無涯，殆已」，所以講求保身、全生、養親、盡年。[10]（〈養生主第

5　同註2。

6　《二程粹言·卷二》，北京：中華書局《二程集》本，1980年。

7　朱謙之《老子校釋》，北京：中華書局1984年。

8　同註7。

9　同註7。

10　曹礎基《莊子淺注》，北京：中華書局1982年。

三））莊子認為人生有涯，實質上是肯定人的自然屬性，所以其保身、全生、養親、盡年討論的就是自然之身的保養，這與儒家寡欲以獲得道德的完善不同。「夫富者，若身疾作，多積財而不得盡用，其為形也亦外也。夫貴者，夜以繼日，思慮善否，其為形也亦疏矣……今俗之所為與其所樂，吾又未知樂之果樂邪？果不樂邪？」[11]（〈至樂第十八〉）輕欲重生，止欲而貴生。莊子的這些思想，對後人的影響非常大，《金瓶梅詞話》的作者也不例外。生命的內涵是什麼？後來者有不同的看法，追求生命的自由逍遙當然大有人在，把貴生發展成為養生，甚至發展成為養生之術的也大有人在，但對廣大民眾來說，主要還是健康保命。《金瓶梅詞話》的〈四季詞〉宣揚的就是寡欲養生的境界，而書中不少的說教是重在尋求健康保命。

三是楊朱一派適（節）欲順生觀。

楊朱之學認為人欲與人的生命存亡密切相關，有關觀點主要保存在《呂氏春秋》的〈貴生〉〈重己〉〈情欲〉等篇中。「凡生之長也，順之也。使生不順者，欲也。故聖人必先適欲。」[12]（〈重己〉）「適欲」就是「節欲」。「聖人深慮天下，莫貴於生。夫耳目鼻口，生之役也。耳雖欲聲，目雖欲色，鼻雖欲芳香，口雖欲滋味，害於生則止。」「所謂全生者，六欲皆得其宜也。」[13]（〈貴生〉）「天生人而使有貪有欲，欲有情，情有節。聖人修節以止欲，故不過行其情也。故耳之欲五聲，目之欲五色，口之欲五味，情也。此三者，貴賤愚智賢不肖，欲之若一。雖神農黃帝，其與桀紂同。聖人之所以異者，得其情也。由貴生動，則得其情矣。不由貴生動，則失其情矣。此二者，死生存亡之本也。」[14]（〈情欲〉）這裏認為貪心與欲情也是人天生的，無論是誰，要生存，就要節制自己天生就有的這種貪心和欲情。聖人修節止欲得到的就是不過節之情，於是得以生存；而未能得生存者是因為不能修節止欲，失去了不過節之情，也就是放縱了自己的欲。「俗主虧情，故每動為亡敗。耳不可贍，目不可厭，口不可滿，身盡府種，筋骨沈滯，血脈壅塞，九竅寥寥，曲失其宜。雖有彭祖，猶不能為也。」[15]（〈情欲〉）人欲與人之生存的利害關係，解釋了作為自然的人與自然規律之間的關係，合乎自然之理，也易為人們所接受。所以，也成為後來包括中醫診治預防由貪欲而引起的疾病在內的各種說法的思想基礎。（孫思邈《千金寶要》卷六有：「快情縱欲，極意房中，稍至年長，腎氣虛竭，百病滋生。」孫思邈《備急千金要方》卷二七〈養性序〉有：「恣其情欲，則命同朝露也。」）《金瓶梅詞話》

11　同註 10。

12　《呂氏春秋》，北京：中華書局《諸子集成》本，1954 年。

13　同註 12。

14　同註 12。

15　同註 12。

在說教中勸人們節欲的指導思想當然與此有關。

四是從先秦到漢代儒者提出的天人相通、天人合一觀。

從先秦到漢代發展起來的天人相通、天人合一的世界觀，是唯心觀，但認為人與自然關係十分密切。「人之（為）人，本於天。」[16]（為人者天第四十一）這對於認識人的自然屬性仍然是有意義的。因此談論人與自然的關係，也就有了質樸的自然認識論的基礎。所以欣欣子〈序〉中說：「故天有春夏秋冬，人有悲歡離合，莫怪其然也。合天時者，遠則子孫悠久，近則安享終身；逆天時者，身名罹喪，禍不旋踵。人之處世，雖不出乎世運代謝，然不經凶禍，不蒙恥辱者，亦幸矣。」

這就是《金瓶梅詞話》道德說教的哲學基礎，瞭解中國傳統哲學的人也都知道，這些哲學基礎又是中國哲學的傳統命題。

四、《金瓶梅詞話》哲學意味的反思

《金瓶梅詞話》不是一部哲學著作，但其道德說教以中國哲學的傳統命題作為自己的基礎。《金瓶梅詞話》的道德說教是通俗的、大眾的，也是有相當多落後的、消極的成分。但道德說教思想基礎中的哲學命題作為一種經歷了長時期積累的文化思考，對人類的文明進程仍不失其重要的啟迪價值。《金瓶梅詞話》成為傳世傑作，不僅在於它對中國 16、17 世紀的社會世情作了真實的反映，也在於它以特殊的方式討論了一種對人自身來說具有普遍意義的哲學難題，更在於它對這個難題的解釋具有一種超越時空的普遍意義。它的說教的目的不在於維繫或彌補或重建被經濟社會衝擊了的傳統的倫理道德體系，而在於關注人，關注人自身的命運。所以，這部作品才會具有超越時空的美學魅力和哲學內涵。

一是處理生命與欲望之間關係的合理性。

《金瓶梅詞話》的作者面對的世界不僅是由於理性壓抑而扭曲了人性的現實，更是由於經濟發展而膨脹了的欲望發洩的現實，傳統的倫理秩序受到了衝擊，傳統的道德規範也失去了曾有過的約束人心人行的力量。作者的道德說教既不可能以宋代理學作為標準，也不可能照搬明代官方理學的文本，所以，才選擇了民眾層次的理學、民間宗教和民眾所能接受的關於生命和欲望之間關係的辯證說法，反貪酒貪色貪財使氣以節欲，節欲以保身，以達到生命與欲望的和諧。

無論是誰，都不可能生就一副可以承受任何欲望摧殘的金剛之身，人的肉體的形成、

16　蘇興撰，鍾哲點校《春秋繁露義證》，北京：中華書局 1992 年。

成長、死亡，是自然的規律。人不僅生命有涯，而且肉體的承受力也有限。人的欲望是意識活動，不僅無涯，而且會不斷膨脹。以有涯、有限的自然生命之體去抗爭無涯、無限的欲望追求，必然導致肉體的崩潰。若要阻止這種崩潰，就必須把無涯、無限的欲望追求限制為有涯、有限的欲望實現。節欲、寡欲的意義正在於此。生命與欲望之間關係的合理性，就是合乎自然規律性。《金瓶梅詞話》在敷演第一號人物西門慶的一生時所進行的道德說教，正是要說明這麼一種人生觀、價值觀。批西門慶毒害人命，占人妻女，腐蝕官吏，得財枉法，還是屬於表層次的道德批判，深層次的批判在於他的自毀，他那難以抑制的縱欲在破壞社會倫理的同時，也在消耗他自己。他要求胡僧給他那百十粒春藥丸如同他以肉體生命為賭注的籌碼，以縱欲來消耗自己生命的賭博，每一次都是失敗的，用去一粒春藥，就是失去一個籌碼，最後必然藥盡命喪。作者為了強調這一點，對西門慶臨死時的慘狀作了突出的渲染（潘金蓮、李瓶兒、春梅的死，也一個個淒慘嚇人）。我們在這裏並不是討論這種死是不是惡報和這種惡報是革命還是保守，是進步還是退步，而是必須客觀地肯定這種死對生命與欲望關係作出的合理的解釋。之所以肯定它是合理的，是因為這種解釋在「封建社會」和「封建社會」前前後後，在西門慶、東門慶、南門慶、北門慶身上都是合乎事物的普遍規律性而具有積極意義。

二是肯定人與自然之間關係的和諧性。

人與自然之間關係的和諧發展，是人類社會永恒的哲學命題。人與自然的和諧，不僅是人與動物世界、植物世界，與山地河流、海洋極地之間符合自然規律的共生共存，也是社會的人與自然的人、欲望的人與肉體的人之間合乎規律的生存與發展。人本身就有自然屬性，人就是自然中的一員，人應該通過自己的理智控制自己超越自然之體的承受限度的欲求行為，實現良好的健康生存。尤其是在一種束縛人的自由發展、完全扼殺人的自然欲求的時代行將結束，而新的倫理道德尚未成熟之時，人的欲望在財富與權力的支持下，必定會無忌憚地噴湧出來，人與自然和諧的命題就更為重要，肯定人的生活欲求與自然生命的和諧就具有了現實的意義。四百年前的明代社會，不可能有我們今天這樣對人與自然和諧發展深刻的認識，但是《金瓶梅詞話》道德說教提出來的問題和對人們的告誡，正是在闡釋自然的人與社會的人之間應有的和諧關係，儘管書中的節欲觀帶有濃厚的傳統道德色彩，但節欲並不是禁欲，道德說教不等於扼殺人的天性。我們不否認明清時期以官方理學為武器的道德說教對人的生存與發展的束縛，具有壓抑人性解放和個性發展的弊病，但是針對一個在金錢、權力和肉欲的支配下人可以失去理性的時代，不能把人應有的自我約束和社會應有的理性都看做是封建的枷鎖。

強調享受生活的權利，是現代觀念，以此觀念去批判中世紀西方的禁欲主義和東方的以維繫天命綱常為目的的明代禁欲理學是對的、進步的。但即使在現代社會，享受生

活的權利也並不等於無節制的縱欲。恰恰相反，享受生活更重在對生命的珍重。因此，我們在批判明代理學對人的正當生活欲求無情遏制時，不能把人的縱欲行為說成是積極的、進步的、合理的，否則，就等於是從理論到實踐上否定了我們自己作為人的價值。強調個性的解放，褒揚愛情自由和婚姻幸福，不能等同於頌揚娼妓和一夫多妻行為以及違反自然規律和社會倫理的行為。否則，悖論的價值觀不僅毫無意義，而且會使新的文學和新的文明陷入到一個新的否定怪圈之中，難以作出合理的解釋，不利於人自身合乎規律的發展。

話說到此，我想到另一個問題：

「萬曆丁巳」本《金瓶梅詞話》的正文前有署名為「欣欣子」的序。七八十年來，閱讀者和研究者大多認為這篇序是為《金瓶梅詞話》這部小說作辯護，特別是為小說過分地描寫男女性行為作辯護。今天，如果我們能再冷靜地研讀研讀，把道德的說教與哲學的意味結合起來看，意義當有不同，「欣欣子」有其深刻與遠慮之處：

> 竊謂蘭陵笑笑生作《金瓶梅傳》，寄意於時俗，蓋有謂也。人有七情，憂鬱為甚。上智之士，與化俱生，霧散而冰裂，是故不必言矣。次焉者，亦知以理自排，不使為累。惟下焉者，既不出了於心胸，又無詩書道腴可以撥遣，然則不致於坐病者幾希！吾友笑笑生為此，爰罄平日所蘊者，著斯傳，凡一百回。其中語句新奇，膾炙人口。無非明人倫、戒淫奔、分淑慝、化善惡，知盛衰消長之機，取報應輪迴之事，如在目前；始終如脈絡貫通，如萬系迎風而不亂也，使觀者庶幾可以一哂而忘憂也。其中未免語涉俚俗，氣含脂粉。余則曰：不然！〈關雎〉之作，樂而不淫，哀而不傷。富與貴，人之所慕也，鮮有不至於淫者；哀與怨，人之所惡也，鮮有不至於傷者。吾嘗觀前代騷人，如盧景暉之《剪燈新話》、元微之之《鶯鶯傳》、趙君弼之《效顰集》、羅貫中之《水滸傳》、丘瓊山之《鍾情麗集》、盧梅湖之《懷春雅集》、周靜軒之《秉燭清談》，其後《如意傳》《于湖記》，其間語句文確，讀者往往不能暢懷，不至終篇而掩棄之矣。此一傳者，雖市井之常談，閨房之碎語，使三尺童子聞之，如飫天漿而拔鯨牙，洞洞然易曉。雖不比古之集，理趣文墨，綽有可觀。其他關係世道風化，懲戒善惡，滌慮洗心，無不小補。譬如房中之事，人皆好之，人皆惡之，人非堯舜聖賢，鮮不為所耽；富貴善良，是以搖動人心，蕩其素志。觀其高堂大廈，雲窗霧閣，何深沈也；金屏繡褥，何美麗也；鬢雲斜軃，春酥滿胸，何嬋娟也；雄鳳雌凰迭舞，何殷勤也；錦衣玉食，何侈費也；佳人才子，嘲風詠月，何綢繆也；雞舌含香，唾圓流玉，何溢度也；一雙玉腕綰復綰，兩隻金蓮顛倒顛，何猛浪也。既其樂矣，然樂極必悲

生：如離別之機將興，憔悴之容必見者，所不能免也；折梅逢驛使，尺素寄魚書，
所不能無也；患難迫切之中，顛沛流離之頃，所不能脫也；陷命於刀劍，所不能
逃也；陽有王法，幽有鬼神，所不能逭也。至於淫人妻子，妻子淫人，禍因惡積，
福緣善慶，種種皆不出循環之機。故天有春夏秋冬，人有悲歡離合，莫怪其然也。
合天時者，遠則子孫悠久，近則安享終身；逆天時者，身名罹喪，禍不旋踵。人
之處世，雖不出乎世運代謝，然不經凶禍，不蒙恥辱者，亦幸矣。吾故曰：笑笑
生作此傳者，蓋有所謂也。（欣欣子〈序〉）

（本文完稿於 2010 年 10 月，作為 2011 年 9 月由百花洲文藝出版社出版我的「金
瓶梅人物榜」之三《傲婢春梅》的序文）

《金瓶梅》性行爲描寫中的文化意義

　　《金瓶梅》一書中有大量的性行爲描寫，即被人們稱之爲「淫穢」的描寫。幾十年來，海內外公開發行的《金瓶梅》一般都採用刪節的辦法來處理這些描寫的情節，或乾脆採用古人已刪節和改動過的本子。最近國內以內部發行的方式出版發行了兩種版本的《金瓶梅》：

　　一是 1985 年 5 月，人民文學出版社出版發行了《金瓶梅詞話》，用明代萬曆丁巳東吳弄珠客作序的本子作爲底本，編者在「校點說明」中談到刪節時說：

> 書中大量的穢褻描寫，實是明代中末葉這一淫風熾盛的特定時代的消極產物，自來爲世人所詬病。對正常的人來說，只覺穢心污目，不堪卒讀。至於有害青年的身心健康，污染社會的心理衛生，尤不待言。茲概行刪除。具體辦法是：只刪字，不增字，刪處分別註明所刪字數。這樣做，爲的是免致研究工作者迷惑；文情語勢間有不甚銜接處，亦爲讀者諒解。全書合計刪去一萬九千一百六十一字。
>
> 需要說明的是，書中涉及性行爲的文字，與所寫主要人物本爲惡霸淫棍有密切關係，客觀上有揭發暴露其道德敗壞、靈魂醜惡和社會糜爛黑暗的作用，故一般性的敘說，即不加刪除。

　　二是齊魯書社於 1987 年 1 月出版發行了《金瓶梅》，這是張竹坡於清朝康熙乙亥刊刻的《皋鶴堂批評第一奇書《金瓶梅》》（甲種）本子，編者在「校點後記」中註明：

> 原書中淫話穢語屬自然主義描寫成分者，雖然對研究古代人物性心理、性變態有參考價值，因易產生消極影響，酌情刪除，註明所刪字數，所刪正文中評語隨正文一併刪除。全書合計刪除一萬零三百八十五字。

　　從整理古代文學遺產，批判地繼承古代文化傳統的角度而論，出版發行這兩個本子確實立下莫大之功，對書中的性行爲描寫的刪節，不論是近兩萬字還是一萬餘字，相對普及性的讀者尤其是青少年讀者來說，是有必要的。

　　但是，《金瓶梅》一書中性行爲描寫用「淫穢」或「穢褻」是難以概括的。這些描寫儘管令我們這些受過傳統道德教育的人「不堪入目」或「穢心污目」「不堪卒讀」，

卻是小說人物行為的構成。它不僅是明代中葉熾盛的「淫風」的產物，更是傳統文化對性位置的確定的結果。它的意義遠不止於揭露「淫棍」西門慶的性格、靈魂，不止於研究古代人物性心理和性變態，更在於我們研究自身，研究由此而透顯出來的我們文化的某些領域的特徵。

人具有生物屬性，也具有社會屬性；人不僅是種會吃喝求生繁殖後代的動物，更是一種「能製造和使用工具進行勞動，並能用語言進行思維的高等動物」，人構成了社會，人是這個社會中一切關係的總和。於是，人的生物屬性也就不可能保持它的單純性，它既鮮明又微妙地同社會屬性有機地結合在一起。這樣，人的「飲食男女」便同社會的經濟、政治、倫理、宗教諸方面相聯繫。即使在人飢餓之極與性衝動之時，即人的生物本性最突出的時刻，社會諸關係也會像影子一樣影響著他的本性的發作。不能否認，在人的本性行為之中，所謂的「男女」即性行為必然體現著特定的人所處地區社會諸關係構成的文化特徵，顯露出他所處時代的社會諸關係的傳統形成的文化積澱。也可以這樣說，人，一方面受著生物規律、自然規律的支配，一方面又受著決定他行為的社會諸關係的客觀規律的制約，同時，二者又互相影響、滲透。

我們的這種看法顯然同弗洛伊德的有關學說相反，他似乎把人的生物性與人的社會性對立起來，認為性欲從來就同優美的事物的發展無關，自然與文化發展、無意識與有意識是同一個人身上兩個單獨的東西，甚至是兩個對立的、互相敵視的個體。這也許是我們的探討更富有社會學特徵，而這位偉大的心理學家、精神病醫生的學說則富有病理學特徵的原因吧。

必須看到，建立在傳宗接代本能基礎上的男女性行為，是欲和情，肉體享受和精神享受、生物特徵與社會特徵的結合，是無意識與意識、自然與文化的結合。我們在研究人的性行為時必須充分注意到這一點，否則，以某種扼殺人性的原則來割裂這種結合而去指責人的性行為只是一種動物本能的觀點，其本身就是不科學的，也是違反人的最基本特徵的。

一、性欲、性行為與傳統文化觀念

性欲、性行為二詞，其概念之內涵與外延都是難以確定的。因為首先在對「性」的解釋上，就從未有過一個確定的解釋。本世紀初，英國的「最文明的英國人」靄理士（Havelock Ellis）在他那本了不起的《性心理學》[1]中說到：「性是一個通體的現象，我

1　〔英〕靄理士（Havelock Ellis）著，潘光旦譯註《性心理學》，北京：三聯書店 1987 年。

們說一個人渾身是性，也不為過；一個人的性的素質是融貫他全部素質的一部分，分不開的。」按此而論，人的一切欲望都可以稱之為性欲，那麼人的一切行為便可稱之為性行為，這恐怕令人難以接受。在我們這個以「含蓄」的性文化作為傳統特徵的國度裏，人們甚至難以開口說「性」字，在不得已的情況下，也是以「情欲」代替「性欲」，因為「欲」為七情之一，以大概念指小內涵，既「含蓄」，又不會有大錯，不會給人太大的刺激，人們又可意會其意。但是，這種「含而不露」的表達卻會把黑格爾的一句名言拒之門外：「沒有情欲，世界上任何偉大的事業都不會成功。」中國人大概沒有幾個會把人的情欲「那種事」說成是歷史的動力、社會的動力。

看來，我們只好按照中國人的概念來解釋「性欲」和「性行為」這兩個詞，這也正好同我們討論的《金瓶梅》更接近一些。「性欲」，就是男女肉體欲念。「性行為」，是指男女性的交合及與此密切相關的性愛言語和肉體接觸行為，它是男女性欲的外化。

其實，「含蓄」的表達是一回事，客觀的承認又是另一回事。古人對「性欲」這一意念並不十分避諱，我們的先聖先哲們雖然沒有像黑格爾那樣把人的情欲的力量說得那麼偉大，但也強調了它在人的生活中極重要的位置。

孟子認為：「食色，性也。」他把人的食欲與色（女色）欲放在一起，作為人的兩種本性來強調。

「飲食男女，人之大欲存焉。」這是《禮記》中寫的。這裏的強調比孟子更厲害，所謂「大欲」，就是人的最大本能需求了。

儒家經典作家們的這些看法，當然是有各種前提和條件的，我們即將談到這些前提和條件，但畢竟還是正視了人自身生存的客觀規律。還不至於像後來的理學家們那樣，為了哲學觀念上的偶像追求而忘了自身；更不像後來的一些專制統治者那樣，為了突出王權，以非人的偶像來肆意踐踏人自身。所以，「飲食男女，人之大欲」也便成了後來進步思想家們在同道學先生理學思想進行鬥爭時的「以子之矛攻子之盾」的武器了。

那麼儒家經典作家們的前提和條件是什麼？

一言以蔽之，「發乎情，止乎禮義」。

什麼是「發乎情，止乎禮義」？

人有性欲，是自然存在的。人們把自己的肉體欲望外化為性行為，只要不違反倫理道德規範，是可以的，而且是件好事，它不僅能繁衍我們的子孫後代，使家有後嗣、國有後代，而且能和諧夫妻、有益身心。總之，人的情欲可以在禮儀的範圍內活動，也只能在禮儀的範圍內活動。正因為這樣，一部《詩經》，雖有不少男歡女愛之詩句，先聖們並不將它們刪除。如：

妻子好合，如鼓瑟琴。（小雅）

弋言加之，與子宜之；宜言飲酒，與子偕老。琴瑟在御，莫不靜好。（鄭風）

也正因為這樣，《詩》以後，便有更多的人用既「含蓄」又美好的詞彙來形容或描寫男女性行為。如「巫山之夢」「巫山雲雨」「行雨朝雲」「願薦枕蓆」「願為灑掃」「和合」「合歡」「求歡」「顛鸞倒鳳」「如膠似漆」「效于飛之樂」等等。這在文人的作品中更是屢見不鮮的。

用倫理道德規範給人的情欲畫框框只是給人的情欲制定了活動的條件。那麼前提呢？

在傳統的儒家經典作家那裏，以家族為核心的宗法思想極為濃厚，以至於他們把人的一切思想言行都納入到這個軌道上來。這正是他們承認人有情欲並且不反對性行為的前提，這也是在中國還沒有出現過真正意義上的禁欲主義的原因。宗法思想中有一條十分重要的原則，那就是必須想方設法繁殖後代，所謂「不孝有三，無後為大」。女子「七出」之中，「無子」是很重要的一條。要想「有子」，就必須讓男女交合，所謂「男女構精，萬物化生」。儒家經典作家們對這些前因後果當然清楚，但他們只是清楚這些前因後果而已。或者說他們只讓人們去清楚到這個層次為止，認為夫妻的交合只有一個目的，那就是傳種接代，或者說，為了整體利益，傳種接代是夫妻交合的前提。至於交合本身以及交合給雙方帶來的快感是次要的，也是不必去追求的，有則有之，無則亦可。所謂「夫婦之道，有義則合，無義則離」，而不是「夫婦之道，有情則合，無情則離」。所謂「發乎情」只是因為情乃「民之性」，它是男女交合繁殖後代的生理基礎，「止乎禮義」才能使自己的所作所為合乎先王之教。

附加在男女情欲上的前提和條件都是以儒家的「中和」思想為指導的。

儒家把夫妻關係看得十分重大，倒不是以人的家庭生活為目的，除了上面所講的以家族、國家的後代為出發點之外，再就是關注由家庭的各種關係導致的涉及到國家興亡的大事。所謂「修身齊家治國平天下」，這種倫理、政治的推理足以說明儒家重視以家庭為主的社會基本組織的意識修養。

《中庸》開篇便強調了加強修養的重要性。「天命之謂性，率性之謂道，修道之謂教」，性——道——教，一級一級地推論，便是一層一層地、一步一步地把自然的人納入社會整體規範之中。《中庸》特別強調了「君子慎其獨」。所謂的「獨」「人所不知而己所獨知之地也」，就是人的靈魂深處，人的內在本性。

人的性欲乃至人的性行為都可算為人的「獨」處和「獨」行了，因為不僅處於「幽暗之中」，也是「細微之事」。性欲，他人不知，僅有己知；性行為，天知地知，你知

我知，僅是男女雙方知道的事。男女合為一體，實際上也是「獨」了。「慎獨」，就是說個體的某人，處於幽暗獨處，更應自覺謹慎，以倫理道德規範約束自己。也正如朱熹在註釋解說《中庸》時所說的：「是以君子既常戒懼，而於此尤加謹焉，所以遏人欲於將萌，而不使其滋長於隱微之中，以至離道之遠也。」當然，朱氏思想已經不只是「中和」之論了。

「喜怒哀樂之未發，謂之中；發而皆中節，謂之和。」人的各種情緒欲望隱於心中之時，不偏不倚，所以叫中，一旦發作起來，便應該「皆中節」，才能使「情之正也，無所乖戾，故謂之和」。「節」就是「度」了，這裏所闡述的中和思想，說到底，就是提出了「適度」的問題。人們待人處事，既不必不及，也不應過分。「不及」，於人性不合，「過分」，於倫理道德規範不合，那便是「無忌憚」了。我們常說的「適可而止」，就是這種「中和」理論的口語化、通俗化。當然，《中庸》中的思想是總體原則性的，但正因為如此，它既繼承了前哲的中和思想，也對後來者的總體意識形成了指導意義，對中國文化產生了極大影響。這種影響滲透到性領域中來，竟形成了一股莫大的觀念力量：

> 欲敗度，縱敗禮。（《尚書》）
>
> 養心莫善於寡欲。（《孟子》）
>
> 好色而不淫。（《詩·國風》）

這不僅是先聖先哲的話，它們已經灌進了芸芸眾生的腦髓之中，古語中有「欲而不知止，失其所以欲」，就是經典語錄的大眾化。這種觀念力量極力要求夫妻保持一種「度」，一種距離，「相敬如賓」「上床夫妻，下地君臣」「親則疏，疏則親」。但是，「度」的標準是多少？「適」在什麼「度」上？儒家經典作家們以其寬宏的胸懷留下了一個「懸而未決」的問題，這就給後來的理學家們的「苛刻」一個極大的「自主權」。

道家的老子是主張「少私寡欲，見素抱樸」的，他既以此為生活準則，又以此作為修養的心境，去追求人以自然天性而獲得的生存。莊子有了發展，他要人們「抱神以靜，形將自正，必靜必清，無勞女形，無搖女精」。他在《莊子·逍遙遊》中描繪的「至人」「真人」「聖人」便是「不食五穀，吸風飲露，乘雲氣，御飛龍而游乎四海之外」。這種清淨寡欲無為的人生哲學，比起「中庸之道」來，更為消極，不過還不到「禁欲」的地步。道家先驅的這些思想不僅在當時和後來的時代中產生過廣泛而深刻的影響，而且還成了後來道教的哲學歸宿，道教以虛明澄淨、無欲無念的境界為「道」，要求人們在生活上、心理上、生理上向它歸復，即所謂「反身合道」「歸真返樸」。道教在它的發展

中，隨著儒、道、佛三教合流的潮流，也出現了內部的分化與變異。既有以三教圓融、養性全命、清心寡欲為教義的全真教，也有以忠孝為口號的淨明教，還有祈禳符咒、鬼怪神妖的正一教。進入明代，隨著道教諸派不同程度的衰落，道教中出現了自身「走火入魔」和使人們也「走火入魔」的墮落現象，這便是由煉丹和方術發展而來的進獻長生不老丹藥和傳授房中術、兜售春藥。在明中葉，不少騙人的道士得到了皇帝（如世宗嘉靖皇帝）和一些官僚富豪的青睞。這些「走火入魔」之術與老子清淨本旨背道而馳；也離道教教規相去極遠了。它不是要求人們「寡欲」，而是教人們「縱欲」。道教的後期雖然出現了這些「歪門邪道」，但也只是某些門派做的事，從總體來看，在指導人們如何生活上還是有其獨到之處的。它在追求老莊之「道」的同時，還追求一種神清氣朗、健康無疾的生理，這便是影響極大的道教「養生之術」。在人的性行為上，把「節房事」作為「清淨」，而對「多房事」則認為是有害身心的「渾濁」。道教「養生之術」是複雜的，但在對待性行為上，卻與儒家的「中和」思想又不無共同之處。

帶著禁欲主義來的佛教在中國落腳的那天開始，就不得不成為儒教附庸。只是在它中國化了之後，才顯示出可以與儒道二教並立的力量，這便是中國的佛教宗派──禪宗。禪宗之前的佛教，雖然宗派不少，但有個共性，那就是用外在的戒律叫人苦行禁欲去達到無欲無念、無喜無憂的境界，得到澄澈透明的智慧。禪宗則改變了這種方式，換上了依靠自性去體驗真理的新途徑，只要認識到「我心即佛」就可以徹悟佛法真諦。禪宗後來分南北二宗，所謂得到真傳而影響最大的南宗更是貴自求、重自我解脫，南宗創始人慧能和尚說：「汝等諸人自心是佛，更莫狐疑，外無一物而得建立。」所以他弘揚的是「直指人心，見性成佛」的頓悟法門。禪宗無疑是對早期佛教教義的變異，禪宗並不反對禁欲主義，即使是南宗要僧徒實行禁欲主義，但這種禁欲主義並不嚴格，甚者，在下面僧眾之中，還會出現「酒肉穿腸過，佛祖心中留」的做法。而在眾多的僧、尼之中，「禪心不定」者是很多的，因為教義、教規不可能克制住年輕力壯血氣旺盛的青壯年僧徒們的本性。於是在塵世間，受禪宗的影響，人們相信縱欲貪淫來世惡報，也相信行善念佛可除邪惡。這兩種心理既分別又交錯地影響各階層的男女。前一種心理可以幫助人們節制自己的性欲和性行為，後一種心理則使那些縱欲的人有一個反省和安慰的機會。

必須指出的是，儒、道、佛三教雖各有其主張，但又是相互取捨和滲透的。尤其是唐以後，三教合一，構成了中國宋代開始的「理」學，上述各教中的一些因素，便已具有合流的趨勢。

總體來說，在進入「理學」統治時期之前，放寬一些，在進入明代這個「理學」統治的高潮時期之前，中國（漢民族）對待性欲與性行為還是比較「寬鬆」的，因為在文化觀念中，不僅承認「性欲」這個人之第二大（僅次於「飲食」）欲，而且並未採取像西方

中世紀時的禁欲主義政策，所強調的「節制」，從人的整體健康來說，也不無益處。

但是又必須看到「節制」也給人帶來了一種不易看見也難以言傳的害處。「性欲」和「性行為」的「節制」是理性的產物，在人的情欲發洩之時，插上理性的思考與行動，必然導致情欲的中止，帶有極鮮明的功利色彩的為家族繁榮而傳種接代目的的性道德也就必然抑止男女雙方在性交合時本應產生的情感高潮，加之於其他種種原因，雙方也就不可能去體驗或者說是難以體驗到性交合時高層次的精神上的昇華與享受，幸福感大部分被責任感、情欲大部分被功利、夫妻之情大部分被社會之理所代替。這種不合乎人的本性的性行為特徵在進入「理學」統治的時代之後更加突出了。

「理學」形成於宋，盛行於明清。客觀唯心主義理學家們極力闡明在世界萬物之上存在著一個絕對的「理」「未有這事，先有這理」，人們必須絕對服從這個理，為學之道就在於存天理去人欲，變化人的氣質之性，恢復人的義理之性。「理學」作為一種哲學，不妨可以作為一家之說。但是它卻成了專制社會裏的官方哲學，於是便以特種身分，連同傳統的三綱五常、三從四德等等倫理規範一起強迫人們接受，成為人們生活中必須遵守的準則，這就具有了扼殺人性的性質了。

明代社會是經過了元代這個特殊時期的中國封建社會的繼續。說元代特殊，是因為元代在中國傳統的文化發展中形成了一個斷裂帶。到宋代為止，中國封建社會中的諸因素——制度、規範等都已經形成了成熟和穩定的局面。元人入主中原，感性超過理性的遊牧民族以其強悍的武治精神一下把理性的漢民族的平靜生活打亂了，不僅政治制度被增刪修改，倫理綱常也被刪動了不少，在人性方面似乎回歸了許多。在元散曲與元雜劇作品中，男女情愛與情欲的表現遠比在詩詞歌賦和唐傳奇中的表現要大膽直爽得多。朱元璋在江山一統之後，多次詔示：「一宗朱子之書，令學者非五經孔孟之書不讀。」明成祖朱棣乾脆旨命儒臣將宋代理學家著作輯成《性理大全》，頒佈天下，不准任何人非議。所以在思想上，明代出現了空前的專制，原本是哲學範疇的「理學」便成了統治者維持倫理綱常的大刀，人們在「性欲」與「性行為」方面的本性幾乎完全地控制在「天理」之下。但是作為自然的一部分的「人欲」畢竟難以完全抑制住。就在孝子烈女成群列隊的時候，就在下面這類的觀念成為男女老幼心中的積澱的時候，如「賭近盜，淫近殺」「酒是燒身硝焰，色為割肉鋼刀」「不貪花酒不貪財，一世無災無害」「色欲乃亡身之本」「萬惡淫為首，百善孝為先」，追求「情欲」的男男女女也大有人在，只不過礙於壓力隱蔽一些罷了。隨著經濟的發展，尤其是市鎮商品經濟的發展和市民階層隊伍的擴大，隨著太祖、成祖這兩位能幹的天子先後駕崩，接坐龍位的都是一個個無才不肖的皇子皇孫，人間「情欲」之火便如同掀了頂的火山熔漿，騰躍外冒，難以遮擋了。西門慶、潘金蓮、陳經（敬）濟、春梅等「淫亂之人」和整部《金瓶梅》所描寫的性欲與

性行為，不過是幾滴這樣的熔漿而已。

二、《金瓶梅》性行為描寫及其特點

一部《金瓶梅》100 來萬字，直接涉及到男女性行為和男性同性性行為的文字約在 3 萬餘字，其中直接描寫這些性行為的，按人民文學出版社 1985 年出版的《金瓶梅詞話》刪節本所刪的情況來看，將近兩萬來字。齊魯書社 1987 年出版的《金瓶梅》，版本與前者不同，但仍可以看出，其刪節的程度遠比前者小，連同張竹坡的評語總共才一萬零三百餘字，而實際上對正文的刪節約一萬字。二者刪節程度不一，但是所刪之處都是一樣的，只有少數幾處相異。另外，在其他的刪節本和刪改本之中，所刪、改的也基本上與這兩個本子大同小異，我們不妨就以這兩個本子所刪的性行為描寫情節作一番探討。

全書約有 100 餘處性行為描寫，具體的情況是：

屬西門慶與潘金蓮、王六兒等人的描寫約占 80%。其中，西門慶與潘金蓮占一半，而且篇幅最大，其次是西門慶與王六兒。

屬潘金蓮與（除西門慶之外）陳經濟等人的描寫約占 10%。

屬陳經濟與（陳經濟與妻子西門大姐的關係可以說是一直不和諧，書中也沒有他們的性行為描寫。陳與潘已在上面陳述了，這裏不再重複）春梅等人的描寫約占 7%。

屬其他人的描寫約占 3%。

在全部的性行為描寫中，異性性行為約占 91%，同性性行為約占 9%。

這都是些枯燥的數字，文學評論和作品分析似乎同這些數字是無緣的。這裏以百分數來說明問題概況，一是沒有辦法的辦法，因為我們不可能像分析其他情節一樣來分析這些人們一直相當過敏（不是敏感）並且儘量避免再見諸於文字的情節，二是我們還是可以通過這些百分比來發現問題、分析問題的。

《金瓶梅》全書中的這些性行為描寫，大致可以分成以下二類：

第一類，婚內性行為描寫。像西門慶與潘金蓮（被納為第五房之後），西門慶與瓶兒（被納為第六房之後），西門慶與月娘，西門慶與孟玉樓。這一類占 45% 左右。

第二類，婚外性行為描寫。像西門慶與還未被納為小妾時的潘金蓮和李瓶兒，西門慶與家中僕婦惠蓮、賁四娘子、王六兒、如意兒，西門慶與寡婦林氏，西門慶與妓女李桂姐、鄭愛月，潘金蓮與陳經濟，陳經濟與春梅，孫雪娥與來旺等。這一類占 46% 左右。如果我們把同性性行為另分一類的話，那麼第三類為同性性行為描寫。如西門慶與書童，陳經濟與金宗明、侯林兒，溫師傅與畫童兒等。

這些性描寫有如下幾點特徵：

(一)帶有極嚴重的單方玩弄色彩，而不是具有雙方享樂特徵。

　　性行為是雙方的事情，只要不是單方面強迫進行，都應該力爭使性行為達到儘可能的和諧程度，應該使雙方都能夠從中得到快樂。人，作為生物屬性和社會屬性的融合體，在進行性行為時，應該達到只有人才能達到的本性與情感、肉體與精神同時體驗到的快感。尤其是夫妻性行為，更應該具有和諧和雙方滿意的特徵。《金瓶梅》所表現的性行為之中，大部分的描寫都帶有極嚴重的單方玩弄色彩，而其中的絕大部分又是以男性玩弄女性為主要特徵。我們在所見到的西門慶與十幾位女性的有關情節中，大部分都令人感覺到不論是對妻、妾，還是對妓女、僕婦，西門慶的性行為目的主要就是玩弄對方，使自己得到肉體與精神上的興奮和滿足，而在這個過程中，他是不去理睬對方在生理與心理上的承受力的。有時，他甚至不去考慮一下對方已經聲明自己正處於月經期間，他的性行為要求及實施將會給對方帶來多大的危害（如對李瓶兒）。有時，他還採用焚香炙肉的方法來摧殘對方而幫助自己實現泄欲的快感，這已經到了「施虐戀」的程度（如對如意兒）。即使是在一般正常的性行為之中，也依然使讀者感到男性在泄欲時對女性不顧一切的玩弄和驅使。如第五十二回中寫西門慶與潘金蓮的性行為。西門慶與潘金蓮在性生活上一直是比較和諧的，二人的性行為往往很難說是誰主動，誰被動，雖然當初西門慶為勾引潘金蓮想方設法，但是他終於死在潘金蓮胯下。按理來說，二者之性行為就不應出現「玩弄」的特徵，但是作者卻把這一特徵表現在他倆的性生活上。如第五十二回寫西門慶與潘金蓮的一次性交。西門慶提出要求交合，潘金蓮欣然而從，但是西門慶卻提出交合的方式是「後庭花」，這是令潘金蓮肉體痛苦而難以接受的，潘金蓮不僅不願意，而且還責備了西門慶，說他是把平日與書童小廝幹的勾當放到她身上來。西門慶軟硬兼施，再三糾纏，一邊強制行事，一邊卻說：「不妨事，到明日買一套好顏色妝花紗衣服與你穿。」

　　這種性行為不是以情（當然不是說沒有情）作為基礎，而是西門慶以自己所特有的經濟權，以自己能給潘金蓮買條裙子的允諾作為交換條件。潘金蓮也就能夠因此忍受痛楚而讓西門慶得到滿足以換取那條「玉色線描羊皮挑的金抽銀黃銀條紗裙子」。性行為的玩弄特徵便在這種交換中表現出來了。

　　玩弄的特徵還在作者對第三人進入性行為的描寫上，比如西門慶與妓女交合之時，應伯爵這個幫閑人物可以毫無顧忌地闖進現場，肆意取笑；西門慶與瓶兒或金蓮交合之時，要丫鬟在一旁服侍，這不僅表現出交合雙方對自己人格的不尊重的態度，也說明了西門慶自己所持有的玩弄心理。又比如潘金蓮與陳經濟私通之時，硬拉春梅參加，甚至三人一起赤身裸體飲酒作樂、交合求歡，不論她有什麼樣的企圖，這也說明了她對自己

性行為具有的是玩弄態度。

當然,這裏所表現出來的單方玩弄性質的性行為並不是絕對不能給雙方都帶來享樂。就性行為所具有的特殊的被動快感特點來說,被玩弄的對方在一定情況下也能得到一定程度的快感,但要付出更大的身心創傷的代價,所以被玩弄的性質不變。他們所得到的快感截然不同於那種雙方在完全自願的情緒之中為謀求情感昇華的和諧的性行為所共同獲得的幸福感。

(二)注重外在客觀的描寫,尤其是在言行細節之處大用筆墨。

我們先來看三段文字,作一比較。

第一段是《金瓶梅》第五十回,寫西門慶與韓道國的老婆王六兒私通中的一次性行為描寫（此處略）。

這是西門慶第一次用梵僧給他的春藥同女人性交。春藥的功用當然只在於加強感官刺激,於是這一段全是有關西門慶與王六兒在春藥刺激下交合時產生強烈快感的詳盡描寫,從交合時的一舉一動到強烈快感產生時雙方的情狀言語,無一不淋漓盡致地再現出來。

第二段是《查泰萊夫人的情人》[2]——本世紀初,英國的一位被人們褒貶不一的作家勞倫斯（D. H. Lawrence）所寫的一部大有爭議的長篇小說中的第 12 章,查泰萊夫人與管園獵人 Mellors 私通中的一次性行為描寫（此處略）。

第三段是《性心理學》的第二章「性的生物學」在談到人的性行為的某些表情時寫道:

> 解欲過程中女子特殊的肌肉動作,雖若複雜隱晦而不易捉摸,有別於比較明顯的性興奮時的一般肌肉動作,然而這種近乎痙攣的動作,功用所在,總是把蓄積已久的一股神經的力量解放出來。這在男女都是一樣的。這種動作還有一個特別的目的,就是,精液的輸送。在男子是施,在女子是受,施受不同,而目的還是一個。所以無論肌肉動作的隱顯明晦,解欲或性欲的亢進的過程與其所喚起的快感和滿足,根本不能不建築在此種動作——性領域以內的特殊動作——之上。
>
> 積欲的過程將近完成的時候,在男子面部表情,往往見得特別的奮發有為,而在女子,則覺得特別的鮮艷可愛,到了解欲的過程一開始,雙方的表現就不甚美觀

2　〔英〕勞倫斯（D. H. Lawrence）著,饒述一譯《查泰萊夫人的情人》,長沙:湖南人民出版社 1986年。

了。瞳人是放大了，鼻孔也張開了，唾沫禁不住的要流出來，舌尖也不由自主的
要來回翻動；這些綜合起來，無非表示一種官覺的欲望的滿足快要來到，而有迫
不及待之勢。在有的動物，到這時候，連耳朵都會豎起來，也是同樣的道理。同
時還有一種自然傾向，就是說些支離破碎、半吞半吐、沒有意義的字眼。瞳人的
放大引起怕光的現象，所以進入解欲的過程以後，時常眼睛就會關閉。當性欲發
動之初，眼部肌肉的緊張性（tonicity）是有增無減的，專司上睫皮開啟的肌肉也收
縮了。所以眼球見得特別的大，特別的流動，特別的有光芒，再進一步，肌肉緊
張性過分的增加以後，就會發生斜眼（strabismus）。

這三段文字，兩段文學描寫，一段科學描寫，一對比，就很容易看出《金瓶梅》的
性行為描寫十分注重外在客觀的描寫，尤其是交合雙方的言行細節的客觀描寫。《金瓶
梅》的作者在進行這種描寫時，是以一個旁觀者的身分出現的，猶如一個畫家在寫生或
是描摹模特兒一般，他是把人物的性行為只作為性行為來再現，所以在這些性行為描寫
中，出現在讀者面前的只是光赤的肉體、性器官的接觸，追求感官刺激的機械動作和伴
隨著積欲和解欲過程的性器官的生理功能。這些描寫，與《性心理學》所描寫的性行為
生理表現不僅十分吻合，而且描寫的方式也相當近似（前面所例舉的第五十二回西門慶與潘金
蓮的性行為描寫也是同樣的），只不過，《性心理學》是從科學的角度出發，作一般的、抽
象的客觀描寫，而《金瓶梅》則畢竟是部小說，是從文學的角度出發，作個別的具體的、
客觀描寫罷了。

《金瓶梅》與《性心理學》的這種吻合，說明了《金瓶梅》客觀描寫性行為之細緻、
之真實，並且這種描寫在其他性行為情節中屢屢出現，也說明了《金瓶梅》這部文學作
品在表現人的性行為時的局限之處，因為它的細緻是純客觀的、機械的細緻，它的真實
是刻板的、攝影式的真實，而不是藝術的細膩和藝術的真實。這一特點，我們再把它同
《查泰萊夫人的情人》對比，更加明顯了。《查泰萊夫人的情人》一書中也有不少的性行
為描寫，而且每處的篇幅大都遠遠超過了《金瓶梅》，其描寫也夠細緻、夠真實，但是
作者是用主觀的筆觸去細緻地描寫主人公在性行為時的內心感受，作者不是位旁觀者，
而是位體驗者，他用自己的全身心去體驗主人公此時此刻的感受，性行為在這裏只是一
種媒介、一座橋樑、一個舞台，通過它，來展現性行為雙方的（或側重於某一方）的全部
心靈。所以這裏出現的光赤的裸體不僅僅是富於感官刺激的肉體，也是心靈的載體，是
情感的物化；這裏也有性器官的接觸，但這種接觸更是人的情欲的碰撞，而且隨著交合
時間的延長，空間的緊密，情感不斷地昇華；這裏，生理感官的刺激和性器官生理功能
不見了，展現在讀者面前的是交合者感受的具體表現，是交合的快感、情欲的滿足和感

受和諧的幸福感三位一體的精神世界的具象化。在這種精神世界裏，人的肉體包括性器官是美的化身。無論是從整體看，還是從局部看，無論是眼觀，還是手觸，美無所不在。可以說，在作者主觀感受的筆觸下，被人們斥之為「淫」「恥」「污」的性行為（尤其是此類不合法的私通）成了一種藝術的創造和創造的藝術。所以，這裏的細緻描寫，是展現人物情欲感受的細膩心理，這裏的真實描寫，是為了展現這種情感的藝術真實。

當然，我們也可以發現，《金瓶梅》的大量性行為描寫之中，也有揭示人物內心感受之處，也有雙方和諧的言語行動。但畢竟不多了。而且這些不多的帶有一定程度精神感受的性行為描寫多少染上了玩弄與被玩弄的色彩，況且又是夾雜在大量的純客觀的、機械的性行為描寫之中，往往被大量的感官刺激和性器官生理功能的描寫所削弱。

(三)講求表現性行為的不同方式，並且極力地描述這些方式的相異之處和具體細節。

正如本文前面所述，人的性行為由於人自身的特徵而決定了不是單純生理性或動物性的，而是具有生理性與社會性相結合的特徵。這種特徵又決定了下面兩點：

一是人在性行為中得到的不僅是性器官交合之時的快感，而且更有精神上的滿足和幸福感。

二是人所具有的主觀能動性能在自己性行為的特徵基礎上去獲得新的更高層次的感受。

因此，性行為的方式就不可能是單調的、刻板的，像動物那樣沒有創新的。在雙方自願而且和諧配合的前提下，完全有可能，而且也可以在經驗和想像的指引下去豐富夫妻間的性生活。這不僅是人的性行為區別於動物性行為的重要方面之一，也是發展夫妻感情的一種生活藝術。

文學作品如何表現性行為的方式？

如同如何表現性行為一樣，它應該是一部作品之中必需的有機組成部分，否則，如果與作品中人物性格發展沒有必然聯繫，自然和那些無關的素材一樣，大可不必寫進書中。既然是與人物性格發展有密切關聯的，那麼就應該按照人物性格發展的規律作為人物情感發展的一部分去表現，而不應是孤立於人物性格感情之外的贅瘤，更不應為了描寫這些方式而去純客觀地介紹它們。

《金瓶梅》中的性行為描寫有較多的地方是表現性行為方式的，這些描寫雖然不像後來的長篇小說《肉蒲團》那樣介紹性行為方式，但由於全書的性行為描寫具有上面所講到的兩種特徵，所以依然是客觀的描寫，並且對不同方式的相異之處盡加渲染，使它們的不同細節在字裏行間突出地展現在讀者面前。

　　約占全書性行為描寫 80% 的西門慶的性行為描寫中，有大量的性行為方式的表現。西門慶曾與 20 來個女性有過性行為，書中描述了其中的 11 個。在這 11 個女性中，西門慶同其中任何一個人的性行為都會因這個女性的經歷、愛好不同而具有與他人不同的方式。比如，同潘金蓮的「品簫」和「倒入翎花」，與瓶兒的「倒插花」，與王六兒的「後庭花」等等。

　　書中還數次說到的「手卷」「春意二十四解本兒」，西門慶說這是瓶兒「他老公公內府畫出來的」，也就是「春宮圖」之類的手摹本。西門慶與瓶兒是「點著燈，看著上面行事」。他把這個「手卷」拿給潘金蓮觀看。潘金蓮當時：

> 接在手中，展開觀看，有詞為證：
> 　　內府衙花綾表，牙簽錦帶妝成。大青大綠細描金，鑲嵌斗方乾淨。女賽巫山神女，男如宋玉郎君。雙雙帳內慣交鋒，解名二十四，春意動關情。
> 金蓮從前至尾看了一遍，不肯放手，就交與春梅：「好生收我箱子內，早晚看著耍子。」（第十三回）

在後來的西門慶與潘金蓮、潘金蓮與陳經濟的性行為描寫中，作者就幾次提到過這個「手卷」的作用。比如第十三回寫西門慶與潘金蓮：

> 兩個絮聒了一回，晚夕金蓮在房中香熏鴛被，款設銀燈，艷妝澡牝，與西門慶展開手卷，在錦帳之中，效于飛之樂。

　　作者在這裏並沒有把「手卷」上的圖像用文字介紹出來，書中許多性行為方式描寫似乎也並非都和「手卷」有聯繫。但我們從作者對不同方式的性行為的具體動作、姿式和雙方的表情的詳盡描述中可以看到，作者正是在客觀地用文字描繪「手卷」中的圖像，他是把這種描繪同小說中的人物行動結合起來。這種描繪對人物性格和精神世界不是沒有一點聯繫，而是這種客觀的描繪並沒有突出與人物更緊密的內在聯繫；這種描繪對人物的性格和精神面貌不是沒有一點作用，而是沒有發揮更大的也是應該發揮展現人物心靈的作用。

(四)採用特殊的描寫手法多角度地描寫性行為。

　　也許是作者自己已感覺到性行為描寫單調、呆板，也許是作者注意到採取傳統的言情達意的方式會更好地揭示人物的（實際上是一般的淺層次的）內心和渲染性行為的動作與表情，作者有意識地採用了傳統的俗文學作品中常常採用的詩、詞、對句作為自己多角度描寫性行為的手法。在全書 100 餘次性行為描寫之中，有 20 餘次採用了這樣的特殊方

法。

採用詩的方法，詩有五言、七言的，如第六十八回寫西門慶與妓女鄭愛月性行為時，中間插了一首五言詩：

　　花嫩不禁柔，春風卒未休。花心猶未足，脈脈情無極。低低喚粉郎，春宵樂未央。

又如第六回寫西門慶與潘金蓮私通時有一首七言律詩：

　　寂靜蘭房簟枕涼，佳人才子意何長。
　　方才枕上澆紅燭，忽又偷來火隔牆。
　　粉蝶探香花萼顫，蜻蜓戲水往來狂。
　　情濃樂極猶餘興，珍重檀郎莫背忘。

採用詞的方法，如第十回寫完西門慶與潘金蓮的性行為之後，加了一首〈西江月〉：

　　紗帳香飄蘭麝，娥眉慣把簫吹。雪白玉體透房幃，禁不住魂飛魄碎。
　　玉腕款籠金釧，兩情如醉如癡。才郎情動囑奴知，慢慢多哂一會。

比較多的是採用對句作結的方法，這在《金瓶梅》以前的與同時的戲曲、話本、擬話本和長篇章回體小說中是最常見的表述方法，比如第二十回在描寫西門慶與吳月娘性行為即將結束時，作者寫道：

　　海棠樹上鶯後急，翡翠樑間燕語頻。

又如第五十九回寫完西門慶與鄭愛月性行為之後以對句作結：

　　春點桃花紅綻蕊，風欺楊柳綠翻腰。

用的最多的則是一種詩不像詩，詞不像詞，曲不像曲，對句、排比摻雜，詩詞曲變形的「賦」，有的插在整個描寫之中，有的則放在最後作結。如第七十八回寫西門慶與林氏私通，有一半文字由這種「詩」體承擔（這段文字很長，引用時作了刪減）：

　　錦屏前迷魂陣擺，繡幃下攝魄旗開。迷魂陣上，閃出一員酒金剛、色魔王，能征貫戰；攝魄旗下，擁出一個粉骷髏、花狐狸，百媚千嬌。這陣上撲簌簌冬鼓震春雷，那陣上鬧挨挨麝蘭靉靆。這陣上腹溶溶被翻紅浪，精神健；那陣上刷剌剌帳挖銀鉤，情意乖。這一個，急展展二十四解任徘徊；那一個，忽剌剌一十八滾難掙扎。閒良久，汗浸浸，釵橫鬢亂；戰多時，喘吁吁，枕側衾歪。頃刻間，腫眉

朦眼；霎時下，肉綻皮開。正是：幾番鏖戰貪淫婦，不似今番這一遭。

這一段，完全是運用了演史話本和長篇小說中渲染描繪武戰的比喻方法。下面一段則是用「賦」體直接描寫，這是第八十回描寫潘金蓮與陳經濟性行為的一段：

二載相逢，一朝配偶；數年姻眷，一旦和諧。一個柳腰款擺，一個玉莖忙舒。耳邊訴雨意雲情，枕上說山盟海誓。鶯恣蝶采，旖旎搏弄百千般；狂雨羞雲，嬌媚施逞千萬態。一個低聲不住叫親親，一個摟抱未免呼達達。正是得多少，柳色乍翻新樣綠，花容不減舊時紅。

這些特殊的描寫性行為手法與前面所述的一般的描寫不同僅在於：特殊手法在形式上稍微改變了單調與刻板的表現，在內容上則進一步誇飾和渲染了性行為雙方的外表動作和表情。在這幾種特殊手法中，如果說還有區別，那就是一般的描寫顯得比較含蓄和內向一些，而特殊手法描寫是最為直露和客觀外向的。但不論這些特殊手法與一般描寫有什麼樣的差異，有一點是相同的，那就是無一處不是客觀的描寫。像「情濃樂極猶餘興，珍重檀郎莫背忘」這樣帶有一點主觀情感的詩句是很少的。

三、《金瓶梅》性行為描寫中呈現的文化特徵

現在我們可以把上面所闡述的兩個大項有機地「合併」、分析，來看看《金瓶梅》一書如此大量的性行為描寫所含有的文化意義。

儒家思想、道家思想和以後形成的儒教思想、道教思想以及引進來的佛教思想，無論是它們的發始階段還是後來的發展階段，真正同它們直接發生關係的，也就是把握住它們真諦的，只是少數上層文人和教徒。芸芸眾生只是間接地從這些文人和教徒口中得知這些意識。更多的則是從一般的社會行為準則如道德規範上去和這些高入雲端的思想相接觸。所以，在中國的觀念文化之中，自然有兩種很不同的情況，一種是文人（士）和貴族的觀念文化，一種是世俗民眾的觀念文化。同樣一句「語錄」，同樣一種思想，在這兩種文化之中會有不同的解釋。而對世俗民眾觀念文化產生深刻影響的當然不會是那些思想的「原裝貨」，而只會是經過有影響的文人以及統治者的御用文人咀嚼過的、帶有鮮明功利目的的「組裝貨」甚至是「改裝貨」。

即使是「組裝貨」「改裝貨」，也不是「批發」給庶民，而是「零售」，通過各種宣傳機器，通過說教，把他們認為是對的，認為是有利的像喂食一樣，像賣肉一樣，片言隻語地灌輸給百姓。所以在下層民眾之中，他們只知道孔老夫子說過哪句話，西天老

祖有一句或幾句什麼樣的遺訓，而不知道說這句話的孔子真實完整的思想，不知道有這樣遺訓的老祖的全盤教義。於是，在民眾的觀念之中，如果有什麼信仰，那這種信仰是被改造過的，被閹割過的。這些雜七雜八的思想又被民眾自己的大腦拼湊在一起，構成了民眾自己的富有社會效果和實用價值的「三教合一」的大拼盤。用這種民間「三教合一」的思想作為批判的武器來描寫人情的傑作便是《金瓶梅》了。值得注意的是，《金瓶梅》是產生在明代中葉。這是中國在思想和經濟上都開始出現了近代特徵的時期。而宋明理學經過明初百來年的強制實施，在這個時候似乎已經穩固和平靜下來。然而近代思想的萌芽與商品經濟的發展卻又使這種穩固和平靜出現了漏洞和潛流。也是「三教合一」的理學為了自己的穩固和平靜，同庶民的大拼盤結合在一起，來規範下層民眾的生活，以彌補連連出現的漏洞和阻止滾滾的潛流。這正是明代官方哲學能同民眾觀念結為一體，形成巨大的束縛人性的「力場」的根本原因，也是民間傳統文化與時代道德規範能融為一體的典型表現。

(一)批判的武器與武器的批判。

毫無疑問，《金瓶梅》的作者是以鮮明的封建倫理色彩來創作這部言情小說的。作者在進行性行為描寫時，自然解脫不了封建倫理的框框，總是持否定態度。而對性行為進行批判的武器便是「三教合一」的思想。儒教的勿貪、勿濫、節欲、適度的中和思想，道教的寡欲、清靜、節房事的養生之術，佛教的禁欲、從善、縱欲惡報的因果報應結成了一個完整的觀念，出入在性行為甚至一般的調情顯欲描寫的字裏行間。這些評判的言詞前呼後喊，指責人欲、告誡人們，並且往往上升到倫理綱常的高度進行振聾發聵的批判和說教。

「詞話本」開篇有〈四貪詞〉，分別對「酒、色、財、氣」進行了批判。其中對「色」的批判是：

> 休愛綠鬢美朱顏，少貪紅粉翠花鈿。損身害命多嬌態，傾國傾城色更鮮。莫戀此，養丹田。人能寡欲壽長年。從今罷卻閑風月，紙帳梅花獨自眠。

散佈在全書各回中的批判是批判的主體，例如：

> 潑賤謀心太不良，貪淫無恥壞綱常。（第一回）

> 色不迷人人自迷，迷他端的受他虧；精神耗散容顏淺，骨髓焦枯氣力微；犯著姦情家易散，染成色病藥難醫。古來飽暖生閑事，禍到頭來總不知。（「詞話本」第三回）

參透風流二字禪，好姻緣是惡姻緣。（「詞話本」第五回）

貪財不顧綱常壞，好色全忘義理虧。（「詞話本」第三十四回）

閒閱遺書思惘然，誰知天道有循環；西門豪橫難存嗣，經濟顛狂定被殲；樓月善
良終有壽，瓶梅淫佚早歸泉；可怪金蓮遭惡報，遺臭千年作話傳。（第一百回）

作者對性行為的批判還在於讓性行為者背負著沈重的犯罪心理包袱或以慘不忍睹的
惡報進行懲罰。李瓶兒臨死之前夢見花子虛來勾魂攝魄，使她帶著深沈的內疚在隆重的
葬禮之中重歸花子虛。潘金蓮的下場則是剖腹挖心扯出五臟無人收屍。西門慶脫陽之後
肉體與精神上的痛苦令人不寒而慄，作者又借道士吳神仙之口對西門慶的縱欲損身的行
為予以批判：

醉飽行房戀女娥，精神血脈暗消磨。遺精溺血流白濁，燈盡油乾腎水枯。當時只
恨歡娛少，今日翻為疾病多。玉山自倒非人力，總是盧醫怎奈何！（第七十九回）

不僅如此，作者又搬出佛僧雪洞禪師普靜點醒吳月娘，將西門慶留下的唯一子嗣孝哥兒
化作徒弟出家，再一次給西門慶大大的「惡報」。

作者持有這種對人的情欲、性行為的徹底批判態度，不可能在性行為描寫中去把人
的肉體感受向精神享受昇華的過程寫出來，更不可能把性行為作為美的創造和精神幸福
的來源來描寫。他既要表現這種「淫」「恥」「污」，又要批判它，只有客觀地機械地
再現它，將它拍攝出來抖落在讀者面前，再加上他自己的批詞判語，讓人們知道它的淫
邪和罪惡，達到批判的目的。

但是，作者以「三教合一」的思想和倫理綱常作為武器對性行為的批判同樣也產生
了一種副作用，那就是他所描寫的客觀現象又成了最好的批判「三教合一」的思想和倫
理綱常的實例。作者越是把性行為描寫得客觀、真實、細緻，這種實例的作用便越大，
尤其是具有單方玩弄、表現方式和特殊手段描寫特徵的性行為描寫，它們所展示和渲染
出來的人的情欲和性欲足以說明：再頑固的傳統觀念，再強大的理學思想，再嚴重的倫
理綱常也難以壓抑住人的情和欲，經濟的發展，已經出現了一批不怕來世報應、只重現
世享樂的人物，他們憑藉自己的錢勢同傳統、同現實作對抗、唱反調。

(二)抑止的縱欲和縱欲的抑止。

作者自己從創作動機出發只能客觀地、機械地記錄性行為外在表現，理性對情欲的
壓抑、責任感對幸福感的剝奪而產生的具有單方玩弄、只求感官刺激特徵的性行為則只

能給作者提供低層次的性行為素材。傳統的性文化歸結到一點：男女性行為首先是為了傳種留嗣，性行為本身是次要的，由性行為給雙方帶來的肉體快感和精神享受是次要的。如果想在性行為上追求感情的昇華，那只是「淫蕩」，這種感情便是「淫心」「淫欲」。男女性行為若超過了「傳種留嗣」這個「度」，便可歸之為「淫」，也就是過分了。這應是封建倫理經典作家們所謂的「中節」之「度」的標準了。這種宗法制的、把人作為生殖工具的性文化觀念雖然不如「禁欲主義」那麼殘酷，然而卻在抑止人性、人的情欲問題上殊途同歸。首先，男女性行為感覺中的時間差必然造成性行為中女性被玩弄的特徵，以社會責任感為條件，男子在得到快感泄精之後完全可以不顧及女性的情欲要求，生理上的不公平必然給女子帶來精神上極大的痛苦，加上倫理道德觀念的壓迫，這種痛苦又轉化成難言的內疚，女子的身心都必將受到極大的損害。一旦情感麻木，人性也便被扼殺了。其次，更嚴重的問題還在於，由此所引起的性行為當中的一系列連鎖反應，男子以為性行為不過如此，女人是當然的玩物。於是玩弄的特徵便不僅存在於性交合的過程中，而且滲透到性行為的一切領域。女子由生理上的被動擴大到精神上的被動。而單方玩弄特徵的性行為根本不可能使雙方產生任何意義上的精神昇華，即使雙方都產生了肉體上的快感甚至精神上的享受，也不可能發展到更高層次的幸福感。《金瓶梅》一書中的性行為描寫有 4/5 是性交合的描寫，除了西門慶與潘金蓮、西門慶與李瓶兒有少數性行為出現了精神上的享受感覺之外，大部分都只不過是性器官受到刺激之後的肉體快感而已。將性行為抑止在低層次的感覺範圍裏而不讓它進入只有人才能達到的精神昇華的境界，這實質上也就是在扼殺人性。抑止的縱欲就是縱欲的抑止。人的情欲、性欲已被阻止在低層次階段，所謂的縱欲也就不過是過多追求感官的肉體刺激而已，「縱欲」一詞也便失去了它本身具有的更廣泛、更深刻的含義了。這便是蘭陵笑笑生那生花妙筆在性行為描寫上僅僅停留在表面的客觀形式之上的又一個原因。既然是客觀的描寫，他怎能超越現實而去表現現實中難以存在的東西呢？

(三)好色之富商與富商之好色。

在自然經濟的農業國度裏，伴隨著大多數朝代「農本商末」和「重農輕商」政策，是社會觀念中積澱下來的對商品經濟和商人的偏見。進入明代，商品經濟以其蓬勃發展的形勢向帝王和民眾顯示出它在國民經濟中的重要作用。社會的偏見開始逐漸有所轉變，但上述觀念在全民意識中仍舊有相當的勢力。在人們的心目中，商賈唯利是圖必然喪仁失義，無止境的利欲必然與肆無忌憚的情欲同時發展，而仁義的喪失和情欲的膨脹又必然荒淫無恥，奢侈糜爛。「財」與「色」不分家，在社會對「酒、色、財、氣」的批判中，更多的是把矛頭指向「財」和「色」的，而往往又把二者捆在一起口誅筆伐。

《金瓶梅》在西門慶這個富商身上大做「縱欲身亡」的文章便不是偶然的。

在對西門慶的批判中，作者對貪官污吏的不滿不可謂不是進步的，然而作者以安貧樂道、克儉守禮、寡欲從善這些落後的、保守的觀念來對待社會的變化、衡量新的價值觀念卻顯得迂腐可笑。例如，第十一回，寫完西門慶與眾幫閑在妓女李桂姐家揮霍尋樂，作者的結束詩是：

> 舞裙歌板逐時新，散盡黃金只此身。
> 寄語富兒休暴殄：儉如良藥可醫貧。

接著，作者在第十二回的回首詩（「詞話本」）中直接點名批判：

> 堪笑西門暴富，有錢便是主顧。
> 一家歪斯胡纏，那討綱常禮數。
> 狎客日日來往，紅粉夜夜陪宿。
> 不是常久夫妻，也算春風一度。

又如（「詞話本」）第二十七回的回首詩中有：

> 淫嬻從來由濁富，貪瞋轉念是慈悲。

再如第七十九回在寫完西門慶斷氣身亡之後，作者用了古人的格言將西門慶的死與富聯繫起來了：

> 為人多積善，不可多積財。積善成好人，積財惹禍胎。石崇當日富，難免殺身災。
> 鄧通飢餓死，錢山何用哉！今日非古比，心地不明白，只說積財好，反笑積善呆。
> 多少有錢者，臨了沒棺材！

作者既然如此看待錢財、看待因商因官而富的西門慶，又是如此地把錢財同好色「淫欲」聯繫在一起，那麼在表現性行為時，只能以一個旁觀者——而且是一個帶有偏見的旁觀者去客觀地描寫外在形式了。

不過，作者的這些態度、聯繫和描寫，卻給我們提供了當時富商在人生觀和價值觀上的變化情況。

商賈們當然知道擴大資本與提高利潤的關係。但是，明代的富商大多數並沒有儘可能地去從事擴大資本的經營，尤其是在明代中、晚期，江浙一帶的商賈大多將白花花的銀兩用在自己個人的奢侈消費上。原因很多，其中封建統治者「抑商」政策和傳統的「輕商」觀念對商賈的刁難和精神壓迫是重要的原因。西門慶臨死交代給陳經濟的是九萬兩

銀子的產業，然而他所花費的又豈止是這個數字。這十來萬產業也是他在「千戶」這頂保護傘下經營出來的。

因此，當時的商賈，尤其是富商大賈，他們已經對因果報應、少積財多積德的觀念不感興趣，他們更重視現世、重視今朝有酒今朝樂，相信自己、相信金錢的力量，相信錢財流動的好處。這種好處表現在買賣上是本利相生，表現在消費上是得失相生，去得快，也來得快，有來有去，有去有來。《金瓶梅》同樣也把商賈富豪們的這些心理表現出來了：

> 日墜西山月出東，百年光景似飄蓬。
> 點頭才羨朱顏子，轉眼翻為白髮翁。
> 易老韶華休浪度，掀天富貴等雲空。
> 不如且討紅裙趣，依翠偎紅院宇中。（「詞話本」第十五回）

> 紫陌春光好，紅樓醉管弦。
> 人生能有幾，不樂是徒然。（第十回）

> 歸去只愁紅日短，思鄉猶恨馬行遲。
> 世財紅粉歌樓酒，誰為三般事不迷？（第十八回）

有這樣心理和精神狀態的富商，在女色上所求的主要是刺激，再加上傳統文化觀念對女子的偏見和性文化中各種因素的影響，追求性行為刺激的富商也只能把自己的性戀主要放在外表的姿色刺激和性行為的感官刺激上。因此，性行為中的單方玩弄特徵越加突出了。

（本文完稿於 1988 年 12 月，收入 1990 年 4 月花城出版社出版的本人專著《金瓶梅──中國文化發展的一個斷面》）

《金瓶梅詞話》結構特徵及其文化信息

作為第一部全然以寫實為創作特徵的世情長篇小說的《金瓶梅詞話》，在謀篇佈局的結構問題上不得不經歷一個艱苦的探索過程。因為，在當時的小說領域內，還無先例可鑒。在它之前的歷史演義小說《三國志通俗演義》和英雄傳奇小說《水滸傳》以及與它差不多同時誕生的神魔小說《西遊記》都因各自的題材而形成相應的有特徵的結構。《金瓶梅詞話》題材與三者迥然相異，結構上難有很大的借鑒之處。既然要嚴格地再現現實社會中的人情風貌，就不可能像這三部小說那樣，或依史實之序，在空間上縱橫往來，或依人物故事，時間空間皆不受拘束。於是，《金瓶梅詞話》必須自己走出一條路來，必須跳出還不很豐富的小說創作領域而向姊妹藝術中同類題材的作品借鑒學習，從而構成自己具有特色的結構。

果然，《金瓶梅詞話》比較成功地邁出了這一步，並給後來同類題材的作品開闢了一條道路。

這裏，我們將先討論《金瓶梅詞話》結構特徵中的兩個重要內容：一、全書的總體佈局。二、情節的對比形式及其中的遞層構造。然後，再從這兩個重要內容中勾取它們所攜有的文化信息。

一、全書的總體佈局

《金瓶梅詞話》全書的總體佈局可以這樣概括：以西門慶的家庭為結構核心，以西門慶的活動為結構線索，構成板塊連接的結構形式。

之所以說西門慶的家庭是全書的結構核心，而不是全書的結構框架，因為全書所寫的內容並不僅僅局限在西門慶的家庭中。在空間上，作品描寫了朝廷和妓院，描寫了好幾個高、中層官僚的家庭。但是我們又同時看到，作品中所描寫的任何一個處所，任何一種關係，都與西門慶的家庭有著各種各樣直接或間接的、複雜或簡單的關係。西門慶的家庭，包括西門慶，西門慶的妻、妾，西門慶家的家人、僕婦、書童、小廝，甚至還有西門慶那一歲多一點就夭折的長子官哥兒和 15 歲出家的次子孝哥兒，當然還有西門慶的女兒大姐，與社會上的各個階層、各種人物發生關係，包括高官重臣和市井小民、三

教九流與幫閑光棍。打個比方，西門慶的家庭猶如車轂，而全書所再現的社會各個階層、各種人物猶如車輞，西門慶的家庭與這些階層、人物的關係如同車輻。小說情節的發展如同這種車輪的運轉一樣。

在這個結構核心中，最重要的角色、發揮了最大作用的是西門慶。全書中的主要故事情節、主要人物、主要關係，都包含在西門慶的活動之中。商賈活動、官場活動、娛樂活動，是西門慶日常生活的三大內容，在他的這些活動中，從杭州到東京，從清河到臨清，構成了一張十分複雜的關係網。中央京官例如一人之下萬人之上的蔡京是他的最大保護傘和乾爹；童貫、蔡攸、李邦彥、朱面力、楊戩等人有的是他的上司，有的與他有來往。蔡狀元即後來的兩淮巡鹽蔡御史、山東監察宋巡按、工部郎中安忱是他的至交，劉太監、薛太監是他家的常客，東平府知府胡師文、臨清鈔關錢龍野和清河縣知縣、縣丞、主簿、典史都是見他的帖子行事的同僚，而周守備、夏提刑、荊都監、雷兵備、張團練不僅同為地方武官，而且還常常求助於西門慶。西門慶又有 10 位「兄弟」，盟誓合會，其中有十分能幹的幫閑人物，既為他湊趣幫腔，也為他聯絡社會，通報商信。西門慶還有一些「雞鳴狗盜」之徒一類的圓社、光棍「朋友」，又有幾個常為他物色女人的媒婆。西門慶在妓院進出歇宿，他所包用的李桂姐、吳銀兒、鄭月兒三個妓女也不是不出「院」門的女子。他私通的林太太是已故王招宣的寡婦，他私通的王六兒、如意兒、惠蓮、惠元、賁四嫂也都與社會有種種不同的關係。西門慶手下的家人、夥計走南闖北，下江過河，牽出了不少人物與關係。於是，西門慶的活動，便成了全書結構的主要線索。這根線索的任何一個點上都可以形成重要的情節，全書的情節也就是在這根線索的統率下，鋪展開來，抖落出去。即使在西門慶死後，我們依然可以看到後面的 1/5 的內容與這條線索緊密關聯，有著不可分割的前因後果關係。

下面我們來看看全書的結構形式——板塊連接。

所謂的板塊連接，就是全書的結構實際上是若干相對集中的主要情節分別結成的若干構造塊的有機結合。這些構造塊既相對獨立又合乎情節和人物性格的發展而相互銜接。這裏所說的相對獨立，不是《水滸傳》中的「單人成篇」的相對獨立，也不是《西遊記》中「一難一個故事」的相對獨立，而是在西門慶的家庭這個結構核心和西門慶的活動這條結構線索的前提下，情節發展相對形成「潮起——高潮——潮落」的一個起伏過程，全書的若干構造塊就是若干個這樣的起伏過程。相互銜接，當然也不是《水滸傳》式的「串篇成書」的歸結，也不是《西遊記》式的「取經為串難之線」的連接，而是上一構造塊的形成過程為下一構造塊設伏線，埋情節。而下一構造塊在照應上一構造塊的埋伏的同時，也同樣為再下一構造塊埋伏，全書的情節和人物性格就在這樣的連鎖銜接中發展。

現在讓我們來探討這個問題。

全書一百回，由 10 個構造塊連接而成。這些構造塊各自有這樣的特徵，互相之間又有這樣的關係。

第一回到第十回為第一構造塊：

第一回　景陽崗武松打虎　潘金蓮嫌夫賣風月
第二回　西門慶簾下遇金蓮　王婆子貪賄說風情
第三回　王婆定十件挨光計　西門慶茶房戲金蓮
第四回　淫婦背武大偷姦　鄆哥不憤鬧茶肆
第五回　鄆哥幫捉罵王婆　淫婦藥鴆武大郎
第六回　西門慶買囑何九　王婆打酒遇大雨
第七回　薛嫂兒說娶孟玉樓　楊姑娘氣罵張四舅
第八回　潘金蓮永夜盼西門慶　燒夫靈和尚聽淫聲
第九回　西門慶計娶潘金蓮　武都頭誤打李外傳
第十回　武二充配孟州道　妻妾宴賞芙蓉亭

這是全書的第一構造塊，寫的是西門慶活動中與潘金蓮從相識、私通到娶進門的一段。從情節上說，這塊構造塊是從《水滸傳》的第二十三回到第二十七回這五回中移接過來的，作為全書故事的發端。西門慶沒有死，而且終於成功地了結了武大命案，娶過潘金蓮，發配了武松。這一構造塊作為全部故事的發端還把全書中的主要人物基本上介紹出場。比如西門慶其人、潘金蓮其人、西門慶的家庭主要成員、「十兄弟」、蔡京、楊戩。這一構造塊的高潮從第五回開始掀起，內中穿插第七回西門慶娶孟玉樓的事，漸次將高潮推向頂峰，到第九回西門慶娶進潘金蓮，武松酒樓為兄報仇卻將李外傳打死，跑了西門慶。當武松發配孟州去後，高潮終於落下，妻妾宴賞芙蓉亭便是平靜輕鬆的一段。這一構造塊又為下一構造塊埋設伏線，如西門慶的女兒出嫁，為第十七回伏筆。潘金蓮的性格首先是第十二回的「潘金蓮私僕受辱」的原因之一。當妻妾們歡喜飲宴之時，李瓶兒派丫鬟小廝送東西來，則是兩個構造塊的直接勾連。

第十一回到第二十回為第二構造塊：

第十一回　潘金蓮激打孫雪娥　西門慶梳籠李桂姐
第十二回　潘金蓮私僕受辱　劉理星魘勝貪財
第十三回　李瓶兒隔牆密約　迎春女窺隙偷光
第十四回　花子虛因氣喪身　李瓶兒送奸赴會
第十五回　佳人笑賞玩月樓　狎客幫嫖麗春院
第十六回　西門慶謀財娶婦　應伯爵慶喜追歡

第十七回　宇給事劾倒楊提督　李瓶兒招贅蔣竹山
第十八回　來保上東京幹事　陳經濟花園管工
第十九回　草裏蛇邏打蔣竹山　李瓶兒情感西門慶
第二十回　孟玉樓義勸吳月娘　西門慶大鬧麗春院

這一構造塊的主要情節是寫西門慶與李瓶兒的事，它直接與第十回對花子虛夫婦的介紹連接起來。然而，為揭示將來金、瓶矛盾的來源與必然性，在第十一回與第十二回中敘述了金蓮的性格與心理活動。又在敘述西門慶與李瓶兒相識、密約、納娶的過程中穿插了西門慶的嫖妓、遇劾、探信等情節以及與西門慶遇劾相關連的瓶兒的一段曲折路程，大情節中所包含的諸事件也是波瀾曲折的。前一構造塊中出現的人物在這裏得到進一步的描述，同時也繼續交代了幾個新的人物，如吳銀兒、李桂姐、周守備、夏提刑、張團練、荊千戶、賀千戶、蔣竹山等人。該構造塊的高潮起波在第十四回，與瓶兒的私通情篤與妓院的歡娛得意將高潮波瀾推將起來。第十七回為高潮的頂點，女兒、女婿與壞消息的到來，把西門慶從得意的頂點掀到沮喪和擔心的深淵；而瓶兒招贅蔣竹山又使剛剛復甦的西門慶氣得踢僕罵妾。到第二十回，瓶兒進了西門慶家成為第5個小妾，一陣責打與解釋之後，終於趨於和解，高潮落下，新的構造塊開始醞釀起來。這裏的伏筆主要有：瓶兒誤以金蓮為知己，然而矛盾已經出現並有了初步的發展；金蓮的三寸利舌，也使西門慶與吳月娘的關係出現裂痕；西門慶在官場的關係已經複雜起來，由過去的間接性變為直接性，這便成為後來官員進出西門府第的前提；陳經濟成了西門慶的好幫手，然而女婿也開始與丈母娘——金蓮搭腔調情，為全書設一大關目。

第三構造塊是從第二十一回到第三十回，是全書的第一個大高潮：

第二十一回　吳月娘掃雪烹茶　應伯爵替花勾使
第二十二回　西門慶私淫來旺婦　春梅正色罵李銘
第二十三回　玉簫觀風賽月房　金蓮竊聽藏春塢
第二十四回　經濟元夜戲嬌姿　惠祥怒詈來旺婦
第二十五回　雪娥透露蝶蜂情　來旺醉謗西門慶
第二十六回　來旺兒遞解徐州　宋惠蓮含羞自縊
第二十七回　李瓶兒私語翡翠軒　潘金蓮醉鬧葡萄架
第二十八回　陳經濟因鞋戲金蓮　西門慶怒打鐵棍兒
第二十九回　吳神仙貴賤相人　潘金蓮蘭湯午戰
第三十回　來保押送生辰擔　西門慶生子喜加官

第三構造塊，由照應前一構造塊的西門慶與吳月娘關係的和解開始，將西門慶的活動這條結構線索與西門慶的家庭這一結構核心最密切地結合起來。這裏基本上是寫西門

慶家中諸事:西門慶與家人來旺的老婆惠蓮私通,以至引起了金蓮的不滿和報復心理及言行;來旺因此也與西門慶和金蓮發生矛盾,於是西門慶在金蓮的參與下,處置了來旺,瞞騙了惠蓮;惠蓮在金蓮的一再進攻面前,自感無還手之力,含羞自縊;瓶兒的懷孕使潘金蓮的嫉妒加深,金、瓶二人的矛盾在不斷深化;金蓮與西門慶交歡求樂丟失鞋子,於是引出了西門慶怒打幼孩和陳經濟調戲金蓮。第二十五回開始聳動波瀾,惠蓮的死並沒有使金蓮心滿意足,而瓶兒的懷孕使她更感到危機重生,於是嫉妒之中追寵求樂,所以第二十七回是波瀾的高潮,一直到第二十九回。第二十九回中吳神仙的相面算命,可謂「靈驗中的」,這實際上是作者借吳神仙之口,對西門慶及其妻妾這些人物形象的一次高度概括,也是後面的全書主要人物的性格和言行的總體規劃。第三十回,西門慶生子加官,其樂融融,高潮落了下去,矛盾被歡慶氣氛掩蓋,第三構造塊算是結束。值得注意的是第二十九回和第三十回除了本身屬於整體結構中的中間一部分外,還具有對過去情節的概括總結和對將來情節發端開啟的作用,可以說是全書的第一個大高潮,具有重要的整體結構意義,西門慶及其妻妾從過去的純然的商人及「商人婦」轉向了「官商」及「官商夫人」之類。從此,「結構核心」和「結構線索」的性質特徵更加明顯了。西門慶得到的「子」和「官」是下面情節的最大伏筆,最重要的「前因」。

第四構造塊為第三十一回到第四十回:

第三十一回　琴童藏壺覷玉簫　西門慶開宴吃喜酒
第三十二回　李桂姐拜娘認女　應伯爵打諢趨時
第三十三回　陳經濟失鑰罰唱　韓道國縱婦爭鋒
第三十四回　書童兒因寵攬事　平安兒含憤戳舌
第三十五回　西門慶挾恨責平安　書童兒妝旦勸狎客
第三十六回　翟謙寄書尋女子　西門慶結交蔡狀元
第三十七回　馮媽媽說嫁韓氏女　西門慶包占王六兒
第三十八回　西門慶夾打二搗鬼　潘金蓮雪夜弄琵琶
第三十九回　西門慶玉皇廟打醮　吳月娘聽尼僧說經
第四十回　抱孩童瓶兒希寵　妝丫鬟金蓮市愛

西門慶得官,於是忙於官員的來往交接,除了在前面已出場的官僚外,劉、薛二位太監登場;瓶兒生子,身價百倍,帶來了幸福,也開始受人暗算,潘金蓮蓄意加害瓶兒母子;翟謙是西門慶在京城中最重要的關係樞紐,他不僅使西門慶有遇難呈祥、去災升官的機會,也給他將來的官場鋪平了道路。於是西門慶一方面忙於迎接蔡狀元、安進士,在官場關係中用金錢成功地打響了一炮,一方面又積極為翟謙選女擇妾,同時,自己又同王六兒私通;潘金蓮為維持自己在西門家中的地位,一方面開始不斷地向李瓶兒母子

進攻，一面繼續與陳經濟調情，以填補自己精神上的空虛和情欲上的飢渴；而吳月娘則虔誠地請來尼姑講經說佛。西門慶的活動，西門慶家中這幾個妻妾之間的矛盾，是作品情節發展的動力。這一構造塊的高潮頂點是第三十八回「潘金蓮雪夜弄琵琶」，起波是從書童兒和平安兒的矛盾開始，結束於金蓮妝扮丫鬟而使西門慶悅心於她。這個高潮的內容是西門慶及其妻妾之間的矛盾關係，這一關係已出現了極不平衡的狀態，以李瓶兒為軸心，吳月娘和潘金蓮二人的不同的特徵得到了充分的表現，這種不平衡的矛盾關係雖然在金蓮的無拘無束的打諢取笑中得到暫時的安定，然而卻是下面幾個構造塊的重大隱線。

從第四十一回到第五十回為第五構造塊：

第四十一回　西門慶與喬大戶結親　潘金蓮共李瓶兒鬥氣
第四十二回　豪家攔門玩煙火　貴客高樓醉賞燈
第四十三回　為失金西門慶罵金蓮　因結親月娘會喬太太
第四十四回　吳月娘留宿李桂姐　西門慶醉拶夏花兒
第四十五回　桂姐央留夏花兒　月娘含怒罵玳安
第四十六回　元夜遊行遇雪雨　妻妾笑卜龜兒卦
第四十七回　王六兒說事圖財　西門慶受贓枉法
第四十八回　曾御史參劾提刑官　蔡太師奏行七件事
第四十九回　西門慶迎請宋巡按　永福寺餞行遇胡僧
第五十回　琴童潛聽燕鶯歡　玳安嬉遊蝴蝶巷

潘金蓮對李瓶兒的進攻在持續，而西門慶新官上任便因貪贓枉法而險出大事。這是該構造塊對前面情節的照應、發展，也是為後來的故事張目。這裏的高潮內容是西門慶官場上的事，從第四十七回開始，第四十八回為頂點，由於西門慶官場關係網的效果，很快便跳出了災難的困境。西門慶不僅又結識了宋喬年，而且商賈買賣也因禍得福，又進一大筆財利。高潮在西門慶得胡僧春藥並在王六兒身上初試其效的歡娛之中平息下來。這一高潮的平息給下文又設下一重大隱線，並且是全書第三大高潮——西門慶夭亡的直接伏筆。

從第五十一回到第六十回為第六構造塊：

第五十一回　月娘聽演金剛科　桂姐躲在西門宅
第五十二回　應伯爵山洞戲春嬌　潘金蓮花園看蘑菇
第五十三回　吳月娘承歡求子息　李瓶兒酬願保兒童
第五十四回　應伯爵郊園會諸友　任醫官豪家看病症
第五十五回　西門慶東京慶壽旦　苗員外揚州送歌童

第五十六回　西門慶周濟常時節　應伯爵舉薦水秀才

第五十七回　道長老募修永福寺　薛姑子勸捨陀羅經

第五十八回　懷妒忌金蓮打秋菊　乞臘肉磨鏡叟訴冤

第五十九回　西門慶摔死雪獅子　李瓶兒痛哭官哥兒

第六十回　李瓶兒因暗氣惹病　西門慶立段鋪開張

　　在這一構造塊中，西門慶官場活動和金蓮對瓶兒母子的進攻齊頭並進。西門慶進京慶賀蔡京壽辰並拜為義父而受到蔡京的厚遇是西門慶官場活動的得意之舉；金蓮馴養雪獅子貓將官哥兒嚇死也是金蓮進攻瓶兒的致命一擊。這兩件事被安排在一個構造塊中，形成了激烈的衝突，成了西門慶家庭這個結構核心中的大事，於是西門慶的榮耀和西門慶的痛苦便成了全書第二高潮的發展趨勢。而吳月娘苦求子息聽經信佛則在這一激烈的衝突之中顯示出異常的平靜，使整個構造塊保持平衡。這一構造塊的高潮頂峰在第五十九回，其波瀾之初則從第五十五回開始，由歡慶熱鬧的場面逐漸推向悲慘痛苦的場面。第六十回，以瓶兒暗氣惹病設下伏線，而以西門慶開緞鋪的喜慶暫時抹去悲苦的色彩，結束這一構造塊的高潮。

　　第七構造塊為全書的第二大高潮，它由第六十一回到第七十回的十回組成：

第六十一回　韓道國筵請西門慶　李瓶兒苦痛宴重陽

第六十二回　潘道士解禳祭燈法　西門慶大哭李瓶兒

第六十三回　親朋祭奠開筵宴　西門慶觀戲感李瓶

第六十四回　玉簫跪央潘金蓮　合衛官祭富室娘

第六十五回　吳道官迎殯頒真容　宋御史結豪請六黃

第六十六回　翟管家寄書致賻　黃真人煉度薦亡

第六十七回　西門慶書房賞雪　李瓶兒夢訴幽情

第六十八回　鄭月兒賣俏透密意　玳安殷勤尋文嫂

第六十九回　文嫂通情林太太　王三官中詐求奸

第七十回　西門慶工完升級　群僚庭參朱太尉

　　李瓶兒的死和西門慶為瓶兒送葬是這一構造塊的主要內容。在這裏，西門慶家各等人物和西門慶的各層親朋好友、同僚吏員都以祭奠瓶兒或勸慰西門慶為題出現在西門慶家中這個結構核心的空間，各個人物的外貌內心也都得到了不同的表現。這個空間，於是成了死人的祭奠場和活人的舞台。西門慶對瓶兒死的痛心哀悼使這個人物的心理和思想更趨複雜。潘金蓮在瓶兒死後，又把進攻矛頭開始移向吳月娘，瓶兒臨終前對西門慶的幾番訴說是展現瓶兒個性發展的終結，而她對月娘的真誠提醒及月娘的領悟為下面幾個構造塊中月娘與金蓮的矛盾伏筆。所以說，這一構造塊是全書的高潮，在結構上具有

重要的承啟意義。這裏的高潮從第六十二回李瓶兒死開始，一直推到第六十七回李瓶兒夢訴幽情，對西門慶和李瓶兒兩人都進行了深刻的描寫，西門慶對李瓶兒的悲痛哀思達到了極深沈的程度。高潮過後，以西門慶私通林太太和進京謝恩升官的歡悅喜慶氣氛結束該構造塊而轉向新的高潮。

第七十一回到第八十回為第八構造塊，是全書的第三個大高潮，也是西門慶本人活動的最後一段歷程：

第七十一回　李瓶兒何千戶家託夢　提刑官引奏朝儀

第七十二回　王三官拜西門為義父　應伯爵替李銘釋冤

第七十三回　潘金蓮不憤憶吹簫　鬱大姐夜唱鬧五更

第七十四回　宋御史索求八仙鼎　吳月娘聽宣黃氏卷

第七十五回　春梅毀罵申二姐　玉簫愬言潘金蓮

第七十六回　孟玉樓解慍吳月娘　西門慶斥逐溫葵軒

第七十七回　西門慶踏月訪愛月　賁四嫂倚牖盼佳期

第七十八回　西門慶兩戰林太太　吳月娘玩燈請藍氏

第七十九回　西門慶貪欲得病　吳月娘墓生產子

第八十回　陳經濟竊玉偷香　李嬌兒盜財歸院

西門慶被升為正千戶掌刑，他在京城入朝謝恩，拜官受職，可謂是得意之極。自得胡僧春藥之後，每每縱欲無拘，而官運亨通和商賈大利把他的無拘無束推到了頂點，從而「樂極生悲」，得病夭亡。這一構造塊的中心便是把西門慶的這種趨勢及發展過程再現出來。該構造塊的高潮從第七十七回開始，直到第七十九回西門慶一命嗚呼為止。同時，這一高潮也是緊接第二大高潮過後掀起的第三大高潮，頂點是在第七十九回。這一回，如同西門慶一生活動終結時的峰巔，西門慶之所以到達這個峰巔，是他前面一切行為的必然結果，而這個峰巔的實現同時意味著一切的消失。於是，從此以後，小說所表現的情節及其發展趨勢就是在繼續敘述之中來完成照應前文和交代其他人物歸屬的任務，直至完全實現作者的創作意圖。就在西門慶死的同時，吳月娘生下了孝哥兒，西門慶一死，潘金蓮與陳經濟的關係趨於密切，春梅毀罵申二姐已顯示出她即將成為下文構造塊中的主角人物。這三件事是該構造塊留給下文的題目和中心情節，而西門慶死時眾官僚的冷淡情景和幫閑人物生發的二心，也預示著下文不可能再有西門家宅熱鬧的景象了，這便是該構造塊相對全書結構來說所具有的第三大高潮的意義所在。

第八十一回到第九十回為第九構造塊：

第八十一回　韓道國拐財倚勢　湯來保欺主背恩

第八十二回　潘金蓮月夜偷期　陳經濟畫樓雙美

第八十三回　秋菊含恨泄幽情　春梅寄柬諧佳會
第八十四回　吳月娘大鬧碧霞宮　宋公明義釋清風寨
第八十五回　月娘識破金蓮姦情　薛嫂月夜賣春梅
第八十六回　雪娥唆打陳經濟　王婆售利嫁金蓮
第八十七回　王婆子貪財受報　武都頭殺嫂祭兄
第八十八回　潘金蓮託夢守禦府　吳月娘布施募緣僧
第八十九回　清明節寡婦上新墳　吳月娘誤入永福寺
第九十回　來旺盜拐孫雪娥　雪娥官賣守備府

這一回交代韓道國、湯來保、孫雪娥、來旺兒幾個人的情況，但重心是放在表現以吳月娘為代表的「正」和陳經濟、潘金蓮、春梅三人的「邪」的矛盾鬥爭上。吳月娘上泰山還願一回顯示出她的「堅貞不屈」，而陳經濟與雙美同歡表現了他們的「淫邪喪倫」，這便為他們各自不同的結局設下了重大的「前因」。果然，金蓮慘死於武松復仇的利刃之下；春梅被賣，是全書最後一個構造塊的前提；春梅不計前嫌與月娘相交，又是最後一個構造塊的條件，吳月娘在獲得「堅貞不屈」的美名的同時，也付出了兒子出家的重大代價，然而月娘此時還沒意識到這一點，這更是全書結束的一重大伏筆。該構造塊的高潮從第八十四回開始，金蓮被殺露屍街頭的第八十七回是扣人心弦的高潮頂峰，第八十九回月娘和春梅在永福寺相會，以融洽的氣氛結束了這一高潮。

接下去，以孫雪娥出逃未遂被賣於守備府受辱於春梅腳下和陳經濟威脅吳月娘作為銜接，轉入了第十構造塊。

第十構造塊為第九十一回到第一百回：
第九十一回　孟玉樓愛嫁李衙內　李衙內怒打玉簪兒
第九十二回　陳經濟被陷嚴州府　吳月娘大鬧授官廳
第九十三回　王杏庵仗義賙貧　任道士因財惹禍
第九十四回　劉二醉毆陳經濟　酒家店雪娥為娼
第九十五回　平安偷盜假當物　薛嫂喬計說人情
第九十六回　春梅遊玩舊家池館　守備使張勝尋經濟
第九十七回　經濟守禦府用事　薛嫂賣花說姻親
第九十八回　陳經濟臨清開大店　韓愛姐翠館遇情郎
第九十九回　劉二醉罵王六兒　張勝忿殺陳經濟
第一百回　韓愛姐湖州尋父　普靜師薦拔群冤

這是全書的最後一個構造塊，春梅是其中的最重要主角人物，主要內容是春梅與陳經濟的故事。春梅在守備府受寵生子，仍不忘昔日的一切，她對雪娥的處置可謂步驟有

致,而對陳經濟的安排可謂計劃得當。但是作者迫於「因果報應」和「縱欲亂倫者當死」的創作動機,春梅與陳經濟都死於「必然」。吳月娘在這一構造塊中忙於應付幾件要命的大事,而這幾件事卻又與陳經濟和春梅發生關係,所以整個構造塊渾然一體,從作者的創作動機來講,這可真是絕妙一結。所以說,第九、第十構造塊雖然是西門慶死後之事,卻無一不同西門慶生前的活動密切相關,故事並未脫離這條結構線索,而是這條線索的延伸。同時故事依然以西門慶的家庭為結構核心,全書的結構便不因家庭瑣事而顯鬆散,反以家庭關係顯其緊湊有序。作者最後採用虛幻之筆,通過普靜禪師薦拔群冤,讓一個個已死的人物依次出來自報前因後果,實際上是一個既簡略又形象的回顧概括,又借禪師禪杖點化孝哥兒,讓西門慶原形出現,更點明了全書的結構主線,收攏全書。

現在我們可以再歸納一下全書的總體佈局了:作者在再現現實世界各種、各層人物的時候,以西門慶的家庭為結構核心,作者在敘述複雜而又高潮層出的故事時,以西門慶的活動為主要的結構線索;全書依時間順序將故事依其規律自然地發展,又在有藝術選擇的前提下,注意突出主要人物之間的關係及其性格發展的階段性,使全部的故事形成了各具高潮的十個構造塊,這些構造塊前呼後應,前伏後出,有機地相互勾連,而這些構造塊的這些特點和聯繫,使全部的故事在發展中由人物命運和現實矛盾所決定,出現了三大高潮:一是西門慶生子加官之時(第三構造塊),二是瓶兒之死及安葬之時(第七構造塊),三是西門慶病死之時(第八構造塊)。

二、情節的對比形式及其中的遞層構造

在作者因果有報、懲惡揚善思想指導下,與全書的總體佈局相呼應的是情節的對比形式。這種情節的對比形式的實質實現了不同人物的鮮明對比,尤其是倫理道德層次的反差。又由於人物倫理道德層次的對比是情節對比形式的實質內涵,所以當情節連續發展而人物出現變動時,在結構上便出現了遞層發展的構造,從這個意義上講,《金瓶梅詞話》便不僅僅是因作品中與西門慶關係密切的三個女人的名字而得名,而且也是整個作品結構意義的一種表示。

我們先看情節的對比形式。

對比目的在於使對比雙方更加突出各自的特徵,情節的展示是為了展示人物,所以說情節的對比形式實質上是人物形象特徵的鮮明化。作者創作《金瓶梅》的動機是十分鮮明的,那就是以因果報應為手段,極盡詳細地再現各種人物的倫理道德言行及其相應結局,達到褒善貶惡、揚善懲惡的目的,以勸戒時人與後代。因此,作者有意識地採用了情節的對比形式來實現自己的創作意圖。全書中的情節對比形式往往呈現交錯複雜的

情況，但由於作者的總體佈局是以西門慶的家庭為結構核心，以西門慶的活動為結構線索，構成板塊連接的結構形式，所以，情節對比雖然交錯複雜，卻還是主次分明、條理清晰的。這裏主要的情節對比安排在吳月娘的有關情節和潘金蓮、春梅的有關情節的發展之中。在這裏，吳月娘是作為一個合乎倫理道德規範的賢妻良母出現的（儘管有時她的言行也會突破這種規範而更合乎人性），潘金蓮、春梅則是作為兩個違背倫理道德規範的淫女蕩婦出現的（儘管有時她們的言行也會拘泥於這種規範）。其他的對比都與她們的對比相關聯。如孟玉樓與潘金蓮、李嬌兒與孫雪娥、李瓶兒與吳月娘、李瓶兒與潘金蓮這些人的言行情節的對比。這都是女性範圍內的情節對比，她們都有一個共同的倫理道德標準。

西門慶也存在著與他人對比的情節，與比他地位、權勢高的人對比，與他的同僚們對比，與他的親朋好友們對比。眾多的對比突出了他在財、色、酒、氣諸方面的心理思想言行特徵。但是當我們把作者的創作動機與書中描寫的倫理道德範疇的情節結合起來觀察時，會發現作者對西門慶的批判更主要是採用別的方式：封建倫理道德規範有其嚴格的性別區分，男女難以產生直接對比之處。所以，作者十分巧妙地在女性之間採用對比形式謀篇佈局，使她們在對比中分化成兩組色彩十分鮮明的人物，而西門慶對這兩組人物的不同態度便形成了他自己的色彩，於是西門慶的道德特徵便明顯化了。這樣看來，作者把吳月娘的情節和潘金蓮、春梅的情節對比是作為全書結構的一種主要形式，使之有效地服從於自己的創作動機，服從於全書的總體佈局。

下面便是這種對比形式所呈現的主要情節及其意義：

潘金蓮進了西門慶家，潘金蓮、吳月娘二人各自觀察。

吳月娘：

> 生的面若銀盆，眼如杏子，舉止溫柔，持重寡言。（第九回）

潘金蓮：

> 從頭看到腳，風流往下跑；從腳看到頭，風流往上流。論風流，如水晶盤內走明珠；語態度，似紅杏枝頭籠曉日。（第九回）

春梅與雪娥有隙，又為做餅給西門慶吃的事吵鬧起來。

吳月娘：

> 雪娥第一次挨打，吳月娘聽聲響問清情況後說道：「也沒見，他要餅吃，連忙做了與他去就罷了，平白又罵他房裏丫頭怎的！」「於是使小玉走到廚房，攛掇雪娥和家人媳婦連忙攢造湯水，打發西門慶吃了。」當雪娥來向月娘訴苦時，月娘

責備她：「也沒見你，他前邊使了丫頭要餅，你好好打發與他去便了，平白又罵他怎的？」金蓮走進房來與雪娥吵，「月娘道：『我也不曉的你們底事，你每大家省言一句兒便了。』」「那吳月娘坐著，由著他那兩個，你一句，我一句，只不言語。後來見罵起夾……拉些兒不曾打起來。月娘看不上，使小玉把雪娥拉往後邊去。」當孫雪娥再次挨打時，「多虧吳月娘向前拉住了手，說道：『沒的大家省事些兒罷了，好交你主子惹氣。』」（第十一回）

潘金蓮：

「潘金蓮在家，恃寵生驕，顛寒作熱，鎮日夜不得個寧靜。性極多疑，專一聽籬察壁，尋些頭腦廝鬧。」見春梅與雪娥爭吵，先是在西門慶面前挑唆道：「我說別要使他去，人自恃和他合氣，說俺娘兒兩個攔擱你在這屋裏。只當吃人罵將來。」激得西門慶踢打得「雪娥疼痛難忍」。後來自己又與雪娥交鋒，見月娘不偏不倚，「這潘金蓮一直歸到前邊，卸了濃妝，洗了脂粉，烏雲散亂，花容不整，哭得兩眼如桃，倘在床上」，等西門慶回頭，又是一番挑唆，激得西門慶「三屍神暴跳，五陵氣沖天，一陣風走到後邊，采過雪娥頭髮來，盡力拿短棍打了幾下」。（第十一回）

西門慶在妓院梳籠李桂姐半個多月不歸。「丟的家中這些婦人都閑靜了。」
吳月娘：

「不想……西門慶生日來到。吳月娘見西門慶在院中留戀煙花，不想回家，一面使小廝玳安，拿馬往院中接西門慶。」不料人未接到，玳安還挨了打罵回來。「月娘便道：『你看，恁不合理！不來便了，如何去罵小廝來？如何狐迷變心這等的！』」孫雪娥和李嬌兒把金蓮私僕的事告訴月娘。「月娘再三不信」，還責怪她們不該同金蓮鬥氣。後來西門慶回來。二人要去告訴西門慶，月娘又加阻止：「他才來家，又是他好日子。你每不依我，只顧說去，等住回亂將起來，我不管你。」（第十二回）

潘金蓮：

「別人猶可。惟有潘金蓮這婦人，青春未及三十歲，欲火難禁一丈高，每日和孟玉樓兩個打扮的粉妝玉琢，皓齒朱唇，無一日不走在大門首倚門而望，等到黃昏時分。到晚來歸入房中，漐枕孤幃，鳳台無伴。睡不著……」後來便與孟玉樓帶來的小廝琴童私通。事發，西門慶趕出琴童，鞭審潘金蓮。金蓮連哭帶叫，又賭誓，

又要春梅作證，又是求饒，方才過關。（第十二回）

李瓶兒進了西門慶家。西門慶請客吃會親酒，讓瓶兒同眾人見面，眾人一番奉承，竟唱出了「永團圓世世夫妻」。

吳月娘：

> 「那月娘雖故好性兒，聽了這兩句，未免有幾分動意，惱在心中。」「月娘歸房，甚是悒怏不樂。」吳大舅以三從四德婦道之常勸說月娘，「月娘道：『早賢德好來，不教人這般憎嫌。他有了他富貴的姐姐（指瓶兒——筆者注），把俺這窮官兒家丫頭，只當七故了的算帳。你也不要管他，左右是我，隨他把我怎麼的罷。——賊強人，從幾時這等變心來！』說著，月娘就哭了。」（第十二回）

潘金蓮：

> 「金蓮向月娘說道：『大姐姐，你聽唱的。小老婆今日不該唱這一套。他做了一對魚水團圓，世世夫妻，把姐姐放到哪裏？』」「自此西門慶一連在瓶兒房裏歇了數夜。別人都罷了，只是潘金蓮惱的要不的，背地唆調吳月娘，與李瓶兒合氣；對著李瓶兒，又說月娘許多不是，說月娘容不的人。」（第十二回）

西門慶因金蓮的挑唆，與吳月娘反目。

吳月娘：

> ——原來吳月娘，自從西門慶與他反目不說話以來，每月吃齋三次，逢七拜斗，夜夜焚香，祝禱穹蒼，保佑夫主早早回心，齊理家事，早生一子，以為終身之計。……少頃，月娘整衣出房，向天井內滿爐炷了香，望空深深禮拜，祝道：「妾身吳氏，作配西門，奈因夫主流戀煙花，中年無子。妾等妻妾六人，俱無所出，缺少墳前拜掃之人。妾夙夜憂心，恐無所託。是以瞞著兒夫，發心每逢夜於星月之下，祝贊三光。要祈保佑兒夫，早早回心，棄卻繁華，齊心家事，不拘妾等六人之中，早見嗣息，以為終身之計，乃妾之素愿也。」（第二十一回）

潘金蓮：

> 金蓮從玉樓嘴中得月娘與西門慶重歸於好的消息，說道：「早時與人家做大老婆，還不知怎樣久慣牢成！一個燒夜香，只該默默禱祝，誰家一徑倡揚，使漢子知道了，有這個道理來？又沒人勸，自家暗裏又和漢子好了。硬到底才好，乾淨假撇清！」（第二十一回）

西門慶與來旺老婆惠蓮私通，金蓮自是不滿。趁來旺醉謗西門慶，西門慶得知要懲處來旺而又奈惠蓮之情不可，金蓮屢屢逼迫西門慶要徹底解決來旺夫婦。

吳月娘：

> 月娘見西門慶聽信金蓮的話，懲處來旺，再三勸解，反被西門慶怒目斥罵。「月娘當下羞赧而退。回到後邊，向玉樓眾人說道：『如今這屋裏亂世為王，九條尾巴狐狸精出世……。』」惠蓮第一次自縊，被眾人救下。「須臾攘的後邊知道，吳月娘率領李嬌兒、孟玉樓、西門大姐、李瓶兒、玉簫、小玉都來看視」，好生勸慰了半日，安排僕婦服侍。惠蓮第二次自縊，是月娘發覺，然而時間已晚。月娘一邊派人去找西門慶，一邊在家中安排事情。（第二十六回）

潘金蓮：

> 金蓮先是「在房中雲鬟不整，睡搵香腮，哭的眼壞壞的」，把來旺兒醉酒謗言說給西門慶聽，自此，金蓮便把西門慶一步一步地逼向置來旺和惠蓮於死地而後快的境地：不准讓來旺去東京送生辰擔；設拖刀計，給來旺戴上殺主換銀之罪；瞞住惠蓮，要提刑所將來旺往死裏打，直至遞解徐州，臨別時不讓夫妻見面。後來，金蓮又連施離間計，使惠蓮自縊身亡。（第二十五、二十六回）

瓶兒生子前後。

吳月娘：

> 月娘見瓶兒肚子痛得沒聽完曲就回房中去了，她「聽了詞曲，耽著心，使小玉房中瞧去」。聽說疼得在炕上打滾，月娘慌得趕快派人請接生婆。接生婆來後，月娘親自在旁邊照應。孩子生了下來。「吳月娘報與西門慶」，「合家歡喜」。從此，月娘對瓶兒母子倍加關懷。她見金蓮驚嚇孩兒，「說道：『五姐，你說的什麼話？早是他媽媽沒在跟前，這咱晚平白抱出他來做什麼？舉的恁高，只怕唬著他。他媽媽在屋裏忙著手哩。』便叫道：『李大姐你出來，你家兒子尋你來了。』」孩子後來受驚生病，月娘總是按自己所認為的最有效辦法去治療，又告誡瓶兒多留心提防金蓮。後來官哥兒被雪獅子嚇了，月娘責問金蓮。官哥兒死，月娘心中好不惋惜。（第三十、三十二、五十三、五十九回）

潘金蓮：

> 「那潘金蓮見李瓶兒待養孩子，心中未免有幾分氣。在房裏看了一回，把孟玉樓拉

出來，兩個站在西稍間屋檐柱兒底下，那裏歇涼，一處說話。說道：『耶嗪嗪緊著熱剌剌的擠了一屋子裏人，也不是養孩子，都看著下象膽哩！』」接著又說出孩子不是西門慶家的人和嘲罵月娘瓶兒的話來。「這潘金蓮聽見生下孩子來了，合家歡喜，亂成一塊，越發怒氣生，走去了房裏，自閉門戶，向床上哭去了。」從此，金蓮更是嫉妒瓶兒，把進攻的矛頭直接對準瓶兒母子，直至馴雪獅子貓嚇死官哥兒。（第三十、三十二、五十九回）

月娘多次請尼姑來家講經說佛，並邀眾女眷聽講。
吳月娘：

月娘常常是誠心聽講，真心向善，往往是自己一個人堅持到最後，還要追問結果。西門慶對尼姑道婆不滿，多有責罵，月娘總是為尼姑辯護，責怪西門慶不該苛責出家人。（第五十、五十一、七十四回等）

潘金蓮：

潘金蓮則不信因果報應、佛法之類，聽講經有時是出於無奈，人在心不在，不是心往「邪」處想，便是中途溜走，不時還會罵尼姑幾句。月娘說她「本不是聽佛法的人」。（第五十、五十一、七十四回等）

溫葵軒好男風，常逼迫畫童兒行事。畫童兒忍受不了，回來哭泣，被眾人發現詢問事由，玳安把事情挑出個頭來。金蓮先問了起來。
吳月娘：

月娘聽了，便喝道：「怪賊小奴才兒，還不與我過一邊去！也有這六姐，只管好審問他，說的殘死了。我不知道，還當好話兒，側著耳朵聽他。這蠻子也是個不上蘆葦的行貨子，人家小廝與使，卻背地幹這個營生！」（第七十六回）

潘金蓮：

那潘金蓮得不的風兒就是雨兒，一面叫過畫童兒來，只顧問他：「小奴才，你實說，他呼你做什麼？你不說，看我教你大娘打你。」逼問那小廝急了，說道：「他只要哄著小的，把他的行貨子……」（第七十六回）

西門慶死前，貪欲醉酒，回家後，潘金蓮以數倍的春藥灌給西門慶吃，以求歡行樂。西門慶精血瀉出，昏迷過去。次日又暈倒了。

吳月娘：

> 「月娘不聽便了，聽了魂飛天外，魄散九霄，一面分付雪娥快熬粥，一面走來金蓮房中看視。」安排好西門慶，月娘逐一審問昨日跟隨西門慶的家人侍僕，又審問金蓮昨晚之事。（第七十九回）

潘金蓮：

> 潘金蓮一面趕緊要秋菊去取粥給西門慶吃，一面極力遮掩自己的過失。每當僕人說出西門慶昨日喝酒之事和私通之婦人，金蓮便插嘴指責，以求自己的解脫。（第七十九回）

西門慶死後。

吳月娘：

> 月娘拖著剛剛生孩子的身子，應付外來親朋好友、官僚吏員的弔唁看望，還要處理家中諸事安排，安葬西門慶。（第七十九、八十回）

潘金蓮：

> 潘金蓮則與陳經濟「兩個嘲戲，或在靈前溜眼，帳子後調笑」，乃至屋裏求歡，隔窗咂舌親嘴。（第八十回）

從此以後，月娘矢志守寡，金蓮與陳經濟的關係卻半公開化了，還把春梅拉了進來。

吳月娘：

> 「吳月娘請將吳大舅來商議，要往泰安州頂上與娘娘進香，西門慶病重之時許的願心。」於是在碧霞宮堅辭殷天錫之逼迫，清風寨又拒絕了王英之強意，可謂貞去節來。月娘後來在抓住金蓮、經濟私通事時也說：「我今日說過，要你自家立志，替漢子爭氣。像我進香去，兩番三次被強人擄掠逼勒，若是不正氣的，也來不到家了。」（第八十四、八十五回）

潘金蓮：

> 「自從月娘不在家，和陳經濟兩個，前院後庭，如雞兒趕彈兒相似，纏做一處，無一日不會合。」結果半肚身孕，墜將下來。惡事傳出，人人皆知。二人仍不斷情，直至被月娘抓住，金蓮又是一番辯解，被月娘將兩人隔開。隔開一月不得會面，

「婦人獨在那邊，挨一日似三秋，過一宵如半夏，怎禁這空房寂靜，欲火如蒸，要見他一面，難上之難」，只得託人以辭相問。（第八十五回）

金蓮死後。春梅成了「惡」的主角。

吳月娘在困難的情況下用心養兒，處理家事，忍受苦痛酸辛熬日月，春梅被賣給周守備府之後，生子冊正，備受寵愛。這裏且看月娘與春梅的比較。

吳月娘：

金兵南下，人民逃竄，月娘與兄弟和玳安、小玉領著十五歲的孝哥兒往濟南府投奔親家雲離守。途中夢見自己找到了雲參將，雲參將卻以言相挑，要與月娘成伉儷之歡。「月娘聽言，大驚失色，半晌無言。」雲離守軟求硬逼，又殺死吳二舅、玳安。月娘先是「心中大怒」，斥罵雲離守「人皮包著狗骨」，「出此犬馬之言」。後見威逼太甚，又擔心兒子安全，便假著答應下來，先要雲離守完成孩兒的婚事。等孝哥兒與雲小姐成了夫婦，月娘再拒婚不肯。雲離守舉劍砍殺孝哥兒，將月娘驚醒。（第一百回）

春梅：

「一向心中牽掛陳經濟，在外不得相會，情種心苗，故有所感，發於吟詠。」陳經濟被請進了守備府，「自此經濟在府中與春梅暗地勾搭，人都不知。或守備不在，春梅就和經濟在房中吃飯吃酒，閒時下棋調笑，無所不至」。陳經濟被殺之後，春梅勾搭了周義，暗地私通。不久，周守備沙場戰死，「這春梅在內頤養之餘，淫情愈盛，常留周義在香閣中，鎮日不出。朝來暮往，淫欲無度，生出骨蒸癆病症。逐日吃藥，減了飲食，消了精神，體瘦如柴，而貪淫不已」。（第九十六、九十七、一百回）

月娘、金蓮、春梅三人的死的對比，色彩更加鮮明：

月娘之死——「壽年七十歲，善終而亡。」（第一百回）

金蓮之死——「武松一提，提起那婆娘，旋剝淨了，跪在靈桌子前。……那婦人見頭勢不好，才待大叫。被武松向爐內撾了一把香灰塞在他口，就叫不出來了。然後腦揪番在地。那婦人掙扎，把鬏髻簪環都滾落了。武松……一面用手去攤開他胸脯，說時遲，那時快，把刀子去婦人白馥馥心窩內只一剜，剜了個血窟窿，那鮮血就邈將出來。那婦人就星眸半閃，兩隻腳只顧登踏。武松口噙著刀子，雙

手去幹開他胸脯,撲挖的一聲,把心肝五臟生扯下來,血瀝瀝供養在靈前。後方一刀,割下頭來,血流滿地。……七年三十二歲。……一邊將婦人心肝五臟,用刀插在樓後房檐下。」(第八十七回)

春梅之死——「一日,過了他生辰,到六月伏暑天氣,早辰晏起,不料他摟著周義在床上,一泄之後,鼻口皆出涼氣,淫津流下一窪口,就嗚呼哀哉,死在周義身上。七年二十九歲。」(第一百回)

作者在全書最後的終卷詩中對這幾個人的善惡生死是這樣歸納的:

樓月善良終有壽,瓶梅淫佚早歸泉,
可怪金蓮遭惡報,遺臭千年作話傳。

在作者的創作動機指導下,這些反差極大的情節放在一起形成鮮明的對比,使吳月娘的善行顯得更「善」,那些不怎麼合乎道德規範的言行便不易見到了,使潘金蓮、春梅的惡行顯得更「惡」,有些拘於道德規範的言行則被「忽視」了。

我們可以看到,作者的創作動機與創作方法是矛盾的,一方面要實現懲惡揚善、勸戒時人後代的功利目標,一方面又如實地再現現實,而現實中的人及其行為又十分複雜。作者在構思的過程中採用情節對比的形式,比較妥帖地緩和了這種矛盾,這在小說創作上,為後來者提供了較成功的經驗。

那麼情節的對比形式中的遞層構造是怎樣的呢?

我們回過頭去把全書總體佈局中的板塊連結的分析和情節的對比形式綜合起來看,不難發現:作者將「善」的一條線索自始至終持續發展,「善」的人物吳月娘貫穿了全書,孟玉樓也是「善」的人物,其情節也沒有出現中斷,也是「善始善終」的。作者卻將惡的一條線索隨著「惡人」的惡報去世,中斷數次,每次中斷,人物便出現一次變動,逐層中斷,逐層變動。全書的情節便在這種變動之中既保持「善」與「惡」對比的穩定,又使情節的對比遞層發展。

由此可以看出:

(一)全書故事總體上是單線發展的,這也是板塊連接式結構的有利條件。

(二)同時又出現了以個體人物生活為特徵的多條線索。

(三)這些人物可以分成善惡兩組。善者有始有終,有好的結果;惡者則相反,西門慶、金蓮、瓶兒都沒有能夠走完自己的「壽終」生活道路,其結局也是十分悲慘的,陳經濟和春梅在上述三人活著時只是充當配角,一旦西門慶和金蓮先後死去,陳經濟和春梅立即補上了他們「惡」的位子,成為「惡」行的繼承人,而且其道德之「惡」有過之

而無不及。陳經濟是暗中私通守備夫人，春梅不僅與自己的這位「兄弟」亂倫，在陳經濟死後，又勾引僕人。兩人的死也更為不光彩，陳經濟是在與春梅私通時死於張勝的利刃之下；春梅則是自斃於私通的僕人身上。

（四）吳月娘的善行與上述惡行的對比，隨著故事的發展，隨著人物的變動，越加顯示出她的崇高和賢淑。在同潘金蓮行為對比時，她還畢竟有西門慶在身邊，有孟玉樓作陪伴，環境對她還是有利的。西門慶死了，孟玉樓出嫁了，家中環境條件日益困乏艱難，她不僅要同潘金蓮針鋒相對，還有陳經濟在同自己搗亂，家中諸事必須由自己處理，更重要的是遇到了碧霞宮、清風寨這樣的險惡之事。然而，這正是作者遞層結構佈局的用心：患難之中見其堅貞。

三、上述結構特徵中的文化信息

(一)藝術上更多的是向戲曲借鑒。

《金瓶梅詞話》創作時向當時已經發展得相當成熟的姊妹藝術學習借鑒，向評話、鼓詞等藝術學習的痕跡在書中處處可見，所以書名便是《金瓶梅詞話》。全書的結構上更多的是向戲曲借鑒。寫實長篇小說無先例可鑒，評話、鼓詞甚至諸官調也不可能有如此的宏篇巨制的結構楷模。而當時的戲曲，已經由元代四折一本的雜劇發展到數十齣一本的傳奇，內容上由簡單地反映某件事到曲折而又複雜地敘說一個長故事。為適應這種敘述性表演，同時也為了更有效地吸引觀眾，戲曲家們在謀篇佈局時已經探索出了有益的經驗，取得了極大的成功。元末明初出現的四大傳奇《荊釵記》《白兔記》《拜月亭》《殺狗記》和影響深遠的《琵琶記》是這種成功的先驅。明代中葉登上舞台的《寶劍記》《浣紗記》《鳴鳳記》和湯顯祖的「四夢」（《牡丹亭》《紫釵記》《南柯記》和《邯鄲記》）等一大批傳奇劇目則是這種成功的擴展。傳奇的發展，尤其是結構上的成就，無疑給《金瓶梅詞話》提供了學習、借鑒的極好機會。

「齣」，是傳奇劇本結構上的段落形式，也是傳奇表演的基本單位。一本戲由數十齣組成，實際上也就是數十個小段落構成一本戲。然而，「齣」正因為是戲曲表演的基本單位，就說明它是受到了演出的時間和空間限制的；「齣」又正因為是劇本結構上的段落形式，那麼它可能成為劇情發展中相對集中的一小部分，也可能是這種小部分中的一部分，即它還可能有必要同前後數「齣」聯合而組成劇情發展中的一個層次。這在明代傳奇中是很普遍的情況。《金瓶梅詞話》的作者正是注意到了傳奇劇本中的「齣」與全戲的關係，注意到「齣」的結構特徵並借鑒了這一點。當然，小說與戲曲有一個根本的

區別，那就是在謀篇佈局上沒有舞台的限制，不必考慮到人物的上場下場，甚至還有演員的更換、道具的改變等等技術問題。這樣，小說向戲曲借鑒結構形式便更自由，更可以「為我所用」了。

在比較中我們可以看到，小說《金瓶梅詞話》中的「回」，與戲曲中的「齣」具有同樣的結構意義。而小說中的「構造塊」正同於戲曲中的劇情發展層次。所不同的是，戲曲中的劇情層次並不像小說中的構造塊劃分得如此整齊，就像標準的豆乾塊一樣，十回一塊。這也許是作者在追求一種均衡的形式美，因為作者畢竟是第一位探索再現現實的世情長篇小說如何謀篇佈局的開拓者，是第一位建造寫實長篇小說結構「宮室」的工程師，他既要學習借鑒，又想別出心裁，闢出一片天地來。至於「結構核心」和「結構線索」以及前後照應、板塊連接，同後來的李漁談論戲曲結構時所說的「立主腦」「減頭緒」「密針線」分別有近似之處，這也可以說明《金瓶梅詞話》作者謀篇佈局時對戲曲結構的學習借鑒。

中國古代戲曲，特別是「齣」數較多、篇幅很長的傳奇，在情節的安排佈置上極講究戲曲氣氛上的冷場熱場搭配，內容上的正場反場相間。諸如真與假、善與惡、美與醜、文與武、悲與喜、貧與富、離與合、勝與敗、是與非、愛與恨、勇與怯、忠與奸，貞與淫、莊與諧、動與靜、多與少等等。比如《琵琶記》就是以貧與富、悲與喜的兩條情節線索交錯穿插而鋪排結構的。戲曲在「齣」目情節上如此安排有兩個原因：一是適應舞台演出的技術需要，便於演員的換場；二是合乎觀眾欣賞心理的需要。老子曾說過：「有無相生，難易相成，長短相形，高下相傾，音聲相和，前後相隨。」矛盾對立的事物往往相反相成，這種辯證關係放到文學藝術的欣賞過程中來，往往促使審美活動中的心理產生更強烈的感受。舞台上的黑白放在一起或連續出現，觀眾心中便感到黑者更黑，白者更白，被欣賞者的特徵更加突出了。《金瓶梅詞話》的作者無疑是意識到了中國古代戲曲的結構方法和情節段落之間的辯證關係，在沒有舞台限制的字裏行間借鑒這種對比形式，突出善者之善、惡者之惡，實現自己的創作動機。這種辯證關係便是《金瓶梅詞話》一書在謀篇佈局之中採用情節的對比形式的來源。

(二)結構核心中的「家」的觀念特徵。

作者在精心安排這部反映市場、官場，反映整個社會的作品的結構時，選中了一個家庭作為結構核心。從作品的結構本身來看，這樣的選擇最恰當不過，我們在前文已經說明了這一點；同時，我們又可以看到，這樣的安排是現實對這部如實再現現實的作品的必然規定。

中國，如此這般一個地廣人多的國家，封建社會竟如磐石般地持續了兩千多年，「家」

在其中立下了頭功一件。「家」的組織，「家」的觀念，是「國」的組織、「國」的觀念的根基和具體化。而中國的「家」，無論是組織形式也好，還是觀念意識也好，竟是一個以血緣關係為前提的氏族宗法體系和封建政治體系的混合物。封建君主在革氏族部落命的時候，卻把氏族部落的基層組織形式及與此相適應的觀念意識當做寶物保存下來，又不斷灌進封建專制觀念意識，使之成為封建大帝國的堅固基石。

「家」的概念可以分化衍生出三代九族之類的具體範疇，而其中的「姻親」關係又可以使這些範疇不斷地分化衍生，於是一張以「家」為核心、為題目的社會關係網鋪開了。這張網上的任何一個點，都必須按照「家」的觀念，即宗法共同體的倫理道德規範統一思想和意志；同時這張網上的任何一個點，都與全網諸點同呼吸共命運，可謂一榮俱榮、一損俱損。如果有的家庭成員要想改變目前狀況，跳「網」不失為一種有效途徑。不可否認，《金瓶梅詞話》的作者在安排全書結構時不是洞察到了這一點，就是意識到了這一點。

西門慶是一個具有濃厚的金錢關係至上思想的行商坐賈，他的家庭相對那千千萬萬的傳統的封建家庭來說，已經具有了與傳統觀念不盡相同而多相異的特徵。但是，這樣一個家庭竟能成為反映封建社會的結構核心，原因在於：

這個家庭中的所有成員都有著另一個「網點」，西門慶的家不是一個獨立王國、世外桃源。就拿西門慶這個已斷先輩將絕後代的人物來講，他的親家陳洪是八十萬禁軍楊提督的親家，這個「網點」所聯繫的「家」和「點」便十分複雜了。西門慶既因此而遇難呈祥，榮耀起來，也差點因此而「一損俱損」。西門慶拜蔡京為乾爹，這一跳「網」之法，更使他的家完全附庸於封建宗法最高組織了。這是一點原因。

另一點，西門慶不僅是個商人，還是個官員，無論他有多少錢財，他有多麼進步的商品經濟意識，一旦成為封建統治階級的一員，他或是被迫、或是自覺地都將接受封建社會的組織原則和觀念意識。他的家庭的外沿就會牽扯上一根根的「網線」，從而也成為這個社會穩定因素的一部分。他自己所結的兒女親家和自己拜蔡京為乾爹，李桂姐和吳銀兒在西門慶生子得官後分別做了吳月娘和李瓶兒的乾女兒，西門慶時常以封建家法管束妻妾言行，這些不正說明了這一點麼？

「家」的組織形式，特別是「家」的觀念竟使早該壽終正寢的封建大帝國延年益壽了許多年，那麼被牽扯進這個組織形式和陷入了這種觀念意識中的西門慶一類的商人就不可能成為封建社會的反動力量，他們的力量只能被緊緊地局限在小農自然經濟的汪洋大海之中和封建專制政治的密罐裏面或者自我消耗，或者成為附庸。這也正是當時中國的已經發展起來的商品經濟不能最終掙脫封建政治的捆綁、反抗現實社會的圍剿而出現突破性發展的重要原因之一。

（本文完稿於 1988 年 4 月，收入 1990 年 4 月花城出版社出版的本人專著《金瓶梅
——中國文化發展的一個斷面》）

《金瓶梅詞話》詩詞文化二三論

　　大概沒有哪類小說像中國古代章回小說這樣,小說同詩詞有如此親密的關係,論部、論回,十之八九離不開詩詞。全書,有卷首詩或詞,有終卷詩或詞,章回,有回首詩或詞,有回尾詩或詞;敘述、描寫、議論之中處處可插入詩或詞。

　　看這樣的小說,如果跳開這些詩詞,無疑會給自己的欣賞留下憾意。因為不少的詩詞不僅同情節、人物息息相關,有的本身就是情節,就是人物性格。有不少的詩詞作為通俗文學的有機體,作為現實生活的反映體與裁判體(小說者大多習慣冷眼觀世),包含著非常豐富的文化內涵,意義重大。

一、章回小說與詩詞關係中的文化淵源

　　章回小說最早的成果是《三國志通俗演義》,是歷史演義小說。而歷史演義小說是在宋元講史話本的基礎上發展成熟的,其體制雖有質的區別,但卻是承襲話本而生演變。話本和寶卷、鼓詞、彈詞一道,又是繼承唐代「變文」而來。

　　「變文」作為唐代寺院向俗眾宣講佛教教義的「俗講」的記錄文字(底本),說白與唱詞相輔相成。今天我們看來,它不僅展示了當時社會思想開放、佛教活動繁盛的情況,也展現了當時說唱文藝的面貌。在這些展示中,又說明了一個十分重要的問題:說與唱的結合形式正合平民大眾文學藝術欣賞的需求,(白)文與(唱)詞的「變文」體制便作為一種文學的體制樣式流傳下來。由此可論:後來章回小說中的小說與詩詞結合的體制源頭,應在於此。當然,也許此前還有更初的模式,有待於進一步研究。

　　「變文」中的「文」與「詞」的比例是多少?從王重民等先生所編撰的《敦煌變文集》來看,不好「一刀切」而論。〈伍子胥變文〉和〈漢將王陵變〉中的「文」「詞」各占其半,相互交叉。〈捉季布傳文一卷〉和〈董永變文〉幾乎全是「詞」。〈唐太宗入冥記〉(有缺)和〈葉淨能詩〉(有缺)則幾乎全是「文」。而且,作為「底本」的「變文」,和尚在「俗講」時完全可以增添。

　　到宋元話本時,可見的是說白明顯增多,已成為故事敘說形式的主體;唱詞漸減,而且轉以詩和詞的形式為主體輔助手段。我們看《清平山堂話本》和《京本通俗小說》

中保存的宋元話本即可得知。〈碾玉觀音〉中,「入話」部分以詩詞為主,正文部分則以說白為主。〈董永遇仙傳〉以一首文言詩「入話」,正文以說白為主,中間僅穿插四首詩詞。以詩詞或唱詞為主體的話本為數不多,如〈張子房慕道記〉和〈快嘴李翠蓮記〉。這說明,話本已注意到了故事的細膩描繪與敘述生動的重要,注意到了說白更能夠實現這種創作。話本這一特徵,說明了敘述文學發展的一種必然趨勢,說明了當時人們審美欣賞的變化。

　　章回小說不僅是後來說話人的依據之一,更是閱讀者的案頭文字,「白文」在書中占絕對的優勢已成為章回小說同說唱文學藝術的分野標誌。詩詞在小說中的篇幅再次減縮,然而,也被創作者們用到最關鍵的位置之上。這種安排,若用現代小說觀來看,有的似乎多餘,有的並不恰當,有的完全可用白文代替,但在當時,由於說唱文學欣賞與創作的傳統,這些詩詞是說話人巧妙之處,聽(讀)者欣賞的必需環節。正如《拍案驚奇·凡例》云:「小說中詩詞等類,謂之蒜酪。」「蒜酪」者,獨特風味之調味品。缺之,淡而無味;加之,味增趣生。即從一般的文體特徵而論,詩詞的表現特徵,並非全能由白文代替得了的,恰到好處的詩詞之意境意趣,更不是白文能實現的。這裏所說的意境意趣,作為通俗文學,也當然包括那些引用俚詞俗句、諺語歌詞和打油詩、順口溜、偈語的作品生發出來的藝術效果與深刻而又廣泛的哲理和觀念、心態。比如《水滸傳》第三十八回「及時雨會神行太保,黑旋風斗浪裏白條」所用以作回首詩的一首:

> 心安茅屋穩,性定菜羹香。
> 世味薄方好,人情淡最長。
> 因人成事業,避難遇豪強。
> 他日梁山泊,高名四海揚。

這首詩議論之中又切有關情節的敘述,是專就宋江刺配江州牢城而設。前四句是由人生經驗概括出來的,可謂是「格言」了。白文能代替嗎?後來,《金瓶梅詞話》第九十八回「陳經濟臨清開大店,韓愛姐翠館遇情郎」也用此詩置回首,前六句相差不大,後兩句則改為:

> 今日崢嶸貴,他年身必殃。

全詩又用於陳經濟得意忘形遭惡報之事,頗有深意。

　　又如《金瓶梅詞話》第七回「薛嫂兒說娶孟玉樓,楊姑娘氣罵張四舅」回首詩:

> 我做媒人實可能，全憑兩腿走殷勤。
> 唇槍慣把鰥男配，舌劍能調烈女心。
> 利市花常頭上帶，喜筵餅錠袖中撐。
> 只有一件不堪處，半是成人半敗人。

這種自報家門式的自我調侃具有濃厚的趣味，必須這種打油詩才能表現出來。

一般說來，章回小說用詩詞有如下幾種動機：

一是提綱挈領，如書首、回首之詩詞。

二是總結前文，如回尾、書尾之詩詞。

三是引出下文，如回首、回尾之詩詞。

四是起承轉合，既總結上文又引出下文的回首，回尾之詩詞即是。

五是描寫人物心理。

六是描摹人物外貌。

七是突出人物性格。

八是描景狀物渲染氣氛。

九是議論評判。

十是作為人物交際工具。

章回小說中的詩詞並非作品的主體，但由於章回小說篇幅較長，多則百萬字，少也有二三十萬字，因此，詩詞的總數還是不少的。這樣眾多的詩詞，或直接引用前人詩詞（相異之處，可能是傳抄刊刻訛誤，也可能是撰寫者引錯），或集用若干詩人詞家的句子，或引用俚語俗諺、格言警句，也有撰書人自己的創作。有的詩詞幾經傳用，竟成了多種小說的常用詩，有的作品只是根據情節不同略改一二而已。所以我們往往會在幾部小說中發現多首相差無幾的詩詞。這應是由民間傳說加工成章回小說和書會才人、說書藝人撰著作品的重要特徵之一。

章回小說發展到清代，與詩詞的關係在一些作品中發生了較大的演變。詩詞由本來的輔助性作用轉變為敘述主體的有機組成，由作者的插入性轉變為人物的表達性，由結構意義轉變為情節意義。《儒林外史》除第一回回首和書尾（見五十五回本）各用一詞作議論外，不再用詩詞作為結構和議論手段，少量的詩詞也是由人物說出，是情節和人物的內容。《紅樓夢》則完全把詩詞作為人物和情節的有機體，使詩詞與小說的關係達到了一種前所未有的結合。當然，還有部分章回小說，仍保持過去的用詩詞作為結構與議論、描寫的方法。

二、《金瓶梅詞話》詩詞文化特徵

《金瓶梅詞話》全書用詩詞四百餘首（曲和其他韻文不計），除少數幾首詩詞略顯文雅，絕大多數無「雅」可言，盡是「俗」。俗字俗詞，俗語俗句，讀起來通俗，理解下去也不困難，皆是俗情俗理俗事，有的簡直俗到了「不可耐」的程度。即使是談禪論道，敍禮說仁，辨是明非，勸善戒惡，也都深入淺出，至於敍事抒情，描人寫性，更是用百姓日用之事物、婦孺皆知之情理來打比方。

然而正是在這樣的「俗」之中，蘊含著比「雅」更廣泛更深刻的文化意義。在一個人口數千萬（明代）乃至上億（清代）的泱泱大國之中，還有什麼比積澱在民眾頭腦中的觀念更能說明這個民族的文化傳統和文化現實的呢？還有什麼比形成為百姓的心態更能展現這個民族文化的深層意蘊呢？《金瓶梅詞話》是中國小說史上第一部世情巨著，作者改用了在他前面已出現的演史小說、英雄傳奇小說中曾用過的詩詞，又創作了合乎自己作品的詩詞，這些詩詞與故事中的人物、情節一道，為我們展示了那個時代的文化剖面。如小說第一回「景陽崗武松打虎，潘金蓮嫌夫賣風月」有一首〈西江月〉：

> 柔軟立身之本，剛強惹禍之胎。無爭無競是賢才，虧我些兒何礙？　青史幾場春夢，紅塵多少奇才。不須計較巧安排，守分而今見在。

此詞贊成的是人生在世應具柔軟之性，莫使剛強之氣，無爭無競，安分守己，一切聽從命運安排。這樣一種人生觀，實是幾千年來，民眾生不如狗彘的歷史歸結。它積澱在民眾心中，便構成了一種現實心態。這種心態的外化，便是人的惰怠並導致社會的保守與停滯不前。這種心態當然不只在《金瓶梅》的世界裏，《水滸傳》第七十九回「劉唐放火燒戰船，宋江兩敗高太尉」中有同樣的引用：

> 軟弱安身之本，剛強惹禍之胎。無爭無競是賢才，虧我些兒何礙？　鈍斧錘磚易碎，快刀劈水難開。但看髮白齒牙衰，惟有舌根不壞。

這裏以牙舌之比，十分生動，不過還有更早表明這種心態的人，南宋大詞人辛棄疾一首〈卜算子〉將此心態夾於戲謔之中：

> 剛者不堅牢，柔底難摧挫。不信張開口角看，舌在牙先墮。　已闕兩邊廂，又豁中間個。說與兒曹莫笑翁，狗竇從君過。

第三回「王婆定十件挨光計，西門慶茶房戲金蓮」的回首詩是：

色不迷人人自迷，迷他端的受他虧；

精神耗散容顏淺，骨髓焦枯氣力微；

犯著姦情家易散，染成色病藥難醫。

古來飽暖生閒事，禍到頭來總不知。

這首詩首聯之意遠不只在於反駁女色損財害命敗家亡國之論，明代小說戲曲中常用這麼兩句：

酒不醉人人自醉，

色不迷人人自迷。

這實是佛家修心養性說教在社會產生極大影響的結果，它強調的是人們自身的決定意義。尾聯所謂「古來飽暖生閒事」卻是被中國各層人士都說爛了的「安貧守道」之論的詮釋。真可謂是中國人生定了的窮命餓運，尤其是芸芸民眾，一生勞作，卻難以飽暖。而統治者盤剝壓榨和為了更長久的盤剝壓榨，總不讓民眾飽暖。窮困飢餓之時，口中常念「古來飽暖生閒事」是最好的「充飢咒」。

第十五回「佳人笑賞玩月樓，狎客幫嫖麗春院」用的是這麼一首詩於回首：

日墜西山月出東，百年光景似飄蓬。

點頭才羨朱顏子，轉眼翻為白髮翁。

易老韶華休浪度，掀天富貴等雲空。

不如且討紅裙趣，依翠偎紅院宇中。

全詩的思想意趣可用「人生嘆命短，何不秉燭游」來概括了，同剛才所講的「色不迷人人自迷」觀念相反，卻是勸人盡情享樂，莫負春光。無疑，這是生活在商鎮、河埠、京都中那些商人富民的心態的反映，此類情趣的詩詞還有：

紫陌春光好，紅樓醉管弦。

人生能有幾，不樂是徒然！（第十回）

歸去只愁紅日短，思鄉猶恨馬行遲。

世財紅粉歌樓酒，誰為三般事不迷。（第十八回）

在《金瓶梅詞話》的詩詞中，與作者創作動機相一致，不少詩詞將議論批判的矛頭指向酒、色、財、氣。不過，這種批判具有以形象和情理論說的特徵，有的來自於人們口頭或歷來傳統的諺語成語或格言警句，有的則本身也形成了這樣的形式，因此，

從形式到內容都可發現文化發展進程中的軌跡。下列數首，權作一斑：

> 酒色多能誤國邦，由來美色喪忠良。
> 紂因妲己宗祀失，吳為西施社稷亡。
> 自愛青春行處樂，豈知紅粉笑中殃。
> 西門貪戀金蓮色，內失家麋外趕獐。（第四回）
>
> 為人多積善，不可多積財。
> 積善成好人，積財惹禍胎。
> 石崇當日富，難免殺身災。
> 鄧通飢餓死，錢山何用哉！
> 今日非古比，心地不明白：
> 只說積財好，反笑積善呆。
> 多少有錢者，臨了沒棺材。（第七十九回）
>
> 人生切莫將英雄，術業精粗自不同。
> 猛虎尚然遭惡獸，毒蛇猶自怕蜈蚣。
> 七擒孟獲恃諸葛，兩困雲長羨呂蒙。
> 珍重李安真智士，高飛逃出是非門。（第一百回）

有些詩詞，就社會現實發出議論與感嘆，反映出人情冷暖和社會涼熱，其文化意義足以突破時空的限制，引起今人的共鳴與同感：

> 吃食少添鹽醋，不是去處休去。
> 要人知重勤學，怕入知事莫做。（第十三回）
>
> 富貴自是富來投，利名還有利名憂。
> 命裏有時終須有，命裏無時莫強求。（第十四回）
>
> 巧厭多勞拙厭閑，善嫌懦弱惡嫌頑，
> 富遭嫉妒貧遭辱，勤怕貪圖儉怕慳；
> 觸事不分皆笑拙，見機而作又疑奸：
> 思量那件合人意？為人難做做人難！（第二十二回）
>
> 閑居慎勿說無妨，才說無妨便有方。
> 爭先徑路機關惡，近後語言滋味長；

爽口物多終作疾，快心事過必為殃：
與其病後能求藥，不若病前能自防。（第二十六回）

人生雖未有十全，處事規模要放寬。
好事但看君子語，是非休聽小人言。
但看世俗如幻戲，也畏人心似隔山。
寄與知音女娘們：莫將苦處認為甜。（第八十六回）

　　上面所舉諸例，都是議論性的詩詞，這類詩詞在小說所用的詩詞中占大多數。小說中也用了一些描敘性的，有的同樣揭示出文化的意蘊。小說第七回「薛嫂兒說娶孟玉樓，楊姑娘氣罵張四舅」的回首詩以第一人稱自報家門的形式描繪媒婆（引詩見前文），不僅滑稽有趣，也敘說了當時當地的風俗民情。第二十一回「吳月娘掃雪烹茶，應伯爵替花勾使」回首詩是：

脈脈傷心只自言，好姻緣化惡姻緣。
回頭恨罵章台柳，覿面羞看玉井蓮。
只為春光輕易泄，遂教鸞鳳等閒邊。
誰人為挽天河水，一洗前非共往愆？

詩意用來指西門慶此時的恍然醒悟，怨恨妓院無情，無顏再見一心為夫的妻子。展現出當時社會有妻室之男子在妓院受氣之後的尷尬心態。

　　《金瓶梅詞話》中有一部分詩詞的「俗」到了「庸」的地步。比如全書百來處性行為描寫，有不少是用詩詞描摹男女情態和狀寫男女性器官的，可謂是「庸俗詩詞」。但如果把它們作為文化考察的對象，仍然可以發現傳統文化中關於性和性行為的觀念，揭示出當時人們的有關心態。因為作者一旦把小說作品創作出來提供給社會，其意義就不止於作者一方面了，還有接受者，而通俗文學的接受者往往是相當廣泛的，作者的創作動機和社會需要相輔相成，就通俗文學來說，社會的需要往往是前提，是誘因。

三、與《紅樓夢》詩詞之比較

　　《金瓶梅》與《紅樓夢》的關係十分密切，《紅樓夢》的創作在很多方面受《金瓶梅》的影響，二者可謂是「木石前盟」（「梅」有木旁，《紅樓夢》又名《石頭記》），又可謂是「金玉良緣」（《金瓶梅》之「金」與《紅樓夢》中之「玉」）。但是若論及詩詞，二者

有關係嗎？正如前文所論，《紅樓夢》的詩詞由於全是作者個人的創作，又改變了過去章回小說中詩詞的性質，把詩詞同作品的人物、情節完美地結合起來。於是我們看到，《紅樓夢》中的詩詞在文化層面上成了《金瓶梅》的相對面，皆是可登大雅之堂的「雅」品，非大家閨秀、才子文士不能寫出，可謂是字字珠璣，句句優雅，即使是鳳姐這位斗大字識不得一籮的文盲，在「即景聯句」時，以「一夜北風緊」開篇，被眾姐妹稱作為「正是會作詩的起法」，似俗卻雅。即使是那「跛足道人」的〈好了歌〉，通篇俗語俚詞，也包含著無限雅韻，這才有甄士隱頗具夙慧的〈好了歌〉註解詞，更何況林黛玉、薛寶釵、賈寶玉等才女才子們的〈白海棠詩〉〈菊花詩〉〈柳絮詞〉，林黛玉的〈葬花辭〉，薛寶琴的〈懷古七絕十首〉等等。

文化分析的層面角度是多種多樣的。若從人們生活的氛圍來看，可分成「雅」層次和「俗」層次。《金瓶梅》描寫的對象是運河經濟文化氛圍中的市民商賈，即使是西門慶，雖然是富商，又是中級官僚，但其本質仍然是一個市民商賈，只不過發了財、走了運而已。諸如應伯爵、常時節、韓道國等人，更是下層市民了。《金瓶梅》又是寫給俗民百姓看和聽的，它的創作本身，便是市民生活的一種需要，所有的一切，都盡可能「隨俗」，而不必故作高雅，也不可能去附庸風雅。「一書俗氣」（「俗氣」二字排除貶意）是對來自於俗文化層次又為俗文化層次所歡迎的《金瓶梅》藝術特徵的最好概括，其所用詩詞當然在內。《紅樓夢》則不同，它描寫的對象是封建皇親國戚大家貴族中的公子小姐、老爺夫人。這是些以「高尚」「優雅」（時代倫理道德標準）生活為特徵的人物，即使是不安分的少男少女，比如賈寶玉，這位從不願正經看書作文的「混世魔王」，也有著一種「雅」的文化氛圍──書香門第、文人墨客、才情極豐的姊妹。而「俗不可耐」的「呆霸王」薛蟠在酒宴上的談吐和進了大觀園的劉姥姥的鄉音俗語只能成為周圍人的笑料。《紅樓夢》並不是寫給普通俗民百姓看的，否則，作者不會花那麼大的腦筋設計一通「假語村言」而將「真事隱去」。它的讀者應該是有中等以上文化知識的讀書人，否則，作者豐厚的才情、高雅的意趣、特殊的癖味、荒唐的辛酸將是對牛彈琴。作者在藝術上又有著如同今日我們論之的探索性創作意圖，絕無返俚隨俗之為。所有這一切，都可標上一個「雅」字。

這一比較，我們就可以看出兩部作品中的詩詞雅俗之別的關係了。但是，二者又有聯繫。這種聯繫至少是在創作構思上，《紅樓夢》受到了《金瓶梅》的啟發。《紅樓夢》第五回「賈寶玉神游太虛境，警幻仙曲演紅樓夢」中的〈金陵十二釵判詞〉和〈紅樓夢十二支曲〉應是受《金瓶梅》第二十九回「吳神仙貴賤相人，潘金蓮蘭湯午戰」中吳神仙為西門慶及其一妻五妾、女兒、春梅相命後說的斷語詩的影響而構思的。它們都隱含著人物將來的命運歸宿，都借助一種令人不可捉摸的力量。只不過，曹雪芹

借太虛幻境和警幻仙姑之口,「蘭陵笑笑生」則是請出了一位鐵口相命先生,前者從表現形式到內容皆雅,後者則俗;前者含蓄,頗費咀嚼;後者淺顯,易解易懂。

文化層面的雅俗不好用「好」與「壞」來鑒定評比,因為二者都是文化的合成因素,都是一定的文化相輔相成相較相生的兩個方面,俗中有雅,雅中有俗。更何況文學藝術不宜以好壞判之,只可以工拙議之;文化也不能以好壞判之,只可以先後論之。《金瓶梅》中的詩詞因初創之始及描寫對象和讀者群的種種原因顯得粗拙,《紅樓夢》詩詞則因後續成熟及描寫對象、讀者群、作者水平和創作意圖種種原因更為工巧別致。但是,正是因為有了「俗」,才使得人數更多的接受者有了可接受的審美對象;正是因為有了俗的粗拙,才有發展成工巧成熟的可能。

附記:

上述幾點看法是兩年來研究《金瓶梅詞話》詩詞的體會中的一部分,欲作為《金瓶梅詩詞文化鑒析》一書的序文,以請教大方。1990 年 2 月,在南京開完「海峽兩岸明清小說研討會」之後,有幸同林辰先生同車去上海,又同住在上海文藝出版社創作樓。林先生愛喝酒,我愛喝茶,酒茶之間,林先生對我的研究給予了鼓勵和指導。五月,我又去北京拜訪王利器先生,向他請教有關古代小說與詩詞關係問題並請求《金瓶梅詩詞文化鑒析》一書序文。王先生不吝賜教。六月,王先生又將他的研究心得寫成短文,賜寄給我,作為序文。恩師羅元誥先生也慷慨賜序,給我以熱情的鼓勵。這都是令我難以忘懷的,謹此深表謝意。

一九九○年十二月十二日

(本文完稿於 1990 年 12 月,後作為自序用於 1994 年 2 月巴蜀書社出版的本人專著《金瓶梅詩詞文化鑒析》)

《金瓶梅》的美學意義

對《金瓶梅》美學意義的探討，是一件十分困難的工作，由於傳統文化的局限，作者自己以完全的等式把道德感與審美感重合起來去規定自己的創作動機，讀者和評論者們也同樣以道德的尺度去衡量並接受這部作品。美學意義中應該有道德的內涵，但正如不能用美去替代善一樣，善也不能替代美，真、善、美各有其所。否則，只以道德善惡來評價作品，其結果不僅使《金瓶梅》一書的審美價值被貶低和縮小到以道德功利為目的的倫理範圍，而且也會使這部名著因此受到道德的攻擊乃至完全被否定了它自身的全部美學意義。

因此，我們對《金瓶梅》美學意義的探討，就不得不把作品自身、作品的創作同直接相關聯的某些文化因素結合起來分析。這裏，將探討作者創作動機中的審美理想追求及其文化背景，將探討這種追求與作者以寫實手法創造出來的審美價值之間的矛盾，將探討這種矛盾給中國古、近代小說創作帶來的重大意義，從而顯示出《金瓶梅》一書的美學意義。

一、問題的提出──中國文人的「虛」「實」社會觀及其審美觀念中的道德意向

中國古代的文人，特別是那些忠實於孔子先師而又被封建統治者指定的經書註疏灌輸培養出來的文人，一生都在努力地樹立這樣的人生觀，即孟子所說的「窮則獨善其身，達則兼濟天下」。這種人生觀實際上是一種「虛」「實」相和的社會觀的個人責任感和道德感的具體表現。

孔子曾說：「天下有道則庶人不議。」孔子一生都在「議」，可見天下無道。孔子只是從先人那裏聽說過以前曾有過那麼一種禮儀井然的「有道」邦國，可自己卻偏偏生活在「禮崩樂壞」的無道世界，於是讀書人的「良心」和責任感便促使這位先生坐著牛車奔波在交錯於諸侯列國的坎坷不平的道路上，四方遊說，力圖恢復周禮，重建禮儀之邦。歷史的發展卻是天下有道之時越來越少，越來越短；天下無道之日越來越多，越來越長。孔子感嘆周禮逝去，把希望寄託在自己教育出來的學生身上。從此，孔子的精神

深深扎根於文人儒士之心。位卑之文人儒士們「不以物喜，不以己悲。居廟堂之高，則憂其民；處江湖之遠，則憂其君」「先天下之憂而憂，後天下之樂而樂」，自覺地擔負起挽「道」於傾頹的重任。他們一直面臨著的和一直憂患著的是一個「禮崩樂壞」的現實世界，這是他們社會觀中「實」的一面，他們又一直憶想曾經存在過的「禮儀」之邦，並以此為自己虛構了一個必須重新建立的「禮義」理想王國，這則是他們社會觀中「虛」的一面。「虛」「實」社會觀同存於文人儒士大腦之中，形成了他們這樣的思維方法乃至積澱成一種思維習慣：不理想的現實是仁人志士應該去實現理想王國的前提，而理想王國則是仁人志士可能改變不理想的現實的動力。每個人都要為「天下有道」而「菩」，不論其時，其地，「窮則獨善其身，達則兼濟天下」，以實現「天下有道」。

當然，如果後來的文人儒士的社會觀能全然不走樣地繼承孔子和孟子的社會觀，情況可能會好些。因為相對後來的「道」來說，孔孟之「道」還是多元的、開放性的，至少它還保留了對統治者及其政策的批判性，就其讀書人自身價值來看，雖然得不到統治者的欣賞和承認，但畢竟還有「遊說」和「教育」的自由。隨著封建帝國建立，這種自由日漸失去。有意識自覺地擔負起「道」的重任的文人儒士們則又由於「道」的變異而實際上把自己置於受玩弄的位置。封建專制統治者就像對待「俳優侏儒」一樣來使用和擺弄那些「善」養得頗有八九分「憨氣」的文人：一方面用君臣關係約束他們，另一方面在他們全心遵奉和身體力行的「道」中不斷施行「閹割」和修正的手術，灌進自己所需要的用以鞏固自己王權統治的東西。隨著「道」的變異，文人儒士們自己的虛實社會觀也完全被納入了封建王權的軌道，現實的內容在變，理想的內容也在變，現實與理想的關係變異成了現實與幻想的關係。社會依然矛盾重重，衝突四起；理想日益渺茫，完全成了一種虛幻的海市蜃樓，除了產生對文人儒士的精神刺激和思想麻痹作用外，什麼都沒有了。只有文人儒士們的思維習慣和人生觀沒有變，正是這種不變，更使得文人天生的自身自由和應有的自我價值日益喪失而成為封建王權的附庸。

中國古代文人社會觀的發展變化及其自身價值的變異，形成了他們審美觀念中的道德意向特徵。

「道」，儒家經典作家們最先指為禮儀道德，核心在於仁政、仁義之政，具有鮮明的社會政治特徵。而後來被閹割了的「道」，核心變移到君臣綱常，具有鮮明的倫理政治特徵，其實質由對王權的選擇變成了王權對臣民的約束。於是，維護「道」，就是一定的倫理道德規範被維護；實現「道」，就是一定的倫理道德規範的實施，「天下有道」，則成了一定的倫理道德規範籠罩天下。全心遵奉並身體力行「道」的文人儒士們身上的每一根神經、每一滴熱血都與這種「道」相聯繫相融化。唐宋古文家和宋明理學家便是這樣的文人儒士的代表，雖然他們的學術領域不同，自我標榜的「道統」有異，他們「道」

的實質並沒有逃出統治者的規定。殊途同歸，他們分別從文學和哲學上虔誠而又積極地為整個封建王權效力。

古文家們直言不諱，宣稱「文者，貫道之器也」。倡揚「文以載道」「文以明道」，認為「不深於斯道，有至焉者，不也」。「道」成了文章的目的，文章只不過是「道」表現和實現的手段。

理學家們在哲學的範疇內融儒、道、佛三教為一，極力強調「道」的絕對先天性質，「未有這事，先有這理。如未有君臣，已先有君臣之理；未有父子，已先有父子之理」。要求人們存天理去人欲，變化人的氣質之性，恢復人的義理之性。

倫理道德成了社會全部生活的槓桿。道德範疇中最主要的一對概念「善」和「惡」便成了人們社會觀念中的砝碼。它們在社會生活的天平上出現，也在作家的創作和評論者的評論、讀者的欣賞天平上出現。在人們審美觀念中，道德論便占據了幾乎全部的位置，成了萬能的批判武器。

與文人儒士虛實社會觀直接相關，作家的審美觀念在創作過程中「一分為二」：道德的「善」「惡」成為評判現實的價值尺度，「善」者為美，美者一定是善的，「惡」者為醜，醜者一定是惡的，這種形而上學的價值觀又導致了唯心的主觀理想追求，即道德的「善」「惡」成為理想境界的構思標準，「善」者為追求之目標。直至「盡善盡美」，「惡」者為唾棄之對象，直至「十惡不赦」。

理想畢竟不能替代現實，「虛」「實」社會觀之間的矛盾關係往往把作家放到創作過程中的現實社會與理想境界的矛盾漩渦裏。作家一旦發現現實與理想之間的天塹溝壑時，從一般理論來說，要麼回到現實之中，要麼沈浸於理想裏面。但傳統的文學實踐卻告訴了作家們，「中和」思想可以在兩者之間搭起橋樑。這種橋樑作用當然不是調和二者，因為二者是不可能調和的，而是按照「善」的審美標準來恰到好處地處理二者的矛盾關係。

比如，以自己坦蕩的胸襟和崇高理想來俯瞰醜惡的現實，最終把醜惡踩在腳下以實現情感美的創造，李白一類的作家是也。以忠君之誠和憂民之心來面對醜惡的現實，最終溶醜惡於「怨而不怒」的慨嘆哀怨之中，實現人格美的創造，杜甫一類的作家是也。以棄欲絕俗來避開醜惡的現實，最終將醜惡遺忘在山水花鳥的陶醉之中，實現意趣美的創造，陶潛一類作家是也。以塑造盡善盡美的人物來反抗又醜又惡的現實，最終使醜惡敗亡於道德的高尚之中，實現社會美的創造，羅貫中、施耐庵一類作家是也。

必須指出的是，傳統的「中和之美」在處理現實與理想的矛盾時，仍然只是一種理想中的善的境界，只不過這種理想的境界是建立在對現實的適度批判之上的。詩歌創作中的「怨而不怒」，戲曲創作中的患難之後的團圓結局，小說中正面人物由於性格完美

而實現的精神昇華，它們都是「中和之美」這一善的境界的具體表現。

那麼，《金瓶梅》呢？蘭陵笑笑生呢？

可以這樣說：《金瓶梅》的作者並沒有跳出傳統的圈子。但是，《金瓶梅》所特有的審美價值卻突破了傳統審美觀的圈子。

二、「真」對「善」的突破
——審美價值與審美理想的衝突

《金瓶梅》的作者同最廣大的封建文人儒士一樣，沒有逃脫傳統文化觀念的束縛，沒有卸掉傳統的道德責任重擔，在創作這部世情小說時，動機就是告誡世人棄惡從善。正如「東吳弄珠客」在《金瓶梅詞話》序言中所說：「作者亦自有意。蓋為世戒，非為世勸也。……奉勸世人，勿為西門之後車也。」又如「廿公」在該書跋言中提醒讀者：「中間處處埋伏因果，作者也大慈悲矣。今後流行此書，功德無量矣。不知者竟目為淫書，不惟不知作者之旨，並亦冤卻流行者之心矣。」

作者創作動機中的這種道德責任感便促使作者在創作過程中形成了以「善」為美的審美理想。這是種具有濃厚時代特色的審美理想，它的「善」更多地具有了宋明理學的觀念特徵，它不僅以儒教的「三綱五常」為主要內容，而且融合了道教、儒家棄欲向善、禁欲求道的思想。《金瓶梅詞話》開篇的〈四貪詞〉既是對「惡」人「惡」行的批判，也是對一種由清心寡欲而獲得的「善」的境界的描繪，是作者對理想王國的一種追求。而西門慶的妻子吳月娘和小妾孟玉樓則是作者這種審美理想的形象體現。作者在《金瓶梅詞話》第一百回終卷詩中對這兩個人物作了「善」的肯定：

> 閒閱遺書思惘然，誰知天道有循環；
> 西門豪橫難存嗣，經濟顛狂定被戕；
> 樓月善良終有壽，瓶梅淫佚早歸泉；
> 可怪金蓮遭惡報，遺臭千年作話傳。

作者在小說中對這兩個人物的描寫敘述，也多是從表現她們的「善」行出發的。不過，這種表現絕不是脫離生活自身規律的誇飾、虛構，而是在客觀寫實的前提下，用對比的手法，烘托、映襯。潘金蓮是作者執意批判的「惡」女人，在其批判之中，作者時常將吳月娘的「善」行同潘金蓮的「惡」行對比，以突出月娘的善良、忠貞。吳月娘對西門慶的態度，對家中成群的小妾、丫鬟、家人、僕婦的態度，對妓女的態度，無不顯示出她寬坦的胸懷，她多次虔誠聽佛，她雪夜拜斗，她對官哥兒的喜愛，她碧霞宮、清風寨

遇強人卻能堅貞不屈地完節而歸，以及她對潘金蓮、李瓶兒、春梅、陳經濟等「惡」人的處置都顯示出她賢惠的品質。孟玉樓進了西門慶家門，知足而樂，清心寡欲，可謂溫柔敦厚。連潘金蓮也圖她少言寡語、善良溫存、不講兩面話而拉她為伴。這一對伴當的德行相伴相比，更顯示出孟玉樓的「善良」來。小說中有幾處相面算命，惟有第二十九回「吳神仙貴賤相人」算是相得準確算得靈驗，這是作者在情節結構上的精心安排。吳神仙先後給西門慶及其妻妾女兒共 8 人相面，8 人的命語中只有吳月娘與孟玉樓是完美的。果然，待全書終了，我們可以看到 8 人之中只有吳月娘「壽年七十歲，善終而亡」，孟玉樓「愛嫁李衙內，夫妻恩愛，如魚得水，壽終正寢」。

作者為了實現自己的審美理想追求，在創作過程中採用了有效手法。首先是創作上真實地再現社會生活本來面目的寫實方法，其次是在結構安排上採用情節對比的方法，第三是用回首詩（詞）和回尾詩（詞）及敘述中插入議論的方法對人物事件進行評判說教。這三者中，對比和議論的方法為創作動機的實現和審美理想的追求產生了巨大的效果。善與惡的對比，各自的特徵將更加鮮明突出，像剛才所說到的表現吳月娘、孟玉樓的善良時那樣。議論說教無疑起到了告誡人們明辨善惡、棄惡揚善的現場說教的作用。惟有這寫實的創作方法卻在給對比、議論提供材料的同時使作品的審美價值與作者的審美理想追求產生衝突，也就是說，作品再現出來的現實的「真」突破了作者理想的「善」對自己的規定而揭示了「善」的對立面。

道德活動是文學藝術活動的內容和實質，這是封建社會中一切文學藝術創作的重要命題。《金瓶梅》的作者和他的同行們一樣，是帶著這個命題來鳥瞰現實素材並開始自己的審美活動的。但是不要忘記，與這一重大命題緊密相關的，則是封建專制政治對文學，尤其是對寫實敘述文學的嚴格約束，明代首創的文字獄更是把這種專制推向了極端。在這種環境條件下，按照生活自身規律來再現生活的本來面目必定會同以封建倫理道德為內容特徵的審美理想追求產生矛盾衝突。因為此時的「善」實質上是一種強加於人的絕對理念。即使是人類社會應共同遵守的道德準則，也染上了專制政治的色彩；而「真」偏偏又是與這種絕對理念格格不入的現實生活世界；感情、欲望及其行為，即使有合乎道德規範的人和行為，也是對「真」的遮掩、扭曲甚至犧牲的結果。就在封建專制最嚴重的情況下，新興的商品經濟的力量也在想方設法地謀求自己的生存和發展；就在封建倫理道德被宣揚到眾多的忠臣烈士、貞女節婦為了一塊牌坊可以自覺地走向死亡的環境中，商業小社會也出現了與傳統倫理觀念、時代道德規範背道而馳的現象：重利輕義、好色非節、縱情娛樂、無一知足。就連朝廷命官、中央重臣一旦走進「真」的現實世界，也禁不住金錢的誘惑，以權謀私，貪贓枉法，索賄賣爵。這種社會的動蕩與轉捩中的這一切的「真」，在封建倫理道德看來，無一不是「善」的對立面——「惡」行「醜」態。

在「真」與「善」的衝突面前，作者並沒有沿襲前人的做法，創作的實踐也限制了他去沿襲。這畢竟是在寫一部小說史上無前例的世情小說，他可以向以前問世的所有文學藝術學習借鑒，卻不可以沿襲，否則便不可能實現自己新的創作。

作者沒有捨棄傳統的「中和」原則，但「中和之美」在這裏卻是另一派景象：作者不否認人的七情六欲，但他在表現人的七情六欲的同時告誡人們：「人能寡欲壽長年」「免使身心晝夜愁」「勸君凡事放寬情」。於是，「中和」沒有成為結果，而只是一個過程中的插曲，沒有成為作品主體自身，而只是作品的附屬。因此，作者在描寫人物時，全是真實再現。無論是理想人物還是否定對象，不僅不以誇飾渲染，而且還真實地寫出善者非善之處、惡者非惡之行，以表現出善者在清心寡欲過程中向善從善的真實性格和善報結局，惡者在侈心貪欲的過程中棄善從惡的真實性格和可悲結局。也正因為如此，又出現了這樣的情況：作者在創作過程中應是認定了一批予以否定的對象，但這些對象實際上不是人，而是「惡」事、「惡」行。這是作者在小說創作上邁出的一大步，使人物的塑造在多重性格上有了一個自由而又真正的天地，把「人」從類型化的塑造中解放出來，放入到性格化的塑造中去了。作者對自己的審美理想人物的塑造也是如此。這正是按照生活的自身規律真實地再現生活、再現各種人物、再現人的複雜性格、矛盾性格的重要前提。歷來評論界對《金瓶梅》中的各等人物，尤其是所謂的「反面人物」，諸如西門慶、潘金蓮、李瓶兒等人的評論採取片面否定，甚至指責作者在塑造人物時自相矛盾，或者猜測此書非出自一人之手，問題的關鍵就在於我們總是把「人」與「事」或「人物」與「情節」的邏輯關係絕對化、形而上學化，把生活自身規律完全等同於邏輯分析，把人物的性格發展放到邏輯推理直線上去衡量。只憑幾件「事」或幾段「情節」便認定人物的善惡美醜，甚至要求作者為塑造人物去「選擇」幾件按邏輯推理直線單向發展的「事件」，即所謂足以表現（實際是證明）這個人物某種性格的「事件」去大寫特寫，全然不顧及人的複雜性和時空屬性，更不去正視現實生活和人自身也有不合邏輯的現象，把文學評論等同於庸俗的人事鑒定，把文學創作等同於演繹推理。

作者採用寫實的方法，並非有意同自己的審美理想追求為難。在創作動機上來看，寫實的方法再現人間世情外，依然同他的審美理想追求有一致之處。在作者的審美理想追求中，「善」是功利目標，作者在敘寫審美理想人物的「善」行並用對比手法來突出其「善」時，並不去遮掩這些人物非「善」之言行和思想情緒，這裏的寫實手法目的在於表現這些人物由非全善向全善轉化的艱難歷程及其中呈現出來的真實性格和「高尚品格」。在敘寫否定對象的「惡」行的同時，作者也同樣沒有把他們「善」的閃光和「惡」行的根源抹去，甚至還把李瓶兒性格思想行為的大轉變如實地全部地再現出來，這裏的寫實手法目的在於揭示這些人物因侈心貪欲而棄善為惡的倒行逆施及其因果報應的必然

趨勢。我們前面已經探討過,作者的審美理想具有濃厚的時代特徵,其道德內容具有儒、道、佛三教觀念色彩。在作者的審美活動中,不僅以因果報應來誡人為善,完美自己的道德,而且也去發現人自身「善」的因素,勸其發揚光大,發現人的「惡」行根源,勸其斬根去欲,對那知迷而返的人,自是善惡分明的,這正是「作者也大慈悲」之所在。作者在塑造人物時對現實和文學的這種獨特的審美趣味,是作者能完全真實地再現人生塵世的根本原因。

作者審美活動結束,審美價值便具有了其相對獨立的屬性。創作動機對審美理想的追求雖然在作者的審美活動中能產生作用,但它只能決定藝術或文學的一個方面。作者一旦在審美活動中按照生活的自身規律去再現生活,他一定會遵循這個規律去調整自己的審美活動。於是,具有「真」的美學原則的審美價值往往突破原先屬於作者創作動機和審美理想追求中的「善」的觀念限制,獨立地出現在讀者的面前。不可否認的是,「善」是具有時間與空間特徵的觀念形態,即一定時期一定地域的社會的行為準則或這個社會對主客觀關係的認識。即使是廣義的「善」,也只是時空的有限延長和擴大而已,相對「真」來說,是短暫的、片面的,是難以完全與「真」直接發生關係的,其審美的力量與時間性和空間性是遠遠不如「真」的。因此,以寫實方法創作出來的寫實作品在其誕生之初或在若干年後其價值顯示出令作者自己吃驚的尺度就不會令人們奇怪了。

《金瓶梅》的審美價值遠遠超過了作者的道德審美理想。它從政治、經濟、市民生活各個方面為我們呈現了中國傳統文化發展到 16 世紀和 17 世紀初時的橫斷面;它對商品經濟發展中出現的商業小社會人情風貌的細緻描寫,對商人和官吏、幫閑和媒婆、主人與奴僕、丈夫與妻妾等等人物及其間種種關係的盡情描畫,為我們研究中國社會和中國商品經濟的發展提供了任何正史野史都難以提供或不可能如此生動提供的形象材料;它對各等人物在不同環境條件下產生的不同心理狀態的描述,是我們研究明代社會傳統倫理觀念與時代道德規範同近代思想發生衝突從而探討中國倫理觀念發展變化的珍貴材料。

至此,作為世情寫實作品的《金瓶梅》的貢獻已經是巨大的了。但是,這還沒有將它的貢獻說夠,尤其是還沒有把它的美學意義全部揭示出來。

生活是什麼?抒情詩人說生活是鮮花,哲理詩人說生活是大海。前者是站在生活之外去欣賞大千世界;後者則是一隻眼睛在觀察現實,一隻眼睛仰望藍天,教育人們如何對待生活。只有寫實的詩人,只有身披人世風塵的詩人才會真實地把生活的本質告訴人們:是衝突和拼搏。說「美是生活」失之於抽象籠統。生活美在何處?美在於激烈的矛盾和衝突中人的掙扎與抗爭的命運軌跡。大概只有自然界中的群山與花草能給我們帶來短暫的靜態的美,人類社會給人的審美感受只能是動態的,因為生活本身具有動態屬性

和衝突的本質特徵。

《金瓶梅》審美價值的最重大部分，或者說是審美價值實現的根本所在就在於作品淋漓盡致地展現了生活的衝突本質特徵，展現了生活中的人拼力掙扎和抗爭的命運軌跡。《金瓶梅》的美學意義因此才顯得格外突出。

在作品中，每次的「善」與「惡」的衝突，正是生活中的某個人與自然、與社會、與他人的抗爭，是具有本能屬性的人的七情六欲與反人性的社會的倫理道德的抗爭，是人的自我意識對社會整體意識的抗爭。

西門慶娶妻納妾，並非「非善」之舉，從封建宗法觀念來看，為了子嗣後繼，這還是「大善」的行為。他的「惡」在於縱情淫佚，在於不能克制自己的情感性欲。這種「善」「惡」衝突，一方面表露了封建倫理的內在矛盾，一方面也揭示了明代中葉始已經「巨富」起來的商人極情追求享樂、蔑視倫理道德規範並與之衝突的現實。

西門慶買官受爵，以官促商，以權謀利，有時還見利枉法，這相對封建社會中的清官廉政口號來說，皆為「非善」之舉。但它卻極深刻地揭露了：一、封建官僚政治已經脫離了封建政治自我標榜的清明宗旨，與社會的發展形成了衝突；二、封建王權已經極大地阻礙了商品經濟的發展，本來與封建制度相反動的商品經濟卻不得不向封建王權購買通行證，這正說明了商品經濟與封建社會的矛盾衝突。西門慶不是一個「正派」商人，也不是一個「正派」官員。官、商結合，權、利互進已經使兩方面都失去了「正派」的意義。但是如果他要「正派」的話，他不僅不可能達到他死之前的那種地位、財勢、榮譽，很可能連生藥鋪也開不成，再做一個破落戶。發生在西門慶身上的商場、官場的「善」「惡」衝突，形象地再現了在封建王權高壓之下，在小農自然經濟包圍之中，在宗法倫理道德約束裏，一個普通商人與社會的抗爭。西門慶雖然在這個抗爭中是「缺德」者，有不少的「惡」行，然而卻獲得了極大的成功。作者按照生活的自身規律和本來面目真實地再現了他的勝利、他的成功，這是作者寫實巨筆最成功的地方。生活並沒有按照人為的道德邏輯發展，而是按照衝突和抗爭的規律前進，「真」對「善」的突破在這裏最富有典型意義。這也是西門慶這個人物美學意義所在，是這個人物最重大的審美價值。生活讓強者通過抗爭的狹道而獲得成功，並不去過多地責備他之所以強的原因和手段。脫離了這一關鍵問題，只是從作者以對醜的否定來實現對美的肯定層次上去承認這一人物的美學意義是遠遠不夠的，那還只是局限在作者的創作動機的道德小圈之中，還沒有走到作品的實際中來，至少還沒有在審美價值中去全面把握人物的美學意義。

作品把發生在潘金蓮身上的「善」「惡」衝突更多的是置於人自身情欲的實現與倫理道德規範的壓抑的矛盾之中。在這裏，我們看到的是具有鮮明的時代特徵的一場抗爭：一個承受各種精神壓迫的有獨特個性的婦女為了實現自己的價值，爭取最基本的人生需

求，向這一切的精神壓迫進行了反抗，向無人身自由反抗，向妻妾制度反抗，向子嗣制度反抗。雖然這些反抗顯得那麼盲目，又是那樣不擇手段，以至於傷害無辜。但是反抗的殘酷程度越深，說明矛盾越激烈，衝突越厲害。潘金蓮是全書中所有的已受報應而死的女人中下場最慘的一個，這是社會悲劇，也是性格悲劇。在強大的社會壓迫，特別是精神壓迫下，潘金蓮如果能像吳月娘那樣信佛寬懷、賢惠通達，或像孟玉樓那樣溫柔敦厚、知足而樂，自己可能會有好的結局，西門慶也可能不會中年而夭；潘金蓮又有與李瓶兒類似的「前科」，如果她能像李瓶兒那樣知足止惡、回心向善，整個西門家院會顯得和氣平靜、一派生機。然而，她的性格偏偏是與時代社會格格不入的，社會壓迫的張力場和自身個性的張力場相互施壓對抗，終於將這個聰明美麗的肉體擠碎了。從表面上看，以道德為前提的因果報應是潘金蓮悲劇的原因，即惡行帶來的惡果。但是從實質上看，社會壓迫與個人的反抗之間的衝突才是她的悲劇的真正根源。這便是潘金蓮這個頗有爭議的「女人」的審美價值。

既然生活之中充滿矛盾、充滿衝突，既然在這種矛盾衝突中像潘金蓮那樣的執意反抗也只落得個身敗名裂的下場，那麼避開矛盾衝突、承受社會給自己的壓迫是否能生存下去呢？回答是「否」。這是《金瓶梅》中另一個女性以她的悲劇結局給我們的回答。李瓶兒幾經曲折成了西門慶的最後一個小妾，她開始知足了，也對自己過去的「惡」行知迷而返，心理和性格都發生了極大的變化。生下官哥兒後，她受到了除潘金蓮外所有人的敬重和奉承，生活似乎給她專門鋪開了一條平坦大道，世界似乎為她特意送來了一片光明。然而這一切都不是生活的實質，因為在敬重和奉承後面隱藏著嫉妒和虛偽，在光明中閃爍著利劍的光芒，在坦途上埋伏著陷阱。李瓶兒的死似乎是潘金蓮的嫉恨和花子虛夢中索命的精神恐嚇而致，但事實告訴我們：金蓮只不過是個劊子手角色而已，花子虛數次夢中索命也不過是瓶兒精神受壓迫的反應，斷送李瓶兒年輕生命的是封建社會對全體婦女的種種肉體玩弄和精神重壓以及人格的剝奪。在這種情況下，潘金蓮為求生存而將反抗的目標對準了一出生就肩負著宗法制度的重托而引起新的不平衡、不平等和生活衝突但又是無辜的嬰兒官哥兒，使李瓶兒失去了生存的主要精神支柱；在這種情況下，李瓶兒知足禮讓，改變自己過去的行為，以倫理女德規範自己的言行舉止，約束自己在生活中的抗爭，形成了悲劇性格；在這種情況下，李瓶兒在精神上再也承受不了失子的打擊和氣死花子虛的罪惡自責，終於告別了這個世界。退縮、順從、知迷而返，依然落得悲劇的下場，這是從另一個方面揭示了生活的實質，瓶兒這個悲劇女性的美學意義正在這兒。

要指出的是，生活的實質是衝突、是抗爭，那麼抗爭就在於強者勝。生活強弱的範圍領域是多方面的，物質的、精神的、政治的、經濟的、肉體的、心理的，等等。任何

物質的生存發展，都有它自己強的範圍或領域。西門慶在經濟、政治上是時代的強者，然而卻敗在肉體的過分縱欲上；潘金蓮與瓶兒相比，前者心理之強與後者心理之弱形成鮮明的對比，前者敗在社會的壓迫和他人的復仇之上，後者則曾經獲得了社會的尊重和人們的讚譽。而吳月娘、孟玉樓的善終，則主要取決於她們精神和心理上不斷尋求的平衡。《金瓶梅》十分恰當地再現了生活中這些既複雜而又有規律性的現象，並因此展現出各個人物不同的命運軌跡。

　　總之，按照生活自身規律去真實地再現生活的本來面目從而揭示生活的本質特徵以及人在其中拼力抗爭的命運軌跡是《金瓶梅》這部世情寫實小說的美學意義，是這部作品由於寫實而突破作者審美理想的追求呈現出來的巨大的審美價值所在。

　　正因為這樣，《金瓶梅》這部作品的審美力量才突破了時空限制歷300餘年而不衰，受歷代禁毀而不止。

三、《金瓶梅》美學意義在中國小說發展史上的地位

　　中國小說的誕生可以追溯到上古神話和秦漢的史傳文學，但嚴格意義上的中國小說萌芽應是六朝志怪志人筆記小說。由於中國的傳統文化主要受以入世的正心修身齊家治國平天下的儒家文化的影響，再雜以中古以來道教、佛教精神，中國的文人與平民百姓的思想觀念中一方面肩負著「習慣成自然」而不是自覺的社會道德責任感，一方面又無時無刻不感覺到天道無常、生死有命。他們在封建政治和王權的統治下，在小農的自然經濟包圍中，一面不得不經受現實生活中矛盾衝突的磨難，一面又真誠地期待著宗教意義上的上天的恩賜，這種恩賜既包括對來世的好運的實現和今世困境的改變，也包括自然界的去災避邪和社會界的懲惡揚善。這種思想觀念轉為審美趣味時，就具有以下兩個顯著的特徵：

　　(一)不否認現實，甚至是殘酷的現實也能正視。不過正視的方法不一樣，有人是期待中的忍受，有人是麻木般的承受，有人用淚水模糊自己的眼睛，有人則以超然的態度來對待。

　　(二)期望著理想，甚至是代代相傳的理想。畫餅充飢也好，以水代酒也好，階段性實現也好，要求的是心靈上的安慰和精神上的滿足。

　　這樣的審美趣味直接影響了中國文學藝術的創作，尤其是面對更廣大的平民百姓的俗文學藝術的創作。古代說唱藝術和戲曲的審美價值正是這種審美趣味的結晶。奸佞小人當道，忠臣君子或才子佳人受難，幾經曲折，善惡有報，於是平反昭雪或金榜題名，合家團圓或洞房花燭。這已是最廣大的作者和欣賞者都贊同的「程序」。小說的創作從

六朝志怪志人那裏起步，經過唐宋傳奇和宋元話本兩個小高潮，在元雜劇和元明南戲、傳奇的直接影響下，步入了成熟的章回體和擬話本的時期，上述兩個特徵也轉化成小說的主要審美價值特徵了。

經過長時間的民眾與文人共同創作過程的《三國志通俗演義》《水滸傳》和《西遊記》就是這樣的三部長篇章回體小說。

作為中國長篇章回體小說開山之作的《三國志通俗演義》在展現歷史的真實時，不可不謂是大膽和深刻的。戰爭災難，兵荒馬亂，赤地千里，屍橫遍野，朝廷內亂，饑民揭竿，諸侯逞雄，生民塗炭，乃至天子重臣也朝不保夕。生活的矛盾衝突，在宏觀上把握得十分恰當；但由於傳統審美趣味的影響，創作者們在面對殘酷歷史現實的同時，抬起頭來，將期待和企求的目光投向青天，投向理想中的明君賢臣，於是，一批明君賢臣的塑造便將這深刻的歷史現實拉入到虛幻的理想之境。從藝術的創作上看，我們可以說它代表了一種觀念，真實地再現了當時（無論是漢魏時期還是元明之交）的人們歷經戰亂災荒之後企求和平生存的心理狀態；從審美價值上看，它以藝術的真實和歷史的真實的結合，構成了這部歷史演義小說的美學價值。

與《三國志通俗演義》差不多同時或稍晚一點的英雄傳奇開山傑作《水滸傳》，無論是作品前大半部的造反經過的描述，還是後面起義軍受招安之後去征剿別的造反者以及梁山好漢們的消亡，都真實地再現了「官逼民反」的殘酷現實。由於作品中的故事、人物離人們更近，並且是從造反者個人遭遇的微觀角度來展現的，因此作品的「真實」，不論是歷史的真實還是藝術的真實都更具有成功意義，審美價值較之《三國志通俗演義》要重大多了。然而，創作者們具有同樣傳統的審美趣味，他們要用自己精神上的理想去抓住現實中難得的一兩點閃光，用誇張、渲染的手法將它們鑄造成解決現實衝突的光環。於是救世主被塑造出來。與《三國志通俗演義》不同的是，這裏的救世主不是明君賢臣，而是受昏君佞臣逼迫造反的一幫英雄好漢。從作品表現出來的社會政治意義來看，把解決現實矛盾衝突的希望從救世君主身上移到救世英雄身上，無疑是進了一大步。從審美價值的體現上來看，救世君主和救世英雄的塑造實質上雖然有區別，但它把再現現實的寫實作品引進了非現實的境界之中，原本重大的美學價值受到了一定程度的削弱。

作為長篇章回體小說開創時期和元末明初戰亂不定的特定歷史環境中的民眾與文人合作的作品，《三國志通俗演義》和《水滸傳》審美價值中有這些特徵不足為怪，此後出現的一系列演史小說和英雄傳奇小說或深或淺地帶有這些特徵正說明傳統的審美趣味的廣泛性與深刻性。

當一個半世紀的歷史過去之後，這種傳統的審美趣味依然如故。但是，儒、道、佛三教對社會的影響越來越大。同時以主觀唯心主義為內容的王學思想，尤其是王學左派

的理論主張在民眾之中，在文學藝術界也產生了巨大的作用，人的自我意識和人的自身價值的認識給一批直接或間接寫實的文學作品提供了新的思想素材，一批文人作者的審美趣味也受到了程度不一的影響，他們的審美活動在完成道德使命的同時，也能夠真實地按照生活的自身規律去再現生活的本來面目，客觀上揭示出生活的某些本質特徵和人物真實命運。這確實是近代小說的濫觴。

《西遊記》就是這樣的一部作品。這是第一部描寫神魔妖怪與佛教徒生活的長篇章回體小說。題材是一回事，審美價值則是另一回事。孫悟空能七十二變，這是被誇張和神化了，但是孫悟空的對手同樣是被誇張和神魔化了的對象，在審美感受上，他們是一個世界中的同等層次的人物形象。這裏已經沒有救世主，玉皇大帝、南海觀音、如來大佛雖然不時地拿出絕招來幫助師徒四人，但那是為神化唐僧服務的。況且，他們自己也都是九九八十一難諸因素中的活躍分子，克服災難主要還是依靠取經者自己。取經者們不僅是看到了自己的力量和價值，而且在努力地顯示自己的力量和價值。《西遊記》的最後編定者能在佛教僧徒和民間藝人數百年創作的基礎上，在傳統的審美趣味中加進近代思想意識，使作品獲得更大的審美價值，功勞可謂巨大，這在中國小說發展史上有著突出的貢獻。遺憾的是，雖然小說把神魔世界與現實世界打通來展現，並通過神魔世界的故事把現實世界揭示得淋漓盡致，但這畢竟是一部以神魔世界為主的作品，與現實畢竟隔了一層，相對大多數欣賞者來說，佛家教義和道教神魔是他們的首先的審美信息。

這樣，我們就不得不刮目看待與《西遊記》差不多同時出現的《金瓶梅》了。

關鍵的問題在於作者把自己的視角對準了一個活生生的現實社會，一個令傳統和時代倫理規範都皺起眉頭的商人家庭，而且全然以寫實的手法將他認為的「善」「惡」，「美」「醜」和盤托出，並且還是比較準確地按生活自身規律把人物命運的軌跡客觀地描繪出來。這裏沒有一個救世主，連救世主的影子也不見有，只有生活中的人在生活的急流裏依靠自己的求生本能和本領去實現自己的企求。於是完美的人格和崇高的形象失去了站立的空間，善良的人是帶著「惡」的痕跡在向善走去，醜惡的人則是閃著「善」的光點陷入惡的深淵。不要說是平民百姓，即使是朝中大臣，也須苦心經營，以免敗北；不要說是行商坐賈，即使是清官廉吏，也奈上司和人情不何，只得中庸處事。因果報應是作者在寫實創作時實現創作動機的重要手段之一，不過，我們把這層因果報應的色布揭去，依然可以看到作品中主要人物的結局是合乎生活自身的規律的。吳月娘的長壽、孟玉樓的善終，並無誇飾之筆；西門慶的夭亡、李瓶兒的病死、潘金蓮的被殺，無論從社會學和生理學上分析，都是偶然中的必然。至於說到人物活動及生活環境和文化背景，其歷史的真實足以令史學家嘆服，藝術的真實，除了因為書中大量的性行為描寫引起各界人士的大爭論之外，人們褒多於貶，而且一致肯定《金瓶梅》為我國世情寫實長篇小

說的開拓傑作。

這裏有必要簡略說一說性行為描寫的問題。作品中有數十次對「人皆好之，人皆惡之。人非堯舜聖賢，鮮不為所耽」的「房中之事」（見《金瓶梅詞話》欣欣子序）的客觀描寫。如果我們只是簡單地指它為社會風氣的影響或說它是作者有意自我欣賞甚至責它是書坊商賈為賺取金銀而為，實在是失之偏頗。我們在分析評述這部作品時，是否總是把作者的審美理想追求與作者的寫實手法對立起來呢？本文在前面已經論述到，這二者實際上是對立又統一的。二者相互統一於作者的審美活動過程中，即作者在創作過程中力圖以寫實的手法來實現他的審美理想，以真正的現實來完成道德說教動機；二者矛盾對立於作品的審美價值實現之中，即寫實手法創作出來的藝術真實在實際上已經站到了作者審美理想追求的對立面，具有了不合乎甚至違背於作者審美理想追求的美學意義。性行為描寫作為作品寫實內容，在作者創作過程中實是與作者的創作動機一致的。《金瓶梅》一書，是作者「罄平日所蘊者，著斯傳，凡一百回，其中語句新奇，膾炙人口，無非明人倫，戒淫奔，分淑慝，化善惡，知盛衰消長之機，取報應輪迴之事，如在目前始終，如脈絡貫通，如萬系迎風而不亂也」（見《金瓶梅詞話》欣欣子序），性行為描寫與〈四貪詞〉中對「色」的批判和全書敘述中插入的對「淫佚」之人的言行結果的批判緊密配合，旨在證明貪女色、貪男色者惡報之因。性行為描寫中的人物自我欣賞色彩和玩弄特徵都在於展現「淫佚」人自己的無度之「淫」狀「淫」情。這些描寫，客觀、真實，是全書以寫實方法再現生活本來面目的有機組成部分，它的實質反映了中國傳統文化中性的位置。在作品中，它是人物性格、思想的形成和表現的重要因素，是人物命運軌跡的印記，是作品美學意義不可缺少的內容。不少人認為若將這些描寫刪去，全書價值與意義不變，甚至由於「清潔」了而更重大。這種意見，若不是道學家的想法，便是掩耳盜鈴之舉，至少是「家醜不可外揚」的一條詮釋。刪節甚至刪改作品應是一種迫不得已的辦法。刪去性行為描寫，目的在於不讓讀者特別是不適宜閱讀的未成年人讀者受到這些描寫的影響。作品被刪節、刪改了，怎麼不受到變異呢？事實上，人們閱讀刪過的《金瓶梅》，會發現生活的連續性有刀砍的痕跡，生活本質特徵的揭示缺少了重要環節，人物行為的軌跡連連中斷，其命運的結局失去了必然的原因。

作品的美學意義是就作品的整體來說的。對一部優秀作品來說，任何一部分的肢解都有損其審美價值。就《金瓶梅》來說，性行為描寫被刪去後，書是很乾淨了，然而這已不是原來的《金瓶梅》了。正如一個人，生殖器被閹割之後不會再犯性道德錯誤，但是他已不是一個正常的人。

任意肢解、閹割作品，為道德所用，將因道德的暫時獲得而失去作品豐富的美感。一旦美感失去，道德也將失去善和美的內涵而變質。

　　綜上所述，以寫實方法創作出來的《金瓶梅》所具有的美學意義給中國長篇小說的發展開闢了世情寫實小說的天地，它的創作方法和審美價值又直接影響了後來的小說創作，導引出一大批包括《紅樓夢》在內的按照生活自身規律再現生活的本來面目從而揭示生活本質特徵和人的命運軌跡的寫實小說，把中國小說的發展推向近代，推向創作的高峰，這就是《金瓶梅》一書美學意義在中國小說發展史上的重大貢獻。

　　魯迅先生曾在他的〈中國小說的歷史的變遷〉中高度稱讚過《紅樓夢》：「總之自有《紅樓夢》出來以後，傳統的思想和寫法都打破了。」如果魯迅先生這裏的「傳統的思想和寫法都打破了」指的是「其要點在敢於如實描寫，並無諱飾，和從前的小說敘好人完全是好，壞人完全是壞的，大不相同，所以其中所敘的人物，都是真的人物」，那麼魯迅先生的贊詞應歸屬於《金瓶梅》，即：自有《金瓶梅》出來以後，傳統的思想和寫法都打破了。而《紅樓夢》是在《金瓶梅》的巨大影響下，把這一「打破」作為入口，登上了世情寫實長篇小說的巔峰。

　　　（本文完稿於 1989 年 8 月，收入 1990 年 4 月花城出版社出版的本人專著《金瓶梅
　　　——中國文化發展的一個斷面》）

論《金瓶梅》獨特的藝術思維指向

一、關於藝術思維及其指向

　　所謂的藝術思維，即指文學藝術的創作者在創作審美活動中的思想活動，它包括了所謂的形象思維與抽象思維的各種方式及其內容，並且是這兩種思維的綜合體。在藝術思維過程中，形象是抽象的源泉與起點、載體和歸宿，抽象則是形象藝術化的魔杖，是賦予作品靈魂的上帝。

　　藝術思維指向是藝術思維中重要的一環，它是作為藝術創作的宏觀思維趨向而命名的。由素材進入到藝術創作時，每一個創作者都要經過一個自覺的然而也是艱苦的藝術理性構思（藝術抽象思維為主）的階段。在這個階段中，就敘事作品的創作來說，作家不能回避的重要問題便是作品人物命運的前因後果與情節發展的必然與偶然的趨勢。這個問題直接涉及到作者已有的素材，影響到作者此時乃至將來的全部審美活動。因果關係及情節發展方向便是藝術思維指向的主要內容，在它面前，創作者必須作出選擇。

　　在敘事作品的人物與環境的種種因果關係及情節的發展方向的選擇中，我們可以把藝術思維指向分為兩種，一種是「社會」指向，另一種是「個人」指向。在文學範疇內，二者又可分別稱為「社會文學」和「個人文學」。

　　藝術思維指向的「社會」選擇，或曰「社會文學」，主要是從社會的角度出發（並不是不寫個人），追究作品中的世界——如人物及其命運、社會及其演進、時代、歷史等等——的社會原因。一句話，其藝術思維線索是「因為有這樣的社會，所以有這樣的人」[1]。

　　藝術思維指向的「個人」選擇，或曰「個人文學」，主要是從個人的角度出發（並不是不寫社會），追究作品中的世界——如人物及其命運、社會及其演進、時代、歷史等等——的個人原因，也可用一句話概括其藝術思維線索，「因為有這樣的人，所以有這樣的社會」（同上）。

1　金岱〈個人・個性・個性文學〉，《江西大學學報》社科版 1988 年第 3 期。

　　本文旨在從藝術思維指向的選擇層次來探討《金瓶梅》這部傑作的藝術價值與美學意義，以從另一個方面來再次確立它在中國小說發展史上的重要地位和重大貢獻。

二、與眾不同，《金瓶梅》的藝術思維指向選擇了「個人」

　　中國古代的文學，由於傳統的「興觀群怨」和「明道」「載道」功利思想的直接影響，由於創作者大都具有高度的社會「整體」意識和「國家本位」即「君本位」觀念，藝術思維指向從來都是以「社會」的選擇為上的。作品中，無論是褒貶揚抑，還是抒懷敘事，更多的是去追究情感的社會原因和成敗榮辱的社會責任。屈原、杜甫是最有代表意義的作者，他們的詩篇是最典型的作品，甚至陶潛、李白這類為自潔而獨行的作者也不例外。明（清）代大量的戲曲小說是在傳統文化的基礎上發展起來的，加之理教的管制，同樣也是「社會文學」的作品。《三國志通俗演義》《水滸傳》等歷史演義和英雄傳奇小說在尋究人物的生死成敗之決定因素時，便把視線移到人物的周圍，移向社會，移向他人，並以此為原則去塑造人物，構思情節，規定結局。所謂「既生瑜，何生亮」，「天命將盡」，「悠悠蒼天，曷我其極」；所謂「官逼民反」，「亂世造英雄」等等。《西遊記》作為神魔小說對神魔力量的揭示似乎較多地顯示了人物「個人」的作用因素，比如唐僧師徒取經路上的艱難坎坷和離合成敗與他們各自的思想性格諸方面的關係，然而作品總體思維上依然是「社會」對「個人」的絕對強制與征服的關係。九九八十一難和師徒們的成敗的最終原因不在於取經人自身的作用和努力，而在於外界的失誤與幫助。大鬧天宮極盡全力顯示了孫悟空的「個人」因素的作用，然而如來大佛一巴掌就壓了他五百年，這種結局並不是孫悟空個人行為所致，而是社會力量的強加。

　　《金瓶梅》不同。雖然它也是寫了社會，而且展鋪了封建王權專制與小農自然經濟以及宗法倫理觀念嚴密包圍中的商業城鎮中的種種關係，然而這一切只不過是人物活動的環境，是人物命運的次要作用因素。它更多、更有意識地是寫了「個人」，寫了這些「個人」的生活軌跡，並把某個人的一切思想言行作為這個人生死成敗和榮辱興衰的決定因素。

　　《金瓶梅》「個人」藝術思維指向是在作品中的人物身上得到體現的，其中最突出、最鮮明者是西門慶、潘金蓮和李瓶兒三個主要人物。

　　以小農自然經濟、封建王權專制和宗法倫理觀念為前提，「商」一直是被壓抑受約束的，即使在明代，商業已經有了很大的發展，而且「官商」橫行，但在社會政治與觀念意識中，「商」與「官」依然存在著各種不可調和的矛盾，體現在「行政管理一切」之中的封建官僚政治制度及其相應機構總是力圖置「商」於自己的絕對統治之下。處於

這種環境中的商人若只是被動地臣服於王權專制，要想發展甚至迅速發展自己的事業都是不可能的，若是激化與王權的矛盾可能連立錐之地也沒有。在這種環境之中，商人必須作出自己的選擇，這種選擇當然決定商人自己命運和事業的成敗興衰。《金瓶梅》的作者在藝術思維過程中，正是把筆觸落在西門慶個人的選擇之上，再現了西門慶既不使自己成為王權的對立面，又利用一切機會不擇手段地去發展自己事業的道路，揭示了在同樣的社會作用環境之中，個人因素的決定性作用。西門慶在事業上之所以取得了成功，而且是極大的成功，由一個普通的開生藥鋪的老闆在五年內迅速發展成一個遠近聞名又勾連了中央及地方各級官僚的大富商，主要原因並非社會條件的決定作用，而是他自己把握了社會條件，是他透視了官場，洞察了官與商、權與錢的關係，並不斷根據自己的分析調整自己的實踐。他時時刻刻地主動向各級官僚「出擊」，人力、物力、財力，一切在所不惜。給他們好處的目的在於要他們為自己貼金、解難、辦事，以賺到更多的錢。在環境突變的壓力下，他也能迅速採取退縮步驟，躲過風頭，然後重振旗鼓，再度開張。社會環境對他的影響卻成了他改變和利用社會環境的信息，進而變社會環境為自己所用的有利條件，儘管在改變和利用時不擇手段、不顧及手段的道德內涵。

西門慶的成功，是他自己的行為所致。同樣，作者揭示西門慶的慘敗——死，也是他自己的行為所致。宿娼嫖妓好風流雖然是一種風尚，然而縱欲無度也是當時的倫理和人的生理所不允許的。西門慶極力追求無度縱欲，雖有社會影響（包括潘金蓮和應伯爵等人的作用），但主要原因在於他自己時時刻刻地去追求以「我」為中心的感官刺激。他如此宣告：

> 咱聞那佛祖西天，也止不過要黃金鋪地，陰司十殿，也要些楮鏹營求。咱只消盡這傢俬廣為善事，就使強姦了嫦娥，和奸了織女，拐了許飛瓊，盜了西王母的女兒，也不減我潑天富貴。（《金瓶梅詞話》第五十七回）

西門慶的這段話歷來為評論者詛咒，指其為西門慶金錢萬能的市儈思想和荒淫之無度、狂妄之極端的宣言。我卻認為，這正是西門慶這個藝術形象「自我意識」最強烈的表露。有「自我意識」才會有決定自己言行取捨的思想言行。這也正是作者指明西門慶之死因為個人言行所致的點睛之筆。

我曾在〈金蓮析〉一文中談到潘金蓮的悲劇時寫道：「對於潘金蓮，一個如此貌美心靈的女子，一生受擺弄，遭蹂躪，被遺棄，成商品，卻又一直以此為自己的生活支柱，惟恐失去這一點點精神上的『享受』，並為此化盡心血，痛苦地去算計別人，又遭到身前身後的詛咒和謾罵。」[2]這也是我對作者在再現潘金蓮這個人物時所選擇的「個人」藝

2 　陳東有〈金蓮析〉，《江西大學研究生學刊》1987 年第 2 期。

術思維指向的歸納。

作者在寫潘金蓮嫁給武大之前的生活經歷時都是概敘。原因有二:其一,從結構與選材來說,這都是些不重要的只需簡略交待的情節,大可省筆;其二,從藝術思維指向上看,潘氏此時期不過是個不成熟的少女,自我意識和決定自己行為的能力並不強,不合乎藝術思維指向的「個人」選擇,應該略寫。成為武大的老婆之後,她漸次成熟起來,已是一個個性極強,感情與性欲都非常旺盛的少婦,於是在作者的筆下,這個不懂環境,不拘倫理,極力以「自我」為中心的人物站立了起來。如果我們不用道德規範和法律條文去判斷這個人物,而是從文學的角度,從作者藝術思維指向上去看這個人物,就可以發現,潘金蓮的幾乎所有的言語行動都是以「我」為基點的。她有一句很響亮的話:「你只不犯著我,我管你怎的。」作者從自己的藝術思維指向出發,按照潘金蓮這個人物的思想、性格發展的規律寫出了中國古典小說中第一個獨特的我行我素的女主人公。誠然,封建禮教、妻妾制度對潘金蓮的死負有重大責任,但是作者把她的悲劇的更大責任與直接原因放在她自己的所作所為之中。我們在作品的具體事件上,在真實的細節中可以看到,潘金蓮思想上、性格上、行動上的每一步都是引導自己進入墳墓的台階:不甘心就範於武大內室→挑逗武松(不成)→私通西門慶→毒死武大→再嫁西門慶→為專愛而嫉妒和坑害他人→縱欲無度斷送了西門慶的性命→與陳經濟私通→與吳月娘矛盾尖銳化公開化→被領回王婆家→誤「嫁」武松→慘死於武松復仇的刀口。

「如果說,潘金蓮是一個以鮮明的個性去反對傳統而謀求自己生活目標的女人;那麼,恰恰相反,李瓶兒更多的則是儘量把自己的個性淹沒在傳統的、大家庭需要的共性之中去順從環境而謀求自己生活目標的女人。」我曾在〈瓶兒這個女人〉中分析李瓶兒這個女人在西門慶家中的生活時這般地去比較過潘金蓮和李瓶兒兩個女人。當然,人物分析中的「個性」一詞並不能等於藝術思維指向中的「個人」(或「個性」——有的先生用「個性」一詞來為藝術思維指向命名,其意同於「個人」一詞),但我們仍然可以把「個性」同「個人」聯繫起來,那就是:就個人來說,無論是堅持自己的獨特的個性,還是拋棄自己的個性,都是「個人」的選擇。因此,我們可以看到,作者同樣把李瓶兒一生悲劇的決定因素追尋到她自己身上。

經歷了梁中書家中是妾非妾和花子虛家是妻非妻的生活之後,成年的李瓶兒開始了自己的選擇。在有限的選擇機會之中她看中了西門慶。後來卻因西門慶出事,她不得不招贅了蔣竹山,使自己在進入西門慶家之前走了一段彎路。李瓶兒有自己的生活理想,這種理想只不過是一個求得生存和做妻為妾的最起碼的要求。為了實現這種理想,她選擇了置花子虛於死地和驅逐蔣竹山的非常方式。在進入西門慶家之後,她認為自己的理想實現了,於是對自己的性格言行作了一次轉捩性的重新選擇,把自己曾有過的鋒芒削

去，代之以委曲求存的溫柔敦厚和怨而不怒來規矩自己，企圖憑此永遠地守住這期待已久而實際上又是極其可憐和可悲的小妾生活。然而結局卻恰恰相反。瓶兒的死，社會有責任，潘金蓮有責任，但是直接的、深層次的原因卻在於她自己對逆來順受的生存性格和方式的選擇。

《金瓶梅》「個人」藝術思維指向還表現在其他的眾多人物身上。吳月娘的長壽是她自己對「善」和「寡欲」選擇的結果，春梅的早夭則歸之於肆無忌憚的縱欲，孟玉樓、陳經濟、應伯爵等人，其榮辱壽夭的主要原因也都在於他們自己各自的選擇。作者意在告訴讀者，任何人都是自己走完他的那段生活之路並選擇自己的結局。

三、《金瓶梅》獨特的「個人」藝術思維指向的成因

不可否認，作者創作《金瓶梅》的指導思想並沒有跳出傳統的「載道」「明道」和「興觀群怨」的功利框框，而且這種功利目的又染有當時三教九流的濃重色彩，這在作品的議論文字裏隨處可見。作者的好友「欣欣子」在《金瓶梅詞話·序》中也揭示了這一點：

> 吾友笑笑生為此，爰罄平日所蘊者著斯傳，凡一百回。其中語句新奇，膾炙人口，無非明人倫，戒淫奔，分淑慝，化善惡，知盛衰消長之機，取報應輪迴之事，如在目前始終，如脈絡貫通，如萬系迎風而不亂也，使觀者庶幾可以一哂而忘憂也。

那麼，為什麼作者在藝術思維指向選擇上既與別的作品不同又與傳統觀念意識不同呢？為什麼作者能從「個人」自身去尋找人物命運的決定因素呢？主要原因有三：

第一，「自我」價值的初步覺醒的現實是作品藝術思維指向的生活成因。

明朝中葉，現實生活中已經有一部分（儘管是很小的一部分）人從封建「無私」或曰「無我」的重壓之下開始覺醒起來。在城鎮市民中，尤其是在商人階層中，經濟的發展已經使不少人看到了金錢的能力和自己個人的價值，看到了那些在百姓面前道貌岸然、耀權揚威，滿口忠君倫理、一肚子財賄女色的官僚在金錢面前低三下四，乞相難堪，於是他們開始努力地憑藉自己的金錢優勢去改變自己的生活環境，樂度一生，而不是像自己的父輩或其他階層的忠臣順民那樣去順從苦難的命運和受制於扼殺人性的環境。這種生活現實為作者在藝術思維中選擇「個人」提供了大量生活素材，啟發並推動作者對人的命運發展及其結果的決定因素作出與前人不同的深深思考。

第二，作者在題材上的嶄新選擇是「個人」藝術思維指向的審美對象成因。

《金瓶梅》是我國第一部長篇世情小說，這就不僅規定了作者的審美活動中的審美空

間是現實的，也規定了審美對象是現實的，從而限定了藝術思維的基礎首先是現實中的人，而不是可以任意褒貶增刪的歷史上的人物、理想中的英雄或虛幻裏的神魔。現實的人既具有社會屬性，也具有各自的個人屬性或曰自我屬性。作者完全可以以其中的一種屬性作為自己的藝術思維指向。加上剛才論及的第一成因和下面將論及的第三成因，作者選擇了「個人」屬性並因此構成獨特的藝術思維指向。

第三，作者自己的主觀意識是這種藝術思維指向的思想成因。

儒家傳統文化在分析「國家」與「個人」「君主」與「臣民」的關係時，強調「國家本位」「君主本位」，宣揚「個人」「臣民」對「國家」「君主」的無條件臣服與忠誠，僅僅只是在道德修養上強調個人的價值與意義，而道德修養又是以「國家」的整體利益、「君主」和長輩利益為本位的。至於任何人的成功與榮耀，失敗與恥辱卻又同「個人」分裂開來，前者歸之於皇恩浩蕩和天時地利人和，後者則源之於運乖命蹇或是奸佞小人的破壞。因此，在人的命運和社會發展的軌跡上，儒家文化極少追究「個人」的價值和探討「個人」的意義。

宋元以後，佛道兩家已開始向儒家看齊，以求立足與發展。但是各家仍堅持自己獨特的主張。道家一方面主張超然於外，一方面又講究保身全命，這就不可能丟掉「個人」這個決定因素。佛家一方面強調虛心修性，一方面堅持因果報應和輪迴論，這一切也都是以「個人」為出發點和歸宿的。

縱觀《金瓶梅》一書中的人物、情節、細節、詩詞、評語、議論等，我們可以這樣說：《金瓶梅》在藝術思維指向上選擇「個人」，其思想來源是作者主觀意識中對儒、佛、道三家觀念意識的不同選擇。在三家觀念中，作者對儒家僅擇取了其道德修養的「個人」價值觀，而對佛道兩家則是更多地融合吸收其基本主張，道家超然於外和佛家的虛心修性使作者不像別的作家那樣看重社會環境對人的命運的作用，道家的保身全命與佛家的善惡有報使作者看重「個人」的一舉一動在人的命運中的決定性意義。《金瓶梅》第一百回的終卷詩集中地展現了這一點。

四、《金瓶梅》「個人」藝術思維指向的意義和評價

我們不可能也不必去絕對地評判藝術思維指向的「社會」與「個人」選擇孰優孰劣，這不僅是因為任何作品都不可能只有單純的一種選擇而只不過是更注重其中的一種罷了，而且也是因為「社會文學」與「個人文學」都有其不同的重要作用，它們並行不悖又互相補充、相互作用。

重在「社會」藝術思維指向選擇而創作出來的「社會文學」作品，以社會為起點與

目的，力爭在深刻地揭示人物與社會的種種關係基礎之上強調社會條件對人物命運的決定作用，能幫助讀者更好地認識社會和歷史，引導人們關心社會，改造社會。重在「個人」藝術思維指向選擇而創作出來的「個人文學」作品，以個人為起點與目的，盡力犀利地剖析「個人」自身，強調「個人」對人的命運和社會發展的價值與決定性意義，能幫助讀者進行深層次的個人自身的反思，認識「自我」，發現「個人」的力量，關心和尊重「個人」的價值與權益。

同時，又必須看到，「社會文學」過多，「個人文學」太少，往往會麻痺人們那根「自我」的神經，逐漸地忘掉自己，只是一味地把反思的矛頭對準社會、對準環境條件、對準他人，永遠也不敢去、不願去，也不能去正視自己。而「個人文學」過濫則會導致人們去割裂個人與社會的聯繫，陷入不可自拔與極度自責或極度自傲的境地。

遺憾的是，在中國文學的長河之中，擁擠的幾乎全是「社會文學」，而「個人文學」可謂百年難見一，千篇難覓一。文學的這種藝術思維指向的偏斜，是仰視社會、君主、國家、整體的儒家文化導致的，而文學自身的這種偏斜，又進一步加劇了這種文化的偏癱。在這種認識基礎上，我認為《金瓶梅》的藝術思維指向的選擇是獨特的，不僅獨特，而且為中國古典長篇小說開闢了一個藝術思維新天地，創造了新鮮的審美對象。

當然，正因為《金瓶梅》是古典長篇小說中第一部選擇「個人文學」的作品，所以，這種選擇又帶有極大的局限性和先天不足。其中最為遺憾的就是思想來源並不是自覺的文學藝術理論，不是純文學的思考，而是來自於宗教觀念。這樣，也就使得對「個人」的剖析帶有濃厚的個人道德反省，強調「個人」的價值與決定性作用的目的在於棄惡從善。

但是正如我們正確地看待世界各種宗教在人類歷史上的不同作用一樣，絕不會因為它們是所謂的「精神鴉片」而否定它們對人類文明及社會發展所作出的重大貢獻。再者，宗教思想影響了作者的藝術思維指向的選擇，但形成後的藝術思維指向並不等於宗教思想。更何況，《金瓶梅》獨特的「個人」藝術思維指向畢竟首先在文學中突出地顯示出了「個人」的價值，又以此去反映當時現實中一部分人的「自我」意識，並第一次開始了在「個人」身上尋找生活、命運的決定因素，從而開創了中國古代文學中的「個人文學」。

（本文完稿於 1989 年 1 月，1989 年 6 月在江蘇徐州召開的「首屆國際《金瓶梅》學術討論會」上宣讀，收入 1990 年 4 月花城出版社出版的本人專著《金瓶梅——中國文化發展的一個斷面》）

《金瓶梅》的二律背反及其藝術思維

　　無論人們如何爭論，挑剔《金瓶梅》，都會承認：這是一部了不起的傑作。同時又會有許多人遺憾：作品中的人物並不聽從作家說教的擺佈，卻擺佈了作家，以至於形象效果反而遮過了勸戒之言。

　　儘管人們還不確切知道「蘭陵笑笑生」為何許人物，卻都會認為，這是一位了不起的作家。同時又紛紛指出：這樣一位作家對自己筆下的人物卻如此無能為力。

　　二律背反！

一、成功的形象對勸戒說教的突破

　　由傳統思維定勢所決定，中國文學藝術中幾乎所有的體裁作品無一例外地肩負了「載道」「明道」之重任（僅是在民歌與部分散曲中稍顯淡薄），各朝代文學藝術家中也就難得發現有不抱泛道德倫理本位觀的人，在他們的審美活動中，道德活動既是內容，也是本質特徵。曾以「情」與「理」唱對台戲的戲曲文學家湯顯祖在論及戲曲藝術目的時也認為：

> 可以合君臣之節，可以浹父子之恩，可以增長幼之睦，可以動夫婦之歡，可以發賓友之儀，可以釋怨毒之結，可以已愁憤之疾，可以渾庸鄙之好。[1]

因此，我們看《金瓶梅》的作者致力於勸戒說教也就不覺新奇：

> 其中語句新奇，膾炙人口，無非明人倫，戒淫奔，分淑慝，化善惡。（〈金瓶梅詞話序〉）

　　現在我們要研究的是，作者的勸戒說教是否進入了他的藝術思維之中，或者說，作者的道德活動同藝術創作的本體是水乳交融為一體還是存在著不和諧不統一的矛盾。我

1　湯顯祖〈宜黃縣戲神清源師廟記〉，徐朔方箋校《湯顯祖詩文集》，上海：上海古籍出版社 1982年。

們必須看到：《金瓶梅》一書最終的審美效果並不是作者勸戒說教的勝利，偏偏是那幾位嗜酒、貪色、戀財、使氣之人形象的成功，儘管這些人得到了惡報，有的惡報甚至達到了令人毛骨悚然、心驚肉跳的程度。人們也許會對他們的那些「非道德」「喪人倫」之言行吐唾指責，但心靈深處更會深深地被他們所構成的種種真實（無論是藝術的真實還是歷史的真實）所震撼。

《金瓶梅》的作者以道德上的修養和肉體上的養身全命為天平，對作品中所有人物都有衡量。卷首的〈四貪詞〉是這種天平的揭示，第一百回的終卷詩是對主要人物的最終判詞，所謂：

> 西門豪橫難存嗣，經濟顛狂定被殲；
> 樓月善良終有壽，瓶梅淫佚早歸泉；
> 可怪金蓮遭惡報，遺臭千年作話傳。

不可懷疑，作者在說教中企圖把西門慶、陳經濟、李瓶兒、龐春梅、潘金蓮作為令人生畏而止惡的反面教材，將孟玉樓、吳月娘作為去惡向善的楷模，但實際效果並不是這樣。

西門慶買官受爵，用金錢打通仕途，又以官促商，以權謀利，以利縱欲，這一切「惡」行，偏偏是他獲得清河縣首屈一指的地位、財勢和殊榮的根本前提；他娶妻納妾，「姦」人之婦，「謀」人之妻，「喪」道德，「失」人倫，竟使他風流一場，誇耀一世。在當時的社會裏，他生活得富足自在（雖有一兩場虛驚），平步青雲，瀟灑大方，令鄉鄰敬畏，令官僚眼紅，這是一個十分成功、十分典型的生活在 16 世紀中國東部運河地區商業小社會中的商人形象。這個「西門慶」，真是把中國商業經濟畸形發展和商人階層畸形成長的特徵形象化了。作者對他言行的議論批判和縱欲夭亡的處理並沒有破壞這個形象，「西門慶」掙脫了作者道德倫理的審判，按他自己的生命軌跡走到了讀者面前。從全書來看，生活著的西門慶，便是生活中的西門慶，這種真實不僅顯示了歷史確實如此，更顯示了藝術創作就是如此，即藝術創作的審美思維線與人物思想性格行動運動趨勢線的一致。

潘氏金蓮，可謂是一部《金瓶梅》中首要「淫」婦，作者用了最慘的死來作道德的判決，以造成勸教效應。但在具體的創作過程中，細膩的心理揭示和真實的細節描述，使得發生在潘金蓮身上的「善」「惡」矛盾更多的是人自身情欲的實現與非自覺理性——倫理道德規範——的壓抑之間的衝突。這個女性形象具有十分鮮明的時代與地區特徵，一個生活在 16 世紀中國交通、商業都較為發達的市鎮上的有獨特個性的婦女為了自身價值的實現，爭取最基本的人生欲求，向一切壓迫和限制進行了反抗，向無人身自由反抗，向妻妾制度反抗，向子嗣制度反抗。雖然這些反抗十分地盲目和百般地不擇手段，以至於創害無辜；雖然在反抗過程中，她又自願地接受了所反抗的一切。但正是這種衝

突，這些矛盾，使得這個形象具有「真」的審美價值。反抗帶來的殘酷程度越深，說明衝突越厲害，矛盾越激烈，「真」的揭示越深刻。於是，那些強加在這個形象身上的所有說教也就更顯得蒼白無力了。同《水滸傳》相比較，《金瓶梅》中的潘金蓮更為成功，而武松則遜色太甚，原因不僅在於題材對人物創造的選擇，更重要的是《金瓶梅》的作者把潘金蓮寫成了一個具有時空特徵的真正的人，而把武松只是作為也是小說中唯一被作為說教的工具（最後成了執刑刀手）來寫的。

瓶兒也是一個十分成功的形象。她的性格，若以娶進西門宅院為分水嶺，前後迥異。這種不同當然不是作者藝術創作上的缺憾，恰恰相反，正是作者藝術創造的成功之處。從審美意義上看，瓶兒後期的性格更給人以深刻的印象。一位走京過府，一嫁再嫁而來到運河畔商鎮的女子，竟放棄正室追求偏房。道理十分簡單，做花子虛的正妻只不過是一種擺設，當西門慶的小妾卻給自己帶來幸福（不管別人如何評價這個詞）。因而，在自己的理想（十分低微的，又是中國千千萬萬個女人所企求的）實現之後，她再一次調整自己的生活，改變過去，放棄「自我」，知足禮讓，以倫理女德規範自己。於是，這個形象在我們面前竟展現了這樣一個真實而又殘酷的現實：妻妾制度和子嗣制度給這個選擇了逆來順受、溫柔敦厚性格的女人展鋪了一條平坦大道，帶來了一片光明。然而坦途只是曇花一現，光明如同閃電一瞬，瓶兒面臨的是重重路障陷阱，承受的是更為沈重的黑暗。在享受了短暫的「好」日子之後，她帶著精神上的重擊和內疚告別了人世。作者安排瓶兒的三種死因（金蓮的嫉恨、血虧之疾、花子虛索命），已帶有報應說教。但是要看到：瓶兒自身發展趨勢已顯示出這三種原因的合理性。也就是說，與其說三種原因是作者說教的需要，不如說在作者的藝術思維中這三種原因更有其必然性。妻妾之間的複雜關係與生子育兒對一個女人的重要性是金蓮嫉恨產生的根源；血虧之疾若說是瓶兒經期與西門慶縱欲所致則過於勉強，按迎春和任醫官的話說是「產後不慎調理」才是恰當；而花子虛夢中索命說是輪迴表現，也不如看做是瓶兒自身精神虛弱所致。作者藝術思維中形象自身條件的因果關係擺脫了作者說教中善惡因果報應關係。

即使在作者說教中的「正面」人物，由於形象塑造的成功，也突破了勸戒說教的束縛。例如吳月娘，作者的說教並沒有擺佈好這個人物，而作者的藝術創造卻寫好了這個人物。吳月娘出身官宦，是倫理道德教化出來的閨秀。這樣的一位婦女生活在如此時空之中，仍然顯示出極為複雜的內心世界和與「善」並不協調的言行，她與西門慶時合時離的關係，對諸妾時喜時惱的情緒，在西門慶死後對春梅、金蓮、陳經濟及僕婦家奴的處置，都可以看出這個人物的思想，欲求與「善」的距離；以至於有讀者與評論家說月娘是「面善心惡」，是「奸刁婦人」。吳月娘並不能作為說教中「善」的楷模，她並沒有完成作者創作動機中的說教任務。作者在最後褒獎她「壽年七十，善終而亡」，其實

是名不符實，中年守寡，晚年失子，何謂「善終」？按因果報應論，是「惡報」還是「善報」呢？

二、藝術思維中的幾個主要矛盾

任何一種說教，都是一種強烈的整體主觀意識的實施。

而文學藝術中任何一次成功的審美活動首先是作者個人主體意識的積極行動。就創作而言，任何一部好作品的誕生，首先是作者審美活動中對藝術規律的服從。這種服從又表現在：任何一個成功形象的塑造，首先是賦予形象本身以他獨特的生命力。

從一般意義上說，說教活動與文學創作是矛盾的，只有在作家個人的主體意識自覺地被納入到說教的整體主觀意識之中，說教的實施才有可能與作家的創作相融合，創作出具有說教功能的文字。不過，此時的文學創作因說教的成功而作出了巨大犧牲，失去了文學藝術自身某些層面某種程度和某些部分的審美意義與價值。

不可否認。中國傳統的「文道合一」觀念使古代小說無不打上說教的烙印，只不過是在不同作者或不同作品中這種烙印深淺不一，說教與文學的結合鬆緊有殊。像清初小說《歧路燈》，作家已是十分自覺地把自己的文學創作作為說教的手段，將自己的藝術思維常常扭歸於倫理教化的軌道，在作品中幾個主人公實質上是說教的象徵。

《金瓶梅》則不同，雖然作家也企圖在自己的創作中體現說教宗旨，但並沒有在審美活動的過程中將藝術思維與教化混為一體，形象就是形象，說教則是說教，二者有明顯的分野，在作品中，形象至多是說教時評論的對象，而沒有成為說教的象徵。《金瓶梅》中說教與形象之間的這種關係可以從作者的藝術思維中的幾個主要矛盾上看出來。

首先是總體說教與具體創作的矛盾。

小說卷首不僅有〈四貪詞〉，還有〈四季詞〉。〈四季詞〉流露出的是一種「出世」意趣，〈四貪詞〉與〈四季詞〉相配合，對貪嗜酒色財氣予以忠告勸戒。這些詩詞放在卷首，猶如序言緒論之類，宣告作者創作動機。小說第一回開篇，引西楚霸王與虞姬事和高祖劉邦與戚氏事入話，得出這樣的結論：

> 說話的，如今只愛說這「情色」二字做甚？故士矜才則德薄，女衒色則情放。若乃持盈慎滿，則為端士淑女，豈有殺身之禍？今古皆然，貴賤一般。如今這一本書，乃虎中美女，後引出一個風情故事來。一個好色的婦女，因與了破落戶相通，日日追歡，朝朝迷戀，後不免屍橫刀下，命染黃泉，永不得著綺穿羅，再不能施朱傅粉。靜而思之，著甚來由。況這婦人，他死有甚事！貪他的斷送了堂堂六尺

　　之軀，愛他的丟了潑天哄產業，驚了東平府，大鬧清河縣。

　　這段結論，其旨與〈四季詞〉〈四貪詞〉以及卷末終場詩是一致的，「無非明人倫，戒淫奔，分淑慝，化善惡。知盛衰消長之機，取報應輪迴之事」（欣欣子序），「奉勸世人，勿為西門之後車」（弄珠客序）。可見，作者創作意在勸人戒「貪」戒「過」。所「貪」，酒色；所「過」，財氣。這便是作品總體說教的內涵。如果作者果然按此寫下去，設置幾個象徵性人物，將勿貪勿過的倫理「演義」一番，小說可能會出現另一番景象。然而，作者在宣佈完自己的結論之後，卻一頭扎進了自己所要展示的人與事之中，除了在一些詩詞和「正是」之類的評語中還記得照應這說教動機外，竟讓自己的筆墨一徑循著人物自己的成長之路和事件必然的時空發展寫了下去。於是出現了西門慶、潘金蓮、李瓶兒、吳月娘、應伯爵、陳經濟等等人物以及各自的生活道路、命運軌跡和相互間錯綜複雜的關係，展示了運河畔商業小社會中諸般人物的精神面貌與內心世界。在作品的具體人物與事件之中，難以見到說教者的身影與聲音，更不會出現像《歧路燈》那樣因所謂的無益於讀者耳聞目睹竟裁割不寫的斷裂，也不會讓西門慶像譚紹聞那樣因說教之需而失去自身的特徵成為一種象徵。在這裏我們可以說，作者一旦進入到藝術創作之中便遠離了說教宗旨，依藝術創作的規律去思維，從而完成自己的審美過程，說教並未與創作統一起來，反而構成了矛盾。

　　其二是人物評判與真實再現的矛盾。

　　從上述作者的總體說教和一些詩詞評語對人物的評價來看，西門慶、潘金蓮、李瓶兒、龐春梅、陳經濟是一群被否定的人物，吳月娘、孟玉樓是幾位被肯定的人物。但是在作者真實地再現這些人物時，其生活內涵、言行舉止不僅難以受到這種評判的概括，而且相互矛盾。西門慶一生「豪橫」，卻風流了一生，雖然「詐」「姦」，卻「享福逸祿」「廣得妻財」「加官有爵」，成為清河乃至山東地方的名士富紳，倫理評判的「惡」人竟是如此發達顯貴。潘金蓮一生縱「淫」「衒色而情放」，卻可以戰勝所有的女人而成為西門慶的寵妾。在生活中，如此一個「淫婦」，也有著極其痛苦複雜且可打動人心的內心世界。第三十八回「潘金蓮雪夜弄琵琶」正是難以用「惡」和「淫」來概括的「潘金蓮」的真實寫照。陳經濟的「顛狂」在於他的亂倫，但他的「被戕」與他的罪惡並無因果關係，即使他是一個十分正經的人，只因他經商開店，只要他向春梅提出懲治張勝的話被張勝聽見，死便是必然的，是故事發展的必然結局。在真實生活中，這樣一個亂倫的縱欲的「惡」人在經過一番坎坷之後仍然是揚眉吐氣。春梅的死類似於西門慶，是「淫佚」的直接惡果，但這些因果在作品中是短暫的，在更長的過程中，在人物更多的運動裏，仍然是藝術地對真實的再現，這種再現與因果報應並未統一起來。在西門慶家，

無論是同西門慶的關係還是同陳經濟的關係，春梅不失其自身特徵而呈現對欲的被動；從被吳月娘賣出大門的瞬間開始到後來成為守備夫人，其中對孫雪娥、陳經濟等人的處理，又呈現出這個人物自身特徵的別的方面，第九十六回「春梅遊玩舊家池館」中春梅的言談思緒把這個人物複雜內心再現得最為真切。於是，作者的人物評判與藝術真實再現呈雙力場形式，在藝術創作的過程中，一個個的人物以其令人不容懷疑的真實表現出蓬勃的生命力，儘管這種生命力與體現倫理說教的評判相悖。

其三是人欲的批判與人欲的鋪寫的矛盾。

不論是小說的總體說教，還是對人物的評判，目的都在於對人欲的批判，在對勸戒人們將自己的一切欲望抑制在社會倫理道德所能容忍的程度。在整部作品中，作者的說教勸戒最多的是「酒色財氣」四貪中的「酒色」二欲，「酒損精神破喪家」，「損身害命多嬌態」，而且「酒是色媒人」。但是，由於作者並未將自己的說教與藝術創作扭結在一起，因此作品中大量的酒色情節不僅沒有成為說教的附庸，反而成為再現人物喜怒哀樂和內心世界的重要內容。芙蓉亭妻妾歡慶席，麗春院幫閑風流杯，太師府義父壽辰宴，西門宅官僚抽豐酒，無一不展示出各種人物的生活欲望與追求欲望的方式。即使是王婆茶坊的調情小酌，葡萄架下的夫妾玩盞，招宣府內的寡婦洗盅，也都成為人物種種性格思想外化的必然情節。酒色難分家，小說對色的描寫不亞於對酒的鋪敘，這種描寫，不僅有男女之間傳情遞意，也有種種性行為，其動作過程、情態細節，不加遮掩地再現於字裏行間。作者將這些「人皆好之，人皆惡之」（欣欣子序）之事如此實寫，如此鋪敘，是迎合讀者口味？是欣賞其中味趣？暫且不論，這裏要指出的是，諸般人物正因為有他的色欲、色行，才成為特定時間與空間中的「這一個」，這正是作者藝術思維所要完成的內容。在本節中更要指出的是：這種藝術思維內容無論從情節本身還是從讀者閱讀效果來看，都與作者的人欲批判南轅北轍。

從上述矛盾中我們可以這樣作一結論：無疑，作者具有宣傳某種整體主觀意識（不論這種意識是任何層次的理學思想，還是或儒、或道、或佛的宗教教義）的理性行動（不論這種理性是自覺的還是不自覺的，是歷史的慣性還是現實的規定），但他在自己的創作審美活動中再現真實的個人主體意識（不論這種意識是否已包含有自覺或不自覺的個人主體的覺醒）是十分強烈的，並因此而促進了自己的藝術思維的形成。這種思維反過來使作者在進行創作時偏離或遠離自己原來的創作動機而向真實歸依或接近。於是，說教沒去扭曲形象，沒有去擺佈人物，諸般人物的命運軌跡依其「自然」而向前延伸。

三、《金瓶梅》二律背反的意義

《金瓶梅》二律背反現象具有重要的文學創作實踐意義。

法國著名作家、諾貝爾文學獎獲得者弗朗索瓦·莫亞克在談到自己的文學創作時，曾十分坦誠而又精彩地說道：

> 我們筆下的人物的生命力越強，那麼他們就越不順從我們。
>
> 我們筆下的人物並不服從我們。他們當中甚至會有不同意我們、拒絕支持我們的意見的頭號頑固派。我知道，我的有些人物就是完全反對我的思想狂熱的反教權派，他們的言論甚至使我羞慚。
>
> 反之，如果某個主人公成了我們的傳聲筒，則這是一個相當糟糕的標誌，如若他順從地做了我們期待他做的一切，這多半是證明他喪失了自己的生命，這不過是受我們支配的一個沒有靈魂的軀殼而已。[2]

在這位傑出的文學家心目中，文學中的二律背反正是創作成功的標誌，相反的現象都是作家失敗的表現。有意思的是，這裏所說的「我們」「我們的意見」，「我」「我的思想」與人物之間的矛盾關係就如同《金瓶梅》中作者、作者的勸戒創作動機與人物之間的關係。由此而論，西門慶、潘金蓮、吳月娘等這一群被作者賦予了獨自生命力的人物與作者的說教意圖越遠、越有矛盾，證明作品越是成功，證明作者在創作實踐中的成就越大。

《金瓶梅》二律背反現象又具有重大的文學理論意義。

作者創作的成功首要條件是作者個人主體意識的積極行動。所謂的個人主體意識，就與說教的關係來看，是對說教中整體主觀意識的離棄。這種離棄會使作者自己向藝術創作規律接近，向藝術本體接近。這種離棄越成功，作者越接近自己將要創造或正在創造的人物，他的藝術思維就越成熟，越具有自己的特徵。在這過程中，脫離整體主觀意識的作者個人主體意識越來越在自己的創作實踐中發揮主動性，使精神活動成為一種活躍的情感活動，從而使自己的創作處於最佳的心理狀態，他筆下的人物也就越具生命力。這樣的人物因為具有了自己的生命力也會生發自身的主體意識，他的思想行動不僅將超越作者最初的創作動機，而且會進一步按照自己命運的軌跡脫離作者的意志支配，走完自己的生活道路。弗朗索瓦·莫亞克從實踐中體會到了文學活動中這些奧秘。我們雖然還看不到《金瓶梅》的作者有類似於弗朗索瓦·莫亞克的體會文字，但從《金瓶梅》一

2　王忠琪等譯《法國作家論文學》，北京：三聯書店 1984 年。

書形象與說教的矛盾關係中，從作者藝術思維的種種矛盾中可以看到這些奧秘。《金瓶梅詞話》有大量的詩詞作為評語來表達作者意見，其中不少是說教性的，但也有許多違背了說教、擺脫了作者的意志而成為人物的心聲，成為說教的反動。

第十六回結尾，寫西門慶到獅子街與瓶兒飲酒尋歡，作者以詩議道：

> 情濃胸緊湊，款洽臂輕籠。
> 剩把銀缸照，猶疑是夢中。

第十八回，應伯爵、謝希大拉西門慶去妓院吃酒，有詩議道：

> 歸去只愁紅日短，思鄉猶恨馬行遲，
> 世財紅粉歌樓酒，誰為三般事不迷？

第二十回，開場詩是：

> 在世為人保七旬，何勞日夜弄精神？
> 世事到頭終有悔，浮華過眼恐非真，
> 貧窮富貴天之命，得失榮華隙裏塵，
> 不如且放開懷樂，莫使蒼然兩翼侵。

這一首詩前六句似乎還有勸戒之意，後兩句豈不是又讓人縱欲尋樂？連帶前六句的意思都有背勸戒說教了。

第六十五、八十兩回中有：

> 襄王台下水悠悠，一種相思兩地（樣）愁。
> 月色不知人事改，夜深還照（到）粉牆頭。

第六十六回有：

> 八面明窗次第開，佇看環珮下瑤台。
> 閨門春色連新柳，山嶺寒梅帶早崖。
> 影動梅梢明月上，風敲竹徑故人來。
> 佳人留下鴛鴦錦，都付東君仔細裁。

第八十二回有：

> 記得書齋作會時，雲蹤雨跡少人知。

晚來鸞鳳棲雙枕，剔盡銀燈半吐輝。

思往事，夢魂迷，今宵喜得效于飛。

顛鸞倒鳳無窮樂，從此雙雙永不離。

這幾首都是寫男女之間性愛的詩，有的甚至是亂倫的行為，而其間意境不僅毫無貶意責難，竟是十分的情意綿綿、美不勝說。作者的說教已是無力，且讓道於人性、人情，給人物以旺盛的生命力和主體意識。類似的詩詞在描寫、渲染男女性愛、性行為的情節中數量更多。這都在於說明作者藝術創作中藝術思維的成熟。不少評論家對此很不理解，著意指責作者一方面有說教動機，一方面又時常「欣賞」作品中人物那些違背說教的言行，認為作者自相矛盾；有的評論家對作者不能支配自己的人物反而隨人物而去表示遺憾；還有的評論家一方面稱讚作者再現世情、暴露社會有功，一方面又責難作者用筆自然、不分香臭有罪。其實這一切，正是二律背反，從創作實踐與文學理論兩方面來分析都正是《金瓶梅》傑出之所在。

明清兩代的小說，長篇、短篇存書不下千種，傑出者為數不多。其中原因之一，是因為我國古代小說，無論文言、白話，主要源自史籍傳記散文，又浸透了「文道合一」觀念，大量的作品呈中世紀古典特徵。要真正按照藝術規律進行審美活動不是一件易事，它要作者有勇氣衝出中世紀的古典主義的牢籠，打破舊傳統的寫法。當然，這還需要有文化條件。《金瓶梅》孕育於 16 世紀的京杭運河經濟文化氛圍之中，有商業城鎮小社會中市民階層作為素材來源與新的欣賞者。正是在這樣的條件下，作者雖然還未自覺地改變泛道德倫理本位觀，且傳統思維定勢對他還有決定作用，但是在進行文學創作時已有了個人主體意識，更好地運用了藝術思維。因此，《金瓶梅》在構成傳統的「文」與「道」兩者之間的矛盾中邁開了新的第一步，在再現現實、描繪世情、賦予作品中的人物以自身主體意識和蓬勃旺盛的生命力的藝術創造中揭開了新的一頁。從這個意義上講，《金瓶梅》不失為中國小說由古典主義走向近代意識的力作。

（本文完稿於 1990 年 10 月）

《金瓶梅詞話》道德說教中的哲學命題

　　關於《金瓶梅詞話》一書的道德說教特性，強調《金瓶梅詞話》主題進步的論者認為作者的道德說教是寫作動機，也是中國傳統小說的特定內容，但由於作者對生活採取了真實反映的態度，小說隨著商業（品）經濟和市民思潮的發展，展現出時代的進步精神，表現了人們對欲望（求）的追求，道德說教不過是一種擺設而已。主張《金瓶梅詞話》主題二重說的論者，在辨析了作品字裏行間存在著的對欲望的批判性與欣賞性交叉共存之後，指出作者在創作過程中是有道德說教的動機和行為，但是不時地冒出來的作者自己的人性欲求干擾了道德說教行為的始終貫穿，破壞了小說道德動機的最終實現，並指出這種動機因此是「偽道學」的表現。認定《金瓶梅詞話》是一部「淫書」的人士也不否定道德說教的客觀存在，只是遺憾地認為所有的說教不可能把讀者從「淫」的惡流拉回到道德的岸邊，小說只會把讀者原有的欲望之火煽得更旺，貽害無窮。還有的論者認為，說教不過是一個藉口，一個幌子，作者很巧妙地掛羊頭，賣狗肉，表現出與時代道德截然不同的人生追求。

　　《金瓶梅詞話》中確實是有道德說教，只是由於對小說人物故事的認識不同，人們對這個道德說教作出了不同的解釋和判斷，或以之為深，或以之為淺，或以之為實，或以之為虛，或以之為真，或以之為偽，或以之為有用，或以之為無效。當然，幾乎所有的現代批判都給這種說教加上了一個限制詞「封建的」，或「封建主義的」。

　　不少現代的小說批評家們對「封建道德說教」，甚至對「道德說教」都是持否定態度的。這種態度不僅當然可以對過時的保守的落後的倫理道德作出合乎社會進步要求的結論，也可以在很艱難地肯定這部優秀名著的同時，輕易地解脫掉在肯定這部優秀名著時的道德責任和同樣很艱難才能完成的對這部優秀名著之所以成為優秀名著的思想原因的探討。但是，現在看來，對「封建道德說教」的輕而易舉的否定似乎是簡單了一些，因為封建的東西當然可以批判，但過去的道德說教並非都是封建的。過去的道德中總有人類社會在歷史長河中積澱下來的對人自身生存發展有益的倫理準則，具有對人生基本問題的思考。特定的群體在把過去的道德捆在一起作整體否定時，如果拿不出新的倫理來約束自己，規範社會，一味地肯定所否定的道德的反面，遭殃的仍然是人自己。

　　本著這樣的思考，我們再來讀《金瓶梅詞話》，再來檢討其中的道德說教，會發現

這部優秀名著更多的有益的東西，會發現道德說教中作為指導思想的關於人類如何生存與發展的哲學命題。這一命題的意義將超過小說所反映的現實生活帶給我們的對一個時代百科全書式的認知，而給人們超越時空的啟迪。

一、《金瓶梅詞話》是一部道德說教之作

不可否認，《金瓶梅詞話》是一部現實主義傑作，但也是一部道德說教之作。

(一)執著的道德說教是作者創作始終的追求

《金瓶梅詞話》全書從開篇的〈四季詞〉〈四貪詞〉和第一回對全書主旨的開場白到最後一回的終場詩，都貫穿著十分鮮明的道德說教。全書一百回，「無非明人倫，戒淫奔，分淑慝，化善惡」[1]。（〈欣欣子序〉）〈四季詞〉和〈四貪詞〉從一正一反兩個方面坦陳作者的人生價值觀，這是很顯然的。第一回開場白中霸王項羽與虞姬和漢王劉邦與呂后、戚氏二夫人故事的內涵人們多有爭議，索隱附會的猜測頗多。但是，最直接的理解，仍然是道德中的老問題：「情色」誤身，誤他人之身，也誤自己之身。

《金瓶梅詞話》有詩詞曲 600 多首，大多是道德說教的直接載體。如第三回回首詩：

> 色不迷人人自迷，迷他端的受他虧；
> 精神耗散容顏淺，骨髓焦枯氣力微；
> 犯著姦情家易散，染成色病藥難醫。
> 古來飽暖生閒事，禍到頭來總不知。

也有少量的中性描寫之作，如第八回回首詩：

> 靜悄房櫳獨自猜，鴛鴦失伴信音乖。
> 臂上粉香猶未泯，床頭揪面暗塵埋。
> 芳容消瘦虛鸞鏡，雲鬢繃鬆墜玉釵。
> 駿驥不來勞望眼，空餘鴛枕淚盈腮。

還有一部分詩詞，有論者認為是作者矛盾的人生觀、價值觀的泄露，表現出與道德說教截然不同的心態，是一種帶有欣賞、肯定自己所批判的對象的情感。如第十回有：

1　蘭陵笑笑生《金瓶梅詞話》（萬曆丁巳本），影印本，香港：太平書局 1982 年。

紫陌春光好,紅樓醉管弦。

人生能有幾,不樂是徒然。

第十五回回首詩:

日墜西山月出東,百年光景似飄蓬。

點頭才羨朱顏子,轉眼翻為白髮翁。

易老韶華休浪度,掀天富貴等雲空。

不如且討紅裙趣,依翠偎紅院宇中。

第九十三回也有:

人生莫惜金縷衣,人生莫負少年時。

見花欲折須當折,莫待無花空折枝。

　　從詩詞曲本身來看,的確是與作品的道德說教不一致,甚至唱反調。但這是孤立地看這些詩詞曲。若把這些詩詞曲的前後情節聯繫起來,從文學語境的整體去看,我們的結論就相反了。這是作者用這種方式來揭示一種世俗的欲望,雖然書中並沒有寫明這是某個人物的心態和要求,但不可否認,這至少是一部分人的社會觀念,正是作者道德說教針鋒相對的批判對象。由此及彼,《金瓶梅詞話》中多處性器官和性行為的描寫,在文筆上也多有欣賞嘆羨之意,皆不應看作是作者自己的心態,而是作者以代入的方式表現出來的人物的欲望之眼。中國的小說發展到了《金瓶梅詞話》之時,雖然已經有了以直接表現方式出現的人物心理活動或感知行為,如《水滸傳》《西遊記》和「三言」「二拍」中的人物心理的展示,但以作者代入之筆來寫人物心理活動依然比比皆是,保留詞話說唱色彩更濃厚的《金瓶梅詞話》,以作者之筆或說書人之口代書中人物表達感知行為是一種常用的表現手法,不能看做這就是作者心態的昭然若揭。

　　《金瓶梅詞話》是一部執著的道德說教作品並不影響到它也是一部偉大的小說,其中的原因不僅正如很多論者論及到的由於作者採用了寫實的手法,批判的人和事往往很容易游離作者的說教而獨立發展,即所謂的「說教歸說教,故事歸故事」;而且也由於為了突出人物惡因惡果的關係,作者往往以代入之筆站到故事中去,揭示人物的欲望之心,表現人物的欲望之行。所謂「觀其高堂大廈,雲窗霧閣,何深沈也;金屏繡褥,何美麗也;鬢雲斜嚲,春酥滿胸,何嬋娟也;雄鳳雌凰迭舞,何殷勤也;錦衣玉食,何侈費也;佳人才子,嘲風詠月,何綢繆也;雞舌含香,唾圓流玉,何溢度也;一雙玉腕綰復綰,

兩隻金蓮顛倒顛,何猛浪也。」[2](〈欣欣子序〉)就是這欲望之心,欲望之行。然後才有「既其樂矣,然樂極必悲生」[3](〈欣欣子序〉),說教也就水到渠成了。這不正是小說作者執著而又巧妙的道德說教的表現?「蓋為世戒,非為世勸也。」[4](〈東吳弄珠客序〉)東吳弄珠客絕不是為蘭陵笑笑生辯解,而是真正理解了蘭陵笑笑生的用心。蘭陵笑笑生給了讀者兩個審美空間,一個是小說講述的真實生活,一個是作者對這種生活的理性定位。於是,肉欲的世界與理性的說教同時出現,又各自分明。讀者既看到了現實生活的魅力,也感到了說教的沈重。

(二)道德說教的主要內容

《金瓶梅詞話》道德說教的主旨集中體現在小說開篇的〈四季詞〉和〈四貪詞〉以及第一回的開場白上,穿插在全書人物和情節中的說教都由此展開。〈四季詞〉和〈四貪詞〉從一正一反兩個方面,以具體的酒、色、財、氣為批判對象,以西門慶等人的命運故事作為案例,對自己所肯定的道德規則和人生價值作了辨析和說教。

一是戒貪酒。酒不能不飲,「酒熟堪酌,客至須留」。但那是在清幽的茅舍之中,獲得「無榮無辱無憂」狀態,所以才可以「倦時眠,渴時飲,醉時謳」。[5](〈四季詞〉)不能貪酒,貪酒能亂性,令飲者失去原本應該有的行為約束。「酒損精神破喪家,語言無狀鬧喧嘩」,「失卻萬事皆因此」。[6](〈四貪詞〉)「萬惡淫為首」,但「酒是色媒人」。因此,「切須戒,飲流霞,若能依此實無差。」[7](〈四貪詞〉)小說中說到縱欲行為,大多與酒密切相關。西門慶所用春藥一定要用酒為引,是形象的「色媒人」。

二是戒貪色。「食色,性也。」[8](〈告子上〉)具有濃厚的子嗣觀念和養生意識的中國人不提倡也不接受禁欲主義。但不能貪色,不能縱情,更不能縱欲,縱欲不僅是道德問題,也是生理問題,縱欲必然導致倫理混亂和折壽夭亡。西門慶就是順著這條邪道走到黑的。戒貪色不等於禁欲,而寡欲則為節欲的表現。所以作者提出的問題是「少貪紅粉翠花鈿」,「莫戀此,養丹田,人能寡欲壽長年」。[9](〈四貪詞〉)情色二事,關係密

2　同註1。

3　同註1。

4　同註1。

5　同註1。

6　同註1。

7　同註1。

8　楊伯峻《孟子譯註》,北京:中華書局1960年。

9　同註1。

切,互為因果。戒色,必然要做到抑情。「情色二字,乃一體一用。故色絢於目,情感於心,情色相生,心目相視。」[10](第一回)情生於自心,為體,有情則好色,遇色則情煽。所以「從今罷卻閑風月,紙帳梅花獨自眠」[11](〈四貪詞〉)。這是以抑情來節欲,從而達到「休愛綠鬢美朱顏,少貪紅粉翠花鈿」的戒貪色的目的。《金瓶梅詞話》道德說教中針對的最大道德問題就是色欲。

三是戒貪財。作者道德說教的批判標準不是不要財富,而是一要公道本分之財,「錢帛金珠籠內收,若非公道少貪求」(〈四貪詞〉)。「富貴自是富來投,利名還有利名憂。命裏有時終須有,命裏無時莫強求。」[12](第十四回)二不能貪多,不是公道本分之財不能貪,就是公道本分之財也不能多。貪財者會因貪而不仁,財多者因富而致禍。「淫嬻從來由濁富」[13](第二十七回),「富遭嫉妒貧遭辱」,而且「親朋道義因財失,父子懷情為利休」(〈四貪詞〉)。三強調積財不如積善,「為人多積善,不可多積財。積善成好人,積財惹禍胎。石崇當日富,難免殺身災。鄧通飢餓死,錢山何用哉!……多少有錢者,死了沒棺材」。(第七十九回)西門慶受批,最大的罪過是縱欲,但最先的罪孽是有錢,是貪錢,是因富而獲名,因富得貴,也因富而縱欲。沒有那麼多的錢,他哪裏能那般地用銀子去想做什麼就做什麼,做什麼也就能做成什麼?結果,死時連棺材也沒來得及備妥,近十萬家財也沒帶走一分一釐。

四是戒使氣。使氣也可曰「尚氣」,氣是強梁之氣,強橫之氣。「一時怒發無名穴,到後憂煎禍及身」,所以待人「莫太過,免災迍,勸君凡事放寬情。合撒手時須撒手,得饒人處且饒人」(〈四貪詞〉)。主張「柔軟立身之本,剛強惹禍之胎。無爭無競是賢才,虧我些兒何礙」(第一回)。在小說中,使氣逞強逞能者大多無好下場。西門慶、李瓶兒、潘金蓮、孫雪娥、宋惠蓮、春梅、陳經濟,一概如此。尤其是潘金蓮、春梅,都是有理無理皆不饒人的人物,春梅更是一副剛性脾氣。

二、道德說教的哲學基礎

道德觀是社會倫理意識,實際上是人生價值觀的體現。人生價值觀又取決於作為人的行為的根本指導思想的哲學觀。道德說教不僅要依靠一定的社會倫理準則,而且更要

10　同註1。
11　同註1。
12　同註1。
13　同註1。

以更為基礎性的哲學思想作為基礎。

《金瓶梅詞話》成書時間約為嘉靖末年至萬曆初年。故事所寫的空間乃為當時商業經濟和市民階層最為發展的中國東部運河一帶。故事所反映的現實，或者說道德說教所批判的對象，是十分活躍的商鎮河埠中的商人市民階層構成的商業小社會反傳統道德的觀念、行為。從上述作者的說教主要內容來看，其道德標準的構成主要是作為大眾行為準則的明代理學中若干訓條和融道、佛二教善惡觀、因果報應等為內容的民間宗教意識以及民眾的生活經驗。作者的這種選擇，自有自己的哲學基礎。

《金瓶梅詞話》道德說教的哲學基礎同它對理學和宗教的選擇一樣，並不專注於一，有用則取，目的上表現出十分的功利，所以諸家種種，很是複雜，不過理出來也不困難。

(一)儒家的中庸之道，中和節欲觀，寡欲以養心

從《金瓶梅詞話》的道德說教主旨看，西門慶、潘金蓮這類人都壞在人欲上，而且是過分的貪欲。「富與貴，人之所慕也，鮮有不至於淫者；哀與怨，人之所惡也，鮮有不至於傷者。」「譬如房中之事，人皆好之，人皆惡之。人非堯舜聖賢，鮮不為所耽。」但應是「樂而不淫，哀而不傷」。[14]（〈欣欣子序〉）不可似「金蓮以姦死，瓶兒以孽死，春梅以淫死」，「奉勸世人，勿為西門之後車可也」。[15]（〈東吳弄珠客序〉）這正是《中庸》中所謂的「中和」節欲觀的具體運用：「喜怒哀樂之未發謂之中，發而皆中節謂之和。」儒家不同意禁欲。「食色，性也。」「飲食男女，人之大欲存焉。」[16]但強調用倫理規範來約束人的男女關係及其各種欲求，同時又使這種約束作為一種修養來促進人的道德的完善。「養心莫善於寡欲。其為人也寡欲，雖有不存焉者，寡矣；其為人也多欲，雖有存焉者，寡矣。」[17]（〈盡心下〉）寡欲存善，多欲失善，養心在於存養善性，當要寡欲。

要說明的是，儒家節欲觀與道德修養之間的關係到了宋儒時，發展到一個極端。由於宋儒不僅以儒學為核心，更兼採佛教、道教之論，把儒家的節欲推向佛教的滅欲和道教的無欲。宋儒其實是誇大了人欲的弊害。「甚矣，欲之害人也，人為不善，欲誘之也。誘之而不知，則至於滅天理而不知其反。故目則欲色，耳則欲聲，鼻則欲香，體則欲安，此皆有以使之也。」[18]（卷二）所以宋儒認為要存天理就必須滅人欲。宋儒的論說，由於

---

14 同註 1。
15 同註 1。
16 《禮記·禮運篇》，十三經註疏影印本，北京：中華書局 1980 年。
17 楊伯峻《孟子譯注》，北京：中華書局 1960 年。
18 《二程粹言》，二程集本，北京：中華書局 1980 年。

過分於禁欲、窒欲的要求，離現實太遠，也不合經典儒家先聖提倡的「中庸」之道，在明代社會難以實施。《金瓶梅詞話》在對理學層次的選擇時，自然不會去選擇它。

(二)道家的「道法自然」，寡欲以保身、養生、養親、盡年

對於人的種種欲望持什麼態度，在先秦諸子中已有不同的看法。《老子》提倡「無知無欲」，原因不複雜，「五色令人目盲，五音令人耳聾，五味令人口爽。馳騁田獵，令人心發狂；難得之貨，令人行妨。是以聖人為腹不為目，故去彼取此」。[19]（第十二章）所以，「不尚賢，使民不爭；不貴難得之貨，使民不為盜；不見可欲，使民心不亂。是以聖人之治：虛其心，實其腹，弱其志，強其骨，常使民無知無欲」。[20]（第三章）老子這種愚民不知以達到無欲的哲學，是過於理智了，大概當時「雞犬相聞，老死不相往來」在現實中就行不通，到後來經濟發展了，社會進步了，就更行不通了。但是其中說到物欲的緣起和節欲在社會倫理中的意義以及「人法地，地法天，天法道，道法自然」[21]（第二十五章）的終歸自然的思想卻是啟發了其他的哲學家，並極大地影響了後人。《金瓶梅詞話》中也就有了不少「寬性寬懷過幾年，人死人生在眼前。隨高隨下隨緣過，或長或短莫埋怨；自有自無休嘆息，家貧家富總由天；平生衣祿隨緣度，一日清閑一日仙」之類的說教。[22]（第四十九回）

與老子相同，莊子主張寡欲，主張回歸自然；與老子不同，莊子把寡欲同貴生、養生結合起來。莊子追求他的「逍遙遊」，期待的是有涯之生命獲得無涯之逍遙。但他同時也深知「以有涯隨無涯，殆已」，所以講求保身、全生、養親、盡年。[23]〈養生主第三〉莊子認為人生有涯，實質上是肯定人的自然屬性，所以其保身、全生、養親、盡年論講的就是自然之身的保養，這與儒家寡欲以獲得道德的完善不同。「夫富者，若身疾作，多積財而不得盡用，其為形也亦外也。夫貴者，夜以繼日，思慮善否，其為形也亦疏矣……今俗之所為與其所樂，吾又未知樂之果樂邪？果不樂邪？」[24]（〈至樂第十八〉）輕欲重生，止欲而貴生。莊子的這些思想，對後人的影響非常大，《金瓶梅詞話》的作者也不例外。生命的內涵是什麼？後來者有不同的看法，追求生命的自由逍遙當然大有人在，把貴生發展成為養生，甚至發展成為養生之術的也大有人在，但對廣大民眾來說，

19　朱謙之《老子校釋》，北京：中華書局 1984 年。
20　同註 19。
21　同註 19。
22　同註 1。
23　曹礎基《莊子淺注》，北京：中華書局 1982 年。
24　同註 23。

主要還是健康保命。《金瓶梅詞話》的〈四季詞〉宣揚的就是寡欲養生的境界,而書中不少的說教是重在尋求健康保命。

(三)楊朱一派適(節)欲順生觀

楊朱之學認為人欲與人的生命存亡密切相關,有關觀點主要保存在《呂氏春秋》的〈貴生〉〈重己〉〈情欲〉等篇中。「凡生之長也,順之也。使生不順者,欲也。故聖人必先適欲。」[25](〈重己〉)「適欲」就是「節欲」。「聖人深慮天下,莫貴於生。夫耳目鼻口,生之役也。耳雖欲聲,目雖欲色,鼻雖欲芳香,口雖欲滋味,害於生則止。」「所謂全生者,六欲皆得其宜也。」[26](〈貴生〉)「天生人而使有貪有欲,欲有情,情有節。聖人修節以止欲,故不過行其情也。故耳之欲五聲,目之欲五色,口之欲五味,情也。此三者,貴賤愚智賢不肖,欲之若一。雖神農黃帝,其與桀紂同。聖人之所以異者,得其情也。由貴生動,則得其情矣。不由貴生動,則失其情矣。此二者,死生存亡之本也。」[27](〈情欲〉)這裏認為貪心與欲情也是人天生的,無論是誰,要生存,就要節制自己天生就有的這種貪心和欲情。聖人修節止欲得到的就是不過節之情,於是得以生存;而未能得生存者是因為不能修節止欲,失去了不過節之情,也就是放縱了自己的欲。「俗主虧情,故每動為亡敗。耳不可贍,目不可厭,口不可滿,身盡府種,筋骨沈滯,血脈壅塞,九竅寥寥,曲失其宜。雖有彭祖,猶不能為也。」[28](〈情欲〉)人欲與人之生存的利害關係,解釋了作為自然的人與自然規律之間的關係,合乎自然之理,也易為人們所接受。所以,也成為後來包括中醫診治預防由貪欲而引起的疾病在內的各種說法的思想基礎。(孫思邈《千金寶要》卷六有:「快情縱欲,極意房中,稍至年長,腎氣虛竭,百病滋生。」孫思邈《備急千金要方》卷二十七〈養性序〉有:「恣其情欲,則命同朝露也。」)《金瓶梅詞話》在說教中勸人們節欲的指導思想當然與此有關。

(四)從先秦到漢代儒者提出的天人相通、天人合一觀

從先秦到漢代發展起來的天人相通、天人合一的世界觀,是唯心觀,但認為人與自然關係十分密切。「人之(為)人,本於天。」[29](為人者天第四十一)這對於認識人的自然屬性仍然是有意義的。因此談論人與自然的關係,也就有了素樸的自然認識論的基礎。

25　《呂氏春秋》,諸子集成本,北京:中華書局1954年。
26　同註25。
27　同註25。
28　同註25。
29　蘇輿撰,鍾哲點校《春秋繁露義證》,北京:中華書局1992年。

故〈欣欣子序〉中說：「故天有春夏秋冬，人有悲歡離合，莫怪其然也。合天時者，遠則子孫悠久，近則安享終身；逆天時者，身名罹喪，禍不旋踵。人之處世，雖不出乎世運代謝，然不經凶禍，不蒙恥辱者，亦幸矣。」這就是《金瓶梅詞話》道德說教的哲學基礎。瞭解中國傳統哲學的人也都知道，這些哲學基礎又是中國哲學的傳統命題。

三、道德說教的哲學命題及其意義

《金瓶梅詞話》不是一部哲學著作，但其道德說教以中國哲學的傳統命題作為自己的基礎。《金瓶梅詞話》的道德說教是通俗的、大眾的，也有相當多落後的、消極的成分。但道德說教思想基礎中的哲學命題作為一種經歷了長時期積累的文化思考，對人類的文明進程仍不失其重要的啟迪價值。《金瓶梅詞話》成為傳世傑作，不僅在於它對中國16、17世紀社會世情作了真實的反映，也在於它以特殊的方式討論了一種對人自身來說具有普遍意義的哲學難題，在於它對這個難題的解釋具有一種超越時空的普遍意義。它的說教的目的不在於維繫或彌補或重建傳統的道德倫理，而在於關注人，關注人自身的命運。所以，這部作品才會具有超越時空的文學魅力和哲學內涵。

(一)處理生命與欲望之間關係的合理性

《金瓶梅詞話》的作者面對的不僅是由於理性壓抑而扭曲了人性的現實，更是由於經濟發展而膨脹了的欲望發泄的現實，傳統的倫理秩序受到了衝擊，傳統的道德規範也失去了曾有過的約束人心人行的力量。作者的道德說教既不可能以宋代理學作為標準，也不可能照搬明代官方理學的文本，所以，才選擇了民眾層次的理學、民間宗教和民眾所能接受的關於生命和欲望之間關係的辯證說法，反貪酒貪色貪財使氣以節欲，節欲以保身，以達到生命與欲望的和諧。無論是誰，都不可能生就一副可以承受任何欲望摧殘的金剛之身，人的肉體的形成、成長、死亡，是自然的規律。人不僅生命有涯，而且肉體的承受力也有限。人的欲望是意識活動，不僅無涯，而且會不斷膨脹。以有涯、有限的自然生命之體去抗爭無涯、無限的欲望追求，必然導致肉體的崩潰。若要阻止這種崩潰，就必須把無涯、無限的欲望追求限制為有涯、有限的欲望實現。節欲、寡欲的意義正在於此。生命與欲望之間關係的合理性，就是合乎自然規律性。《金瓶梅詞話》在敷演第一號人物西門慶的一生時所做出的道德說教，正是要說明這麼一種人生觀、價值觀。西門慶毒害人命，占人妻女，腐蝕官吏，貪財枉法，還是屬於表層次的道德批判，深層次的批判在於他對自身的自毀，他那難以抑制的縱欲在破壞社會倫理的同時，也在消耗他自己。他要求胡僧給他那百十粒春藥丸如同他以肉體生命為賭注的籌碼，以縱欲來消耗

自己生命的賭博，每一次都是失敗的，用去一粒春藥，就是失去一個籌碼，最後必然藥盡命喪。作者為了強調這一點，對西門慶臨死時的慘狀作了突出的渲染。我們在這裏並不是討論西門慶之死是不是惡報和這種惡報是革命還是保守，是進步還是退步，而是必須客觀地肯定這種死對生命與欲望關係作出的合理的解釋。之所以肯定它是合理的，是因為這種解釋在「封建社會」和「封建社會」前前後後，在西門慶、東門慶、南門慶、北門慶身上都是合乎事物的規律而具有積極意義。

(二)肯定人與自然之間關係的和諧性

人與自然之間關係的和諧發展，是人類社會永恒的哲學命題。人與自然的和諧，不僅是人與動物世界、植物世界，與山地河流、海洋極地之間符合自然規律的共生共存，也是社會的人與自然的人、欲望的人與肉體的人之間合乎規律的生存與發展。人本身就有自然屬性，人就是自然中的一員，人應該通過自己的理智控制自己超越自然之體的承受限度的欲求行為，實現良好的健康生存。尤其是在一種束縛人的自由發展、完全扼殺人的自然欲求的時代行將結束，而新的倫理道德尚未成熟之時，人的欲望在財富與權力的支持下，必定會無忌憚地噴湧出來，人與自然和諧的命題就更為重要，肯定人的生活欲求與自然生命的和諧就具有了現實的意義。400 年前的明代社會，不可能有我們今天這樣對人與自然和諧發展深刻的認識，但是《金瓶梅詞話》道德說教提出來的問題和對人們的告誡，正是在闡釋自然的人與社會的人之間應有的和諧關係，儘管書中的節欲觀帶有濃厚的傳統道德色彩，但節欲並不是禁欲，道德說教不等於扼殺人的天性。我們不否認明清時期以官方理學為武器的道德說教對人的生存與發展的束縛，具有壓抑人性解放和個性發展的弊端，但是針對一個在金錢、權力和肉欲的支配下，人可以失去理性的時代，不能把人應有的自我約束和社會應有的理性都看做是封建的枷鎖。

強調享受生活的權利，是現代觀念，以此觀念去批判中世紀西方的禁欲主義和東方的以維繫天命綱常為目的的明代禁欲理學是對的、進步的。但即使在現代社會，享受生活的權利也並不等於無節制的縱欲。恰恰相反，享受生活更重在對生命的珍重。因此，我們在批判明代理學對人的正當生活欲求無情遏制時，不能把人的縱欲行為說成是積極的、進步的、合理的，否則，就等於是從理論到實踐上否定了我們自己作為人的價值。強調個性的解放，褒揚愛情自由和婚姻幸福，不能等同於頌揚娼妓和一夫多妻行為以及違反自然規律和社會倫理的行為。否則，悖論的價值觀不僅毫無意義，而且會使新的文學和新的文明陷入到一個新的否定怪圈之中，難以作出合理的解釋，不利於人自身合乎規律的發展。

（本文完稿於 2000 年 6 月）

《金瓶梅詞話》對理學和宗教的選擇

　　《金瓶梅詞話》的思想內容雖不可用「博大精深」來形容，卻可以用「矛盾複雜」來概括，這一概括顯示出作為社會生活真實反映的寫實文學的可貴所在。在「矛盾複雜」的豐富內涵之中，具有深層意義的是既具官學性質又具社會意識特徵的時代理學及其相關的觀念意識。

一、《金瓶梅詞話》對理學的選擇

　　以往的討論總是將宋代與明代捆在一起論理學，這也許是因為過去一直將「宋明理學」作為一個概念提出來使用，在一般性的研究中也都認為明代理學以朱熹思想為宗，而朱子理學又是宋代理學集大成者。其實，明代理學不同於宋代理學，不僅內容發展有異，存在形式也有變化。僅用「宋明理學」或「程朱理學」統而概之去研究明代社會、意識，恐怕不能解決問題。

　　宋代理學討論的問題是「性與天道」，這是沿著《中庸》的思路而來的。《中庸》開篇云：「天命之謂性，率性之謂道，修道之謂教。」北宋時期，「道家宗主」周敦頤從《易傳》中開發了理學研究的範疇：道、無極、太極、陰陽、五行、動靜、性命、善惡、誠、德、仁義禮智信、主靜、鬼神、死生、禮樂、無思、無為、無欲、幾、中、和、公、明、順化，等等。這些範疇又無一不同「性與天道」密切相關。可見，理學前驅最基本的研究或曰最重要的貢獻就是用理學觀點註解儒家經典，以解釋性（人性、物性）與道（天道、天理）之間的關係，建立新的哲學體系，替換漢以來的已經沒落的經學。到南宋朱熹手中，終於以集大成之功績完成了這一替換。從兩宋理學家們的研究特徵來看，宋代理學屬於哲學學術範疇，雖然這種研究由於研究者自身的思維不可能擺脫傳統的軌跡，又由於古代儒家經典本身已浸透了政治的色彩，仍然不可避免地同「修身、齊家、治國、平天下」的政治動機攪和在一起。

　　明代理學則不然。兩宋理學在元代開始出現變異，最重要的標誌便是朱子理學由學

術性哲學轉而成為政治性官學,「定為國是,學者尊信,無敢疑貳」[1]（卷三十九〈跋濟寧李璋所刻九經四書〉）。朱子理學開始成了文人仕進的敲門磚,所謂「非朱子之說者不用」[2]（卷十九〈儒林〉）。連宋代理學中的「心學」一派的陸九淵學說也被淹沒,陸學之徒不得不「由陸變朱」。入明,由於《五經大全》《四書大全》和《性理大全》的頒行,朱子理學蒙欽命而一統思想意識領域,文人仕進、民眾人倫皆以朱子理學為規範準則。如果真的能讓朱子理學系統成為萬民百姓之主腦,明代社會意識還不會如此沈悶。由於理論與實踐之間的距離,這其中又有另一番光景。《性理大全》卷一至卷二十五所收宋代「先儒」之書,絕大多數為朱子所作、所注,或朱子門人所作;卷二十六以下,體例仿《朱子語類》語錄體,門目與《朱子語類》大同微異。理論上看去,《性理大全》的確照搬朱子思想,但是實踐中卻是難以辦到的,不僅一般人不可能全部看完朱子的全部或大部分學術原著以掌握他的理論體系,就是有人有能力研讀也會因「非朱子之說者不用」的禁令而不敢去細讀深究。人們只須,也只能記住大體的倫理綱常;曾經把朱子之學作為敲門磚的文人官吏在讀書時背了朱子的幾本書,一旦門進,多數人的腹中也只是那幾篇文章、那幾條道理而已。

任何一種學術哲學如果離開了學術的土壤而被嫁接到政治之樹上,將再也結不出學術哲學的碩果;因其政治之需,哲學學術之性將會受到變異,哲學學術內涵將會遭到政治的吞噬。因此,明代的所謂「朱子思想」只是幾根筋條,只是種種斷章取義的偶像,這便是宋代理學發展到明代成為官學的實質。

宋代理學,由於主要是在學術領域進行研究討論,在門派內傳播承繼,理學人物大多以學者、思想家態度處世,不僅思想深邃,而且個人的實踐往往是自己理論的實施。黃庭堅說周敦頤「人品甚高,胸中灑落,如光風霽月,好讀書,雅意林壑,初不為人窘束世故。權輿仕籍,不卑小官,職思其憂,論法常欲與民決訟,得情而不喜」[3]（卷十九〈濂溪詞並序〉）。又如張載,他於嘉祐初年在京師坐虎皮講《易》,所從者甚眾。一夕,二程來京,共同討論,張載自嘆不如,「次日語人曰:『比見二程深明《易》道,吾所弗及,汝輩可師之。』撤坐輟講,與二程語道學之要」[4]（卷四二七）。朱熹一生若從他二十二歲做官算起到七十一歲逝世,共五十年,為官九年,為寧宗講學四十天,其餘四十年則是過著講學著書的生活。在學術活動中,他四十六歲時迎接呂祖謙來訪,並且共

1　虞集《道園學古錄》,《萬有文庫》本,上海:商務印書館 1929 年。
2　《上饒縣誌》,清同治十一年刻本。
3　周敦頤《周子全書》。
4　《宋史》,北京:中華書局 1977 年。

編《近思錄》，二人又同至江西鉛山鵝湖，與陸九淵、陸九齡兄弟進行了理學史上有名的「鵝湖之爭」，儘管當時不歡而散，其後彼此交往，友誼更深。朱熹有著名的詩句「舊學商量加邃密，新知培養轉深沈」，講的就是這次爭論的收穫。五十三歲時，陳亮來訪，朱熹遂至回訪，此後五年間二人書信辨難，成為有名的「辨浙學」。又六年，陳亮進士第一，朱熹復書慶賀。

由此看來，宋代理學家們的學風、品行成為一代風範。其中，多有謹拘禮儀綱常，但絕無虛假之處，可謂是著書立說，身體力行，是自覺理性的表現。

明代由於朱子之學欽定為官學，使理學脫離了學術論壇登上了尊位，或請進科考，與八股形式結合，成為仕進敲門磚，文人進仕之後，磚自然可以丟掉；或列為倫理條款，成為人們恪守的戒條，作用在於維持統治秩序。成祖皇帝在三種《大全》的御製序裏說到纂修目的時寫道：

> ……遂命工鋟梓，頒佈天下，使天下之人，獲睹經書之全，探見聖賢之蘊。由是窮理以明道，立誠以達本，修之於身，行之於家，用之於國，而達之天下。使家不異政，國不殊俗，大回淳古之風，以紹先王之統，以成熙雍之治，將必有賴於斯焉。

如此莊重，如此強調，朱子理學終於推廣開來。但是社會現實是十分複雜的，作為客觀理念的朱子倫理系統並不能約束每個人的行動，特別是在明中葉以後，社會經濟的發展與觀念的變化，已經使得一部分人對自身價值有了與傳統倫理相左的看法。服從君命，死守「朱學」的人不是沒有，但對更多的、僅僅只是記住幾條倫理道德戒律的人來說，欽命朱學至多是表面的應付，那些皇親國戚、大官小僚、文人名士在權力、財利、物色面前，極難做到存天理滅人欲。不少口頭鼓吹朱學的人，其實踐離朱學更遠，所謂的「假道學」「道學先生」即是。

宋代理學在朱子手中終成系統，並且發展到了頂峰。從朱子理學被欽定為官學的那天開始，便走向了衰亡，從高峰滑落下來。有明一代，只不過是朱子理學僵化的時期。

《金瓶梅詞話》的創作動機正是以明代理學的幾條倫理戒條作為核心的。它不可能體現宋代理學系統，而時代的氛圍又規定了它只能從明代理學的偶像去實現自己的創作。著名戲曲家湯顯祖至今被世人稱為以「情」反「理」的文學人物，然而他對戲曲作用的強調，並未超越明代理學的氛圍，〈宜黃縣戲神清源師廟記〉約作於萬曆三十年（1602），時湯氏五十三歲，「臨川四夢」已完成三夢，《邯鄲記》正在創作之中，這篇文章中有這麼一段話：

> ……無情者可使有情，無聲者可使有聲。寂可使喧，喧可使寂，飢可使飽，醉可使醒。行可以留，臥可以興。鄙者欲艷，頑者欲靈，可以合君臣之節，可以淡父子之恩，可以增長幼之睦，可以動夫婦之歡，可以發賓友之儀，可以釋怨毒之結，可以已愁憤之疾，可以渾庸鄙之好。然則斯道也，孝子以事其親，敬長而娛死；仁人以此奉其尊，享帝而事鬼，老者以此終，少者以此長。外戶可以不閉，嗜欲可以少營。人有此聲，家有此道，疫癘不作，天下和平。豈非以人情之大竇，為名教之至樂也哉。

　　戲曲創作和表演的動機、目的在實現三綱五常。湯氏極力強調了「情」，然而此「情」卻只是為了彼「理」，「人情之大竇」被籠蓋於「名教之至樂」。充其量，不過是「寓理於情」而已。

　　《金瓶梅詞話》的作者思想水平還不可能達到湯顯祖的程度，時代的烙印便更深了。「欣欣子」自稱與作者為好友關係，他指出作品的動機在於：

> 無非明人倫，戒淫奔，分淑慝，化善惡。……其他關係世道風化，懲戒善惡，滌慮洗心，無不小補。

　　「東吳弄珠客」序僅三百餘字，竟兩次指出該書「蓋為世戒，非為世勸也」。

　　《金瓶梅詞話》卷首列有的〈四季詞〉（即「詞曰」部分）和〈四貪詞〉是思想內涵十分複雜的兩組詞作，人們可以從中找到儒、道、佛三家的教義，若從動機上分析，明代理學強調的存天理去人欲的分量是很重的。〈四季詞〉以「寡欲」為體，〈四貪詞〉以棄貪復人倫為綱。戒酒之貪，因為「疏親慢友多由你，背義忘恩盡是他」；戒色之貪，因為「損身害命多嬌態」；戒財之貪，因為「親朋道義因財失，父子懷情為利休」；戒氣之貪，因為「一時怒發無明穴，到後憂煎禍及身」。

　　《金瓶梅詞話》有一個人物系統，它涵蓋了中國傳統的人倫關係：

　　家庭人倫關係——西門慶與陳經濟父子關係（第七十九回西門慶臨終對陳經濟說：「姐夫就是我的親兒一般」），西門慶與吳月娘、潘金蓮等夫妻（妾）關係，武大與武松兄弟關係，武大與潘金蓮夫妻關係，武松與潘金蓮叔嫂關係。

　　社會人倫關係——西門慶與應伯爵、花子虛等朋友關係，蔡京與朝廷君臣關係。

　　概括這些關係即為「五倫」：君臣、父子、夫妻、兄弟、朋友。《金瓶梅詞話》在藝術地再現現實生活、生動描繪「個別」人物上是非常成功的，但在總體構思上，卻帶有明顯的說教動機，那就是在這些人倫關係的安排之中，通過因果報應，使背倫惡者遭受惡報，讓順倫善者接受善果。正如一百回終卷詩中所寫的：

> 西門豪橫難存嗣，經濟顛狂定被殲；
>
> 樓月善良終有壽，瓶梅淫佚早歸泉；
>
> 可怪金蓮遭惡報，遺臭萬年作話傳。

人倫系統與因果報應相加，十分鮮明地體現出明代理學作為維護統治秩序特徵，結合〈四季詞〉中肯定的寡欲世界，結合〈四貪詞〉中提出的戒律，真可謂是「窮理以明道，立誠以達本，修之於身，行之於家，用之於國，而達之天下。使家不異政，國不殊俗，大回淳古之風，以紹先王之統，以成熙雍之治」，無怪「廿公」在「跋」中會說：

> 今後流行此書，功德無量矣。不知者竟目為淫書，不惟不知作者之旨，並亦冤卻流行者之心矣。

二、《金瓶梅詞話》的理學層次

明代理學的官學性質使自身成了一種相對人們來說的外在非自覺理性觀念，而不是像宋代理學家納入到內在自覺理性意識之中。於是明代理學在接受者中形成了幾個不同層次。

首先是文本理學層次。它包含了以朱子理學體系為核心的宋代理學經典，這一層次內涵極豐。然而，除了極少數由欽命的高級文職官員負責研究它之外，僅僅只是文本而已。這些文本以《五經大全》《四書大全》和《性理大全》為主體，它成了朝廷隨時向官吏、民眾發號施令以調整社會意識的思想武器倉庫，成了禮部三年一比招納文人士子的科考題庫。

其次是文人理學層次。又可一分為二；其一是數量可觀的文人士子，「明初諸儒，皆朱子門人之支流餘裔」[5]（卷二八二），「今晦庵之學，天下之人，童而習之」[6]（卷三）。他們自幼在朱注四書五經之中熏陶長大，又接受了嚴格的八股文訓練，能否考中都會同理學有種慣性聯繫。少數人恪守理學，循規蹈矩，成為忠臣孝子，清官廉吏；多數人因其自身條件而採取程度不一的陽奉陰違之舉，有的則成為假道學家。蔡爾康《紀聞類編》卷四有：

> 自明之興，專以制藝取士，制藝雖代聖人立言，其能獨抒己見，發為高論者，雖

5　《明史》，北京：中華書局，二十四史及清史稿標點本。

6　王守仁《理學集》，四部叢刊本《王文成公全書》，上海：商務印書館 1927 年。

有其人，然其餘不過彼剽此襲，油腔滑調而已。上以此求，下以此應，聰明才智之士，一生有用之精神，盡消磨於無用八股之中，豈不可惜。及至登第入仕之後，今日責以禮樂，明日責以兵刑，忽而外任，忽而內調，是視八股朋友，竟為無所不知、無所不能之人，反高於五臣聖賢之上，不亦慎乎。

袁裘（嘉靖進士）〈距偽篇〉有：

周衰處士橫議，楊墨塞路，孟子昌言以距之。今之偽者，則不然，其所謂讀周孔之詩書也，而其所談者，則佛老之糟粕也；其所行者，則桀紂之所不為也。假道學之美名，以濟其饕餮窮奇之欲。剿聖賢之格言，以文其膚淺悠謬之論。翕翕訾訾，如沸如狂，創書院以聚徒，而學校幾廢；著語錄以惑世，而經史不講。

其二由少數文人構成的理學後學，他們不論仕進與否，有志於理學，或研讀前人之書，或構建新的學派，旨在力挽狂瀾，起死回生已經僵化了的宋代理學。明中葉的王守仁認為朱學的僵化在於朱學自身，他說：

從冊子上鑽研，名物上考察，形跡上比擬，知識愈廣，而人欲愈滋，才力愈多，而天理愈蔽。[7]

於是他提出了以「良知說」為核心的「心學」學說。王學後來又有分化，泰州學派是影響最大的一支，其中又出現了許多敢突破王學的思想家，如顏鈞、何心隱、李贄等人。除了王學一系，同時還有羅欽順、王廷相等人研究理學，用自己獨特的見解充實理學。

第三個層次是民眾層次。這個層次離宋代理學系統甚遠，它所顯示出來的理學思想基本上是由朝廷及各官府反覆強調的一些道德準則，由自己的啟蒙學習所接受的口訣成語，由家長口傳身教和倫理訓導組成。而且各等人物都按照自己在家庭和社會中擔任的角色去熟記倫理中的有關條文名句。在這一個層次面前，《五經大全》《四書大全》和《性理大全》都是可望而不可即，可知而不可曉的經典文本，倒是《三字經》《女兒經》和稍後一些出現的《弟子規》《增廣賢文》是這一層次理學的主體內容。另外，在明代二百餘年間出現的難以計數的通俗文學與戲曲藝術中，絕大多數的作品不厭其繁地吟誦理學中的名句成語，反反復復地用故事去圖解這些倫理規矩，不僅成為民眾層次的理學傳播、滲透的重要途徑，也是民眾層次理學的重要內容。

7　王守仁《傳習錄上》，四部叢刊本《王文成公全書》，上海：商務印書館 1927 年。

　　《金瓶梅詞話》屬於哪一層次呢？第一層次顯然不是，第二層次中的理學後學也不是，王學左派中泰州學派在民間的影響不可能不波及《金瓶梅詞話》，不過這種波及主要還是直接於作品中所反映的現實生活。那麼《金瓶梅詞話》應屬於一般文人層次和民眾層次。其間的分別是：《金瓶梅詞話》的作者，不論是一個人，還是若干人，應是具有中等偏高文化程度的文人，否則，不可能完成如此長篇巨制，並且主要結構，大體情節並無差錯，不少章回描敘十分成功。但又不是所謂的「大名士」之輩，也不是十分了得的大文人墨客，因為作品中有不少章節照搬他書，不少詩詞曲賦，最多的是民間流傳的通俗詩歌、民歌、俗語小曲和算命相面的斷語詩抄襲他人。從理學層次看，作者雖無高深的理學修養，卻也摻雜儒、道、佛三家，對理學中倫理綱常爛熟於心。因此，《金瓶梅詞話》的作者應屬於一般的文人層次。再論《金瓶梅詞話》的審美動機及其效果，作品中的理學內涵又屬於民眾層次。《金瓶梅詞話》卷首的〈四季詞〉意趣高潔，〈四貪詞〉和作品中的大量詩詞曲賦則以平俗為特徵。現列有關倫理說教類的幾首為例。要說明的是，作品中有不少詩詞曲賦搬自於其他通俗書籍，這裏我們仍將它們作為《金瓶梅詞話》中的有機組成部分討論，因為這種雖有刪改的抄襲正可以說明載有民眾層次理學的文學作品之間的聯繫。

　　第一回：

　　　潑賤謀心太不良，貪淫無恥壞綱常。
　　　席間尚且求雲雨，反被都頭罵一場。

　　第十二回：

　　　堪笑西門暴富，有錢便是主顧。
　　　一家歪斯胡纏，那討綱常禮數。
　　　狎客日日來往，紅粉夜夜陪宿。
　　　不是常久夫妻，也算春風一度。

　　第三十四回：

　　　自恃官豪放意為，休將喜怒作公私。
　　　貪財不顧綱常壞，好色全忘義理虧。……

　　第五十三回：

　　　人生有子萬事足，身後無兒總是空。

産下龍媒須保護，欲求鱗種貴陰功。……

第七十六回：

舞裙歌板逐時新，散盡黃金只此身。
寄語富兒休暴殄，儉如良藥可醫貧。

第九十五回：

有福莫享盡，福盡身貧窮。
有勢莫倚盡，勢盡冤相逢。
福宜常自惜，勢宜常自恭。
人間勢與福，有始多無終。

第九十八回：

心安茅屋穩，性定菜根香。
世味憐方好，人情淡最長。
因人成事業，避難遇豪強。
今日崢嶸貴，他年身必殃。

其間的意義十分膚淺，句子通俗，有的句子同俗語、《三字經》《菜根譚》和後來的《增廣賢文》相同。

三、《金瓶梅詞話》對宗教的選擇

論及理學，不可能不論及佛、道二教。由於宋代理學家在建立理學系統時對佛、道二教主動包融，明代佛、道二教受到了極大的影響，大致可以從以下兩個方面來看。

一是佛、道二教中人多主張與儒家名教融合。明中、後期，佛教有四位著名大師：真可（達觀）、袾宏（佛慧）、德清（澄印）、智旭（蕅益），無一不贊同調和儒釋。真可雖說是出家人，久懷一顆入世濟民之心，與李贄一同被稱為當時的「兩大教主」。他調和三教思想，發展禪宗，成為一位很有社會影響的學僧，著名戲曲家湯顯祖曾從他問學。袾宏原是由儒入釋，對儒、佛二教皆有深究，一方面辨析二教之異，一方面又力主調和融通。他既認為「儒佛二教聖人，其沒化各有所主，固不必歧而二之，亦不必強而合之。

何也？儒主治世，佛主出世」⁸（〈儒佛配合〉），又同時認為「覈實而論，則儒與佛不相病而相資」，佛有「陰助王化之所不及者」，儒也有「顯助佛法之所不及者」。德清學通內外，對儒道二教都有一定的瞭解，鼓吹三教一理，三聖同體，他說：「嘗言為學有三要，所謂不知《春秋》，不能涉世；不精《老》《莊》，不能忘世；不參禪，不能出世。此三者，經世、出世之學備矣，缺一則偏，缺二則險，三者無一而稱人者，則肖之而已。」⁹（卷三十九〈學要〉）甚至認為「孔、老即佛之化身也」¹⁰（卷四十五〈道德經解發題〉），「三聖無我之體、利生之用皆同」¹¹，「昔以三界唯心，萬法唯識而觀，不獨三教本來一理，無有一事一法不從此心所建立」¹²（〈觀老莊影響論〉）。他用佛教理論解釋儒道經典，寫了不少有影響的著作。智旭與德清一樣，竭力調和三教，做了許多努力，他反覆宣稱：「儒之德業學問，實佛之命脈骨髓。故在世為真儒者，出世乃為真佛。」¹³（卷二之四〈示石耕〉）在這些大師們著作中，在當時許多名僧的論說裏，以佛教釋理學名教、倫理綱常，又以儒家經典印證佛教教義的思想內容非常豐富，表現出明代宗教的一大特徵。

道教在唐宋時曾紅極一時，入明後，雖有幾次起興，雖有道士進宮受寵，但仍漸趨衰微。道教動機在於修身養性，其正統主張援儒入道，儒道合一的思想從東晉道教學者葛洪以來，並未放棄。這不僅僅是為了依靠儒家名教而取處立足，更重要者，「欲求仙者，要當以忠孝和順仁信為本。若德行不修，而但務方術，皆不得長生也」¹⁴（〈對俗卷第三〉）。明中葉後，不得不向民間俗眾謀立足之地的道教，在販賣煉丹養命之術，為人卜卦相命時也將天理、天道向世人鼓吹，對民間層次的理學起到了積極的作用。

二是民間宗教的活躍同民間層次的理學發生了交叉關係。民間宗教的三教合一與宋代理學的三教合一究竟誰先誰後，今已無可證材料。值得注意的是民間宗教由於其特殊的動機，具有更強的包容性。研究明代民眾心態意識，不可將民間宗教同民間層次理學分裂開來，更不可置民間宗教不顧，尤其是當我們同時研究明代通俗文藝（小說、戲曲等）時，更應充分認識到這一點。

中國民間宗教，早期源於道教，如漢末魏晉時期影響相當廣泛的太平教和五斗米教。後來，由於種種原因，作為民眾信仰的道教，或按流派分合，或成為民間諸神信仰。

8　蓮池大師《竹窗二筆》。
9　憨山大師《憨山老人夢遊集》，常熟市圖書館藏清順治十七年毛襃等刻本。
10　同上。
11　同上。
12　同上。
13　蕅益大師《靈峰宗論》。
14　葛洪《抱朴子內篇》，叢書集成初編本，北京：中華書局1985年。

作為廣泛意義的對民間男女老幼有意識作用的民間宗教，還是後來淵源於中國佛教淨土宗的民間信仰。其中，影響最大、信徒最眾、歷史最長的，莫過於南宋紹興年間創建的白蓮教。明初，白蓮教遭禁，中葉始，白蓮教分化出數十種派系，如嘉靖時興起的無為教、龍天教、大乘教，明末清初又有弘陽教、黃天教、八卦教、在理教等等。各教派都撰有自己的經卷，稱為「寶卷」，用以對信徒宣講。由於信男信女們的實用動機，由於本土傳統道教對於民間信仰的巨大影響，由於社會倫理以理學為綱，「寶卷」內容既豐富又繁雜，已不只是佛教教義，儒、道二教的東西也大量存在。

與民間的理學層次特徵一樣，民眾對自己信仰的宗教，由於知識水平低，不僅不可能深明宗教教義與哲理，甚至連一般的宗教著作也不可能看懂或難以看到。他們對宗教的信仰，主要還是出於實用動機，在「三世」（往世、今世、來世）之中，又看重現世有用：禳災、避邪、祈雨、治病、息災、多子、發財、養身、保命、長壽、走好運等等。他們可以對著如來、觀音下跪，也可以朝著玉帝、灶王叩頭，還會祈求孔子先師。產生於嘉靖初期的無為教是白蓮教支派中最大的一系，明清時，信徒幾遍中國東部地區。創始人羅祖用淺顯通俗的文字韻語，寫出了無為教寶卷五部六冊，所引用經典，有儒家的《大學》《中庸》，道家的《道德經》《悟真篇》，佛教的《金剛經》《華嚴經》《涅槃經》等等，還有其他的通俗經籍。他闡述自己的「三教同源」的思想時說：

> 一僧一道一儒緣，同入心空及第禪。
> 似水源流滄溟曠，日月星辰共一天。
> 本來大道原無二，奈緣偏執別談玄。
> 了心更許何誰論，三教原來總一般。（《破邪顯證》卷第一品）

正因為如此，民間宗教旨在修性明心，勸人棄惡向善原是會通了三教之理的，民間宗教教化的主題正是理學精義之處，修性明心只是途徑不同，善惡標準往往與綱常倫理相合。為了實現宗教目的，僧徒內部有嚴格的戒律約束，而對千千萬萬「在家出家」的信男信女們來講，最有效的手段就是在輪迴理論下強調因果報應。民間宗教的因果報應說遠比佛教內部輪迴果報說更恐怖嚇人，其中最令人毛骨悚然的便是地獄系統。還是以無為教為例，羅祖的《嘆世無為寶卷》第六品有這樣的說教：

> 倚富貴逞剛強欺壓善良，又殺生又害命罪業無邊。
> 有錢財買豬羊剝皮宰殺，一家兒排筵會喜樂歡欣。
> 請親戚來食用吹彈歌舞，食著甜還著苦果報臨身。
> 食著甜還著苦生死來到，陰司裏十王薄記得分明。

差惡鬼和牛頭緊去勾取,繩又纏索又綁鐵棒臨身。

……

到殿上見閻王他就問你,造下罪說不過膽戰心驚。

上刀山並劍樹油鐺火熬,滾油鍋鋸又解眾苦臨身。

……

鐵圍山無門戶不得出離,地獄裏五百劫不得翻身。

罪重的送在他無間地獄,罪輕的送在他四生轉輪。

託生牛受苦惱耕犁拽耙,託生豬尖刀殺血流淋淋。

託生雞又短命千生萬死,作飛禽是地獄不得脫身。

在水中作魚鱉濕生受苦,在化生作蚊蠓託生蛆蟲。

無量劫轉四生才得出離,才無人作下業又撞四生。[15]

蒲松齡《聊齋誌異》中有一篇著名的作品〈席方平〉,詳盡地描寫了席方平在地獄遭受酷吏嚴刑的痛苦,席方平不是受惡報,但作品展示的正是民間宗教中的地獄系統。無疑,這種地獄系統對芸芸眾生的確有巨大的威懾作用。因此,由民間宗教對三教包融的性質所決定,民間宗教在給自己的信男信女們講經釋典、勸人們棄惡從善的同時,對社會的倫理教化,對朝廷頒佈的理學傳播,起到了巨大的積極作用。

《金瓶梅詞話》表現出來的宗教意識,無論是作者創作動機中的還是作品所反映現實中的,主要是民間宗教特徵。其中佛、道二教穿插,視情節需要而定,從作品意識總體構架來看,佛教性質更為突出。首先,在作者的創作動機中,主要是以貪者縱欲——縱欲者貪——貪欲者惡——惡者惡報為思維線索的,這種動機,這樣的線索,在卷首的〈四貪詞〉和各回評論詩中表現最為明顯,如:

第十四回回首詩:

朝看瑜伽經,暮誦消災咒!

種瓜須得瓜,種豆須得豆。

經咒本無心,冤結如何究?

地獄與天堂,作者還自受。

第四十九回回首詩:

寬性寬懷過幾年,人死人生在眼前。

---

15 鄭志明《民間的三教心法》,臺北:正一善書出版社。

隨高隨下隨緣過，或長或短莫埋怨。

自有自無休嘆息，家貧家富總由天。

平生衣祿隨緣度，一日清閒一日仙。

第七十九回有：

為人多積善，不可多積財。

積善成好人，積財惹禍胎。

石崇當日富，難免殺身災。

鄧通飢餓死，錢山何用哉！

今日非古比，心地不明白。

只說積財好，反笑積善呆。

多少有錢者，臨了沒棺材。

第九十九回回首詩：

一切諸煩惱，皆從不忍生。

見機而耐性，妙語生光明。

佛語戒無偷，儒書貴莫爭。

好個快活路，只是少人行。

其次，在作品對現實的反映中，也多以佛教信仰為主。第三十九回：「西門慶玉皇廟打醮，吳月娘聽尼僧講經」下半節寫吳月娘聽「大師父」「王師父」（二人為尼姑）演講五祖出世之事。第五十七回「道長老募修永福寺，薛姑子勸捨陀羅經」寫僧尼募錢修寺印經活動。第一百回「韓愛姐湖州尋父，普靜師薦拔群冤」下半節敘普靜禪師超度已死冤魂免遭陰府輪迴之事。

道教內容不如佛教豐富，但也有好幾處。如第三十九回上半節寫西門慶到玉皇廟打醮事；第六十二回「潘道士解禳祭燈法，西門慶大哭李瓶兒」寫瓶兒死時的祭奠活動；還有第二十九回「吳神仙貴賤相人」一節寫道士相命之事。

作者在塑造人物時，有一個十分有意思的現象，吳月娘篤信佛祖，西門慶尊拜道教。

篤信佛祖，吃齋念佛聽經卷，是吳月娘領著一班女娘們常做的事；尊拜道教，打醮解禳信相面，是西門慶自己願幹的事。這種現象正反映出中國民間宗教信仰中的活動常規。佛門有女尼，又強調內修心性，還可以在家出家，都是女眷可以接受的。當然，這種分化並不截然，不僅西門慶也捐資修寺印經，吳月娘也守諾上泰山還願。況且佛道二

教並非各自純然，都有相融之處。那王師父演說五祖出世，不就有道教中的太白金星麼？

作品中所反映的宗教活動具有十分鮮明的功利動機，西門慶、吳月娘等人的實用意圖屢有表白，宗教中人也直言不諱。西門慶玉皇廟打醮全為了官哥兒一生平安無事。吳月娘經常聽經吃齋，用意更多：一保夫主早早迴心，齊理家事；二保早生一子，以為終身之計；三是解悶養心。再看第五十七回道長老募緣疏薄中的幾句：

> 伏願咸起慈悲，盡興惻隱。樑柱椽楹，不拘大小，喜捨到高題姓字；銀錢布幣，豈論豐贏，投櫃日疏薄標名。仰仗著佛祖威靈，福祿壽永永百年千載；倚靠他伽藍明鏡，父子孫個個厚祿高官。瓜瓞綿綿，森挺三槐五桂；門庭奕奕，焜煌金埒錢山。凡所營求，吉祥如意。

還有薛姑子勸西門慶捐印經卷的話語：

> 那佛祖說得好：如有人持頌此經，或將此經印刷抄寫，轉勸一人，至千萬人持誦，獲福無量。況且此經裏面，又有護諸童子經咒。凡有人家生育男女，必要從此發心，方得易長易養，災去福來。

所以吳月娘會信佛，所以李瓶兒死前要王姑子給她多念《血盆經》，所以西門慶會說出這樣的話：

> 咱聞那佛祖西天，也止不過要黃金鋪地；陰司十殿，也要些楮鏹營求。咱只消盡這傢伙廣為善事，就使強姦了常娥，和姦了織女，拐了許飛瓊，盜了西王母的女兒，也不減我潑天富貴。

民間宗教中的善惡觀與理學倫理綱常密切相關，違反倫理綱常言行即為惡行。西門慶、潘金蓮、李瓶兒、陳經濟、龐春梅皆為亂倫縱欲者，皆得惡報。如第一百回的終卷詩所敘，即是以倫理綱常作為判斷善惡，獲得報應的根據。道士吳神仙相命中語，也無一不同名教倫理掛鉤，以顯示其社會意識與觀念的力量。第二十九回「吳神仙貴賤相人」相吳月娘：

> 女人端正好容儀，緩步輕如出水龜。
> 行不動塵言有節，無肩定作貴人妻。

相潘金蓮：

> 舉止輕浮惟好淫，眼如點漆壞人倫。

月下星前長不足，雖居大廈少安心。

善者善報，惡者惡報。民間宗教中的因果報應成了《金瓶梅詞話》總體佈局的依據。這是學術同仁皆知曉的。這裏舉幾例證之。

西門慶縱欲而亡，死時之痛苦，令縱欲人不寒而慄：

到次日下邊虛陽腫脹，不便處發出紅暈來了，連腎囊都腫的明滴溜如茄子大。但溺尿，尿管中猶如刀子犁的一般。

溺一遭，疼一遭。……到五更時分，那不便處腎囊腫脹破了，流了一灘鮮血。龜頭上又生出疳瘡來，流黃水不止。西門慶不覺昏迷過去。……到於正月二十一日，五更時分，相火燒身，變出風來，聲若牛吼一般，喘息了半夜，挨到早晨巳牌時分，嗚呼哀哉，斷氣身亡。

死時三十三歲。（第七十九回）

潘金蓮亂倫縱欲，終被武松所殺，死之悲慘，令亂倫者毛骨悚然：

那婦人見頭勢不好，才待大叫。被武松向爐內撾了一把香灰，塞在他口，就叫不出來了。……（武松）用手去攤開他胸脯，說時遲，那時快，把刀子去婦人白馥馥心窩內只一剜，剜了個血窟窿，那鮮血就邈出來。那婦人就星眸半閃，兩隻腳只顧蹬踏。武松口噙著刀子，雙手去斡開他胸脯，撲扢的一聲，把心肝五臟生扯下來，血瀝瀝供養在靈前，後方一刀，割下頭來，……亡年三十二歲。（第八十七回）

再看小說最後一回普靜禪師薦拔群冤一節，因篇幅有限，僅引一小段：

少頃，陰風淒淒，冷風颼颼，有數十輩焦頭爛額，蓬頭泥面者，或斷手摺臂者，或有刳腹剜心者，或有無頭跛足者，或有吊頸枷鎖者，都來悟領禪師經咒，列於兩旁。

這些惡報描繪，同前文所引無為教羅祖因果報應說是一個基調。

四、結語

綜上所析，我們可以看到：《金瓶梅詞話》的創作動機和作品的主觀意識與明代理學為直接關係，是民眾層次的理學與一般文人層次理學的結合；同時又浸透了佛、道二教的說教色彩，而其中的宗教信仰則是民間層次的。

（本文完稿於 1992 年 10 月）

《金瓶梅詞話》相面斷語考辨

　　《金瓶梅詞話》有兩處情節集中敘寫了相面：一是第二十九回「吳神仙貴賤相人，潘金蓮蘭湯午戰」中吳神仙為西門慶和吳月娘、李嬌兒、孟玉樓、潘金蓮、李瓶兒、孫雪娥、西門大姐、龐春梅等人相面；另一是第九十六回「春梅遊玩舊家池館，守備使張勝尋經濟」中葉頭陀為陳經濟相面。這兩次相面斷語有兩大特徵：一是斷語全是內行話，其中絕大部分是社會上流傳的相術材料的照搬抄引；二是雖然有相面者對被相者的吹捧或調侃之嫌，但從全書情節來看，它基本上概括了全書主要人物的命運及其與個人行為之間的因果關係。本文就此兩大特徵，一考一辨，請教大方。

一、相面斷語十之八九有出處

　　吳神仙與葉頭陀的相面斷語基本上抄自於宋以後流傳十分廣泛的各種相術材料。它們是：〈神異賦〉〈女人凶相歌〉〈麻衣秋潭月論女人〉〈純陽相法入門第一〉〈鬼谷相婦人歌〉〈相目論〉〈麻衣相心〉〈女人歌〉〈識限歌〉〈銀匙歌〉等。

　　被抄引最多的是〈神異賦〉。

　　吳神仙相西門慶「天庭高聳，一生衣祿無虧；地閣方圓，晚歲榮華定取」；〈神異賦〉有「天庭高聳，少年富貴可期。地閣方圓，晚歲榮枯定取」，「三停平等，一生衣祿無虧」。《詞話》的作者只是稍作改動。吳神仙又有「眼不哭而淚汪汪，心無慮而眉縮縮，若無刑克，必損其身」；〈神異賦〉有「眼不哭而淚汪汪，心不憂愁眉縮縮。早無刑克，老見孤單」。吳神仙又相西門慶的手及臉相，「智慧生於皮毛，苦樂觀乎手足。細軟手潤，必享福逸祿之人也。兩目雌雄，必主富而多詐；眉抽二尾，一生常自足歡娛；根有三紋，中歲必然多耗散，奸門紅紫，一生廣得妻財；黃氣發於高曠，旬日內必定加官；紅色起於三陽，今歲間必生貴子。又有一件不敢說，淚堂豐厚，亦主貪花；穀道亂毛，號為淫抄。且喜得鼻乃財星，驗中年之造化；承漿地閣，管末世之榮枯」。這一長段斷語，〈神異賦〉中皆可查到，「智慧生於皮毛，苦樂觀乎手足」（原註：手若細軟潤澤，足若骨肉圓肥者，其人必然逸樂），「兩目雌雄，必主富而多詐」；「眉抽二尾，一生常自足歡娛；根有三紋，中主必然多耗散」；「奸門青紫，必主妻災」；「黃氣發從高

廣，旬日內必定轉官」；「三陽火旺，必主誕男」；「眼堂豐富，亦主貪淫」；「穀道
亂毛，號作淫秒」；「頦為地閣，見晚歲之規模；鼻乃財星，管中年之造化」。《詞話》
中「穀道亂毛，號為淫抄」中的「淫抄」一詞一直未有確解。〈神異賦〉原文有註解，
疑團可釋：「糞門多毛，皆由膀胱氣之盛而生，此人必主多淫。」這裏的「穀道」「糞
門」即「肛門」。「糞門多毛」和「穀道亂毛」意指會陰部的陰毛過多。「秒」一解「禾
芒」。此處與「毛」相對，指毛髮之類，「淫秒」意即「淫毛」。可見《詞話》的「抄」
字有誤，當是「秒」字。再看「崇禎本」與「張評本」，皆刪去此句，這是聰明一舉，
刪定者已看出此句所指之相非當時可相之處。

吳神仙相吳月娘，有「娘子面如滿月，家道興隆，唇若紅蓮，衣食豐足，必得貴而
生子，聲響神清，必益夫而發福」。〈神異賦〉有「面如滿月，家道興隆；唇若紅蓮，
衣食豐足」，一字不差；又有「聲響神清，必益夫而得食」，相差無幾。吳神仙相吳月
娘「乾薑之手，女人必善持家」，這與〈神異賦〉的「乾薑之手，女子必善持家」無二。
吳神仙又說吳月娘「淚堂黑痣，若無宿疾必刑夫；眼下皺紋，亦主六親若冰炭」，顯然
來自〈神異賦〉的「黑痣淚堂，子息恐云有克」和「山根黑子，若無宿疾必刑夫；眼下
皺紋，亦主六親若冰炭」。

吳神仙相李嬌兒，「額尖鼻小，非側室，必三嫁其夫；肉重身肥，廣有衣食而榮華
安享；肩聳聲泣，不賤則孤；鼻樑若低，非貧即夭」，皆與〈神異賦〉相差無幾，有的
則完全相同。〈神異賦〉有「額尖鼻小，側室分居」，「身肥肉重，得陰相而反榮華」
（原註：身體肥澤而肉不虛浮貌稱女形者，主榮貴之相也），「肩聳聲泣，不賤則孤」，「鼻若
樑低，非貧則夭」。

吳神仙相孟玉樓，說她「三停平等，一生衣祿無虧；六府豐隆，晚歲榮華定取。平
生少疾，皆因月孛光輝；到老無災，大抵年宮潤秀」。〈神異賦〉也是這樣的，「三停
平等，一生衣祿無虧」；「六府高強，一生富足」（原註：六府若豐隆朝拱者，不貴必然定為
富矣）；「平生少疾，皆因月孛光輝；到老無災，大抵年宮潤澤」。

吳神仙又相潘金蓮，其中有「髮濃鬢重，光斜視以多淫」，〈神異賦〉則是「髮濃
鬢重兼斜視以多淫」，僅一字之差。

吳神仙又相李瓶兒，有「皮膚香細，乃富室之女娘，容貌端莊，乃素門之德婦」。
〈神異賦〉有「皮膚香膩，乃富室之女娘；面色端嚴，必豪門之德婦」。吳神仙說瓶兒「只
是多了眼光如醉，主桑中之約；眉黶漸生，月下之期難定。觀臥蠶明潤而紫色，必產貴
兒」；〈神異賦〉有「眼光如醉，桑中之約無窮；媚黶漸生，月下之期難定」；「臥蠶
明潤而紫色，必產貴兒」。又說瓶兒「常遭疾厄，只因根上昏沈；頻過喜祥，蓋謂福星
明潤」。〈神異賦〉是「常遭厄疾，只因根上昏沈；頻遇吉祥，蓋謂福堂潤澤」。《詞

話》「頻過喜祥」中的「過」字顯然有訛。吳神仙又相瓶兒有幾樁不足之處,「山根青黑,三九前後定見哭聲;法令細纏,雞犬之年焉可過」。〈神異賦〉是「山根青黑,四九前後定多災,法令繃纏,七七之數焉可過」。《詞話》中的「法令細纏」一直未有確解。〈神異賦〉原註云:「蘭臺之傍曰法令,又名金縷,又名壽帶,宜顯順。若繃急而不顯,纏曲而不順,兼若螣蛇鎖唇而入口者,皆不壽也。」這裏將「法令」與「繃纏」都作了解釋。據《十三部位總要之圖》所示,「法令」位於鼻翼旁(「蘭臺」即鼻翼),正是面與唇之間皺紋的上端,面部肌肉若緊,此紋不顯;若纏曲不順,又亂延入口,皆為不壽之相。《詞話》寫成「細纏」,原因為二者其一:一是故意改「繃」為「細」,形容這根皺紋細而不顯,纏而不順,以斷瓶兒早夭,二是抄誤或刻誤。

接下去,吳神仙相孫雪娥。說她「只是吃了這四反的虧,後來必主凶亡。夫四反者,唇反無稜,耳反無輪,眼反無神,鼻反不正故也」。此也源於〈神異賦〉:「莫教四反,五六必主凶亡。」(原註:四反者,口無稜,眼無神,鼻無竅,耳無輪也。有此四反,其人主有凶亡之事。)

又相西門大姐,「鼻樑仰露,破祖刑家」;「面皮太急,雖溝洫長而壽亦夭」。〈神異賦〉有「鼻樑露骨,名為破祖刑家」;「面皮太急,雖溝洫長而壽亦虧」。

吳神仙最後相春梅。說春梅「髮細眉濃,稟性要強;神急眼圓,為人急燥。山根不斷,必得貴夫而生子」;「聲響神清,必益夫而得祿」。〈神異賦〉中有「髮細光潤,稟性溫良;神緊眼圓,為人急燥」;「山根不斷,必得賢夫;部位停勻,應招貴子」;「聲響神清,必益夫而得食」。

葉頭陀相陳經濟的斷語,主要也是抄自〈神異賦〉。葉頭陀說陳經濟「印堂太窄,子喪妻亡;懸壁昏暗,人亡家破;唇不蓋齒,一生惹是招非」。〈神異賦〉有「印堂太窄,子喪妻亡;懸壁昏暗,人亡家破;唇不蓋齒,無事招嫌」。葉頭陀又相陳經濟,「頭先過步,初主好而晚景貧窮;腳不點地,賣盡田園走他鄉」;「面若桃花光焰,雖然子遲,但圖酒色歡娛」。〈神異賦〉有「頭先過步,初主好晚景貧窮」;「腳跟不著地,賣盡田園而走他鄉」;「神帶桃花也須兒晚」;「眼若桃花光焰,但圖酒色歡娛」。

吳神仙相面的斷語詩,有抄自〈女人凶相歌〉的。如相孫雪娥的四句斷語詩:「燕體蜂腰是賤人,眼如流水不廉真。常時斜倚門兒立,不為婢妾必風塵。」〈女人凶相歌〉中有「燕體蜂腰是賤人,眼如流水不廉貞」;「閑向門邊單腳立」;「不為婢妾也風塵」。有的斷語詩抄自〈女人歌〉。如吳神仙為月娘誦的斷語詩:「女人端正好容儀,緩步輕如出水龜。行不動塵言有節,無肩定作貴人妻。」〈女人歌〉云:「女人端臉好容儀,緩步輕移出水龜。行不動塵言有節,終須約是貴人妻。」吳神仙給李嬌兒的斷語詩則是從兩種相術材料上取捨合成,李嬌兒是「額尖露臀並蛇行,早年必定落風塵。假饒不是

娼門女，也是屏風後立人」。〈麻衣秋潭月論女人〉有「頭尖額窄鼻勾紋，雀鼠蛇行顧後頻。頭小露臀肩背聳，不為婢妾必風塵」。〈鬼谷相婦人歌〉有「有媚無威舉止輕，此人終是落風塵。假若不是娼門女，也是屏風後立人」。給孟玉樓的斷語詩的一、二兩句「口如四字神清徹，溫厚堪同掌上珠」則是照抄自〈麻衣秋潭月論女人〉。

《詞話》還有一些相面斷語抄自於別的相術材料。〈純陽相法入門第一〉云：「相逐心生相術真。」原註曰：「陳圖南云：有心無相，相逐心生；有相無心，相逐心滅。」〈麻衣相心〉云：「有心無相，相逐心生；有相無心，相隨心滅。」二者相同部分僅一字之差，意思完全一樣。《詞話》把它抄過來用在吳神仙嘴上：「夫相者，有心無相，相逐心生；有相無心，相隨心往。」同〈麻衣相心〉相比，也僅一字之差，不過意思卻不對，無心哪來往呢？有可能是作者筆誤，也有可能是刻者刀錯。吳神仙相春梅的眼睛，「左眼大，早年克父；右眼小，週歲克娘」來源於〈相目論〉：「左眼為日，父象也；右眼為月，母象也。」葉頭陀相陳經濟「八歲、十八、二十八，下至山根上至髮。有無活計兩頭消，三十印堂莫帶煞」則全抄於〈識限歌〉或〈銀匙歌〉：「八歲十八二十八，下至山根上至髮。有無活計兩頭消，三十印堂莫帶殺。」雖然「煞」與「殺」音同義不同，但在這裏卻無關緊要，都是凶狠之意。

二、相面與相術材料

相面活動，相傳始於春秋戰國之際，《韓詩外傳》有姑布子卿相孔子之事，《史記·趙世家》也記載了姑布子卿見趙簡子的事。荀子的〈非相篇〉為反相面理論。而《論衡》中的〈骨相篇〉、《潛夫論》中的〈相引〉，皆為相術理論的濫觴。漢代相術名家許負的相術流傳到明清。唐始，相術已有諸派，《唐書·袁天綱傳》已載有袁天綱、張憬藏、乙弗弘禮、金梁鳳等著名相面名家。至宋，各種流派十分活躍，其時，凡陳摶所傳，最為推崇，所謂〈麻衣相法〉即是。經元而明，相面先生或走家串戶，或擺攤設點，在商鎮河埠、京師府州，處處可見。有的相面先生又結合卜卦、算命兼營，已成了市民俗眾甚至政府官員的一種需要。元雜劇、明傳奇和話本、擬話本中，相面先生成為三教九流的人物之一。《金瓶梅詞話》一書的大段敘述相面活動，當是當時的社會實際。

在前文的對比中，我們已看到，〈神異賦〉被引用照抄最多，〈神異賦〉與〈麻衣相心〉〈麻衣秋潭月論女人〉等，正是陳摶之學。它們多以對句或韻文構成，或為賦體，或為詩歌，朗朗上口，便於記憶吟誦。下列〈神異賦〉中的一段（其間的註釋略去不列）：

> 天庭高聳,少年富貴可期。地閣方圓,晚歲榮枯定取。
>
> 視瞻平正,為人剛介平心。冷笑無情,作事機深內重。

又如〈麻衣秋潭月論女人〉中的一段:

> 天地日月與星辰,江湖山石配山林。五行造化成秀氣,三才應物合人倫。
>
> 頭尖額窄鼻勾紋,雀鼠蛇行顧後頻,頭小露臀肩背聳,不為婢妾必風塵。

這些相術材料的相面標準,即相人的善惡、好壞、貴賤,皆以傳統的倫理道德為規矩,故十分流行,也是《詞話》作者選用抄引的原因。歷代統治者不僅不加以禁止,而且常常拿來為自己的政治服務。這是相面活動之所以發展流傳的主要原因。〈神異賦〉有序,現引於此,既可證明統治者與相術名家的關係,也可佐證〈神異賦〉產生與流傳情況,括號中的文字為原文註釋:

> 五代間有聖人陳摶,宋太祖賜其號曰希夷先生。(陳摶字圖南,自號扶搖子。精相法。嘗相宋太祖,後乘驢入小路,聞宋太祖即位,大笑墜地曰:「天下定矣。」太祖召至。以野服見,服華陽巾。還山,賜號白雲先生。)師麻衣(乃仙翁也)學相諭。以冬深,擁爐而教之。希夷如期而往,至華山石室之中。(華山石室乃麻衣先生修道之地也,後希夷也隱於此。)不以言語而度,與希夷隱而授之也。(但用火箸畫字於灰之中,以傳授此賦,又名〈金鎖賦〉。又別有〈銀匙歌〉,悉皆授之。希夷盡其學也。)

由於相術材料流傳廣且散,各代都有各種各樣的抄本、刻本,又多為民間流傳,很難確定各種相術材料的產生年代。又由於相術本身具有神秘的特徵,真正的作者也難以確定。比如〈神異賦〉序中說到本賦原出於「麻衣仙翁」(《湘山野錄》又名為「麻衣道者」),但此人已具有虛幻色彩,也許就是陳摶及「麻衣相法」派的傳人拉大旗作虎皮的虛構。至於陳摶,《宋史·隱逸傳》有傳,不過沒有講他會相術,只是說他於後唐長興中舉進士不第,遂不求祿仕,以山水為樂,隱居於武當山九室巖。入宋,宋太宗贊其高潔品行,賜號希夷先生。陳摶年齡逾百歲而逝,故有陳摶老祖之謂。那麼〈神異賦〉之類的「麻衣相法」有可能是後人偽托陳摶之名而作,不過,我們從《金瓶梅詞話》的抄引情況來看,到明中葉以後,〈神異賦〉之類的「麻衣相法」已是十分地流行了。

三、《金瓶梅詞話》相面斷語的意義

不少學術前輩已經指出《詞話》中多有「抄作」文字,這些抄作部分又是十分高明

的，將人家的東西拿過來，或變換人名，或刪增詞句，竟與本書情節故事、人物性格渾然一體，真可謂是「點鐵成金」之法。對相術材料的抄引也具有同樣的效果。當然，對於這種抄作，我們要研究的倒不是「抄襲」性質之類的問題。在宋元話本、明清擬話本、章回小說及戲曲中，移花接木之事常有，如同小說中的詩詞一樣，有作者自己的創作，也有借用，聽眾、讀者習以為常，作者也以此作為創作的方法技巧。我們研究作品中的抄引，重要的在於這種抄引對作品的意義何在。

《詞話》中抄引的相術材料組成的相面斷語對於作品至少有兩層意義。

首先是作者安排的這兩處相面，對全書情節結構來說，是綱目所在，而抄引的相面斷語則是對作品中主要人物命運及其因果關係的高度概括。也就是說，作者十分巧妙地借相面對人生前途的預見，對人物性格、命運作了提示。

《詞話》第一回到第十回，基本上是在《水滸傳》故事中盤旋，尋覓自己的出路，形成故事的開篇。第十一回到第二十回，以李瓶兒進門為標誌，完成了西門家庭全體成員的聚合亮相。第二十一回到第三十回，在解決了西門家庭內部的第一大衝突（潘金蓮與宋惠蓮的矛盾）之後，出現了全書的第一大高潮——西門慶生子加官。第二十九回的相面安排在這種衝突的解決與高潮出現之間，使這次相面不僅有前因之據，又懸起了後果之念，其相面斷語既對人物性格情狀的描繪有前文的敘描為基礎，又對人物命運前途的預測有直到全書結束的構思，恰到關節之處。

因此，作品在描寫吳神仙時，毫無調侃戲謔之筆，卻顯莊重神聖之意：

> ……須臾，那吳神仙頭戴青布道巾，身穿布袍，足登草履，腰繫黃絲雙穗條，手執龜殼扇子，自外飄然進來。年約四十之上，生的神清如長江皓月，貌古似太華喬松，威儀凜凜，道貌堂堂。原來神仙有四般古怪：身如松，聲如鐘，坐如弓，走如風。但見他：能通風鑒，善究子平。觀乾象能識陰陽，察龍經明知風水。五星深講，三命秘談。審格局，決一世之榮枯；觀氣色，定行年之休咎。若非華岳修真客，定是成都賣卜人。

如此「神仙」，其相面斷語當然使人不得不信，更何況，吳神仙將人物的前因後果一一相出，雖不能說句句準，卻是個個準。無疑，作者是頗有一番用心的。

吳神仙相西門慶的斷語，除了未道出他將中年夭亡這一結局外，其他皆準。所謂「必為享福之人」「絕是英豪之輩」「一生衣祿無虧」，確實是對當時的西門慶的生動描繪。「必主傷妻」，此時西門慶已死了一妻一妾。「終須勞碌」，又是經商，又是做官。「必主富而多詐」，封建社會總是把商人同奸詐聯在一起的。西門慶「一生常自足歡娛」「一生廣得妻財」，「貪花」自不必說，「中歲必然多耗散」當是指他在縱欲和結官上花

的錢財了。而「旬日內必定加官」和「今歲間必生貴子」都是立刻實現的真實。

吳神仙相吳月娘的斷語多從封建婦道出發，這既是當時相術材料的內容特徵，也是《詞話》作者的創作動機。「家道興隆」「衣食豐足」「必益夫而發福」都是月娘當時生活的寫照，「必善持家」也不過分，「必得貴而生子」雖然與月娘生孝哥時的慘景不符，仍有一半事實。「若無宿疾必刑夫」暗示出西門慶有難，「六親若冰炭」則寫出了月娘性格的另一方面。

李嬌兒的斷語多貶詞，正符合這個妓女出身且三心二意的人物身分。「非側室，必三嫁其夫」，西門慶死後，她是第一個出西門家而改嫁的妾，「廣有衣食而榮華安享」。

孟玉樓的斷語類似月娘，這是作者有意的安排，「樓月善良終有壽」。所以，她是「一生衣祿無虧」「平生少疾」。後嫁於李衙內，夫妻恩愛，「晚歲榮華定取」「到老無災」。「威媚兼全財命有，終主刑夫兩有餘」，玉樓先後刑克楊宗錫、西門慶二夫，終與李衙內白頭偕老。

潘金蓮的斷語僅三兩句，卻已是將她的性格情態和悲慘命運全盤托出，「多淫」「刑夫」，張大戶、武大、西門慶都死在她手下胯下。「人中短促，終須壽夭」，亡年僅三十二歲。

吳神仙給瓶兒的斷語十分巧妙地勾勒出這個女人矛盾的一生：道德與欲望，幸福與痛苦，光明與黑暗。「富室之女娘」是事實，「素門之德婦」終難成；「必產貴兒」，「必受夫之寵愛」，「頻過（遇）喜祥」，但「常遭疾厄」，終於是「三九前後定見哭聲」，「雞犬之年焉可過」，二十七歲就夭折而去。

孫雪娥雖不是妓女出身，但原本低賤，吳神仙給她相面的斷語與李嬌兒差不多。「雖然出谷遷喬，但一生冷笑無情，作事機深內重」，又「主凶亡」，「不為婢妾必風塵」，後來多受磨難終被逼上煙花之路，含恨死去。

西門大姐的一生也夠坎坷，吳神仙的斷語多貶意。「破祖刑家」「傢俬消散」「壽亦夭」「處家室而衣食缺乏，不過三九，當受折磨」。這是她短短一生二十四年命運中最後幾年作為陳經濟妻室的概括。「唯夫反目」，責任在於父母給自己配錯了丈夫。

吳神仙最後相的是春梅，斷語中的「稟性要強」「為人急燥」「常沾啾唧之災」都是這個人物性格的真實表現。而「必得貴夫而生子」「早年必戴珠冠」「益夫而得祿」「三九定然封贈」「一生受夫愛敬」，都是吳月娘等人當時驚訝不明白的，在春梅憤然走出西門慶家，進了周守備家之後，這一切都在她身上應驗了。

第二處相面情節，雖說是直到第九十六回才出現，但對作為八十回以後才升為第一號男主人公的陳經濟來說，其意義同前者一樣，作者也是借葉頭陀之口，用相面斷語道出最後二十回中的男主人公的命運及其主要情節。

　　由於情節已經發展到第九十六回，所以有不少斷語是帶有回顧性的（在葉頭陀看來，又都是相得準的），如「做作百般人可愛，縱然弄假不成真」「一生心伶機巧，常得陰人發跡」，說的是他受西門慶和吳月娘重用，又與潘金蓮勾搭。「子喪妻亡」「人亡家破」「一生惹是生非」「傾家喪業」，又點的是他近幾年來，與吳月娘、西門大姐的矛盾衝突。起因當然在於他與潘金蓮的私通和買娼宿妓等是非之事。而「初主好而晚景貧窮」「賣盡田園走他鄉」，說的是他當時無家可歸的境地。「後來還有三妻之會」，預示出他通春梅、娶葛氏和會韓愛姐的情節。「圖酒色歡娛」「三十上小人有些不足」，則將他的結局托出。

　　由此而論，我們看到，相面不是目的，而只是一種手段。作品並不只是為了寫相面而設計這兩處相面情節，而是在反映這種社會真實的同時，借用這種情節用相面斷語來道出情節發展和人物命運之謀篇佈局的宏觀框架。這種構思，可謂是別出心裁。其精妙微妙之處，令人想到《紅樓夢》中提綱挈領的第五回「賈寶玉神游太虛境，警幻仙曲演紅樓夢」對全書的意義以及該回中太虛幻境、警幻仙姑和〈金陵十二釵正冊〉〈金陵十二釵副冊〉〈金陵十二釵又副冊〉的判詞以及〈紅樓夢十二支曲〉的作用。我們很難否定這樣一種推論：曹雪芹也許正是領會了《金瓶梅》第二十九回相面情節和相面斷語對全書的意義，而構思出他的第五回，編撰出其中的判詞和曲詞。

　　其次，結合上下文的對比和分析，《詞話》如此照搬抄引相術材料，而這種抄引又是十分地內行，抄引的斷語與作品中的人物、情節密切相吻合，進而必然地成為全書情節框架和人物性格命運的高度概括，令人難以相信作者會是「大名士」之流，倒是書會才人之輩，常與市民中三教九流相識，具這般本事，才會有此等獨特而又俚俗的文心妙思。

　　（本文完稿於 1992 年元旦，1992 年 6 月在山東棗莊舉行的「第二屆國際《金瓶梅》學術會議」上宣讀）

相面與中國古代小說審美藝術的關係
——從《金瓶梅詞話》相面情節說起

　　《金瓶梅詞話》（以下簡稱《詞話》）有兩處情節集中敘寫了相面：一是第二十九回「吳神仙貴賤相人，潘金蓮蘭湯午戰」中吳神仙為西門慶和吳月娘、李嬌兒、孟玉樓、潘金蓮、李瓶兒、孫雪娥、西門大姐、龐春梅等人相面；一是第九十六回「春梅遊玩舊家池館，守備使張勝尋經濟」中葉頭陀為陳經濟相面。這些相面中的斷語全是內行話，其中絕大部分是社會上流傳的相術材料的照搬抄引。這些斷語雖然有相面者對被相者的吹捧或調侃之嫌，但基本上概括了全書主要人物的命運及其與個人行為之間的因果關係。進一步考察古代小說對相面術的借用，會發現這是一種頗具特色的文化現象。

一、《詞話》相面斷語十之八九有出處

　　吳神仙與葉頭陀的相面斷語基本上抄自宋以後流傳十分廣泛的各種相術材料。它們是《神相全編》中的〈神異賦〉〈女人凶相歌〉〈麻衣秋潭月論女人〉〈純陽相法入門第一〉〈鬼谷相婦人歌〉〈相目論〉〈麻衣相心〉〈女人歌〉〈識限歌〉〈銀匙歌〉等。其中被抄引最多的是〈神異賦〉。

　　吳神仙相西門慶「天庭高聳，一生衣祿無虧；地閣方圓，晚歲榮華定取」。〈神異賦〉有「天庭高聳，少年富貴可期。地閣方圓，晚歲榮枯定取」，「三停平等，一生衣祿無虧」。《詞話》的作者只是稍作改動。吳神仙又有「眼不哭而淚汪汪，心無慮而眉縮縮，若無刑克，必損其身」。〈神異賦〉有「眼不哭而淚汪汪，心不憂愁眉縮縮。早無刑克，老見孤單」。吳神仙又相西門慶的手及臉相：「智慧生於皮毛，苦樂觀乎手足。細軟手潤，必享福逸祿之人也。兩目雌雄，必主富而多詐；眉抽二尾，一生常自足歡娛；根有三紋，中主必然多耗散；奸門紅紫，一生廣得妻財；黃氣發於高曠，旬日內必定加官；紅色起於三陽，今歲間必生貴子。又有一件不敢說，淚堂豐厚，亦主貪花；穀道亂毛，號為淫抄。且喜得鼻乃財星，驗中年之造化；承漿地閣，管末世之榮枯。」這一長段斷語，〈神異賦〉中皆可查到，只是個別文字稍異。

　　吳神仙相吳月娘，有「娘子面如滿月，家道興隆；唇若紅蓮，衣食豐足，必得貴而生子；聲響神清，必益夫而發福」，其中前四句與〈神異賦〉一字不差。再相吳月娘「乾薑之手，女人必善持家」。這與〈神異賦〉的「乾薑之手，女子必善持家」無二。吳神仙又說月娘「淚堂黑痣，若無宿疾必刑夫；眼下皺紋，亦主六親若冰炭」，顯然來自〈神異賦〉的「黑痣淚堂，子息恐云有克」和「山根黑子，若無宿疾必刑夫；眼下皺紋，亦主六親若冰炭」。

　　吳神仙相李嬌兒「額尖鼻小，非側室，必三嫁其夫；肉重身肥，廣有衣食而榮華安享；肩聳聲泣，不賤則孤；鼻樑若低，非貧即夭」。相孟玉樓，說她「三停平等，一生衣祿無虧；六府豐隆，晚歲榮華定取。平生少疾，皆因月孛光輝；到老無災，大抵年宮潤秀」。以上兩段文字，在〈神異賦〉中都能找到，也只是個別文字稍異。

　　吳神仙相潘金蓮的斷語不多，其中有「髮濃鬢重，光斜視以多淫」。〈神異賦〉則是「髮濃鬢重兼斜視以多淫」，僅一字之差。

　　吳神仙又相李瓶兒，有「皮膚香細，乃富室之女娘；容貌端莊，乃素門之德婦」。〈神異賦〉有「皮膚香膩，乃富室之女娘；面色端嚴，必豪門之德婦」。吳神仙又相瓶兒有幾椿不足之處：「山根青黑，三九前後定見哭聲；法令細纏，鳴犬之年焉可過。」〈神異賦〉是「山根青黑，四九前後定多災；法令繃纏，七七之數焉可過」。《詞話》中的「法令細纏」一直未有確解。〈神異賦〉原註云：「蘭臺之傍曰法令，又名金縷，又名壽帶，宜顯順。若繃急而不顯，纏曲而不順，兼若螣蛇鎖唇而入口者，皆不壽也。」這裏將「法令」與「繃纏」都作了解釋。據《十三部位總要之圖》所示，「法令」位於鼻翼旁（左鼻翼為「蘭臺」，右鼻翼為「廷尉」），正是面與唇之間皺紋的上端，面部肌肉若緊，此紋不顯；若纏曲不順，又亂延入口，皆為不壽之相。《詞話》寫成「細纏」，可能是有意形容這根紋細而不顯，纏而不順，以斷瓶兒早夭；也可能是抄誤或刻誤。

　　吳神仙相孫雪娥、西門大姐、春梅的斷語和葉頭陀相陳經濟的斷語，也基本上抄自〈神異賦〉。

　　吳神仙相面的斷語詩，有抄自〈女人凶相歌〉的。如相孫雪娥的四句斷語詩：「燕體蜂腰是賤人，眼如流水不廉真。常時斜倚門兒立，不為婢妾必風塵。」與〈女人凶相歌〉幾乎全同。吳神仙給李嬌兒的斷語詩則是從兩種相術材料上取捨合成。李嬌兒是「額尖露臀並蛇行，早年必定落風塵。假饒不是娼門女，也是屏風後立人」。〈麻衣秋潭月論女人〉有「頭尖額窄鼻勾紋，雀鼠蛇行顧後頻。頭小露臀肩背聳，不為婢妾必風塵」。〈鬼谷相婦人歌〉有「有媚無威舉止輕，此人終是落風塵。假若不是娼門女，也是屏風後立人」。給孟玉樓的斷語詩的第一、二兩句「口如四字神清徹，溫厚堪同掌上珠」則是照抄自〈麻衣秋潭月論女人〉。

　　《詞話》還有一些相面斷語抄自別的相術材料。如吳神仙相春梅的眼睛，「左眼大，早年克父；右眼小，週歲克娘」來源於〈相目論〉：「左眼為日，父象也；右眼為月，母象也。」葉頭陀相陳經濟「八歲、十八、二十八，下至山根上至髮。有無活計兩頭消，三十印堂莫帶煞」，則全抄自〈識限歌〉或〈銀匙歌〉。

二、《詞話》中相面斷語的價值意義

　　《詞話》第一回到第十回，基本上是在《水滸傳》的有關故事中盤旋，尋覓自己的出路，形成故事的開篇。第十一回到第二十回，以李瓶兒進門為標誌，完成了西門家庭全體成員的聚合亮相。第二十一回到第三十回，在解決了西門家庭內部的第一大衝突（潘金蓮與宋惠蓮的矛盾）之後，出現了全書的第一大高潮——西門慶生子加官。第二十九回的相面安排在這次衝突的解決與高潮出現之間，使這次相面不僅有前因之據，又懸起了後果之念，恰到關節之處。

　　因此，我們看到，作品在對三教九流人物調侃戲謔之時，對這位相面的吳神仙卻用盡莊重神聖之筆：

> ……須臾，那吳神仙頭戴青布道巾，身穿布袍，足登草履，腰繫黃絲雙穗條，手執龜殼扇子，自外飄然進來。年約四十之上。生得神清如長江皓月，貌古似太華喬松，威儀凜凜，道貌堂堂。原來神仙有四般古怪：身如松，聲如鐘，坐如弓，走如風。但見他：能通風鑒，善究子平。觀乾象能識陰陽，察龍經明知風水。五星深講，三命秘談。審格局，決一世之榮枯；觀氣色，定行年之休咎。若非華岳修真客，定是成都賣卜人。

如此「神仙」，其相面斷語當然使人不得不信，更何況，吳神仙將人物的前因後果一一相出，雖不能說句句準，卻是個個準。無疑，作者是頗有一番用心的。

　　吳神仙相西門慶的斷語「必為享福之人」「絕是英豪之輩」「一生衣祿無虧」，確實是對當時西門慶的生動描繪；「必主傷妻」，前後應驗；「終須勞碌」，又是經商，又是做官；「必主富而多詐」，當時社會總是把商賈同奸詐聯繫起來；西門慶「一生常自足歡娛」「一生廣得妻財」，「貪花」自不必說，「中主必然多耗散」當是指他在縱欲和交結官府時花的錢財，而「旬日內必定加官」和「今歲間必生貴子」都是立刻實現的事實。加上前面吳神仙用算命術推出來的「不出六六之年，主有嘔血流膿之災，骨瘦形衰之病」，西門慶一生命運軌跡、性格特徵都在這兒得到了高度的概括。

　　相婦女，多從封建婦道出發。吳月娘的斷語多褒揚。「家道興隆」「衣食豐足」「必

益夫而發福」都是月娘當時生活的寫照;「必善持家」也是事實;「必得貴而生子」,雖然與月娘生孝哥時的慘景不符,卻是兩件先後確實的事。「若無宿疾必刑夫」暗示西門慶有難,「六親若冰炭」則寫出了月娘性格的另一方面。

李嬌兒的斷語多貶詞,正符合這個妓女出身且三心二意的人物的身分。「非側室,必三嫁其夫」,西門慶死後,她是第一個改嫁的妾,一生不失「廣有衣食而榮華安享」。

孟玉樓的斷語類似月娘,「樓月善良終有壽」。所以,她是「一生衣祿無虧」「平生少疾」;後來嫁給李衙內,夫妻恩愛,「晚歲榮華定取」「到老無災」;「威媚兼全財命有,終主刑夫兩有餘」,玉樓先後刑克楊宗錫、西門慶二夫,終與李衙內白頭偕老。

潘金蓮的斷語僅三兩句,卻已是將她的性格情態和悲慘命運全盤托出。「多淫」「刑夫」,張大戶、武大、西門慶都死在她的手下;「人中短促,終須壽夭」,亡年僅三十二歲。

吳神仙給瓶兒的斷語十分巧妙地勾勒出這個女人矛盾的一生:道德與欲望、幸福與痛苦、光明與黑暗。「富室之女娘」是事實,「素門之德婦」是她進西門慶家之後的努力方向;「必產貴兒」「必受夫之寵愛」「頻過(遇)喜祥」;但「常遭疾厄」,終於是「三九前後定見哭聲」「雞犬之年焉可過」,二十七歲夭折而去。

吳神仙最後相的是春梅,斷語中的「稟性要強」「為人急躁」「常沾啾唧之災」都是這個人物性格的真實表現。而「必得貴夫而生子」「早年必戴珠冠」「益夫而得祿」「三九定然封贈」「一生受夫愛敬」,都是吳月娘等人當時驚訝不明白的。在春梅憤然走出西門慶家,進了周守備家之後,這一切都在她身上應驗了。

第二處相面情節,雖說是直到第九十六回才出現,但對作為八十回以後升為第一號男主人公的陳經濟來說,其意義同前者一樣,作者也是借相面人葉頭陀之口,道出陳經濟的命運及其主要情節。不過,由於情節已經發展到第九十六回,所以有不少斷語是帶回顧性的。如「做作百般人可愛,縱然弄假不成真」「一生心伶機巧,常得陰人發跡」,說的是他以前受西門慶和吳月娘的重用,與潘金蓮偷情私通,以後又因春梅而東山再起等事;「子喪妻亡」「人亡家破」「一生惹是生非」「傾家喪業」,又點的是他與吳月娘、西門大姐的矛盾衝突,起因當然在於他與潘金蓮的私通和買娼宿妓等事;而「初主好而晚景貧窮」「賣盡田園走他鄉」,說的是他當時破敗後無家可歸的境地;「後來還有三妻之會」預示出他通春梅、娶葛氏、會韓愛姐的情節。「圖酒色歡娛」「三十上小人有些不足」則將他的慘死結局托出。

由此而論,《詞話》中主要人物的相面斷語對於作品有這麼兩層價值意義:

首先對全書情節結構來說,是綱目所在,在反映相面這種社會真實的同時,借用這些相面斷語來繪出情節發展和人物命運的宏觀框架。這種構思,可謂是別出心裁,其精

妥微妙之處令人想到《紅樓夢》中提綱挈領的第五回「賈寶玉神游太虛境,警幻仙曲演紅樓夢」對全書的意義,尤其是其中太虛幻境、警幻仙姑和〈金陵十二釵正冊〉〈金陵十二釵副冊〉〈金陵十二釵又副冊〉的判詞以及〈紅樓夢十二支曲〉的作用。

其次,《詞話》如此照搬抄用相術材料,不僅十分地內行地道,而且斷語與作品中的人物性格、情節發展密切吻合,進而必然地成為全書情節框架和人物性格、命運軌跡的高度概括,令人難以相信作者會是「大名士」之流。結合全書多處對通俗文學藝術作品和民間文學作品的巧妙抄用情況來看,倒是書會才人之輩,常與市民中三教九流相識相處,才會具這般本事,有此等獨特而又俚俗的文心妙思。

三、相面與中國古代小說的審美

文學藝術創作寫相面,並非《金瓶梅詞話》一家,其他章回小說、擬話本以及戲曲中都可以看到,只是描寫表現的方式不同罷了。這些方式歸納起來有三種:一是專門敘寫相面先生的故事,如《全像古今小說》第十四卷〈陳希夷四辭朝命〉和《拍案驚奇》第二十一卷〈袁尚寶相術動名卿,鄭舍人陰功叨世爵〉,相面先生的奇異功能及其高明的相術是故事的主體;二是相面活動作為全部故事中的一段情節,如上述《詞話》中吳神仙、葉頭陀的相面,《封神演義》中姜子牙對武吉的相面,相面本身已不是目的,而是作為創作的手段、敘述的環節來豐富特定人物的外貌描寫,表現特定人物;三是相面先生並不出現,相面斷語改變成對特定人物的外貌、性格、德行、命運的概括描寫,如《三國志通俗演義》(後來的《三國演義》更是如此)寫劉、關、張和諸葛亮,《水滸傳》寫宋江。後兩種方式中相面的「相」已轉變為創作的「寫」,這種「寫」不是從人物長相身材的實際出發,而是從這個人物在作品中的道德位置、倫理位置出發,予以理想化的描繪,進而展示理想化的性格德行及其命運軌跡。這種情況一方面說明民間方術對人的價值判斷在社會上的重大作用,另一方面也說明了文學創作在自己的發展過程中已經把本來是對人的價值判斷的相面借用過來成為文學審美判斷,這的確是頗具中國文化特色的文學現象。

相面術與占卜、星相,屬於中國古代的推演術。相面活動,源於上古相牛相馬的農事活動與農家思想,相傳始於春秋,《左傳》《韓詩外傳》《史記》等重要的典籍上已記載不少相面活動和相術名家,荀子有〈非相篇〉,為反相面理論,可見當時以貌取人、以相論人風氣頗盛。在哲學上,相面術以古老的易術與陰陽五行為根基,經秦漢「天人感應」理論的闡發,形成龐大體系,構成眾多的法則,繁衍種種流派。王充《論衡》中的〈骨相篇〉,王符《潛夫論》中的〈相列〉是古籍經典中較早的也比較系統的相術理論篇章,他們的哲學根據便是「天人感應」說。王充在〈骨相篇〉中肯定人的骨骼形體可以表現出

人的命運，因為「人命稟於天，則有表候於體，察表候以知命，猶察斗斛以知容矣」。王符在〈相列〉中也說：「《詩》所謂『天生烝民，有物有則』，是故人身體形貌皆有象類，骨法角肉，各有分部，以著性命之期，顯貴賤之表。」這與「天人感應」說集大成者董仲舒的神學體系一脈相承。《春秋繁露》的〈人副天數〉認為，天生萬物，也生了人類，人必有天賦之命相，必合天道之命理，這樣，原先的陰陽五行相生相剋循環之理便在這裏得到了融合。於是，在古人腦子裏，形而上之天道與形而下之具象便有一種神秘的密切聯繫，天道統率具象，具象體現天道。而天道是一致的，具象的萬事萬物便可以互相類比推理。無名氏〈人相篇〉中的〈總論〉云：「人稟五行以生，順天地之和，食天地之祿，未嘗不由乎五行之所取。須辨五行之形，須識五行之性，若以飛走取行，須議得理，如《易》取象天、地、風、雷、水、火、山、澤八物，以象八卦。其取類也，而有鸞、鳳、龍、虎、獅、象、牛、馬、蛇、雀、鵝、鴨、雞、豬、猿、猴、鼠、狗之類，各有相似……人有五行之說，人之有生不離乎金木水火土之相而合其性……」如果說，「天人感應」說要解釋的是天人之間的關係以說明社會中的一切倫理關係、等級制度的來源和人的命運的被動性，那麼相面術要完成的便是在這種解釋說明指導下對被相者個人及其所居地位過去與今日命運情狀的再解釋和未來命運情狀的推測，包括順逆、吉凶、福禍、安危、興衰、窮通、壽夭等等，以獲得心理的平衡，以求得在被動中的可能選擇。

當然，正如我們今天還不能簡單地去否定過去的一切一樣，也不能簡單地去否定相面術。相面術盛行中國社會兩千年，若僅是依賴客觀唯心論和封建倫理政治觀念是不能令人迷信的。相面術察言觀色也有其合理的成分，這便是對中醫醫理的吸收運用。中醫醫理與相面術同出一源，秦漢之際誕生的中醫經典《黃帝內經》把陰陽五行之說與「天人相應」之論作為醫理的基礎。如《素問·陰陽應象大論篇第五》認為：「陰陽者，天地之道也，萬物之綱紀，變化之父母，生殺之本始，神明之府也。治病必求於本。」把陰陽作為一個事物內部存在的相互對立的兩個方面相互關係，來分析說明人體與自然、人體本身的各種變化規律解釋人體生理、病理現象，作為疾病診斷、治療、預防和養生保命的指導思想。《素問·寶命全形論篇第二十五》又云：「夫人生於地，懸命於天，天地合氣，命之曰人。」這些有關天人關係的論述，與前文所述的《春秋繁露》〈人相篇〉乃至〈骨相篇〉〈相列〉之論同為一個腔調。只是這裏強調的是天人之間的生存關係：人的生命來源於天地，生命的維持發展與天地息息相關。相面理論無疑從這兒移植了許多站得住腳的思想。不僅如此，在方法上，相面術與中醫也有共同之處。中醫四診望、聞、問、切中的前三診同樣也是相面先生的主要手段。人的面部氣色、五官狀態、身體姿式及行走動作，往往是人的身體健康狀況和內心精神態勢的外現；手紋和腳紋也能表現人的先天遺傳。因此，經驗豐富的相面先生不難通過觀察、嗅聞、套問而測出被

相者的身心狀態和處事、處世態度方法。

相面術獲得民眾的認同的另一個原因是相面術中滲透了人們對自然界特定事物的崇拜與認識，表現了非常簡樸的直覺思維。這些特定事物如金、銀、玉、龍、鳳，或珍貴，或高貴，是民眾心中的崇拜物；另一些特定動物如虎、獅、象、牛、馬、蛇、雀、鵝、鴨、雞、豬、猿、猴、鼠、狗等，或威武，或耐勞，或急躁，或緩慢，是民眾心中對高雅和粗俗、尊和卑、喜和惡、富和貧、壽和夭等相對概念的對照物。〈人相篇·總論〉云：「龍相，嚴峻而長，眼圓睛露，五嶽高起；鳳相，身細眼長，清秀額高；虎形，頭大頦闊，鼻豐口方，行步重緩；龜形，頭尖眼圓，背伏身大；……象形，眼小鼻大，身肥步重；猿形，面小眼圓，耳尖手長。」於是，相眼、相鼻、相耳、相口、相身形都有這些特定事物作比附以說明被相者的性格、德行，以判斷他的命運歸屬。

相面術在哲學、倫理教化方面同封建政治的密切關係及其方術真真假假、虛虛實實地面向全社會，使對神秘事物從來就抱有「寧可信其有，不可信其無」，「信則有，不信則無」的中國人，自然一代又一代地接受了這種頗具中國特色的文化，不僅形成了「謀事在人，成事在天」的天命觀，也形成了「吉人自有天相」「人可貌相」的價值觀。於是，面相的價值評判不僅成為封建王權肯定自己、鞏固王權、反對異己的有力武器，成為民眾在傳統社會裏平衡自己內心的精神支柱，也隨著時間的延續，認識的積澱，成為人們評判他人和自己的慣性意識。相面，已不僅是相面先生的專營，而且還是整個社會對人的價值評判的一種重要手段。

於是，相面，從內容到形式，都走進了文學藝術創作的園地。

作為社會生活反映的文學，不僅反映所描寫對象的生活，也反映作者自己的生活。生活中相面的流傳盛行和相貌的判斷價值自然成為文學創作過程中的審美對象和審美判斷。我們所認定的中國古代小說，即使是發展到明清兩代的章回小說和擬話本小說，其內涵並非完全與今日小說概念相同。嚴格地說來，中國古代小說，尤其是明清兩代的小說，是在說唱文學基礎上形成的亦可說亦可讀還可以聽的文本，《三國志通俗演義》《水滸傳》《西遊記》《金瓶梅》以及當時同類小說自不必說，即使到了小說創作意識比較自覺的《紅樓夢》那裏，也沒有丟開「看官請聽」，「不知有何禍事，且聽下回分解」「卻說」之類的套語。中國古代小說的這種特徵體現它的通俗性質的同時也表明它的接受者是全社會成員，主要的是廣大的民眾。因此，在創作中表現民眾心態、適應民眾的需要、迎合民眾的審美趣味是小說創作和改編的重要動機與主旨，表現相面術和借用相面術，不論是作者自覺還是不自覺所致，都是正常的。

小說審美與相面術的結合點表現在小說創作與欣賞中對特定人物的外貌描繪與認可。相面術對面相與性格命運因果關係的肯定是為人們預測未來，而小說則是讓人們欣

賞未來，即不斷發生的故事情節和人物命運，是根據人物的特定相貌去追蹤閱讀或觀看、聞聽人物未來的故事。這種區別又不是絕對的對立，而是有著密切的統一聯繫，因為小說的這種審美不僅來源於相面術，連語氣、用辭都從相面先生那兒搬來。前文所列《金瓶梅詞話》的相面情節是這樣，別的小說也是這樣。《三國志通俗演義》寫劉備是「兩耳垂肩，雙手過膝，目能自顧其耳，面如冠玉，脣若塗朱」；寫張飛是「豹頭環眼，燕頷虎鬚，聲若巨雷，勢如奔馬」；寫關羽是「面如重棗，脣若塗脂；丹鳳眼，臥蠶眉」；寫孔明是「面如冠玉」。《水滸傳》的描寫便更像相面了，如對宋江的描寫：「眼如丹鳳，眉似臥蠶。滴溜溜兩耳垂珠，明皎皎雙睛點漆。脣方口正，髭鬚地閣輕盈；額潤頂平，皮肉天倉飽滿。坐定時渾如虎相，走動時有若狼形。年及三旬，有養濟萬人之度量；身軀六尺，懷掃除四海之心機。」這種描寫，我們常用「略貌取神」來概括它，認為作者在描寫人物外貌時把最能體現其精神世界的特徵表現出來。其實，這種解釋並不準確，因為如果我們把同類小說同類人物的外貌描寫歸納起來，就會發現大量的雷同，這就不是個性意義上的特徵描寫了。如果說是特徵，那就是同類人物的特徵，而相面術的根本把握，就在於把人分類。所謂的「略貌取神」，就是把能體現特定人物性格、德行、命運的外貌特徵簡明突出地描繪出來。這正是相面術所肯定的人的外貌與性格命運因果關係的形象解釋。不借用相面術這一套，如實地描寫外貌行不行？不行。因為如果那樣去做了，不僅是同相面術背道而行，更是違背了欣賞者已經習慣了的審美價值判斷。把明主賢君、忠臣孝子寫成尖嘴猴腮，把蕩婦奸佞繪成慈眉善目，會引起欣賞者的反感。就是在描寫性格複雜、德行矛盾的人物時，也必須在相貌上體現出這種對立統一來。《金瓶梅詞話》寫吳神仙相李瓶兒時是這樣，《紅樓夢》寫王熙鳳時也是這樣：「一雙丹鳳三角眼，兩彎柳葉吊梢眉，身量苗條，體格風騷。」

　　小說中如此這般地借用相面術來進行人物外貌的描寫與欣賞，勢必帶來創作與欣賞中的另一種審美特徵，那就是，人的外貌與人的性格命運的因果關係決定了人的外貌描寫與人的性格命運敘述的因果關係，從而在創作中極大地影響了作品的整體構思，成為謀篇佈局的客觀思路；在欣賞中給欣賞者以猜測的餘地，即欣賞過程中的主動再創作的機會，儘管這種機會在現代讀者看來有一種「讀開頭知結尾」的遺憾。這種審美特徵，在借用相面術作人物外貌描寫的作品中還不突出，如《三國志通俗演義》《水滸傳》之類；而在借用相面術既為人物寫外貌，又為人物測命運的作品中便十分明顯了，這便是《金瓶梅詞話》借用相面術的獨創所在。

　　（本文在完稿於 1992 年元旦的〈《金瓶梅詞話》相面斷語考辨〉的基礎上寫成，完稿於 1994 年 6 月）

社會經濟變遷與通俗文學的發展
——明嘉靖後文學的變異與發展

　　中國社會的廣袤與發展的不平衡，決定了它的結構的多元性，而不可能是一個鐵板一塊的絕對模式社會[1]。中國文學歷史的悠久與內涵的豐富，決定了它在自身發展中與縱向的社會階段需要和橫向的多元社會反映構成的階段性特色和相對關係。我們不僅可以用魏晉時期動亂的中原社會照樣孕育出文學的自覺時代那類史實來證明文學發展與社會發展具有逆向特徵，也可以用明清時期經濟發展起來的東部社會分娩出多彩的平民文學這類史實來證明文學發展與社會發展具有同向特徵。文學是人的一種特殊行為結果。它雖然不像普遍的經濟行為那樣更具物質屬性，仍不可缺乏對物質的依賴。文學僅限於頗多「自我」意識的文化人小圈子中的時候，它似乎可以脫離物質的世界，自詡高雅，從而成為一種狹隘的精神寄託；當它突破文化人的小圈子，進入平民世界，它便與物質世界融為一體，成為其中的一部分，成了社會消費的對象。換句話說，當社會的經濟發展使文學不再成為少數文人雅士獨專的「雅趣」而轉變成為大多數平民享用的「俗趣」之時，文學便在整個社會的大舞台上更為活躍地發展，顯示出更強的生命力。

一、明嘉靖後文化市場的構成

　　明嘉靖後文學的變異，首先就在於原本發源於平民社會的文學，擁有了自己的文化市場，文化人即使對它修飾加工，也是為了把它放回到這個市場中去，成為平民消費的對象。通俗文學這個概念，對此時的文壇發展更具有概括意義。什麼是通俗文學？就是平民大眾欣賞的文學，就是由於合乎平民大眾審美情趣而進入文化市場的詩歌、散文、小說和戲曲等文體。

　　入明，文化市場的規模是隨著商品經濟的規模化、城市及其市民階層的擴大和文化消費觀念的成熟即社會經濟的發展變遷而發展起來的。

1　傅衣凌〈中國傳統社會：多元的結構〉，《中國社會經濟史研究》1988 年第 3 期。

　　大運河南北貫通，雖是在元泰定二年（1325）[2]，但全面疏浚並開始發揮巨大經濟效益則是永樂年間[3]，直到清末。這期間雖然河道時浚時淤，時修時壞。但運河對中國東部經濟和南北物質、文化交流的功績不可抹殺。這一條重要的黃金水道，再加上以北京為樞紐的八條幹線驛道商路[4]，構成了一個有利於商品流通交換的國內經濟交通網絡。

　　值得注意的是，國內商品經濟的發展和各級市場的繁榮[5]與正在走向海洋經濟（世界性經濟）的歐洲資本主義擴張開始碰撞，兩者之間的推拉力促進了自 16 世紀開始繁榮起來的中國海外貿易。雖然明清兩代朝廷因種種原因不時採取禁海政策，但民間的海洋經濟活動從未停止。通向東、西洋的航線始終有商帆往來，沿海從廣州到泉州、寧波，從臺灣到福建，從南直隸到北直隸（即從江蘇到天津）的航路不斷得到拓展。

　　與商品經濟發展的交通網絡密切相關的是各種各樣大小不一的城市和商埠集鎮。中國城市發展的歷史十分久遠，但明代舊城市的擴展與新城鎮的產生具有兩個鮮明的時代特徵：其一，工商經濟是擴城或建城的主要原因，出現了一批專業性的工商城鎮，這些城鎮在歷史的進程中又因工商業的繁榮而不斷地發展；其二，城市中工商市民的比率增大。

　　據考查，原來作為都市、府、州、縣署所在地的大中城市和商埠，在明初至中葉，因其工商業功能而大有發展的有三十餘座。明中葉始，又有二十餘座城市發展起來[6]。發展較快的新興城市，大部分位於華東及沿海地區，立於大運河畔和交通幹線樞紐之地。明清之際由於戰亂，不少繁華的工商業城市受到破壞，有的甚至遭受滅頂之災，但由於當時經濟復甦較快，城市的重建也是十分迅速的。總的看來，明嘉靖前後發展最快的城鎮位於運河兩岸、長江中下游與東南沿海的口岸、商埠和手工業較為發達的地區，不僅出現了像天津、德州、臨清、濟寧這類以商埠興起的專業城市，也出現了江南盛澤、王江涇、烏鎮、南潯這類以絲織業興起的專業集鎮，並發展出了北京、江寧、杭州、蘇州、廣州、漢口、揚州、佛山八大工商中心城市[7]。

　　區域經濟發展不平衡，農商經濟效果的巨大差距，在誘使大量商賈、手工業者湧向

2　　《元史·河渠誌》卷六十四，北京：中華書局二十四史及清史稿標點本。

3　　《明史·河渠誌》卷八十五，北京：中華書局二十四史及清史稿標點本。

4　　見明人黃汴的《一統路程圖記》，山西人民出版社 1992 年出版了由楊正泰先生校注的本子，書名為《天下水陸路程》。又參見同書所收清人憺漪子的《天下路程圖引》。

5　　吳承明《中國資本主義與國內市場》，北京：中國社會科學出版社 1985 年。

6　　傅崇蘭《中國運河城市發展史》，成都：四川人民出版社 1985 年。

7　　傅衣凌主編，楊國楨、陳支平著《明史新編》第八章「城鎮工商業的繁盛」，北京：人民出版社 1993 年。

城鎮，活躍在東部地區的同時，也逼迫因生活艱難而又遭到破產的農民流入城市，城市人口急劇膨脹起來。自宋代開始人口比重增大的東部地區，進入明中葉以後，人口數字倍增。在清初出現一段時間的下降之後，又立即呈持續增長形勢（見表一和表二）。人口密度最高的省份和府州，都在華東沿海地區。而正如前文所述，這個地區的城鎮也是發展最快的。

表一：明清人口密度超過平均數的政區比較排行榜

（單位：人／平方公里）

序號	洪武 26 年（1394）		萬曆 6 年（1578）		順治 18 年（1661）		乾隆 14 年（1749）		道光 10-19 年（1830-1839）	
	政區	密度	政區	密度	政區	密度	政區	密度	政區	密度
0	平均	19.1	平均	36.5	平均	20.9	平均	41.6	平均	75.3
1	浙江	114.4	浙江	140.5	浙江	118.9	江蘇	211.8	江蘇	424.6
2	江西	58.4	江西	95.3	南直隸	56.2	山東	162.2	浙江	293.0
3	南直隸	48.0	南直隸	93.6	福建	53.0	安徽	133.1	安徽	228.9
4	山東	39.6	山東	85.2	山東	50.6	浙江	122.4	山東	211.4
5	福建	32.4	山西	72.6	江西	45.5	河南	80.8	湖北	177.7
6	山西	27.8	河南	53.0	山西	43.0	福建	65.1	福建	154.3
7			北直隸	47.8	北直隸	37.2	山西	63.0	河南	148.6
8					河南	24.5	江西	46.6	江西	134.9
9							北直隸	42.9	廣東	105.9
10							湖北	41.6	山西	97.8
11									湖南	87.9

資料來源：胡煥庸、張善餘《中國人口地理》上冊表 12、13，上海：華東師範大學出版社 1984 年。

表二：清嘉慶二十五年（1820）人口密度最高府州排行榜

（單位：人／平方公里）

序號	府州名	密度	序號	府州名	密度
1	江蘇·蘇州	1073.21	16	湖北·武昌	394.53
2	浙江·嘉興	719.20	17	浙江·金華	369.48
3	江蘇·松江	626.57	18	山東·沂州	363.56
4	浙江·紹興	579.55	19	安徽·鳳陽	345.68
5	安徽·廬州	563.11	20	福建·漳州	327.13
6	山東·東昌	537.69	21	安徽·寧國	326.98
7	江蘇·太倉	537.04	22	江西·臨江	325.86
8	浙江·寧波	523.26	23	山東·臨清	322.64

9	江蘇·鎮江	522.54	24	山東·萊州	321.33
10	四川·成都	507.80	25	福建·泉州	317.52
11	浙江·杭州	506.32	26	安徽·池州	316.62
12	浙江·湖州	475.21	27	安徽·潁州	314.89
13	江蘇·常州	447.79	28	河南·許州	309.17
14	山西·蒲州	423.88	29	廣東·廣州	306.84
15	安徽·太平	410.96			

資料來源：梁方仲《中國歷代戶口、田地、田賦統計》甲表88，上海：上海人民出版社1980年。

　　城市的發展與人口的膨脹成正比，說明的是市民的增長。在急劇增長起來的市民中，主要是商人和手工業者。這裏僅以運河兩岸的大中城市為例，略作說明。

　　明清時期形成和發展起來的天津，是海運和運河運輸的交會處，工商業者占全城總戶數的 65.5%[8]。

　　臨清城，「兵民雜集，商賈萃止，駢檣列肆，雲蒸霧湧，而其地遂為南北要衝，巋然一重鎮矣」。成化十一年（1475）「戶部以游宦僑商日漸繁衍，並令占籍」，這些「游宦僑商」後來又在城外的汶衛二水兩岸形成了新城區，到嘉靖二十一年（1542），自「磚城西北至東南長二十里，跨汶、衛二水建新城」[9]。

　　濟寧，「濟州關南側，百物聚處，客商往來，南北通衢，不分晝夜」[10]。

　　揚州，原本是歷史悠久的商業城市，明中葉開始，成了淮鹽總彙，大量的鹽商富賈麕集於此。萬曆年間，鹽商多達數百餘家，舊城一再延擴，仍然人滿為患，新城在商賈的資助下，得以興建並迅速發展起來[11]。

　　蘇州，據《江蘇省明清以來碑刻資料選集》統計，「蘇州有會館四十處」，還有「公所一百二十二處」[12]。「世間樂土是吳中，中有閶門又擅雄；翠袖三千樓上下，黃金百萬水西東！五更市買何曾絕，四遠方言總不同；若使畫師描作畫，畫師應道畫難工。」[13]

　　杭州，北宋初的十世紀末時已是「東南形勝，江吳都會，錢塘自古繁華」，「市列珠璣，戶盈羅綺，競豪奢」[14]。到了明嘉靖年間，在原本填街塞巷的坐賈居民中又新添

8　同注6。
9　民國二十四年《臨清縣誌》第一、二冊。
10　乾隆重修《濟寧直隸州誌》。
11　王振忠〈明清兩淮鹽商與揚州城市的地域結構〉，載《歷史地理》第十輯。
12　《江蘇省明清以來碑刻資料選集·前言》，北京：三聯書店1959年。
13　〔明〕唐寅〈閶門即事〉，《六如居士全集》卷二，上海國學昌明社石印本。
14　〔宋〕柳永〈望海潮·東南形勝〉，《全宋詞·柳永》，北京：中華書局1965年，第一冊。

了大量的行商,「雖秦、晉、燕、周大賈,不遠數千里而求羅綺繒幣者,必走浙之東也」[15]。杭州位於運河南端,東瀕大海,是北接中原,西望湖廣、江西,東迎福建、廣東、臺灣的樞紐,又是中國大宗特色商品絲棉、綢緞、茶葉的產地、集散地和貿易中心,商業、手工業人口極多。

在膨脹起來的市民人口中,文化人的比率也在迅速增加。這是明清時期經濟發展促使文化市場發展的人才因素。光有商人及其他行業的市民作為文學消費者,還不能構成文化市場,還必須要有生產者。我們現在還很難找到具體說明市民中文化人比率的資料,但有兩類人物就可以成為一支為數不小的文化人隊伍。

第一類是與科舉考試相關的文化人。首先是城市居民中的讀書人和外地進省、府赴考而滯留的舉子。明清兩代,東部省份,特別是江南地區,試子奪魁率很高。據陳正祥《中國文化地理》統計,明代,自洪武四年到萬曆四十四年 245 年之間,每科的狀元、榜眼、探花和會元,共計 244 人,其中東部的南直隸(包括後來的江蘇、安徽)、浙江、江西、福建、廣東、山東六省就有 213 人;清代,乾隆元年詔舉博學鴻詞,先後選舉 267 人,其中江蘇、浙江、江西、安徽占 201 人。這種高比率,既與人口密度相關,也與文化人的基數相關;它既說明東部省府文化人之多,也說明名落孫山的舉子之眾,城市中落魄好閑的文化人日見增加是無疑的。其次是自己不參加科考卻與科考有間接關係,即為科考文化人服務的文化人。像《金瓶梅》中寫到的溫秀才、水秀才,《儒林外史》中的馬二、匡超人。他們往往身兼數職,既輔導試子,又幫閑富豪。

第二類是專事文化事業的文化人。這類人或從屢試不第的試子中轉化而來,或因才氣而樂於舞文弄墨,或鄙視仕途而著書立說,或因生活貧困被迫賣文,或慕都市繁華而來尋找繁華樂趣,或為文化繁榮而來尋覓文化知音。而在經濟發達的文化都市,又往往培養出自己的文化縉紳和兼儒(商)之商(儒)。江南地區的金陵、揚州、蘇州、杭州因其交通便利、經濟繁榮、環境優美、文化深厚而成為文化人薈萃之地。即以揚州為例,「地分淮海,風氣清淑,俗務儒雅,士興文藝,弦誦之聲,衣冠之選,夐異他州」[16]。著名文化人湯顯祖、袁宏道、張岱、吳嘉紀、王士禎、洪昇、孔尚任、吳敬梓、曹寅、王念孫、王引之都曾在揚州居住過,他們的作品寫過揚州,他們的作品有的寫成於揚州;揚州也出現了像汪中、焦循、阮元和「八怪」等一大批著名的文化人和文化名人。這些人可稱之為薈萃揚州的高雅之士,而其中就有不少是倡導通俗文學的革新人物。除此,更大量的是名氣不大或名不見經傳的平民文化人。

15　〔明〕張瀚《松窗夢語》卷四,北京:中華書局 1985 年。
16　〔明〕王儆〈學記〉,見《嘉靖惟揚誌》卷十一。

　　明清兩代東部省份文化人薈萃還可以從學術風氣和藏書之習來看。明代學風當以浙江、南直隸和江西為最盛，浙東學派在這三省傳播最廣，學者群起。清代，江蘇、浙江為學術的發祥地和根據地。據蕭一山《清代學者著述及其生卒年表》統計，清代 970 名著名學者中，江浙占 550 人。藏書之習，也是江浙為盛，著名藏書家當以百數。吳晗先生的《兩浙藏書家史略》列明代浙江 80 家，其實遠不止這個數目。嘉靖以後，江浙藏書家輩出，甲於天下。以浙江為例，茅坤的「白華樓」，沈節甫的「玩易樓」，項元汴的「天籟閣」，范欽的「天一閣」，胡應麟的「二酉山房」，胡震亨的「好古堂」，朱彝尊的「曝書亭」「潛采堂」等等，皆著名於世。學術風氣與藏書之習絕不是個人的行為，它需要濃厚的文化氣氛作基礎，濃厚的文化氣氛與文化人薈萃和活躍是成正比的。

　　於是我們看到，在城鎮市民中，一方面是占有絕大比例的商人、手工業者及其他行業的人們，一方面是逐漸擴大隊伍的文化人。當商品經濟活動成為人們的主要行為時，前者參與經濟活動，贏得了物質（貨幣作為表現形式），後者若不能或不願參與經濟活動，便缺乏物質。當由於商品經濟而發展起來的城鎮市民除了物質追求外，又萌發更廣泛的欲望，還需要精神食糧之時，需要者與提供者就有了交換的可能。這種交換，明以前不是沒有，只是進入嘉靖以後，由於經濟的發展、觀念的改變和市民人口的增加，更為普遍而規模生產化，更為合理而不以為恥。

　　入明以後，文化人為商人撰寫墓誌銘、傳記已成一種風氣，李夢陽曾為歙商鮑弼撰〈梅山先生墓誌銘〉[17]；文徵明不僅給商賈撰墓誌銘[18]，還撰有〈重修蘇州織染局記〉〈蘇州織染局真武廟記〉碑文[19]。明中葉始，文化人與富商的關係已不是傳統的對立，劉教正《思齋雜記》云：「天順初翰林各人送行文一篇，潤筆銀二三錢可求也，葉文莊公云：時事之變後，文價頓高，非五錢一兩不敢請。成化間則聞送行文求翰林者非二兩者不敢求，比前又增一倍矣。則當初士風之廉可知。正德間，江南富族著姓求翰林名士墓誌銘或序記，潤筆銀動數廿兩甚至四五十兩，與成化年大不同矣」[20]。有的文化人看準同行試子登榜之心，編賣選文，以獲其利。上海王光承，「過目成誦，博學能文，善書，為古文詞精絕，歲科常第一，坊家爭請選文，遂有《易經孚尹》《墨卷樂胥》《名家雪崖》《考卷右梁》《白門易社》諸書行世，賈人獲利無算」[21]。可見《儒林外史》之馬二先生

17　〔明〕李夢陽《空同先生集》卷四十三。

18　〈朱效蓮墓誌銘〉，《文徵明集》補輯卷三十一。

19　《明清蘇州工商業碑刻集》，南京：江蘇人民出版社 1981 年。

20　〔明〕俞弁《山樵暇語》卷九，涵芬樓秘笈第二集，明朱象玄手鈔本。

21　〔清〕曾羽王《乙酉筆記》，《清代日記彙抄》，上海：上海人民出版社 1982 年。這裏所記王光承之事，當發生於明末。因為筆記還寫了王光承「後應宏光年副貢」之事。

者今天專門從事高考、考研輔導的人在四百年前大有人在。《拍案驚奇》卷一寫文若虛仿學名人字畫，點綴扇面以企圖發財，說明文化人賣字畫盛行以致贗品充斥市場。看來，文化已不僅是一種精神需要，其本身也可以進入市場，成為一種物質生存手段。

於是文學以社會的精神需要和文化人的物質需要，成為文化市場中主要組成部分了。

二、文學從自娛走向消費

文學的傳統，一直是自娛。文學是心志、性情、道理的載體。即使小說（指唐宋傳奇）也不例外，所以中唐時期曾有過關於韓愈的〈毛穎傳〉的一番爭論[22]。其實，這是文化人自居文壇，或以高雅，或以道統自詡的一種傳統。唐代的「俗講」和宋元的「說話」已開了向平民社會傳輸文學的不同形式，宋元話本的白話形式已為文學走向大眾奠定了基礎。加上前文所述文化市場中的供需條件已經形成，文學從過去的自娛走向大眾的消費便是自然而然的事了。

> 今書坊相傳射利之徒偽為小說雜書，南人喜談如漢小王（光武）、蔡伯喈（邕）、楊六使（文廣）；北人喜談如繼母大賢等事甚多。農工商販，鈔寫繪畫，家畜而人有之；癡女婦，尤所酷好……有官者不以為禁，士大夫不以為非；或者以為警世之為，而忍為推波助瀾者，亦有之矣。[23]

《小說書坊錄》[24]根據現有資料，收錄了宋元明清和民國初年的小說刊刻情況：明代正德以後，刻坊 134 家，刻小說 228 種，其中署明地名的為 54 家，包括南直隸 26 家、福建 15 家、浙江 4 家；清代順、康、雍、乾時期 116 家，刻小說 369 種，署明地名的 21 家，其中江蘇 12 家。這裏當然是不完全的統計，據張秀民《中國印刷史》所考，明代杭州書坊興盛，今日可考的有名的刻坊便有 24 家。眾多的刻坊主要集中在商業城市，如金陵、揚州、蘇州、杭州，福建的建陽也是著名的書坊之地。所以胡應麟說：「凡刻之地有三：吳、越、閩。」[25]

小說的消費，可分兩種情況，一是買書來閱讀；二是聽書，或租書，或抄書。二者的區分主要是由於消費者的不同經濟情況。

22　參見〔唐〕韓愈〈重答張籍書〉、〔唐〕柳宗元〈讀韓愈所著〈毛穎傳〉後題〉等文。可見黃霖、韓同文選註《中國歷代小說論著選》上，南昌：江西人民出版社 1982 年。

23　〔明〕葉盛《水東日記》卷二十一，「小說戲文」條，北京：中華書局 1980 年。

24　韓錫鐸、王清原編纂《小說書坊錄》，瀋陽：春風文藝出版社 1987 年。

25　〔明〕胡應麟《少室山房筆叢》卷四，上海：中華書局上海編輯所 1958 年。

買書閱讀，主要是經濟比較寬裕的市民。我們現在很難找到明清不同時期確切的書價資料。明代的板刻、印刷、造紙手工業發展很快，但並不能直接說明書的價錢低廉，只能說明當時書的買賣十分興隆。書價同書的雕刻、印刷、紙張、裝幀質量有關，還同書的印量有關。元末明初，宋濂讀書全靠借書來抄，那是因為他家窮，可見買書不易[26]。明清時，文人互贈刻書的禮俗盛行，但這是自費刻書，印量小，很難以市場價格論。清初，《通鑑綱目》一套，二兩一錢銀子；《明紀本末》一套，六錢八分銀子。[27]這是山區農村的價格，而且是同族熟人之間的轉讓。至於小說，從現在保存下來的古本小說刻印情況看，有精有粗，有優有劣；有的配以精美的插圖，有的插圖則粗陋以致難分人物；有的字大，有的字小，價錢肯定高下懸殊。有學者研究《西遊記》一套的價錢是三十兩銀子[28]，這相當於三四十石白米的價值。似乎不確，貴了一點。但即使減去一半，家中若不寬裕，是不可能買來讀的。但當時書坊生意興隆，小說刻本眾多，又相當流行，說明市民生活比較富裕，尤其是商人。

凌濛初的《拍案驚奇》被書賈看中，投入市場，成為暢銷書，「賈人一試之而效，謀再試之」，於是他又寫了《二刻拍案驚奇》[29]。馮夢龍、李漁是十分典型的文學家兼商人，他們把創作、編輯、出版、發行、銷售都兼任起來，刻印了大量的通俗文學作品，特別是合乎平民百姓口味的小說。福建建陽人余象斗是名聞南北的大書商和編書家，他的書不僅題材廣，質量也好，價格較低，流傳海內外[30]。還有更多的文化商人和書坊主結合起來，密察市場消費行情，把受歡迎的小說一再翻刻印刷，《三國演義》《水滸傳》《西遊記》《紅樓夢》是當時刻印次數最多的四大部小說（見表三）。有的人則改變書名再行刻印，使之成為一種軟廣告，增加吸引力，如《三國演義》改為《第五才子書》，《好逑傳》為《俠義風月傳》，《紅樓夢》為《金玉緣》，《蕩寇誌》為《結水滸》。有的書商請出名人或假託名人之名，對小說評點批閱或添油加醋，以增加原書的魅力和可

26　〔明〕宋濂〈送東陽馬生序〉。

27　〔清〕詹元相《畏齋日記》康熙四十一年、四十二年條，見《清史資料》第四輯，中國社會科學院歷史所清史室編，北京：中華書局 1983 年。

28　1986 年我在秦皇島參加「中國古代小說理論講習班」，聽課時注意到一則信息：美國一學者研究中國古代的書價，以確定當時小說是否流行。《西遊記》的書價僅供參考。

29　〔明〕即空觀主人〈二刻拍案驚奇小引〉，《二刻拍案驚奇》卷首，上海：上海古籍出版社 1985 年影印本。

30　〔明〕胡應麟《少室山房筆叢》卷四有：「凡刻之地有三：吳也、越也、閩也。……其精，吳為最；其多，閩為最；越皆次之。其直重，吳為最；其直輕，閩為最；越皆次之。」福建刻坊，余氏最負盛名。乃有「書林余氏」之稱。余象斗為其一脈，事業有傳，乃成世家，參見官桂銓〈明小說家余象斗及余氏刻小說戲曲〉，載《文學遺產》增刊 15 輯，北京：中華書局 1983 年。

讀性。出續書、編選本也是當時書商的好手段。凡名書如《三國》《水滸》《西遊記》《金瓶梅》《紅樓夢》等都有續書，續書之中不乏文人續書泄情的情結，但應書商之請也是主要動力。抱甕老人的《今古奇觀》、夢閑子的《今古傳奇》，別本《二刻拍案驚奇》《警世奇觀》等書則把當時人們喜讀的白話短篇小說選輯刻印，其市場效應和影響力都大大超過被選的原著。明清時期，書商之間互相翻刻小說的現象很嚴重，石印本《株林野史》的扉頁有這麼些字：「此書得於內庭秘本，刊印非易，同業幸勿翻刻。」這是在聲明版權，也許是一種軟廣告，但它說明的事實是當時的翻刻現象。

如此熱熱鬧鬧的小說刻印業，足以說明買書閱讀的人為數不少。前文已說到江浙一帶藏書家很多，這些藏書家大多是官吏、縉紳和文化人中的學者，還有一些是商人。這些商人依自己的財力和需要購買各類圖書，有的巨商大賈的藏書量大大超過縉紳、學者。徽籍揚州鹽商程晉芳「獨好儒，購書五萬卷，不問生產，罄其貲」[31]。鹽商馬曰琯兄弟「家多藏書，積十餘萬卷，築叢書樓貯之」[32]。藏書家藏書與市民買書閱讀當然有差別，但在其豐富的藏書中，文學書籍、小說刊本也必然占有相當的數量。

第二種是聽書。這是下層市民中收入低而又愛好文學且喜以耳聽為痛快方式的人們消費小說的方式。明清說書業十分興盛，是宋元說唱藝術的新發展，它在全國各地又有不同的形式，如明代的平話、詞話、陶真、彈詞、寶卷，清代的八角鼓、子弟書、揚州評話、蘇州彈詞、廣東彈詞等等[33]。說書活動主要是在城市中比較盛行，每天一段，聽眾必須交費，這都合於市民的生活節奏和消費水平。鄉村也有，方式略有不同。明末最著名的說書藝人柳敬亭，「善說書，一日說書一回，定價一兩。十日前先送書帕下定，常不得空」[34]。其實，若從更廣的角度來說，聽書不僅是下層市民消費小說的主要方式，也是其他層次市民消費小說的一種形式。聽書與讀書不同，可以不受文化水平低的限制，聽者與說者又有交流，加上說書具有第二次創作的特徵，藝人聲情並茂的表演與即興發揮，往往使聽眾得到更多的愉悅。

關於租書業，這裏有一則材料可以直接說明當時租書業的興盛。道光丙申四宜齋抄本《鐵冠圖分龍會》四冊二十一回，該書裏面有一印記：「書業生涯，本大利細。塗抹撕扯，全部賠抵。勤換早還，輪流更替。三日為期，過期倍計。諸祈鑒原，特此告啟。」上橫刻「四宜齋」[35]。這「四宜齋」是租書鋪子無疑。租書業的興盛說明通俗文學，特

31　《清史·列傳》卷七十二，北京：中華書局二十四史標點本。
32　《兩淮鹽法誌》卷四十六。
33　《說唱藝術簡史》，北京：文化藝術出版社 1988 年。
34　〔明〕張岱《陶庵夢憶》卷五，杭州：西湖書社 1982 年。
35　《中國通俗小說總目提要》，北京：中國文聯出版公司 1990 年。

別是小說的大發展,也說明了不能或不願買書而又想看小說的人越來越多。

抄書,原是讀書人的優良傳統,但作為小說文學消費的抄書則是另一回事,以抄的手段來實現閱讀的動機,或是因無力買書,或是因無法買到書,或是抄比買划得來。在現存大量古本小說中有不少是過抄本。除去內府精緻的抄本,作為大眾流行閱讀的有:《浪史》《僧尼孽海》《幻影》《剿闖通俗小說》《紅白花傳》《金雲翹傳》《燈草和尚》《株林野史》《海角遺篇》《七峰遺編》《載花船》《鐵冠圖分龍會》《珍珠舶》《斬鬼傳》《東遊記》《風流悟》《野叟曝言》《綠野仙蹤》《歧路燈》《虞賓傳》《怡情陣》《風流和尚》《濃情快史》《三續金瓶梅》等等。其中有的有多種抄本,如《斬鬼傳》;有的一開始是以抄本流傳,如《野叟曝言》。其中有的抄寫年代並不久遠,也許是近代人所抄,只是難以辨認,權且存疑。《紅樓夢》的抄本是該書版本的一大系統,目前已發現的就有十餘種,這是學術界皆知之事[36]。在抄本中可以發現,十萬字左右的中篇居多,世情小說居多,禁書居多。數十萬上百萬字的巨篇抄作工程大,非佳作不抄,演史、神魔刊刻比例大,世情刊刻相對較少(見下文分析),而且世情小說中的艷情小說由於禁毀和道德的原因,刊刻更少,所以世情小說特別是艷情小說常以抄本流行。在小說的消費中,抄書以閱讀是比較複雜的現象,原因很多,讀者、抄者的經濟狀況只是主要原因之一。但有一點是值得注意的,那就是通過抄書獲得欣賞正說明市民文學消費欲的強烈。

無論是買書來閱讀還是不買書而通過聽書、租書、抄書來欣賞,都說明文學已經在相當廣泛的範圍從文人獨占的自娛圈子中走了出來,走進市場,走向廣大市民消費的櫃檯。

三、文學從道德說教走向愉悅閑適

文學從自娛自樂走向消費,從文學創作自身來看,實質上解決了文學為誰而寫的問題,而為誰而寫又與寫什麼緊密相關,不解決寫什麼的問題,為誰而寫就是空架子,文學就不能在進入市場後產生市場效益。過去的文學為文人自娛服務,自己需要什麼就寫什麼,抒情,泄憤,明志,論道,都從自我出發。文學進入市場,就要為消費者服務了。作者的「自我」就應與讀者的需要結合起來了。

仍以小說為例。根據目前收集通俗小說書目較全的《中國通俗小說總目提要》統計,從明代正德(主要是嘉靖)年間算起,到清代道光年間為止,約有各體長短篇 500 種(集)。若以獨立的故事為分析單位,在 500 種(集)小說中約有 2330 個長短篇故事(不包括開篇

36　據《中國通俗小說總目提要》提供的版本資料作不完全統計。

入話）。其中演史故事（含英雄傳奇）270 個，神魔故事 260 個，大多數為長篇；世情故事 1800 個，大多數為短篇。演史故事多為前代，神魔故事不少年代不明或不受年代限制，世情故事則多為當代。半數以上的作品中的人物與事件發生在經濟較為發達的東部地區，大多數佳作名篇和大多數作家也都出自這一地區。再看表三[37]，各類題材的小說都一直受到人們的歡迎，基本上是平分秋色。在城市市民中，職業、年齡、文化程度、個人經歷都可以形成不同興趣的讀者和聽者群。從一般欣賞心理來看，中老年喜歡演史，青少年歡迎神魔，豪爽者偏愛英雄壯舉，青年男女熱衷男女情事；至於街談巷議、奇聞軼事、悲歡離合，在市民中是很有市場的。廣大農村，演史、神魔更受歡迎。文化人、商賈好風流艷情，傳統心態濃重的人們則愛好忠君賢臣、義夫節婦。

表三：明嘉靖後至清末民國初年刊刻次數最多的白話小說排行榜

序號	刊數	書　　名
1	62	三國演義（包括三國志通俗演義）
2	47	紅樓夢（包括石頭記）
3	42	水滸傳
4	34	西遊記
5	33	今古奇觀（抱甕老人編本）
6	28	東周列國志
7	26	玉嬌梨、金瓶梅
8	24	封神演義
9	23	鏡花緣
10	22	平山冷燕
11	21	儒林外史
12	20	龍圖公案、好逑傳
13	19	兒女英雄傳、說岳全傳
14	17	五虎平西珍珠旗演義狄青前傳、五虎平南狄青演義、濟顛大師醉菩提全傳
15	16	二度梅、雙鳳奇緣全傳、粉妝樓全傳
16	15	雲合奇蹤玉茗英烈全傳、平妖傳、拍案驚奇、蕩寇志、南宋志傳通俗演義、說唐演義全傳

資料來源：韓錫鐸、王清原編纂《小說書坊錄》，瀋陽：春風出版社 1987 年；胡文彬編著《金瓶梅書錄》，瀋陽：遼寧人民出版社 1986 年。

37　表三製作時考慮到雕板可以重複使用，刊刻週期較長，活字板印刷情況可能更為複雜，小說在銷售和流傳過程中的時間長短不一，所以把民國初年也計算進去。請注意，這裏只能統計到刊刻次數，更有意義的印數則無法統計。

　　但有一種現象值得注意，根據表三資料來源作的統計，「三言」「二拍」的刊刻遠不如今日人們想像的那樣多，《喻世明言（古今小說）》刊刻 4 次，《警世通言》3 次，《醒世恒言》4 次，《拍案驚奇》15 次，《二刻拍案驚奇》1 次。總的看來，世情小說的刊刻次數，短篇不如長篇，原本不如選本。其原因也可從市場中去尋找。世情小說中，短篇數量大大超過長篇，這說明短篇的創作和編輯速度快，更新快。有不少短篇集子中的故事往往是簡短的街談巷議和道聽途說以及公案訟狀，其再刻的價值不大。即使「三言」「二拍」，也並非篇篇上乘。好的短篇小說有兩種前途：一是進入精彩的選本，如《今古奇觀》；二是進入長篇小說諸如《金瓶梅》及其後來的才子佳人世情小說和施公、彭公、包公之類的公案小說，成為其中的情節組成部分。這二者實際上都是經過編選者和創作者的再次用心，以市場行情、消費者的需要為標準的。

　　看書、聽書到了用錢才能實現的時候，興趣、娛樂便成了第一需要，而傳統的道德教化動機便以更多的形式滲透到情節人物之中，而不是如明初「五倫全備」那麼生硬直接了。

　　誠如古人所云：「古今著述，小說家特盛，而古今書籍，小說家獨傳，何以故哉？怪力亂神，俗流喜道而亦博物所珍也。玄虛廣莫，好事偏攻。而亦洽聞所昵也。……至於大雅君子，心知其妄而口競傳之，且斥其非而暮引用之。猶之淫聲麗色，惡之而弗能弗好也。夫好者彌多，傳者彌眾；傳者日眾，則作者日繁，夫何怪焉？」[38]文學的娛樂作用既是第一的，也是普遍的，文化人、工商業者，君子、俗民，乃至道學家們也不例外地在實際生活中享受文學的這一特徵。

　　「以文為戲」，在唐時已有爭論，在明初又有人說了出來[39]，但當時仍局限於文人的自娛，寫作是自遣、練筆，閱讀則以資談笑。明中葉後，文人「以文為戲」的觀念則愈偏重於娛樂。「月之夕，花之辰，銜觴賦詩之餘，登山臨水之際，稗官野史，時一展玩。諸凡神仙妖怪，國士名姝，風流得意，慷慨情深，語千轉萬變，靡不錯陳於前，亦足以送居諸而破岑寂。」[40]不僅小說，歷來文人學者視為道統載體的散文，也已偏離正統載道、明道的軌道。唐宋派已倡揚「本色」，主張文章「自胸中流出」，只是「直寫胸臆」，「獨出於胸臆」[41]。歸有光的不少佳作，如《項脊軒志》，開始述寫平淡之中蘊含深情的普通生活，直接影響了晚明公安派「性靈說」並開晚明小品文的先河。晚明，袁宏道、

38　〔明〕胡應麟《少室山房筆叢》卷二十九。

39　〔明〕李昌祺《剪燈餘話》序六，載《剪燈新話（外二種）》，上海：上海古籍出版社 1981 年。

40　〔明〕湯顯祖〈艷異編序〉，《湯顯祖集》，上海：上海人民出版社 1973 年。

41　〔明〕唐順之〈答茅鹿門知縣二〉〈與洪方洲書〉，《荊川先生文集》卷七，四部叢刊本；〔明〕歸有光〈戴楚望後壽詩集序〉，《震川先生集》卷二，四部叢刊本。

張岱等人的散文去粉飾，求本色，尚俚俗，追情趣，給人們以閑適愉悅之感。

對平民百姓來說，「以文為戲」便是把小說作為娛樂來用了。「人在勞動時。既用歌吟以自娛，借它忘卻勞苦了，則到休息時，亦必要尋一種事情以消遣閑暇。這種事情，就是彼此談論故事。而這談論故事，正就是小說的起源。」[42]這不僅是小說的歷史起源，也是通俗小說新作品的起源，是通俗文學需求的動機。所謂的市民文學，在很大程度上就是「市里之猥談」[43]。《金瓶梅》中西門慶常把應伯爵拉在身邊幫閑，應伯爵能隨時傳達這種猥談是對西門慶的誘惑力之一。明清兩代世情小說「寫什麼」，當從市民的這些需求中去把握。「取古今來雜碎事，可新聽睹，佐詼諧者，演而暢之，得若干卷。其事之真與飾，名之實與贋，各參半。文不足證，意殊有屬，凡耳目前怪怪奇奇，當亦無所不有。」[44]古今雜事瑣談，便是大眾欲讀欲聽之事；開眼界，得愉悅，便是平民消費文學之動機；不管是真是假，只要怪怪奇奇。平民所需要的文學就是寫這些東西。文人寫小說、編選本，也就去搜尋挖掘這些東西，馮夢龍、凌濛初在他們的小說序文中也都十分坦白地承認了這種創作和編輯動機[45]。馮夢龍搜集編輯的《山歌》《桂枝兒》，皆來源於平民百姓。[46]

走向市場成為消費商品的文學，其審美標準與傳統的道德倫理常發生衝突。於是在我們的文學史和文學批評中便劃出了一條分水嶺，主張「真情」「童心」，順乎民眾的便是反傳統的進步作家、思想家；死守道德說教，或「發乎情，止乎禮義」，反對通俗文學的便是保守派。但問題並不那麼簡單，馮夢龍、凌濛初、湯顯祖、李漁、曹雪芹等等一大批可以稱得上反傳統的進步文學家們雖然不像田汝成、李綠園那般頑固保守，卻都有不止一次的說教表現。這只能用矛盾和局限作解釋。

文學與道德的關係，是中國傳統文學觀的核心。歷代文化人和學者多有提倡文學對道德的責任，不必贅述。明中葉始，道德責任開始動搖。其原因很多，從文學內部的發展來看，臺閣文學以其庸俗應酬和歌功頌德、粉飾太平的內容已使人們對道德說教產生了懷疑，而前、後七子的復古又表現出恢復傳統之路不通；文學與經濟發展中的社會之

42　魯迅〈中國小說的歷史的變遷〉，見《魯迅論文學與藝術》，北京：人民文學出版社 1980 年。

43　〔明〕謝肇淛〈金瓶梅跋〉，見黃霖編《金瓶梅資料彙編》，北京：中華書局 1987 年。

44　〔明〕即空觀主人〈拍案驚奇序〉，見黃霖、韓同文選註《中國歷代小說論著選》上，南昌：江西人民出版社 1982 年。

45　見〔明〕綠天館主人〈古今小說序〉、〔明〕無礙居士〈警世通言敘〉、〔明〕可一居士〈醒世恒言序〉和〔明〕即空觀主人〈拍案驚奇序〉、〔明〕睡鄉居士〈二刻拍案驚奇序〉、〔明〕即空觀主人〈二刻拍案驚奇小引〉。序引作者問題，除「睡鄉居士」不詳，其他皆分別為各書的編作者馮夢龍和凌濛初。

46　陳昌恆《馮夢龍·金瓶梅·張竹坡》，武漢：武漢出版社 1994 年。

間的關係促動起來的通俗文學因娛樂動機卻顯示出蓬勃的生機。於是在文學的創作實踐中，脫離道德責任理論而「適俗」[47]。這是一部分作品，特別是一部分世情小說作品的表現。

但情況是複雜的，當文學已經從自娛走向市場，由道德說教走向愉悅閑適，仍有相當多的文化人一方面寫出市民們歡迎的作品，包括一些非道德反道德的作品，一方面又仍在前序後跋、字裏行間反復申明自己的道德責任感，表示自己在教化勸誡。為什麼會出現這種情況呢？不可否認，習慣了的傳統思維及其思想與新鮮的文學實踐可以在一個人身上矛盾地存在著。擁有這種矛盾的人應當是痛苦的，特別是當他發現自己的創作結果與自己的思想背道而馳，傳統的人格受到近乎自我否定的遭遇時，他一定會感到內心的悲哀。但在我們所認識的「矛盾人」之中，卻很難發現有精神上的痛苦者。馮夢龍不是，凌濛初不是，湯顯祖、李漁也不是，曹雪芹有痛苦，但那是為少男少女真情呼喊的「一把辛酸淚」。憨憨子說他曾對《繡榻野史》不滿，原以為「可以娛目，不意其為謬戾」，於是束之高閣。不料，他在書肆中卻「見冠冕人物與夫學士少年行，往往諷咏不絕」，感慨不已，「慨然歸取而評品批抹之」，他說他要學孔子刪詩之法，將「淫書」付梓，「因其勢而利導焉」，「將止天下之淫」。[48]以文學之「淫」，「止天下之淫」，這便是明清之時熱衷於平民文學的文化人在發生觀念與實踐矛盾之時的解釋模式。這種模式正如李贄所刺，是「裝許多腔」[49]。男女之情、「房中之事，人皆好之，人皆惡之。人非堯舜聖賢，鮮不為所耽」[50]。「商業利益的追求壓倒了鼓吹經傳的原則」[51]，迎合市民消費需求以換取自己物質生活需要已成了文學創作的第一動機，「止天下之淫」不論是否裝腔作勢，在讀者、聽眾那裏往往是多餘的，這是我們應當關注的時代文學特徵的實質。

文化人謀利把道德責任和種種說教作為幌子使自己的「產品」進入市場，卻也導致了小說中的道德說教在客觀上並非沒有審美意義，特別是那些融注於人物形象和故事情節血脈之中去的道德行為與道德言論，仍可以對讀者產生不同程度的審美（教育）效果。

47　〔明〕可一居士〈醒世恒言序〉：「明者，取其可以導愚也。通者，取其可以適俗也。恒則習之而不厭，傳之而可久。」

48　〔明〕憨憨子〈繡榻野史序〉。見黃霖、韓同文選註《中國歷代小說論著選》上，南昌：江西人民出版社 1982 年。

49　《李卓吾先生批評琵琶記》開篇「不關風化體，縱好也枉然」的批語。

50　〔明〕欣欣子〈金瓶梅詞話序〉，見黃霖、韓同文選註《中國歷代小說論著選》上，南昌：江西人民出版社 1982 年。

51　王先霈、周偉民《明清小說理論批評史》，廣州：花城出版社 1988 年。

小說的接受者是多元的，具有不同的文化傳統和審美情趣。當道德融於形象，付諸語言，讀者「始而愛樂以遣興，既而緣史以求義，終而博物以通志」[52]，是一般的接受過程。文化市場的繁榮，不僅是文化人多題材、多形式的創作，更是因為有對各類題材和文學形式的多元消費者。至於那些道學家式的為教化而約束文學，為教化而扭曲小說創作的說教，諸如田汝成批評《水滸傳》「變詐百端，壞人心術。其子孫三代皆啞，天道好還之報如此」之類的詛咒[53]，李綠園的《歧路燈》卷首附〈家訓諄言〉81 條開篇，故事發展中動輒以「為賢者諱，不忍詳述」來中斷情節和人物行為，已經是很尷尬的表現了[54]。

（本文完稿於 2003 年 5 月）

52　〔明〕甄偉〈西漢通俗演義序〉，見黃霖、韓同文選註《中國歷代小說論著選》上，南昌：江西人民出版社 1982 年。

53　〔明〕田汝成《西湖遊覽志餘》卷二十五，《四庫全書·史部》。

54　《歧路燈》始以抄本流傳，由新安傳出的乾隆抄本一支，卷首自序後附有〈家訓諄言〉81 條，過錄人題識云：「學者欲讀《歧路燈》，先讀〈家訓諄言〉，便知此部書籍發聾震瞶，訓人不淺，非時下閒書所可等論也，故冠之於首。」〈家訓諄言〉是否祖本即有，尚無定論，《歧路燈》為道學小說卻是無疑的。

附　錄

一、陳東有小傳

　　男，1952 年冬生於江西省南昌市，祖籍江西省豐城市。文學碩士、史學博士，現為南昌大學教授、博士生導師。1969 年初中畢業後下放農場工作；1980 年考入江西大學中文系，學士學位論文為《湯顯祖〈廟記〉中的演劇理論初探》，指導教授是楊忠先生，1984 年畢業留校，從事中國古代文學的研究和教學；1987 年考上本校漢語史專業研究生，師從羅元誥先生，碩士學位論文為《元曲選·音釋研究》，1990 年獲文學碩士；1994 年考上廈門大學中國史研究生，師從楊國楨先生，博士學位論文是《走向海洋貿易帶——近代世界市場互動中的中國東南商人行為》，1997 年獲史學博士。自 1987 年開始研究《金瓶梅》，已出版專著 5 部、編著 3 部，發表論文 30 餘篇。另有其他學術專著出版和論文發表。

二、陳東有《金瓶梅》研究專著、編著、論文目錄

(一)專著

1. 金瓶梅——中國文化發展的一個斷面，廣州：花城出版社 1990 年。
2. 金瓶梅文化研究，臺北：臺灣貫雅文化事業有限公司 1992 年。
3. 金瓶梅詩詞文化鑒析，成都：巴蜀書社 1994 年。
4. 人欲的解放——明清社會經濟變遷與大眾審美，南昌：江西高校出版社 1996 年。
5. 陳東有金瓶梅論稿，南昌：江西人民出版社 2014 年。

(二)編著

1. 金瓶梅的男男女女——潘金蓮與李瓶兒，廣州：花城出版社 1992 年。
2. 金瓶梅的男男女女——西門慶，廣州：花城出版社 1993 年。
3. 金瓶梅的男男女女——春梅，廣州：花城出版社 1994 年。

注：上述三種圖書於 1998 年 1 月、2003 年 3 月修訂新版重印

4. 「金瓶梅人物榜」之一《西門大官人》，南昌：百花洲文藝出版社 2011 年。
5. 「金瓶梅人物榜」之二《潘金蓮與李瓶兒》，南昌：百花洲文藝出版社 2011 年。
6. 「金瓶梅人物榜」之三《傲婢春梅》，南昌：百花洲文藝出版社 2011 年。

(三)論文

1. 金蓮析——金瓶梅人物論之二
   江西大學研究生學刊，1987 年第 2 期。
2. 瓶兒這個女人——金瓶梅人物論之三
   江西大學研究生學刊，1988 年第 1 期。
3. 《金瓶梅》的美學意義
   江西大學研究生學刊，1988 年第 2 期。
4. 運河經濟文化與《金瓶梅》
   萍鄉教育學院學報，1989 年第 3 期。
5. 再論運河經濟文化與《金瓶梅》
   江西大學學報，1991 年第 2 期。
6. 論《金瓶梅》獨特的藝術思維指向（論文摘要）
   文藝理論家，1990 年第 1 期。
7. 《金瓶梅詞話》詩詞文化二三論
   萍鄉教育學院學報，1991 年第 1 期。

8. 《金瓶梅》文化意義芻論

　　明清小說研究，1990 年第 3、4 期。

9. 《金瓶梅》的二律背反及其藝術思維

　　爭鳴，1991 年第 6 期。

10. 論《金瓶梅》獨特的藝術思維指向

　　萍鄉教育學院學報，1992 年第 1 期。

11. 金瓶二婦　殊途同歸

　　金瓶梅的男男女女——潘金蓮與李瓶兒，廣州：花城出版社，1992 年。

12. 新審美價值對舊審美理想的突破

　　棗莊師專學報，1993 年第 1 期。

13. 扭曲的人生扭曲的性——從《金瓶梅》中的性描寫說起

　　爭鳴，1993 年第 2 期。

14. 《金瓶梅詞話》對理學和宗教的選擇

　　爭鳴，1993 年第 4 期。

15. 西門慶的生財與消費之道

　　金瓶梅的男男女女——西門慶，廣州：花城出版社，1993 年。

16. 一部最敏感的禁書（話說《金瓶梅》之一）

　　知識窗，1993 年第 5 期。

17. 明朝社會的百科全書（話說《金瓶梅》之二）

　　知識窗，1993 年第 6 期。

18. 西門慶的錢、權、欲（話說《金瓶梅》之三）

　　知識窗，1994 年第 1 期。

19. 潘金蓮的「淫」與妒（話說《金瓶梅》之四）

　　知識窗，1994 年第 2 期。

20. 李瓶兒的四次婚姻（話說《金瓶梅》之五）

　　知識窗，1994 年第 3 期。

21. 有錢能使權推磨（話說《金瓶梅》之六）

　　知識窗，1994 年第 4 期。

22. 占卜、算命、相面的妙用（話說《金瓶梅》之七）

　　知識窗，1994 年第 5 期。

23. 金瓶梅與紅樓夢的「金玉良緣」（話說《金瓶梅》之八）

　　知識窗，1994 年第 6 期。

24. 運河經濟文化的形成
中國典籍與文化，1994 年第 2 期。

25. 運河經濟文化的產物——《金瓶梅》
江西方誌，1994 年第 3 期。

26. 好一個沒規矩的龐春梅
金瓶梅的男男女女——春梅，廣州：花城出版社，1994 年。

27. 相面與中國古代小說審美藝術的關係——從《金瓶梅詞話》相面情節說起
中國典籍與文化，1995 年第 3 期。

28. 「金學」研究的新貢獻——評陳昌恆《馮夢龍·金瓶梅·張竹坡》
華中師大學報，1996 年第 2 期。

29. 語詞探源的文化意味——評鮑延毅的《金瓶梅語詞探源》
韓國：中國小說研究會報，1998 年第 6 期。

30. 西門慶為什麼沒做地主——《金瓶梅》中的社會經濟問題
金瓶梅研究，第 6 集，北京：知識出版社 1999 年。

31. 《金瓶梅詞話》道德說教中的哲學命題
南昌大學學報，2001 年第 3 期。

32. 《金瓶梅》文化研究
古典文學知識，2003 年第 1 期。

33. 社會經濟變遷與通俗文學的發展——明嘉靖後文學的變異與發展
江西社會科學，2005 年第 6 期。

34. 《金瓶梅》的平民文化內涵
南昌大學學報，2006 年第 2 期。

35. 《金瓶梅詞話》的非小說意味（一稿）
深圳讀書講壇，2010 年 10 月。

36. 《金瓶梅詞話》的非小說意味（二稿）
人民政協報，2011 年 2 月 21 日。

37. 話說西門大官人（一稿）
「金瓶梅人物榜」之一《西門大官人》，南昌：百花洲文藝出版社，2011 年。

38. 話說西門大官人（二稿）
悅讀，2011 年總第 21 期。

39. 演潘金蓮難　演李瓶兒更難
「金瓶梅人物榜」之二《潘金蓮與李瓶兒》，南昌：百花洲文藝出版社，2011 年。

40. 《金瓶梅詞話》的非小說意味（三稿）

「金瓶梅人物榜」之三《傲婢春梅》，南昌：百花洲文藝出版社，2011 年。

41. 《金瓶梅》的社會文化現象

（江西）社科大講堂，2012 年 6 月。

後　記

　　不知不覺，研究《金瓶梅》已走過了二十多年的路程。但是，在《金瓶梅》學界，我祗是一個後來者。回首往事，內中的艱難、委屈自不必說，更多的是想念上世紀 80 年代、90 年代在一起討論問題的朋友們，特別懷念對我幫助極大的老師前輩們。是在老師和朋友們的幫助下，自己才學會認真做學問，學問做得不一定好，但《金瓶梅》研究是我做得最多的學問之一，也是自己收穫最大的學問之一。

　　這次能把自己二十多年來研究《金瓶梅》的文章選出一部分結集出版，借此平台與更多的學者朋友商討，是一次極好的機會。在此，我想把一些想法寫出來，向諸位專家請教。

　　關於《金瓶梅》的作者和寫作背景的研究問題。有很多的前輩學者在這方面做了大量的研究工作，其成果對我們在 80 年代才進入這個領域的後來者，有極大的幫助。我在 80 年代末提出的「運河經濟文化孕育了《金瓶梅》」，提出了我對「金瓶梅」時空背景、作者背景的研究成果，希望對研究作品的文學價值、文化價值、思想價值、社會史價值、經濟史價值等有所幫助。

　　關於「《金》學」理論研究的問題。記得在 1989 年 6 月的徐州會上，幾位當時還是年輕的學友提出了：「《金瓶梅》的研究應該在理論研究上要有自己的建樹，傳統的研究方法應該繼承、發揚光大，但如果沒有現代理論的研究，路就走不遠，『《金》學』就難以成立。」那次會上，引發大家思考的問題有好幾個，這個問題對我的觸動很大。從那時起，我自己作了一些努力，這就是我的幾篇理論研究文章的起因。但這還不夠，還要多研究一些《金瓶梅》文學理論問題，為《金瓶梅》乃至中國古代小說的研究增加理論的支撐。

　　關於《金瓶梅》的文化研究問題。文化的研究，沒有任何人為它作出界定，研究者真可以天馬行空。但難就難在天馬行空上，全靠研究者自己好好把握。我現在對自己二十多年前《金瓶梅》的文化研究並不滿意，特別是現在來看二十年前的文化研究，有不少還是「泛」了一些，不「深」，更不「精」，對傳統文化把握不夠，批判不準。80 年代，正是文化大討論的時期，我們接觸的信息多，思想碰撞也多，自己的想法也多，但沒有很好地「去粗取精、去偽存真」，認真思考，慎重落筆。讀者朋友在看我的這些文

章時，會發現我的一些觀點、思想二十年前後有不一致之處。我在這次校稿時，很想做些修改工作，但過去就是過去，改不了，也不必改了，留下一個帶有二十年前那個時代深深烙印的「我」。那個時候的「我」不是現在的「我」，而現在的「我」當然不是那個時候的「我」，順其自然，順其歷史吧。寫到這裏，心中感慨萬千。

　　請讀者朋友給予批評斧正。

陳東有

2013 年冬於南昌西無齋

國家圖書館出版品預行編目資料

陳東有《金瓶梅》研究精選集

陳東有著.－ 初版.－ 臺北市：臺灣學生，2015.06
面；公分（金學叢書第 2 輯；第 20 冊）

ISBN 978-957-15-1669-1 (精裝)

1. 金瓶梅 2. 研究考訂

857.48   104008098

陳東有《金瓶梅》研究精選集

著　作　者：陳　　　東　　　有
主　　　編：吳　敢、胡　衍　南、霍　現　俊
出　版　者：臺　灣　學　生　書　局　有　限　公　司
發　行　人：楊　　　雲　　　龍
發　行　所：臺　灣　學　生　書　局　有　限　公　司
　　　　　　臺北市和平東路一段七十五巷十一號
　　　　　　郵 政 劃 撥 帳 號 ： 0 0 0 2 4 6 6 8
　　　　　　電 話 ： （ 0 2 ） 2 3 9 2 8 1 8 5
　　　　　　傳 眞 ： （ 0 2 ） 2 3 9 2 8 1 0 5
　　　　　　E-mail：student.book@msa.hinet.net
　　　　　　http://www.studentbook.com.tw

定價：　精裝 30 冊不分售
　　　　新臺幣 45000 元

二 ○ 一 五 年 六 月 初 版

金學叢書 第二輯

❶ 徐朔方 孫秋克 《金瓶梅》研究精選集

❷ 甯宗一 《金瓶梅》研究精選集

❸ 傅憎享 楊國玉 《金瓶梅》研究精選集

❹ 周中明 《金瓶梅》研究精選集

❺ 王汝梅 《金瓶梅》研究精選集

❻ 劉輝 《金瓶梅》研究精選集

❼ 張遠芬 《金瓶梅》研究精選集

❽ 周鈞韜 《金瓶梅》研究精選集

❾ 魯歌 《金瓶梅》研究精選集

❿ 馮子禮 《金瓶梅》研究精選集

⓫ 黃霖 《金瓶梅》研究精選集

⓬ 吳敢 《金瓶梅》研究精選集

⓭ 葉桂桐 《金瓶梅》研究精選集

⓮ 張鴻魁 《金瓶梅》研究精選集

⓯ 陳昌恆 《金瓶梅》研究精選集

⓰ 石鐘揚 《金瓶梅》研究精選集

⓱ 王平 趙興勤 《金瓶梅》研究精選集

⓲ 李時人 《金瓶梅》研究精選集

⓳ 孟昭連 《金瓶梅》研究精選集

⓴ 陳東有 《金瓶梅》研究精選集

㉑ 卜鍵 《金瓶梅》研究精選集

㉒ 何香久 《金瓶梅》研究精選集

㉓ 許建平 《金瓶梅》研究精選集

㉔ 張進德 《金瓶梅》研究精選集

㉕ 霍現俊 《金瓶梅》研究精選集

㉖ 曾慶雨 《金瓶梅》研究精選集

㉗ 潘承玉 《金瓶梅》研究精選集

㉘ 洪濤 《金瓶梅》研究精選集

㉙ 金學索引（上編）——吳敢編著

㉚ 金學索引（下編）——吳敢編著